NOVA

NOVA

키스 R. A. 디캔디도 지음 / 유미지 옮김

제우미디어

스타크래프트 고스트: 노바

초판 1쇄 | 2018년 4월 25일

지은이 | 키스 R. A. 디캔디도
옮긴이 | 유미지

펴낸이 | 서인석
펴낸곳 | 제우미디어
출판등록 | 제 3-429호
등록일자 | 1992년 8월 17일
주소 | 서울시 마포구 독막로 76-1 한주빌딩 5층
전화 | 02-3142-6845
팩스 | 02-3142-0075
홈페이지 | www.jeumedia.com

ISBN | 978-89-5952-622-2
• 파본은 구입하신 서점에서 교환해 드립니다.

제우미디어 네이버 포스트 | post.naver.com/jeumediablog
제우미디어 페이스북 | www.facebook.com/jeumedia
제우미디어 공식 블로그 | blog.naver.com/jeumediablog

만든 사람들
출판사업부 총괄 손대현 | **편집장** 전태준 | **책임 편집** 안재욱 | **기획** 홍지영, 장윤선, 박건우, 조병준, 성건우
디자인 총괄 디자인 수 | **제작** 김금남 | **영업** 김영욱, 권혁진
도와주신 분 블리자드 코리아 현지화팀, 홍보팀, 커뮤니티님, 마케팅팀, 웹서비스팀

필요할 때마다 맥주잔을 채워주셨던
아일랜드 더블린의 'NO. 1 메리온 스트리트 펍' 직원 여러분께
감사드립니다.

소개의 글

저는 이 책이 정말 자랑스럽습니다. 특히 이 책이 의미하는 바가 자랑스럽습니다. 광기에 사로잡힌 듯 격렬하게 움직이는 비디오 게임 업계에서, 가끔은 좋은 아이디어를 붙잡고 그 아이디어가 이끄는 대로 어디든 따라가야 할 때가 있습니다.

이 글을 쓰고 있는 지금은 〈스타크래프트: 고스트〉의 개발이 잠정적으로 중단된 상태지만, 이 게임은 PS2를 비롯한 콘솔 플랫폼이 처음 출시된 직후부터 아주 오랫동안 개발되었습니다. 이 게임을 디자인하고 개발하는 과정은 무척이나 힘겨웠습니다. 여러 가지 이유로 게임 개발은 긴 시간 계속되었지만, 디자인 측면에서 한 가지 요소가 늘 우리에게 끊임없이 앞으로 나아갈 수 있는 힘을 주었습니다.

그건 바로 '유령'이 정말, 정말 멋지다는 것이었습니다.

초인적인 능력을 발휘하는 이들 요원은 모습을 드러내지 않은 채 스타크래프트라는 신화의 치열한 전장에서 활약해온 주인공들입니다. 게임에서 아주 흥미로운 유닛인 유령은, 더 크고 더 화려한 다른 유닛들 속에서도 유난히 돋보이는 신비한 매력이 있습니다. (개인적으로는 그 이유가 멋진 목소리의 힘이라고 생각합니다) 우리는 유령이라는 존재가 콘솔 게임의 멋진 주인공이 되리라는 확신이 있었지만, 이 새로운 캐릭터를 살아 숨 쉬게 할 여러 가지 방법을 놓고 선택하는 과정을 거쳐야 했습니다.

논쟁의 여지가 있지만, 스타크래프트에서 가장 유명한 유령 요원인 사라 케리건을 주인공으로 하고, 그녀의 예전 모습을 집중적으로 보여주는 게임이 있다면 재미있겠다고 생각하는 사람이 아주 많았습니다. 물론 그런 게임을 개발하는 것도 나쁘지 않았겠지만, 그때 우린 케리건의 이야기가 어떻게 끝나는지 이미 알고 있었습니다. 그래서 이야기의 시작과 그보다 더 중요한 궁극적인 운명이 아직 결정되지 않은 새로운 캐릭터를 만들어내기로 했습니다.

그렇게 노바가 태어났습니다. 그녀의 성격과 외형 디자인은 수많은 사람들이 오랫동안 고민한 끝에 완성되었습니다. 치명적인 매력을 지닌 노바는 독자적인 게임의 주인공으로 삼기 위해 우리가 처음으로 만들어낸 캐릭터였으며, 〈스타크래프트: 고스트〉가 스타크래프트 세계관에 새롭게 자리 잡을 수 있도록 할 매개체였습니다. 두말할 필요도 없지만, 그렇게 완성된 노바의 모습을 보며 저희는 강한 자부심을 느꼈습니다.

마침내 그녀의 이야기를 여러분께 들려드리고, 이 수수께끼의 인물이 누구인지, 또 어떤 사건들을 거치며 전 우주에서 가장 위험한 암살자가 되었는지 보여드릴 수 있게 되었다는 사실에 감개무량합니다.

물론 이 작품은 키스 디캔디도의 놀라운 재능이 없었다면 태어날 수 없었을 것입니다. 키스는 이 캐릭터와 깊은 교감을 나눴습니다. 그래서 그는 노바의 음울하고 충격적인 과거를 낱낱이 드러냈을 뿐 아니라, 스타크래 프트 세계의 이면에 감춰져 있던 추악한 어둠을 새로운 관점에서 경험할 수 있도록 해주었습니다. 키스가 아니었다면 다른 누구도 이런 이야기를 완성할 수는 없었을 겁니다.

〈스타크래프트: 고스트〉를 비디오 게임으로 만나기는 어렵겠지만, 노 바의 모험은 앞으로도 소설을 통해 계속 소개해드리겠습니다.

즐겁게 읽어주세요! 마음에 드시면 좋겠군요!

크리스 멧젠
크리에이티브 개발팀 부사장
블리자드 엔터테인먼트
2006년 5월

감사의 글

제 워크래프트 소설 『증오의 순환(Cycle of Hatred)』과 마찬가지로, 블리자드 엔터테인먼트의 크리스 멧젠에게 감사하고 싶습니다. 지금까지 수십 곳의 파트너로부터 라이선스를 받아 작품을 썼지만, 크리스의 열정과 활력, 창의력을 따라갈 수 있는 사람은 없었습니다. 늘 그렇듯 편집자인 마르코 팔미에리와 출판 담당 스콧 섀넌, 에이전트 루시엔 다이버, 늘 믿음직스러운 첫 번째 독자 그레이스앤 앤드레아시 디캔디도에게도 감사의 말을 전합니다.

이 소설에서 텔레파시에 대한 묘사는 저와 질풍노도의 어린 시절을 함께했던 두 작품에서 상당 부분 영향을 받았습니다. 하나는 십 대 시절 늘 제 곁에 있었던 『엑스맨』 코믹스이고, 또 하나는 열일곱 살에 읽었던 『파괴된 사나이』라는 소설입니다. 그 소설을 읽고 머릿속에서 마치 뇌가 폭발하는 듯한 충격을 받았습니다. 존경하는 크리스 클레어몬트와 고(故) 알프레드 베스터에게 진심으로 감사 인사를 드립니다. 또한 〈스타크래프트〉

의 동료 소설가인 제프 그럽에게도 감사의 뜻을 표합니다. 이 책 제3장에 나오는 뉴스 보도는, 그가 쓴 『스타크래프트 1: 자유의 십자군』에서 인용 했습니다.

또한 스코틀랜드의 글래스고에 있는 코러스 호텔, 더블린의 NO. 1 메리온 스트리트 펍과 몬트 클레어 호텔, 아일랜드 그레인지콘의 듀에인/모르우드 에스테이트, 조지아 애틀랜타의 하야트 리젠시, 이런 장소들을 오가던 비행기와 기차, 공항 등, 이 작품이 쓰인 세 국가에도 감사하고 싶습니다. 물론, 가장 많은 글을 쓸 수 있게 해준 뉴욕 시의 단골 카페와 스타벅스도 빼놓을 수 없겠죠.

여느 때와 마찬가지로 늘 기운을 북돋워주는 포어비어런스, 한결같이 엉뚱한 긱 패트롤, 유용한 비평을 해주는 CCAG의 소중한 친구들, 내 몸과 영혼을 단련시켜주는 도장의 키요시 폴과 모든 사람들, 말리부 친구들, 엘티스트 친구들, 잉크웰 애프터 아워즈 친구들, 그리고 늘 온라인 대화 상대가 되어준 노벨스크라이브의 괴짜들에게 감사의 뜻을 전합니다.

마지막으로 언제나 제게 용기를 주며 저와 함께해주는 그 사람과 고양이에게 감사하고 싶습니다.

이 소설에서는 〈스타크래프트: 고스트〉 게임의 시점으로 이어지는 3년 간의 사건을 서술하고 있다. 이들 대부분은 제프 그럽의 『스타크래프트 1: 자유의 십자군』과 거의 같은 시기이다.

— 어느 역사가의 첨언

프롤로그

그런데 어떤 사나운 짐승이 마침내 제시간이 되자,
베들레헴을 향해 웅크린 채 걸어오며 태어나려 하는가?
— 윌리엄 버틀러 예이츠, 『재림』 중에서

클리프 나다너의 정신을 감지하자마자, 노바는 가족을 살해한 자를 생각만으로 없애버릴 수 있다는 것을 깨달았다.

벌써 열흘째 티라도 VIII 행성의 열 개 대륙 중 가장 작은 곳에서 습한 밀림을 헤쳐 나가는 중이었다. 이곳의 쌍둥이 행성에서 벗어나고자 그렇게도 애를 썼는데 결국 여기에 다시 떨어지다니, 정말 우습기도 하지. 나무가 빽빽이 우거진 밀림 한가운데로 낙하기가 그녀를 내던졌을 때, 그런 생각이 떠올랐었다. 높은 궤도에서 맴도는 우주선에 타고 있던 상관들은 반란군이 그 작은 낙하기를 감지하기 전에 서둘러 움직여야 한다고 주장했다. 티라도 행성계의 여덟 번째 행성인 티라도 VIII은 아홉 번째 행성과 서로의 중력으로 영향을 주고받을 만큼 인접해 있었다. 마치 행성과 작은 달 사이의 인력 관계와 유사했지만, 두 행성 모두 생명체를 유지할 수 있을 만큼 크기가 크다는 점이 달랐다. 이런 관계 때문에 각 행성의 기후 역시 극단적인 양상을 보였다. 노바가 티라도 VIII의 적도에서 남쪽으로 몇 킬로미터만 내려가도 기온은 30도 가량 떨어지고 습도가 거의 사라지기 때문에, 전투복의 온도 조절 장치를 반대쪽으로 조정해야 했다.

하지만 지금 착용한 흰색과 감청색으로 된 전투복은, 훈련을 수료한 후 유령 사관학교의 빅 국장이 지급해준 것으로 내부 온도를 시원하게 유지해주도록 설정되어 있었고, 어느 정도 제 몫을 하는 중이었다. 전투복은 머리만 제외하고 그녀의 온몸을 꼭 맞게 감쌌다. 전투복 섬유에 포함된 회로가 노바의 텔레파시에 간섭하고 있었는데, 그 텔레파시는 그녀가 유령이 되기 위해 훈련을 받는 이유 그 자체였기에 운용하는 데 방해되는 일이 없어야 했다. 이 전투복은 최종 임무를 마치고 공식적으로 유령이 된 후에 지급받을 최종 모델과는 조금 차이가 있었다. 우선 은신 상태로 만들어주는 회로가 장착되지 않았다. 그 기능까지 추가되고 나면, 노바는 누구의 눈에도 띄지 않고 자유롭게 움직일 수 있었다. 사람의 눈이나 일반적인 수동 스캔으로는 은신한 유령을 포착하는 것이 불가능했다.

하지만 이 전투복에 그런 기능까지는 마련되어 있지 않았고, 먼저 이번 임무를 완수해야 은신 기능이 추가된 전투복을 지급받을 수 있다.

전투복의 디자인 때문에 그녀의 눈으로 땀방울이 떨어졌고, 금발 앞머리가 이마에 착 달라붙었다. 포니테일로 질끈 묶은 머리는 축축하게 젖은 밧줄처럼 뒷머리에서 묵직하게 늘어졌다. *그래도 몸의 나머지 부분은 쾌적하니 다행이지.*

이 밀림 속에서 전투복의 은신 모드는 불필요할 것 같기도 했다. 티라도 VIII의 밀림은 식물군이 빽빽하게 밀집되어 있고 습도가 너무 높아 연무가 피어올랐기 때문에, 전투복의 손목 유닛에 장착된 센서 없이는 1미터 앞도 확인할 수 없었다.

정보국에서는 클리프 나다너의 거점이 이 행성 밀림 어딘가에 있다고 했지만 정확한 위치는 파악하지 못한 상태였다. 노바는 이미 정보국이 지정한 지점 중 절반이 잘못된 정보라는 걸 확인했다. 하지만 정보국의 암호 해독가들은 그들이 가로챈 몇 건의 성명서에 나다너가 사용하는 암호가 포함되어 있었다고 주장했다.

연합이 저물어가던 시절, 나다너는 구(舊) 가문과 연합 위원회, 그리고 테란 연합 전반에 공공연하게 저항했던 정치 선동가들 중 하나였다. 물론 그와 같은 주장을 한 사람은 나다너 외에도 많았고, 그중 가장 성공한 자는 역시 코랄의 후예 지도자인 아크튜러스 멩스크였다. 멩스크는 실제로 인류 연합을 전복시키고 새롭게 테란 자치령을 수립했으며, 스스로 황제라 칭하고 최고 지도자 자리에 오르기까지 했다. 반면 나다너는 정치적 변화를 일궈내는 데는 그다지 성과가 없었지만, 문제를 일으키고 사람을 죽이는 분야만큼은 탁월한 실력을 선보였다.

며칠에 걸쳐 밀림을 샅샅이 수색해봐도 아무것도 보이지 않았다. 지금 노바가 감지할 수 있는 건 무작위로 방출되는 방사선과 행성 궤도에 있는 여러 위성의 신호였다. 그리고 과학자들이 천연 서식지에 있는 야생동물들을 연구하기 위해 부착해둔 추적 장치에서 방출되는 희미한 전자기 신호 정도였다. 그 전자기는 이 대륙 외곽과 동식물 밀도가 높은 다른 아홉 개의 대륙에서 퍼져 나오고 있었다. 그런 모든 신호는 티라도 VIII의 기존 기록과 일치했기 때문에, 반란군과는 아무런 상관이 없었다. 그런데 지금 전투복 센서에서 약 1.5킬로미터 앞쪽에 아무런 신호도 감지되지 않는 음영지대가 있다고 알려왔다. *일이 점점 더 힘들어지는데.*

노바는 이제 시간이 얼마나 흘렀는지도 잊어버렸다. 나흘째였던가? 아니, 닷새째였나? 정확한 기간을 알 수 없었다. 자전 속도가 빠른 이 행성의 하루는 그녀에게 익숙한 타소니스의 하루 스물일곱 시간보다 짧았다. 전투복에 내장된 컴퓨터를 확인해봐야 할 것 같았지만, 왠지 그건 속임수를 쓰는 듯한 기분이 들어 꺼려졌다.

어디 한번 계산해볼까. 식사는 상당히 규칙적이었으니까 하루에 두세 번 먹었다 치고, 지급된 휴대 식량 아흔 개 중에서 열네 개를 먹었으니까, 대충 지금까지…….

그 순간 갑작스러운 깨달음이 찾아왔다. '음영지대'라고?

노바는 센서를 간접 스캔에서 직접 스캔으로 변경했다. 분명 아무런 신호도 감지되지 않았다. 위성 신호도, 동물 추적 장치에서 방출되는 신호도, 멀리 남쪽에 있는 도시들에서 번져 나오는 신호도, 전혀 감지할 수 없었다.

정말 아무것도 없었다.

노바는 웃었다. 그리고 부드럽고 예리하게 정신을 외부로 내뻗었다. 그녀의 텔레파시는 이제 시궁창 거리를 떠돌던 시절의 거칠고 서툰 기술과는 비교도 할 수 없었다. 그렇게 그녀는 가족을 죽이라는 명령을 내렸던 남자의 정신을 찾았다.

나다녀가 직접 살인을 저지른 건 아니었다. 실제로 그 일을 한 건 구스타보 맥베인이라는 자였다. 그는 테란 연합이 코랄 IV 행성을 파괴하라는 명령을 내렸던 그때, 마 사라의 건설 현장에서 용접공으로 일하고 있었다. 당시 그 명령 때문에 맥베인의 가족도 모두 죽었다. 임신한 아내 다니엘라와 딸 나타샤, 아직 태어나지 않았던 아들까지. 맥베인은 반드시 인류 연합이 대가를 치르도록 만들겠다고 맹세했다. 하지만 그는 코랄 IV 핵 투하의 희생자 아들이었던 멩스크의 세력에 합류하지 않고, 클리프 나다너의 선동가 무리와 한패가 되었다.

노바는 맥베인을 죽이면서 그 사실을 모두 알아냈다. 텔레파시 능력을 보유한 살인자는 희생자와 어쩔 수 없이 친밀한 관계가 될 수밖에 없었다. 맥베인이 머릿속에서 마지막으로 떠올렸던 건 다니엘라와 나타샤, 그리고 아직 이름을 붙여주지 못했던 아들이었다.

이제 3년이라는 시간이 흘러 노바의 유령 훈련도 마지막 단계에 접어들었고, 지금은 멩스크 황제가 직접 지시한 '졸업' 임무를 수행하는 중이었다. 이번 임무는 티라도 VIII의 밀림 한가운데에 떨어져 나다너의 세력 전체를 수색하고 섬멸하는 것이었다. 멩스크는 자신이 직접 주도하여 전복시킨 이전 정부보다 더욱 인정사정없이 반란군 세력을 억압했다.

5분 만에 노바는 원하던 생각을 찾아냈다. 어려운 일은 아니었다. 정신을 집중해야 할 위치를 이미 알고 있었고, 낙하기의 문이 열리고 소멸한 후로 그녀가 처음 접한 고차원적 사고를 그곳에서 감지할 수 있었기 때문이었다. (낙하기는 그녀가 내리고 나자 그 즉시 분해되어 소멸했다. 적의 손에 자치령의 기술이 들어가게 할 수는 없었기 때문이었다. 임무를 완수하면 상부에서 그녀를 후송할 우주선을 보낼 것이고, 그때가 되면 나다너의 부하들은 모두 죽은 후일 테니, 후송선은 아무 문제없이 착륙할 수 있었다. 임무를 완수하지 못하면 그녀는 죽은 목숨일 테고, 그녀의 생체 신호가 정지되면 전투복이 그녀의 육체도 낙하기처럼 '소멸'시킬 것이다. 자치령 텔레파시 능력자를 적의 손에 들어가게 할 수는 없었으니까. 살아서든 죽어서든 마찬가지였다)

나다너와 십여 명의 동료들이 감지되었고, 그들의 생각은 모두 나다너에게 집중된 상태였다. 아니, 적어도 생각을 집중할 수 있는 사람들은 다들 그랬다. 나다너는 구호를 외치고 있었다. 아니, 그는 노래를 부르는 중이었고, 사람들은 절반쯤 술에 취해 있었다. 감쇠장이 모든 신호를 차단하는 밀림 속 외딴 지점은 그 누구도 찾아낼 수 없다는 확신에 빠져 있을 것이다. 신호가 존재하지 않는다는 사실 자체가 커다란 광고판을 세워놓은 것과 같다고는 그 누구도 생각지 못했을 것이다.

안일한 녀석들은 처리하기도 쉽다. 그녀는 하틀리 상사의 수많은 격언 중 하나를 되뇌었다.

노바는 멀리서 텔레파시를 이용하여 적을 처리해야 했다. 물론, 훈련을 모두 마친 지금은 신체적으로도 나다너와 그의 패거리들을 손쉽게 제압할 수 있었다. 특히 적의 절반 정도는 고주망태가 되어 있는 만큼 아무 문제도 없었지만, 그녀가 받은 임무는 그게 아니었다.

이번 임무는 상대의 정신을 명확하게 읽을 수 있을 만큼만 접근한 후, 사이오닉 능력을 이용하여 처리하는 것이었다.

두 시간 동안 노바는 정글을 달려 목표물에 가까이 접근했다. '졸업' 후에 지급되는 전투복에는 이동속도도 증가시켜주는 기능이 있어서 같은 거리를 달려가는 데 필요한 시간이 4분의 1로 줄어들겠지만, 현재의 전투복에는 그 기능 역시 장착되어 있지 않았다.

임무 따위 집어치우라지. 저 자식은 맥베인과 살인자 무리를 보내 내 가족을 죽였어. 놈의 죽어가는 면상을 지켜보며 숨통을 끊어놓겠어.

노바는 어느새 음영지대에 도착했다. 나다너가 그녀의 귀에 속삭이기라도 하듯, 그의 생각을 선명하게 감지할 수 있었다. 나다너는 어느새 노래를 마쳤고, 연합 해병대에 신물을 느끼고 제대하여 정부에 저항을 시작하기 전, 해병 신분으로 세웠던 공훈에 대해 떠벌이는 중이었다. 90퍼센트 정도는 꾸며낸 이야기임을 노바는 이미 알고 있었다. 그는 해병이었고, 한때 안티가 프라임에 파병된 적도 있었지만, 나다너의 이야기 중에서 사실과 부합하는 부분은 그것뿐이었다.

단 한 번의 생각만으로 노바는 나다너를 죽일 수 있었다. 바로 지금 그곳에서 그의 목숨을 끝낼 수 있었다. *그의 얼굴을 볼 필요는 없어. '정신'을 느낄 수 있으니까! 얼굴을 보는 것보다 더 확실하게 그의 죽음을 확인할 수 있어. 눈알이 튀어나오고, 뇌출혈이 일어나면서 눈과 귀와 코에서 피가 흘러나오는 걸 지켜보는 것보다 훨씬 확실하다고. 처음 하는 일도 아니잖아. 그냥 지금 죽여.*

갑자기 노바는 오늘이 며칠인지 깨달았다. *휴대 식량 열네 개 섭취, 그건 사흘이 꼬박 지났다는 거잖아.*

그건 오늘이 내 열여덟 번째 생일이라는 뜻이라고.

나를 이 행성계로 보내겠다고 아빠가 얘기한 지 3년이 됐어.

노바는 고개를 절레절레 저었다. 나다너는 이야기를 마무리한 후 다음 허풍을 늘어놓기 시작했고, 이번에는 앞서의 헛소리보다 허풍이 더 심했다. 눈물 한 줄기가 노바의 볼을 타고 흘러내렸다.

그날도 참 즐거운 파티였지.

제1부

모든 것이 떨어져 나가, 그 중심이 지탱하지 못한다.
그야말로 무질서가 이 세상에 풀려났다.
— 윌리엄 버틀러 예이츠, 『재림』 중에서

제1장

콘스탄티노 테라는 딸을 위한 깜짝 파티를 이미 오래전에 포기했다. 아이는 늘 부모의 의도를 일찌감치 알아채고는 계획을 망쳐놓기 일쑤였다. *지금 생각해보면, 그게 첫 번째 단서였던 것 같군.* 하지만 그 밖에도 다른 증거가 속속들이 드러났고, 머지않아 콘스탄티노는 사랑스러운 딸 노바가 텔레파시 능력자라는 사실을 깨달았다.

콘스탄티노가 다른 사람이었다면, 필연적인 결과를 피하지 못하고 딸을 군부에 넘겨 훈련을 받게 했을 것이다. 하지만 테라 가문은 수 세기 전 지구의 인류를 우주의 이 구역까지 이끌고 온 식민 함대의 사령관으로부터 이어져 내려온 구 가문의 일원이었다. 구 가문은 원치 않으면 소중한 딸을 그 누구에게도 넘기지 않았다.

그 점에서만큼은 노바의 어머니도 동의했다. 그 외에는 콘스탄티노와 애너벨라 테라의 의견이 일치하는 일이 많지 않았다. 사실 둘의 결혼 생활이 유지되어야 한다는 걸 제외하고는 그 무엇에서도 의견의 일치를 봐야 할 이유가 없었다. 구 가문의 부부들이 다들 그렇듯, 그들의 결혼 생활 역시 재정적 편의를 위해 유지되는 관계일 뿐이었다. 두 가문의 재산이 따로 나누어져 있을 때보다 하나로 합쳐졌을 때 더 효과적으로 증식할 수 있고, 더욱 가치 있는 후계자를 낳을 수 있으리라는 합의에 의한 관계였다. 그런 후계자들은 콘스탄티노의 정자를 애너벨라의 난자에 주입하며 만들어졌고, 그렇게 해서 그 형편없는 여자와의 끔찍한 잠자리를 피할 수 있었다. 콘스탄티노에게는 잠자리를 위한 정부가 따로 있었고, 물론 아내인 애너벨라에게도 연인이 있었다. 콘스탄티노는 애너벨라가 지금의 연인에게 질려 종업원 중에서 새 파트너를 물색하고 있다며 하인들이 수군거리는 이야기를 들었다. 하지만 콘스탄티노 자신과 연인인 엘레프테리아 사이에도 비슷한 문제가 있다는 소문을 접한 적이 있었다. 실제로는 그녀를 배신할 생각이 전혀 없었는데도 말이다. 정부와 남편의 관계, 또 연인과 부인의 관계는 이 가문 전체에 막대한 영향력을 행사하고 있었기에, 콘스탄티노도 그런 관계를 깨뜨릴 생각은 없었다.

어딘가의 정부 시설에서 테란 연합을 위협하는 외계 종족을 막아낼 무기가 되고자 사이오닉 능력을 연마하는 훈련을 받으며 열다섯 번째 생일을 보내는 대신, 그의 딸 노바는 최고의 파티 한가운데에 있었다. 구 가문의 아이들을 위해 개최된 파티 중 최고의 생일 파티였다. 사실 그런 파티는 여러 면에서 경쟁이나 마찬가지였다. 각 가문은 이상하리만치 점점 더 호화로워지는 파티를 번갈아 개최하며, 서로 자기가 자식들을 가장 사랑한다는 사실을 증명하려 했다.

그 결과, 지금 테라 마천루 꼭대기 층의 반구형 지붕은 사상 최고로 화려하게 장식되어 있었다. 지붕은 편광 처리가 되어 있어 햇빛에 방해받지 않고 타소니스 전역의 풍경을 둘러볼 수 있는 최적의 시야를 제공했다. (테라 가문의 마천루는 사실상 시야를 가리는 게 없는 몇 안 되는 건축물 중 하나였다. 그곳에 비견할 만한 건축물은 쿠시니스 탑과 UNN 건물뿐이었다) 폭이 6미터나 되는 거대한 샹들리에가 최신식 반중력 장치로 지탱되어 반구 중앙에 떠 있었다. (콘스탄티노가 만에 하나 샹들리에가 떨어지는 사태가 발생할 경우 제조사를 작살내버리겠다고 으름장을 놓았기 때문에, 반중력 유닛은 충분히 신뢰할 수 있었다) 기대했던 대로 연합 전역에서 모여든 산해진미가 보란 듯이 차려져 있었고, 콘스탄티노는 안티가 물소 구이와 사란 고추 절임을 집어 들었다. 이 두 가지 음식 가격은 콘스탄티노의 직원 열 명의 봉급을 모두 합친 것보다 비쌌지만, 딸아이를 위해서라면 아깝지 않았다.

파티장에는 이 행성의 주요 인물들이 모두 모여 있었다. 타소니스에 거주하는 구 가문의 대표자 세 명과 타 행성의 대표자들 몇 명이 참석했고, UNN에서도 연예 담당 기자들을 모두 파견했다. 그중 한 명은 마라 그레스킨이라는 여성 뉴스 기자였다. 콘스탄티노는 파티에 참석한 그녀를 보고 미소를 지었다. *고작 생일 파티를 취재하러 오다니, 아무래도 누군가를 두들겨 패기라도 한 모양이군.* 이런 행사는 보통 연예부에서나 눈독을 들이는 자리였다. 뉴스 기자들은 이런 취재를 하찮다고 생각했기 때문에, 그레스킨이 이곳에 참석했다는 건 누군가 중요한 사람의 심기를 제대로 건드렸거나, UNN 편집장인 핸디 앤더슨과 사이가 틀어졌음을 짐작할 수 있었다.

그래도 저들이 오늘 이 파티를 취재하고 있다는 건, 외계인이 인류를 멸망시킨다는 피해망상 기사가 하나라도 줄어든다는 뜻이겠지. 요즘 UNN

이 보도하는 건 전부 사라 행성계의 공포와 갑작스럽게 나타난 외계 종족의 위협뿐인 것 같았다. 물론 콘스탄티노는 이번 일의 내막을 UNN보다는 조금 더 자세히 알고 있었다. 예를 들어, 실제로는 지금 두 외계 종족의 전쟁 한가운데로 인류가 휘말린 상황이라는 것도 그는 알고 있었다. 하지만 사태를 조금 더 정확히 파악하고 있었기에 그의 걱정은 더 깊어만 갔다. 특히 아크튜러스 멩스크와 코랄의 후예라는 도살자 무리가 외계 종족의 침공을 선전 도구로 활용하여, 이 행성으로부터 안티가 프라임에 이르기까지 모든 지역에서 반란을 일으키고자 꿈틀대고 있었다.

그런 상황에서도 콘스탄티노는 파티를 열었다. 어쨌거나 오늘은 딸의 생일이었고, 멩스크나 외계 괴물들 때문에 딸아이의 생일을 지나칠 수는 없었다.

노바는 어느새 여성이 되어가고 있었다. 콘스탄티노가 여성의 신체 구조와 그 기능에 대해 잘 모른다는 듯이 담당 간호사가 고집스럽게 '월례 행사'라고만 부르는 그 일이 시작된 모양이었다. 가슴도 여성스럽게 발달되기 시작했다. 이성을 무조건적으로 경멸하는 사춘기 이전 특유의 감정은 조만간 사라지고 호르몬의 명령에 따르는 시기가 찾아올 것이다. *그러면 내 딸아이에게 끊임없이 몰려드는 쓸모없는 구혼자들을 상대해야겠지.*

사실 콘스탄티노는 내심 기대하고 있었다. 젊은 사내놈들이 연합에서 가장 막강한 권력에게 좋은 인상을 남기려고 발버둥 치다가 결국 실현 불가능한 콘스탄티노의 기준을 충족시키지 못하고 비참하게 실패하는 꼴을 보는 건 정말이지 만족스러웠다. 이미 노바의 언니 클라라를 통해 경험해봤던 일이다. 클라라는 이제 마일로 쿠시니스와 약혼한 사이가 되었지만, 노바가 아직 남아 있어 기대가 컸다.

지금 노바는 반구형 공간의 중앙에서 아름다운 핑크빛 드레스를 입고 서 있었다. 턱 아래로 하얀 주름이 마치 꽃처럼 펼쳐졌고, 몸에 꼭 맞는 상의와 함께 커다란 후프 스커트가 사방으로 펼쳐지며 바닥까지 늘어졌다. 아이의 움직임이 워낙 우아하고 자연스러운데다가, 스커트 때문에 발도 보이지 않아서, 노바는 마치 공중에 떠올라 움직이는 것 같았다. (다른 소녀들은 풍성한 스커트에 가려진 신발에 활강기를 부착해 같은 효과를 냈지만, 당당한 노바는 그런 행위가 속임수라고 생각했다) 화장은 거의 하지 않은 채 초록색 눈만 조금 강조한 모습이었다. 깨끗한 피부에는 굳이 화장이 필요치 않았고, 아직까지는 청소년기의 까칠함도 그녀의 얼굴에 흠이 되지 않았다.

평상시 곧게 뻗어 있던 금발도 오늘만큼은 파티를 위해 우아하게 말아 머리 위로 올렸다. 콘스탄티노는 레베카에게 사과해야겠다는 메모를 머릿속에 남겼다. 노바의 머리를 조금만 곱슬하게 말아주면 아주 아름다울 거라고 했던 미용사 레베카의 말을 그는 믿지 않았었다. 왜 진작 눈치채지 못했을까? 사실 레베카는 아내 애너벨라도 몇 번 정도 봐줄 만한 외모로 꾸며주었던 실력자였다.

파티 참석자들 모두 탁자에 놓인 음식을 먹고 있었고, 하인들은 비어가는 접시를 능숙하게 채웠다. 음료를 아무리 많이 마셔도 음료 통에는 늘 절반 이상의 음료가 채워져 있었다. 가스 듀크는 오늘 혼자서 음료를 모두 마셔버릴 모양이었다. 콘스탄티노는 그가 또 옷을 벗어던지는 일이 생기지 않게 보리스에게 지켜보고 있으라고 지시해야겠다는 메모를 머릿속에 남겼다. 빈 잔과 비워진 접시들은 아무도 모르는 사이에 치워졌다. 콘스탄티노는 항상 가장 바지런한 하인들을 거느리고 있었다. 그렇지 못한 하인은 이곳에서 오래 머물지 못했다.

콘스탄티노가 인간 하인만 고용한다는 사실을 당황스럽게 생각하는 사람들도 있었다. 대부분 젊은 신흥 부자들로, 최근 10년간의 폭발적인 호황기를 통해 막대한 부를 축적하며 소위 자수성가한 세력들이었다. 그들은 로봇이 훨씬 더 효율적이고, 돈도 한 번만 지불하면 된다고 지적했다. 콘스탄티노는 늘 싱긋 웃으며 자기가 구식이기 때문이라고만 말했다. 하지만 사실 그는 연합의 공역에서 가장 큰 로봇 회사인 서보 서번트를 소유하고 있었고, 실제로는 비용 지불이 한 번에 끝나지 않는다는 사실을 잘알고 있었다. 계획적 노후화와 적당히 비효율적인 메커니즘 때문에 주기적인 유지보수 비용이 발생했고, 서보 서번트는 이를 통해 막대한 수익을 거두었다.

게다가 콘스탄티노는 사람들에게 일자리 주는 걸 좋아했다. 그가 고용한 사람이 많아질수록, 시궁창 거리를 더럽히는 사람이 줄어드는 셈이었다. 그때 노바가 미끄러지듯 그에게 다가왔다.

"아빠, 늘 하인들이 훌륭하다고 생각하시면서, 정작 음식을 먹게 해주지는 않으시네요."

"무슨 소리냐?"

어차피 그가 하인들에 대해 생각하고 있었다면 노바가 의식적으로든, 무의식적으로든 그 사실을 알아채는 건 당연한 일이었다.

"그들도 사람이에요, 아빠. 게다가 이렇게 열심히 일을 하잖아요. 적어도 '저런 사람'보다는 하인들이 맛 좋은 안티가 물소 구이를 먹을 자격이 있지 않을까요?"

노바가 가스 듀크를 가리키며 말했다. 그는 음료 통이 물놀이터라도 된다는 듯 어느새 그 앞에서 장화를 벗고 있었다. 콘스탄티노가 주위를 둘러보니, 보리스는 이미 가스 듀크의 소란을 막고자 재빨리 그를 향해 빠른 걸음으로 다가가고 있었다.

"어떻게 생각하세요?"

고개를 돌려 노바를 바라보던 콘스탄티노는 딸아이의 초록색 눈동자에 저항할 수 없다는 걸 깨달았다. 하인들에게 너그럽게 대해 달라는 노바의 부탁이 처음도 아니었고, 그녀는 대개 원하는 결과를 손에 넣었다. 굳이 아버지의 약점을 건드리지 않아도 충분히 그럴 수 있었다. 연인인 엘레프테리아는 노바가 텔레파시 때문에 하인들을 '하인'이 아닌 '사람'이라고 생각하는 것 같다고 말한 적이 있었다. 하인들도 생각하는 것만큼은 다른 사람들과 다르지 않을 테니까.

물론 노바 자신은 그런 사실을 알지 못했다. 그저 자기가 공감 능력이 뛰어난 소녀라고 생각할 뿐이었다.

콘스탄티노는 손을 뻗어 딸아이의 두 볼을 보듬었다.

"사랑하는 우리 딸, 네 말이라면 내가 뭐든 들어준다는 거 알잖니."

그는 돌아서서 정복 재킷의 첫 번째 단추에 내장된 마이크를 가동시켰다. 연회장 구석구석에 교묘하게 숨겨져 있는 증폭기가 그의 목소리를 소란스러운 파티장 전체에 전달했다.

"여러분, 잠시 주목해주시겠습니까?"

행사장 전체에 서서히 침묵이 내려앉자, 콘스탄티노는 지나가던 하인의 쟁반에서 포도주 잔 두 개를 들어 하나를 노바에게 건넸다.

"오늘은 아름다운 제 딸, 노벰버 애너벨라 테라의 열다섯 번째 생일입니다. 그래요, 우리 막내딸이 벌써 그런 나이가 됐군요."

콘스탄티노는 부인이 서 있는 곳을 향해 술잔을 기울였다. 연인과 팔짱을 끼고 있으면서도, 애너벨라는 다정하게 술잔을 마주 들고는 조금은 진실해 보이기까지 하는 미소를 지어주었다.

"하지만 클라라나 제베디아보다 어리다고 해서, 노바가 어딘가 부족하다거나 사랑을 덜 받은 아이라는 말은 아닙니다. 이 아이가 태어난 그날은 제 생애 가장 행복했던 나흘 중 하루입니다. 나머지 사흘은 클라라와 제베디아가 태어났던 날이고, 그중 하루는 당연히 컨티넨탈 사(社)가 폐업했던 날이죠. 덕분에 제가 홀로캠 사업을 독점하게 되었으니까요."

솔직히 조악한 농담이었지만 여기저기서 웃음소리가 터져 나왔다. 노바는 아버지를 쏘아보고 있었다. 아무래도 농담을 농담으로 받아들이지 못한 모양이었다. 아니면 그저 아버지가 자신의 본명을 들먹인 것이 마음에 들지 않았는지도 몰랐다.

"어쨌든, 노바가 태어났던 날이 그렇게 행복했던 만큼, 이 아이의 생일을 축하하고자 이렇게 많은 분들이 모여주셨다는 사실이 더없이 기쁩니다. 그러니 모두들 잔을 들어, 사랑하는 제 딸 노바의 생일을 축하해주시기 바랍니다."

연회장 안의 모든 사람이 그 말에 따라 잔을 들었고, 여기저기서 생일을 축하한다는 인사말이 들려왔다. 노바는 미소를 지으며 두 볼에 홍조를 띠었다.

모든 사람이 술을 마시고 나자 노바는 콘스탄티노를 바라보며 말했다.

"아빠."

"알았다, 애야. 자, 이제 다들 잠시만 음식과 음료가 놓인 탁자에서 한 걸음 물러나주시기 바랍니다. 저희 하인들은 지난 몇 주 동안 이 파티를 준비하며 정말 열심히 일했습니다. 파티가 시작된 후에도 모든 일이 문제없이 흘러가도록 최선을 다해 일했지요. 그들의 노고에 보답하고 감사의 마음을 표현하고자, 이 멋진 음식들을 맛볼 수 있는 기회를 주려고 합니다."

여기저기서 키득거리는 웃음소리가 터져 나오고, 어색한 박수 소리가 들렸다. 콘스탄티노는 다른 가문 사람들이 별로 달가워하지 않는 기색을 눈치챘다. 특히 애너벨라는 누군가 술잔에 독이라도 탄 것 같은 표정이었다. 많은 사람들이 하인을 위해 비켜서야 한다는 사실에 꽤나 언짢은 표정을 지었다.

하지만 노바는 콘스탄티노를 향해 눈부신 미소를 지었다. 고개를 돌려보니 엘레프테리아도 환하게 웃으며 자신을 바라보고 있는 모습이 보였다. 콘스탄티노에게 필요한 건 그 두 사람의 미소뿐이었다.

잠시 후 젭이 아버지인 콘스탄티노 곁으로 슬며시 다가왔다.

"아빠, 제 본명을 꼭 언급하셔야 했어요?"

젭의 말에 노바는 한심하다는 표정으로 오빠를 바라봤다.

"어린애처럼 굴지 마, 젭 오빠."

"야, 웃기는 소리 하지 마. 그럼 아빠가 널 '노벰버'라고 부르는 게 좋아? 대답해봐, 이 꼬마 동생아?"

"난 이제 열다섯 살이고, 오빠보다 키도 크다고."

콘스탄티노는 다시 한 번 쿡쿡 웃었다.

"동생 말이 맞다, 아들."

노바의 키는 이미 언니, 오빠를 추월하여 어느새 아버지와 비슷했고 아직도 자라고 있는 중이었다.

"그냥 옷 때문에 그런 거라고요." 젭은 어깨를 으쓱했다.

"계속 그런 핑계나 대라고, 오라버니."

"사장님!"

콘스탄티노가 돌아서자 리아 엠마뉴엘이 보였다. 테라 가문의 모든 사업체는 콘스탄티노가 사장직을 맡고 있었지만, 각각의 일상적인 업무는 여러 부사장의 몫이었다. 그중에서도 리아는 모든 부사장을 감독하는 책임 부사장이었고, 콘스탄티노는 자신의 다양한 사업체와 관련된 모든 분야에서 그녀를 오른팔로 여기며 신뢰했다.

리아는 늘 입는 정장을 입고 있었다. 그녀는 같은 정장 열두 벌을 갖고 있었고, 매일 한 벌씩 바꿔 입다가 시간이 나거나 12일이 지나면 입었던 정장들을 세탁했다. 콘스탄티노는 그녀가 다른 옷은 갖고 있지도 않을 거라고 생각했다. 안타까운 모습이었다. 지금 이 연회장에서 비즈니스 정장을 입은 건 리아뿐이었으니까. 다른 사람들은 모두 파티에 어울리는 화려한 예복을 입고 있었다.

콘스탄티노는 몇 분 더 계속될 남매 간의 언쟁에서 잠시 벗어나 리아 부사장에게 다가갔다.

"리아, 오늘 밤에는 한 번도 안 보이던데. 지금껏 어디……?"

"사장님, 죄송합니다. 드릴 말씀이 있습니다."

리아는 날카로운 갈색 눈으로 그를 뚫어져라 바라봤다. 구불거리는 갈색 머리카락은 엉성하게 묶여 있었다. 어떻게든 머리카락을 치우고 싶었던 모양이다.

"조용한 곳에서요."

리아의 말에 콘스탄티노는 한숨을 쉬었다.

"왜 전화를 하지 않았나?"

리아의 눈빛이 더욱 강렬해졌다.

"사장님께서 전화를 꺼놓은 채 침실에 남겨두셨기 때문이지요."

"그걸 알았으면서…… 내가 사업 문제로 방해받지 않고 파티를 주최하고 싶었다는 건 생각하지 못했나보군."

콘스탄티노의 냉정한 목소리에 그제야 리아는 당황하는 듯했다.

"정말 죄송합니다, 사장님. 상황이 이렇게까지 급박하지 않았더라면 노바의 생일 파티를 방해하지는 않았을 겁니다."

콘스탄티노는 다시 한 번 한숨을 쉬었다. 사실이었다. 리아는 정말 시급한 일이 아니고서는 사업 문제를 이런 가족 행사에 끌어들일 만큼 어리석지 않았다.

"알았네, 알았어. 무슨 일이지?"

"반란군입니다, 사장님. 놈들이 팔롬보 계곡에 있는 공장을 습격해 파괴했습니다."

콘스탄티노가 두 눈을 깜빡였다.

"파괴했다고? 공장이 전부 파괴되었다는 말인가?"

"아주 교묘한 공격이었습니다. 구조물 일부는 아직 무사하지만, 공장 전체의 가동이 중단되었습니다. 이번 일로 878 및 901 호버카와 특히 428 호버바이크의 생산에 차질이—"

콘스탄티노는 손을 내저어 리아의 말을 끊고 물었다.

"그런 건 지금 신경 쓰고 싶지 않네, 리아. 사람들이 얼마나 많이……?"

"야간 조 전부입니다, 사장님. 사고 현장에서 ID 태그를 스캔해보니 야간 조 중 세 명만 제외하고는 모두 그곳에 있었습니다. 그 세 명 중 한 명은 휴가 중이었고, 다른 두 명은 병가를 낸 상태였습니다. 다른 사람들은 현장에서 모두 죽었습니다. DNA 확인은 한 시간 정도 더 걸리겠습니다만, 지금으로서는……."

"그 세 명을 모두 조사해보게. 그들이 공모한 일인지 알아내."

콘스탄티노는 이를 악물고 긴 숨을 내쉬며 화를 삭였다. 여기서 소란을 피울 수는 없었다. 특히 경쟁자들이 이렇게 많이 모인 곳에서는 더더욱.

"이미 시작했습니다, 사장님. 공격이 이루어진 방식을 보면 내부자가 관계되어 있다는 건 분명합니다. 폭탄이 터진 지점은 모두 야간 조 인원이 가장 많이 모여 있던 곳과 교체 비용이 가장 비싼 장비가 설치된 곳이었습니다."

어리석은 질문인 줄 알면서도 콘스탄티노는 물어볼 수밖에 없었다. 달리 누가 이런 짓을 할 수 있겠는가?

"반란군 짓인 건 확실한가?"

리아가 고개를 끄덕였다.

"분명합니다, 사장님. 공격과 동시에 멩스크가 해적 방송을 송출하여 구 가문 전체와 특히 사장님을 이 사회를 장악한 부패의 상징이라며 비난하기—"

콘스탄티노는 다시 한 번 리아의 말을 잘랐다. 멩스크의 선전 문구 따위에는 관심이 없었다. 그는 한숨을 내쉬며 지시했다.

"그래, 알겠네. 계속 사태를 확인하고 자세한 보고서를 준비해주게. 파티가 끝나면 읽어볼 테니. 젠장, 기분 좋은 저녁이었는데."

"사장님, 더 나쁜 소식도 있습니다. 현재 자금 상황을 면밀히 검토하고 있습니다만, 아무래도 공장을 재건하거나 희생자의 유족들에게 위로금을 지급하는 것 중 한 가지만 가능할 것 같습니다. 두 가지 일을 모두 하는 건 불가능합니다."

리아의 말에 콘스탄티노가 주저 없이 대꾸했다.

"그렇다면 공장 재건을 연기해야지. 우린—"

"사장님, 작년에 미납된 공급 물량이 그 공장에서 생산될 예정이었습니다. 특히 428 호버바이크가 문제입니다."

최근의 경기 침체와 함께 테라 사(社)의 제품 판매량도 크게 감소했다. 반란군에 대한 두려움과 외계 종족의 침공이 소비자의 구매 욕구를 억제했기 때문이었다. 이렇듯 소비가 위축된 상황에서도 유일하게 판매량이 높은 제품이 바로 428 모델이었는데, 이 호버바이크는 아이들과 청소년 사이에서 놀라운 인기를 구가하고 있었다.

리아가 말을 이었다.

"몇 달 정도는 연기할 수 있을지 모릅니다만, 가능한 서둘러서 공장을 재가동해야 합니다. 멩스크가 무작위로 표적을 고른 게 아닙니다. 그 공장이 없으면, 회사의 재정 상황이 흑자로 돌아서는 건 사실상 불가능합니다."

"이번 공격 희생자들의 유족에게 엿을 먹이지 않으려면 그래야겠지. 그 비열한 자식. 공장을 재건하지 않으면 회사가 무너지기 시작할 테고, 만약 재건부터하면 우리가 직원들을 착취하고 있다는 놈의 개소리에 힘을 실어주는 꼴이 되겠군."

콘스탄티노는 고개를 가로저으며 침을 뱉고 싶은 마음을 애써 억눌렀다.

"젠장. 알았네, 리아. 고맙군."

"사장님, 죄송하지만……."

"지금 그런 결정을 내리진 않겠네."

"사장님, 그 말씀을 드리려던 게 아닙니다. 나쁜 소식이 더 있습니다. 프로토스가 마 사라를 휩쓸었습니다. 연합군은 가까스로 퇴각했지만, 얼마나 많은 사람들이 살아남았는지는 아직 확인되지 않았습니다."

콘스탄티노가 또다시 고개를 가로저었다. 사라 행성계에서 포획한 저그를 갖고 실험을 하던 일이 결국에는 이런 문제를 일으키리라는 것을 그는 알고 있었다. 프로토스는 이미 차우 사라를 소멸시켰고, 이제 마 사라까지 같은 방식으로 무너졌다. 이 외계 종족이 다음에는 어디를 공격할지 누가 알겠는가?

"수고했네, 리아. 파티가 끝난 후에 다시 이야기하세. 괜찮겠나?"

"네, 사장님." 리아는 곧장 승강기로 향했다.

무심코 내려다본 왼손은 아직 포도주 잔을 들고 있었다. 노바를 위해 건배를 제의하며 한 모금 마신 후로는 입도 대지 못했다. 그제야 콘스탄티노는 남은 포도주를 모조리 마셔버렸다.

노바와 젭에게로 돌아가려는데 엘레프테리아가 그를 불러 세웠다. 정부가 으레 그렇듯, 엘레프테리아는 콘스탄티노의 부인과 정반대였다. 애너벨라는 작고 다부진 체격에 적갈색 머리와 올리브색 피부를 지닌, 모래시계 같은 당당한 체격의 여자였지만, 엘레프테리아는 훤칠한 키에 날씬한 몸매, 빨간 머리와 창백한 피부의 호리호리한 여성이었다.

"조금 전의 그 사람, 리아였죠? 파티에 뒤늦게 찾아와서는 잠깐 동안 당신과 이야기하더니 순식간에 떠나버렸네요. 그런 건 보통 나쁜 소식이 있는 경우 아닌가요?"

"당신을 속일 수는 없겠군."

콘스탄티노가 건조하게 웃었다. 엘레프테리아는 항상 관찰력이 좋았다. 콘스탄티노는 그녀에게 팔롬보의 공장에서 있었던 일에 대해서만 이야기했다. 프로토스에 대해서는 아직 말할 수 없었다. 엘레프테리아에게 진실을 감춰야 한다는 게 괴로웠지만, 그 정보는 그녀가 접근할 수 없는 사안이었다.

엘레프테리아의 가뜩이나 창백한 얼굴이 더욱 파리해졌다.

"맙소사, 끔찍한 일이네요. 어떻게 그런 짓을 할 수 있죠?"

"아무래도 위원회의 어리석은 결정이 초래한 죄의 대가를 우리 모두가 치러야 할 모양이야."

콘스탄티노는 코랄 IV를 폭격하는 것이 지나치게 극단적인 해결책이라며 누구보다 목소리를 높였지만, 구 가문은 대부분 위원회의 편을 들었다. 아니, 적어도 군부의 의견에 힘을 실어주었다. 극단적인 문제에는 극단적인 해결책이 필요하다고 믿었던 탓이다.

하지만 콘스탄티노의 생각이 옳았다. 코랄 IV 행성 공격은 엄청난 역풍을 불러왔고, 여론이 연합에서 멀어지게 만들었다. 그리고 멩스크와 그 도살자 무리가 봉기하는 기회를 만들어주었을 뿐 아니라, 멩스크만큼의 인지도는 아니더라도 성가시기로는 부족함이 없는 수십 개의 소규모 저항 세력을 만들어냈다.

콘스탄티노는 노바와 젭을 돌아보았다. 이제는 조금이나마 예의를 차린 모습으로 대화하고 있었다. 리아는 내부자의 소행이라고 말했다. 당시 자리를 비웠던 세 명 중 한 명이 관여한 일인지도 몰랐다. 아니면 공장에 사체로 남은 사람들 중 하나가 멩스크의 대의를 위해 순교자가 되기를 택한 것인지도 몰랐다.

"무슨 생각해요?" 엘레프테리아가 물었다.

"계획대로 해야겠다는 생각."

그는 빈 포도주 잔을 내려놓고, 지나가던 하인의 쟁반에서 새로운 잔을 하나 집어 들었다. 엘레프테리아의 두 눈이 휘둥그레졌다.

"당신 분명히……."

"포기하는 걸 고려 중이라고 했었지. 하지만 이번 공격을 보니 어쩔 수 없을 것 같아. 사라 행성계에서 일어난 일은 말할 것도 없고. 그자들이 공장에 사람을 심을 수 있었다면, 이 집 안에 누군가를 들이는 것도 가능할 테니까. 안타깝게도 우리 집보다는 회사의 경비가 더 삼엄해서 말이지."

콘스탄티노가 쓸쓸한 미소를 지으며 포도주를 한 모금 마셨다. 앞서 마셨던 포도주보다 못한 빈티지였다.

'09년산 포도주가 떨어진 모양이군. 이건 07년산 같은데.'

생각해보니 그해 할시온의 포도 작황은 끔찍했다. 그는 포도주 담당자에게 07년산 빈티지를 대체 왜 보관하고 있는지 물어봐야겠다는 메모를 머릿속에 남겼다.

"하지만 여기 하인들 중 수상한 사람이 있다면, 노바가 알아채지 않았을까요?"

엘레프테리아가 걱정스러운 얼굴로 물었다.

"꼭 그렇지는 않아. 노바는 훈련을 제대로 받은 게 아니라서 뭘 찾아야 할지 모를 거야."

그게 누구 잘못이더라? 머릿속에서 작은 목소리가 물었지만, 콘스탄티노는 애써 그 생각을 억눌렀다. 그런 훈련을 받는다는 건 딸아이를 잃어버린다는 의미였고, 그건 받아들일 수 없었다. 그것도 코랄 IV 행성에 핵을 떨어뜨리고 이 말도 안 되는 일의 시발점이 된 얼간이들에게 딸을 넘길 수는 없잖은가.

"노바에게는 언제 말씀하실 거예요?" 엘레프테리아가 물었다.

"파티가 끝나고 나서. 오늘은 즐겁게 지내도록 해줘야지. 그런 후에 당분간 이 행성을 떠나야 한다고 얘기할 생각이야."

제2장

"야, 너 괜찮아?"

젭이 그렇게 묻기 전까지, 노바는 자신이 한참 동안 오빠의 말에 대꾸도 하지 않았다는 걸 인식하지 못했다.

"음?"

노바는 오빠를 향해 돌아섰다. 젭은 밀리미터 단위로 몸에 맞춰 재단되고 말끔하게 다림질된 턱시도를 입고도 어딘가 부스스하고 흐트러져 보였다. 젭은 안티가 물소 구이가 가득 담긴 접시를 한 손에 든 채, 다른 손으로 꾸역꾸역 고기를 입에 밀어 넣었다.

"미안, 오빠. 아빠 걱정이 돼서 그래. 지금 화가 많이 나신 것 같은데."

"어떻게 화가 날 수 있어? 이렇게 멋진 파티가 열리고 있는데."

젭은 입안 가득 담긴 음식을 씹으면서 중얼거렸다. 정말이지 거슬리는 모습이었다.

"입에 먹을 거 잔뜩 물고 얘기하지 마."

노바는 아무 소용없다는 걸 알면서도 반사적으로 쏘아붙였다. 젭은 사실 구 가문의 후계자답게 말할 줄도 알았고, 아버지와 함께 사업 문제를 적절히 논의할 줄도 알았다. 다행이었다. 아버지가 은퇴하거나 일선에서 물러난다면 젭이 테라 가문의 사업을 물려받아야 할 테니까. 또한 어떤 사교적인 자리에서도 완벽하게 어울리는 춤을 출 수 있었다. 하지만 단정한 모습으로 음식을 먹거나, 그러는 동안 말을 하지 않는 것만은 근본적으로 불가능한 것 같았다.

젭은 입속의 내용물을 꿀꺽 삼키고는 고개를 돌려 노바의 시선을 좇았다.

"그래, 어딘가 정신이 팔리신 것 같네."

노바는 아버지가 어떤 모습인지는 사실 눈치채지 못했다. 무슨 일인지는 몰라도 아버지가 짜증이 났다는 사실만 '느낄' 수 있었다. 노바가 기억하는 한, 그녀는 언제나 주위 사람들의 기분을 그대로 느낄 수 있는 재능이 있었다. 사실 일곱 살 때 어머니인 애너벨라에게서 보통 사람들은 그녀처럼 주위 사람의 기분을 느낄 수 없다는 말을 들었던 때 적잖은 충격을 받았다. 그리고 그때 '공감'이라는 말도 배웠다. 어머니는 늘 노바가 예민한 아이라서 그런 것이고, 언젠가 좋은 엄마가 될 거라고 말했다. 듣기 좋은 말이었다. 노바는 세상 그 무엇보다도 부모님을 사랑했고, 자기도 언젠가 부모님의 절반만큼이라도 좋은 부모가 되고 싶다고 생각했다.

노바는 아버지에게 다가갔고, 젭이 그 뒤를 따라오며 마지막 남은 고기를 입속에 욱여넣었다. 지금 엘레프테리아와 대화하는 아버지의 모습을 보니, 그제야 젭까지 아버지가 언짢아하고 있다는 것을 어떻게 알았는지 알 수 있었다. 아버지는 넓은 어깨를 축 늘어뜨린 채 모래색 머리를 손으로 거칠게 넘기다가 다소 헝클어진 모습이었다. 머리를 그렇게 넘기는 건 괴로운 일이 있을 때 콘스탄티노가 무의식적으로 하는 행동이었다. 심지어는 두툼한 수염 끝을 잡아당기기도 했다.

"아빠, 무슨 일 있어요?"

노바의 물음에 아버지는 미소를 지어 보였지만, 그녀는 여전히 아버지에게서 걱정스러운 마음이 번져 나오는 것을 느낄 수 있었고, 엘레프테리아에게서도 같은 감정을 느낄 수 있었다.

"걱정할 필요 없다, 애야. 회사에 일이 좀 있어서 그래."

노바는 콘스탄티노를 쏘아보았다.

"아빠, 파티에서는 회사 일 신경 쓰지 않기로 하셨잖아요."

"아주 잠깐이었다. 내가 원한 것도 아니고."

그러자 옆에 있던 엘레프테리아가 덧붙였다.

"그리고 그 소식을 전하러 온 못된 여자도 바로 쫓겨나서, 이제 파티를 계속할 수 있단다."

"좋네요."

젭은 그걸로 끝이라고 생각한 모양이었다. 하지만 노바는 달랐다.

"아빠, 대체 무슨 일이에요?"

"파티가 끝날 때까지 아무것도 신경 쓰지 말거라, 노바. 지금은 가서 생일 파티를 즐기렴. 나중에 다시 얘기하자꾸나. 알겠지?"

그때 느닷없는 목소리가 연회장에 울려 퍼졌다.

"하인들더러 음식을 먹어보라니, 그 헛소리는 대체 뭐야? 왜 이런 귀찮은 짓거리를 하는지 도무지 모르겠군."

노바가 돌아섰을 때, 모여든 손님들이 홍해처럼 갈라지면서 백오십 세의 안드레아 타이고어가 탄 호버체어가 음식이 놓인 탁자들 사이로 다가

왔다. 안드레아는 타이고어 가문의 대모였고, 막강한 세력들로 이루어진 구 가문들 중에서도 가장 만만찮은 상대였다. 그녀는 아마도 지금 막 도착해서 아버지의 건배사를 듣지 못했을 것이다. 안드레아는 이런 행사 자리에 주로 가장 늦게 나타나서는, 다른 사람들이 모두 모여 있는 중에 주인공처럼 성대하게 입장하는 걸 좋아했다. 노바는 다른 아이들과 달리 안드레아와 잘 지냈는데, 아마 그녀를 두려워하지 않는 아이는 노바가 유일하기 때문이었을 것이다.

"미안하구나, 얘야. 안드레아 님께 인사를 해야 할 것 같구나."

콘스탄티노의 목소리에는 거부할 수 없는 단호한 기색이 담겨 있었다.

"걱정 마세요, 아빠."

노바가 속삭인 후 안드레아에게 큰 소리로 말했다.

"제가 하인들도 음식을 먹게 해달라고 부탁드렸어요, 안드레아 여사님. 지금까지 힘들게 일했는데, 그 정도 보상은 해줘야 할 것 같았거든요. 그렇게 생각하지 않으세요?"

"허튼소리 하지 말거라. 저들은 하인이야. 원래 일을 해야 하는 사람들이라고."

안드레아가 콘스탄티노를 올려다보며 말을 이었다.

"솔직히 말해봐, 티노. 대체 이 아이에게 뭘 가르치고 있는 거니?"

오직 안드레아만이 할 수 있는 행동, 즉 콘스탄티노를 별명으로 부르는 것에 눈살을 찌푸리며 그가 대꾸했다.

"제 막내딸도 나름의 생각이 있습니다, 안드레아. 당신이라면 그런 점을 인정해주시겠지요."

"어느 정도는 그렇지. 아주 멋진 여성으로 성장하고 있구나, 노벰버."

안드레아가 노바를 향해 시선을 돌렸다. 안드레아는 가족을 제외하고 노바의 본명인 노벰버를 입에 올리는 유일한 사람이었고, 노바는 그게 싫었다. 앞서 젭의 말을 무시하긴 했지만, 그녀도 오빠만큼이나 본명으로 불리는 걸 싫어했다. 하지만 아버지와 마찬가지로 안드레아의 말에 토를 달 수는 없었다.

"고맙습니다, 여사님."

"하지만 조심하렴. 아랫것들은 그냥 아랫것들이야. 그들은 경멸하기만 하면 돼. 그 외의 뭔가를 하려다가는 그 녀석들에게 배신당하고 말 거야. 끔찍한 반란군 놈들이 어쩌다가 그렇게 여기저기서 생겨나게 됐겠니? 이렇게 말도 안 되는 짓을 하다간, 우리 모두 죽고 말 거다. 놈들이 조금 전에 너희 호버바이크 공장을 공격했다고 하던데."

노바는 충격을 받은 표정으로 아버지를 바라봤다.

"정말이에요?"

긴 한숨을 내쉬며 콘스탄티노는 안드레아를 바라봤다.

"안타깝지만 사실입니다."

"추잡한 반란군 같으니. 놈들을 찾아내 폭탄을 떨어뜨려야 하는데. 코랄에서 그랬던 것처럼."

안드레아는 고개를 절레절레 저었다.

"바로 그 일 때문에 반란군이 생겨난 것 아니었나요?"

젭의 물음에 안드레아는 '쯧' 하고 혀를 찼다.

"멍청한 소리하지 마라, 꼬마야. 반란군을 만든 건 그 멩스크라는 작자야. 코랄 행성의 일은 그냥 핑계일 뿐이고. 티노, 물소 요리 좀 갖다다오."

"정말 괜찮으시겠습니까? 지금—"

콘스탄티노가 눈썹을 치켜세우며 되물으려 하자 안드레아는 손가락을 내저으며 말했다.

"내게 설교를 늘어놓을 생각이라면 그만두렴, 티노. 의사들한테서 헛소리를 듣는 것만으로도 충분히 기분 나쁘니까. 난 백오십 살이고, 원하는 건 뭐든 먹을 수 있어. 그러다가 죽어도 아무 상관없고. 물소 고기를 먹지 못하는 삶이란 살아 있는 게 아니지. 가서 저 고기 좀 가지고 날 따라와라. 네가 만나야 할 사람이 있으니까."

콘스탄티노가 무력한 표정으로 대모 안드레아의 뒤를 따라가는 모습을 보며, 노바는 웃음을 참을 수 없었다. 노바는 두리번거리며 엘레프테리아를 찾았지만, 그녀가 안드레아에게 정신이 팔린 사이 어딘가로 가버린 모양이었다. 노바는 실망했다. 아버지가 무슨 일로 괴로워하는지 엘레프테리아에게 물어보고 싶었다. 어머니와 아버지에게 각각 연인과 정부가 있어서 좋은 점은, 가까운 친구처럼 대화할 사람이 있다는 것이다. 그들은 노바 부모의 기분을 정확하게 파악했고, 그걸 노바에게 전달하는 역할을 했다. *나중에 물어보면 되겠지. 약속했던 얘기를 하시기 전에 말이야.*

"안녕, 노바."

노바가 고개를 돌려보니 모건 칼라바스가 다가오고 있었다. 젭과 같은 디자인의 턱시도를 입고 있었지만, 그에겐 그 옷이 꼭 맞았다. 검은 머리는 깔끔하게 뒤로 빗어 넘겼고, 그의 부모가 피부 치료에 쏟아부은 돈이 마침내 효과를 발휘했는지, 1년 전만 해도 얼굴에 잔뜩 어질러져 있던 여드름 자국이 모두 사라지고 없었다.

"생일을 축하해주고 싶었어."

모건이 포도주 잔을 들어 올리며 인사를 건네자 노바도 사뭇 예의 바르게 말했다.

"고마워, 모건."

"혹시 말이야…… 다반빌 가(家)에서 다음 달에 무도회가 열리는데, 나랑 같이 가주겠어?"

연합에 남은 사람이 우리 둘뿐이라도 그럴 순 없어. 하지만 노바는 오랜 훈련 덕분에 그 말을 입 밖으로 내뱉지 않고 정중하게 돌려 말했다.

"그 마음만으로도 고마워, 모건. 정말이야. 생각해보고 나중에 다시 연락할게."

모건은 기뻐서 얼굴이 환하게 밝아졌지만, 노바는 그의 관심사가 그녀와 함께 가는 것이 아니라는 걸 알았다. 그의 시선이 노바의 얼굴보다 가슴께에 머물고 있는 것만 봐도 쉽게 알 수 있었다.

"꼭 함께 가줬으면 좋겠다. 고마워, 노바."

"천만에, 모건." 절대로 안 돼.

곧이어 노바는 모건의 목소리를 들었다. 단번에 그 치마 속으로 들어가 줄 테니까.

노바의 얼굴이 창백해졌다. 그녀는 모건의 간곡한 부탁과 마찬가지로 그 말도 분명히 '들었지만' 그의 입술은 움직이지 않았다.

모건은 노바가 대꾸도 하기 전에 서둘러 자리를 떠났고 그 모습을 지켜보던 젭이 콧방귀를 뀌었다.

"그렇게 괜한 희망을 주면 안 돼."

"무슨 소리야?"

노바는 젭을 향해 돌아섰다. 방금 있었던 일로 정신이 팔린 나머지, 노바는 젭의 말에 집중하지 못했다. 다른 사람들의 감정을 느낄 수 있을 만큼 예민한 건 그렇다 쳐도, 지금까지 누군가의 '생각'을 직접 들은 적은 한 번도 없었다.

"동생아, 솔직히 저 녀석 싫어하잖아. 널 탓할 생각은 없어, 다들 그러니까. 아르투로 칼라바스의 장남이 아니었다면, 그 누구도 말을 섞지 않을 녀석이야."

젭은 지나가던 하인의 쟁반에서 작은 생선회가 담긴 접시를 집어 들었다.

"어쩌면 저 녀석, 거기 무도회에 참석하지 못할 수도 있대. 찰리 퀸이 그러는데, 모건네 아버지가 저 녀석을 티라도 IX에 보내려 한다던데."

"왜?" 그 말엔 노바도 깜짝 놀랐다.

"글쎄, 찰리 말로는 그곳에 무슨 재교육 캠프 같은 게 있다고 했어. 다른 사람들도 아이들을 티라도 IX로 보낼 거라고 했고. 믿어도 될지는 모르겠지만 말이야."

"왜 믿지 못하는데?"

노바의 물음에 젭이 싱긋 웃었다.

"찰리가 한 얘기니까. 찰리는 여기저기서 듣는 건 많은데, 늘 엉뚱하게 오해를 한다니까. 그런데 무도회에는 누구랑 갈 거야?"

젭은 회 한 점을 입에 집어넣고는 물었다.

같이 갈 사람이 없다는 말은 부끄러워서 할 수가 없었기에, 노바는 대답 대신 젭에게 되물었다.

"그러는 오빠는 누구랑 갈 건데?"

그리고 그 즉시 젭이 거짓말을 한다는 걸 알았다.

"아직 결정 못했어."

"테레즈에게 말할 용기를 내지 못했다는 소리겠지."

"말도 안 되는 소리하지 마!"

젭이 노바의 팔을 툭 치며 쏘아붙였지만 자신을 지그시 바라보는 노바와 눈이 마주치자 고개를 끄덕였다.

"그래, 맞아, 아직 못 물어봤어."

"너무 오래 끌다가는 누군가 다른 사람이 선수를 칠 거야."

"모건이 먼저 얘기할지도 모르지."

젭이 키득거리자 노바가 한숨을 내쉬며 대꾸했다.

"그러면 정말 좋겠네. 그 녀석은 내 가슴이 6개월 전보다 두 배쯤 커졌다는 사실에만 관심이 있고, 내 치마 속으로 들어오려는 생각뿐이야."

"이제 블라우스 속에 풍선 좀 넣지 마."

이번에는 노바가 젭의 팔을 쳤다.

"그 말 취소해!"

"찰리가 그러는데, 아멜리 타이고어가 그랬었대."

젭이 입에 생선회를 더 집어넣고는 말했다.

"정말?" 노바의 두 눈이 휘둥그레졌다.

"사실 풍선은 아니었을 거야. 재단사의 프로그램을 변경해서 가슴을 더 크게 만들었겠지."

그러자 노바는 고개를 가로저으며 말했다.

"하긴, 남자애들이 자기를 쳐다보지 않는다고 항상 불평했었지. 이제 기다리는 게 지쳤는지도 몰라."

그때 앞서 건배 제의 때 그랬던 것처럼 콘스탄티노의 목소리가 스피커에서 울려 퍼졌다.

"신사 숙녀 여러분, 디저트가 나옵니다!"

그러자 하인 세 명이 거대한 케이크를 가져왔다. 노바는 참지 못하고 히죽 웃었다. 아까 어머니와 요리사를 앞에 두고 한 시간 동안이나 자신이 원하는 케이크에 대해 설명했었다. 초콜릿과 할시온산 프램베리, 아이스크림, 그리고 타소니스 시내에 있는 올라프 식당의 설탕이 잔뜩 올라가 있는 케이크여야 했다.

하인 세 명이 가지고 들어온 거대한 4층 케이크를 보니, 주방 담당자들이 노바가 요구한 것들을 모두 갖추는 데 성공한 듯했다. 어머니와 연인인 에드워드가 다가오는 모습을 보면 그 사실을 다시 한 번 확인할 수 있었다.

"네가 원했던 케이크란다, 우리 보물 같은 따님."

어머니인 애너벨라가 다정한 목소리로 말했다.

"프램베리도요?"

노바가 아까 프램베리를 언급했을 때 주방 관리자인 심 씨의 얼굴이 창백해지던 것을 떠올렸다. 사실 프램베리 철은 아직 아홉 달이나 남아 있었다.

"그래, 프램베리도." 애너벨라가 미소를 지었다.

노바는 아버지에 대한 걱정과 모건을 향한 혐오감, 모건의 생각이 들었을 때 느껴졌던 당혹감까지 모든 것을 잠시 접어두고, 케이크가 놓여진 손수레를 따라 디저트 탁자에 다가갔다. 그리고 자신이 디자인한 생일 케이크의 첫 번째 조각을 건네받는 즐거움을 누렸다.

제3장

애너벨라 테라는 폭풍 같은 기세로 남편의 침실을 향해 걸음을 재촉했다. 이렇게 화가 난 것도 정말 오랜만이었지만, 하필 오늘 밤에 그랬다는 사실이 더더욱 짜증스러웠다.

그 고압적인 멍청이와의 결혼 생활은 고통 그 자체였지만, 그래도 자기 일만큼은 제대로 해내는 남편이었다. 하지만 이건 정말이지 도리를 벗어난 일이었다.

문이 그녀를 인식하고 미끄러지듯 열렸다. 애너벨라는 콘스탄티노가 자신의 방문에 '방해 금지'를 설정해두지 않은 게 다행이라고 생각했다. 그랬다면 이렇게 요란하게 등장하려던 계획이 모두 물거품이 되었을 테니까. 하지만 그건 곧 애너벨라가 콘스탄티노와 엘레프테리아의 사적인 시간에 훼방을 놓는 게 아니라는 뜻이기도 했다. 그런 일이 있을 때면 그녀는 늘 남편의 얼굴에 떠오른 언짢은 표정을 보며 가학적인 즐거움을 느끼곤 했다. (그래도 엘레프테리아는 개의치 않는 것 같았다. 사실 그녀는 다른 정부보다는 상대하기가 쉬운 편이었다. 애너벨라도 솔직히 자신의 연인인 에드워드보다 엘레프테리아를 상대할 때가 더 편했다. 에드워드는 어딘가 차가운 구석이 있었으니까)

처음 방 안에 들어섰을 때, 콘스탄티노가 다른 사람과 함께 있는 줄 알았다. 하지만 방에 있던 다른 사람의 정체는 애너벨라가 이름을 잊어버린 UNN 기자로, 그의 모습이 홀로그램으로 투사되어 방 안에 떠올라 있었다. 그의 뒤편으로는 안티가 프라임의 단조로운 모습이 파노라마로 펼쳐졌다. 다행히 엘레프테리아는 보이지 않았다. 애너벨라는 남편의 정부인 엘레프테리아에게 호감을 갖고 있긴 했지만, 엘레프테리아는 부부 사이의 문제를 중재하려 드는 일이 많았고, 지금은 그걸 웃어넘길 기분이 아니었다. 당장이라도 콘스탄티노를 향해 고함을 치고 싶었지만 홀로그램이 말을 하고 있었다.

"—멩스크와 코랄의 후예들이 타인의 정신을 지배하는 강력한 약물을 점거했고, 그 약물을 대중에게 임의로 사용하고 있다고 밝혔습니다. 다차원적 분사의 결과 수백 명이 사망했으며, 이는 무고한 시민을 향한 화학 공격이라고밖에 달리 표현할 방법이 없습니다. 일부 거주민들은 이 약물의 부작용 때문에 기이한 돌연변이 형태로 변형되기도 했습니다. 멩스크는 또한—"

애너벨라가 들어온 것을 알아챈 콘스탄티노는 침대 탁자에 있는 버튼을 눌러 영상을 정지시켰고, 기자는 반쯤 눈을 감고 입술을 우스꽝스럽게 오므린 채 멈춰 섰다. 애너벨라는 그 모습이 차라리 더 지적으로 보인다는 생각이 들었다.

"벨라, 뭐 필요한 거 있어?"

콘스탄티노가 턱시도를 벗으며 물었다.

"대체 무슨 짓을 하려는 거야?"

콧구멍을 벌름거리는 그의 모습은 멍청하게 투레질하는 말과 닮은 구석이 있었다.

"다짜고짜 무슨 소리야?"

"시치미 뗄 생각하지 마. 감히 어떻게 그런 짓을 할 수 있어?"

"벨라, 지금 무슨 소리를 하고 싶은 건지는 모르겠지만—"

"노바가 지금 울면서 내 방으로 찾아왔어, 이 나쁜 자식아! 아기였을 때 이후로 노바가 우는 모습은 처음 봤는데 그 아이 탓을 할 수도 없겠더라고. 겨우 열다섯 살짜리 여자아이에게, 아비라는 작자가 망할 티라도로 무슨 재교육을 받으러 가야 한다고 말했다잖아!"

콘스탄티노는 노바가 물려받은 그 초록색 눈을 휘둥그레 뜬 채 입을 다물지 못했다. 당황한 물고기처럼 보이는 얼굴이었다. 이 대화가 끝날 때까지 그가 얼마나 많은 표정으로 동물들을 표현할지 궁금해졌다.

"재교육이라고? 그건 처음 듣는 황당한 얘긴데."

그 말에 애너벨라도 말문이 막혔다.

"그 아이를 티라도에 보내지 않는다는 거야?"

"보내기야 보내지. 하지만 그건 재교육 같은 것과는 관계가 없어. 왜 노바가 그런 생각을 하게 된 거지?"

콘스탄티노의 물음에 애너벨라의 분노가 한층 커진 채 돌아왔다. 아비라는 자가 노바의 멋진 하루를 이렇게 망쳐놓았다는 사실을 믿을 수가 없었다.

"그러면 내 딸에 대한 그런 중차대한 결정을 나한테는 언제 알릴 생각이었는데?"

"그 애는 내 딸이기도 해, 벨라. 그러니—"

"내가 모르는 사이에 어디 가서 성전환 수술이라도 받은 건 아니겠지? 아니, 당신이 이 집안의 가장이라도 된 것처럼 착각하는 건 아닐까 해서 물어본 거야. 솔직히 명백한 착오잖아. 남자다운 배짱 같은 건 이미 오래 전에 잃어버렸으니까."

이제는 콘스탄티노가 성을 낼 차례였다.

"아주 재미있네, 여보. 아주 재미있어. 하지만 꼭 해야 할 일이야. 타소니스는 이제 안전하지 않아. 어젯밤에 호버바이크 공장이 공격을 받았어."

애너벨라는 다시 한 번 말문이 막혔다.

"반란군 짓이야?" 누그러진 목소리로 그녀가 물었다.

"그래."

"얼마나, 얼마나 많이 죽었어?"

"야간 조 직원 거의 전부가……."

백만 번은 반복했던 일이지만, 애너벨라는 아크튜러스 멩스크와 그의 살인마 집단을 향해 욕설을 퍼부었다. 그를 직접 만나면…… 사실 두 사람이 한 방에 모이는 일이 생기면 아마 멩스크가 그녀를 사살할 테지만, 그녀는 최선을 다해 그자를 죽이려고 노력할 것이다. 헛된 희망이지만, 그 선동꾼이 처음 분란을 일으켰던 그때부터 가슴속 깊은 곳에서 꺼지지 않고 활활 타올랐던 바람이기도 했다.

"외계인 문제도 있고."

애너벨라가 매서운 눈으로 그를 쏘아보았다.

"UNN의 헛소리를 믿는다는 얘기는 하지 말아줘. 정신을 지배하는 약물이라고?"

콘스탄티노는 쓸쓸한 미소를 지어 보였다.

"아, UNN 기사는 실제와는 거리가 좀 있어."

그가 작은 탁자 위의 제어반을 더듬자 기자의 말이 이어졌다.

"—노라드 II를 습격하여 선원들을 바이러스성 독소에 노출시켰습니다. 이 파괴 공작은 결국 우주선의 추락으로 이어졌습니다. 코랄의 후예는 정신 지배 약물의 영향을 받은 사람들을 생포하고, 나머지는 저그 동맹의 손에 죽게 내버려뒀습니다. 타소니스 듀크 가문의 후계자인 에드먼드 듀크 장군 또한 이런 정신 지배 약물의 희생자가 되었고, 이제는 정신적으로 재조정된 좀비로 전락하여 테—"

콘스탄티노는 다시 홀로그램 영상을 멈췄다.

"최고의 거짓말에는 일말의 진실이 담겨 있는 법이지."

그는 애너벨라를 향해 다가가 그녀의 어깨에 손을 얹고 내려다봤다.

"벨라, 원래 해서는 안 되는 얘기지만, 프로토스라는 외계 종족이 차우 사라와 마 사라를 파괴했어."

"파…… 파괴했다고?"

애너벨라는 믿을 수가 없었다. 행성이란 그냥 '파괴'할 수 있는 게 아니었다. 물론 코랄은 예외로 해야겠지만.

"그럴 리가 없어."

"안타깝지만 사실이야. 그리고 UNN에서 얘기하는 저그, 그것도 사실이야. 하지만 멩스크나 다른 자들과 연합한 건 아니야. 그래도 놈들과 프로토스가 적대시하는 건 사실이라서 아무래도 우리는 그 둘 간의 전쟁에 휘말릴 운명인 것 같아. 그래서 몇몇 가문의 아이들을 타소니스에서 떠나

보내기로 합의한 거야. 그리고 듀크는 실제로 변했어. 물론 약물 때문은 아니지만. 멩스크가 자기편에 합류하도록 설득했다더군."

애너벨라는 철판으로 따귀를 얻어맞은 듯한 기분이었다.

"그게 무슨 미친 소리야?"

남편이 털어놓은 여러 충격적인 이야기 중에서 어떤 것이 그 말에 가장 잘 어울리는지 확실치 않았다. 그래도 에드먼드 듀크가 반란군에 합류했다는 사실은 그다지 놀랍지 않았다. 그자는 언제나 어리석었고, 수치스러운 존재였다. *설사 듀크가 '정신적으로 재조정된 좀비'가 되었다 해도 그 누구도 알아채지 못할걸.* 하지만 파티에서 가스 듀크의 우스꽝스러웠던 모습을 떠올려보면, 그 가문 전체가 미쳐버린 것인지도 몰랐다.

"솔직히 내 생각은 아니었어. 아르투로 칼라바스 생각이었지. 모건 칼라바스와 안토니아 타이거어, 그리고 몇 명의 아이들을 티라도 IX의 리조트로 보낼 거야. 프로토스나 저그가 우리를 다음 목표물로 삼는 경우를 대비해서 말이야. 게다가 듀크가 코랄의 후예에 합류할 정도라면, 그 누구도 믿을 수 없을 테니까."

리조트는 그나마 재교육 캠프보다는 어감이 나았다. *그런데 아이들은 왜 그렇게 끔찍한 오해를 했을까?*

"아직 내 질문엔 답을 안 했잖아."

애너벨라의 퉁명스러운 목소리에 콘스탄티노는 그녀의 어깨에서 손을 떼고 느슨해진 넥타이를 풀며 대꾸했다.

"무슨 질문?"

"내게 언제 얘기할 생각이었냐고 물었잖아. 아이들은 이 가정의 일부고, 그건 내 책임이야!"

"그래, 포도주를 고르는 것도 당신 책임이지. 대체 무슨 생각으로 07년 산을 파티에 내놓은 거야?"

"나는 07년산을 좋아해. 다른 사람들도 그렇고. 어차피 당신은 좋은 와인을 볼 줄 몰라, 콘스탄티노. 왜 항상 빈티지가 별로였다는 얘기를 하는지 정말 모르겠어. 지금 화제를 돌리려는 거잖아. 아이들을 이주시키는 문제는……."

애너벨라가 말을 맺지 못한 채 한숨을 내쉬자 콘스탄티노는 재킷을 벗으며 말했다.

"이건 아이들의 안전 문제야, 벨라. 그리고 그건 내 관할이고. 솔직히 말해서, 처음에는 노바를 보낼 생각이 없었어. 아르투로가 처음 이 생각을 얘기했을 때만 해도 너무 예민하게 반응한다고 생각했거든. 하지만 리아에게서 우리 공장과 사라 행성에 대해 듣고 나니……."

그도 말을 끝맺지 못했다.

"클라라하고 젭은?"

"젭은 여기 있어야 해. 게다가 이제 다 컸으니 성인답게 행동해야지. 클라라는……."

그는 침대 가장자리에 걸터앉아 한숨을 쉬었다.

"마일로가 떠나지 않겠다고 했으니, 클라라도 남아야겠지."

콘스탄티노는 잠시 생각에 잠겨 있다가 고개를 들며 덧붙였다.

"그리고 우리가 타소니스를 버리는 것처럼 보여서는 안 돼. 지금은 그렇게 약한 모습을 보일 수 없다고. 외부에서 보기에는 그저 아이들이 티라도에 있는 리조트로 놀러 가는 것처럼 보일 거야."

애너벨라도 남편 옆에 앉아 그의 허벅지에 손을 얹었다. 보통 때 같으면 그런 애정 표현은 있을 수 없는 일이었지만 만약 그의 말이 사실이라면……

"외계 종족인지 뭔지 하는 그것들이 정말 우리까지 공격할 거라고 생각해?"

"모르겠어. 1년 전만 해도 외계인이 있다는 말을 들었다면 웃고 말았겠지. 하지만 지금은?"

콘스탄티노는 아내의 손 위에 자신의 손을 얹었다. 차갑고 축축했다.

"이제는 뭐가 옳은지 모르겠어. 그렇게 하는 게 정말 도움이 될지도 모르겠고. 하지만 노바가 티라도에서 안전하게 지낸다면 마음이라도 놓이겠지. 이게 최선이야, 벨라."

"당신 말이 맞아. 아마 그렇겠지."

'당신 말이 맞다'는 말은 지난 수년 동안 남편인 콘스탄티노에게 단 한 번도 해본 적이 없던 말이었다.

"하지만 나와 상의하지 않고 이런 결정을 내릴 순 없어. 나는 당신 부인이야, 콘스탄티노. 노바는 내 딸이고. 다시 한 번 날 빼놓고 이런 결정을 내린다면, 산 채로 가죽을 벗겨버릴 줄 알아. 알겠어?"

콘스탄티노는 그 망할 초록색 눈으로 애너벨라를 뚫어져라 바라봤다.

"당신 말이 맞아, 벨라. 미안해. 최근엔 계속 각자 일하다 보니 아무래도 미처—"

"됐어. 변명은 하지 마. 우리 가족 문제에서 날 빼놓으면 안 돼. 그건 이혼 사유니까."

애너벨라는 자리에서 일어나다가 한 손을 들어 올리며 재빨리 덧붙였다.

"이혼하겠다고 위협하는 건 아니야. 당신이 얼마나 큰 잘못을 저질렀는지 알려주고 싶었어."

콘스탄티노가 고개를 가로젓고는 쿡쿡 웃으며 애너벨라를 올려다봤다.

"그래, 당신 말이 맞아. 늘 그렇듯이 말이야. 당신이 그동안 얼마나 잘해왔는지 내가 충분히 인정해주지 못했던 것 같은데, 벨라. 그 점은 정말 미안하게 생각하고 있어."

콧방귀를 뀌며 날 선 대꾸를 하고 싶었지만 그런 마음을 애써 억누르며, 애너벨라는 남편의 말을 받아들이기로 결정했다.

"좋아, 사과는 받아줄게."

"고마워. 약속할게. 다시는 당신 없이 이런 결정을 내리지 않겠어, 여보."

"꼭 그렇게 하는 게 좋을 거야."

돌아선 애너벨라는 당당한 걸음으로 방을 나섰다. *멍청이 같으니.* 그래도 충분히 합리적인 계획이라는 사실을 인정해야 했다. 아르투로가 자신을 찾아와 그런 제안을 했더라도 그녀는 아마 콘스탄티노보다 더 열정적으로 그 계획에 동참했을 것이다. 지금 애너벨라의 걱정은 클라라와 젭이 가지 않는다는 것뿐이었다. 젭이 남아 있어야 한다는 건 받아들일 수 있었다. 아들은 이제 다 컸고, 사업상 이곳에 머물러야 했으며, 따라서 그 결정은 콘스탄티노의 몫이었다. 물론 클라라도 이제 성인이 되었지만…… *젠장, 클라라도 내 딸이고 노바처럼 안전한 곳으로 갔으면 좋겠어.*

애너벨라가 방을 나서는 동안 콘스탄티노는 뉴스 보도를 다시 재생했다.

"—테러리스트들의 지시에 따르고 있습니다. 멩스크와 그의 외계 조력자들은 연합의 용맹한 전사들을 혼란에 빠뜨려 지도자를 향한 신념을 상실하도록 유도하고 있습니다. 철저한 경계만이 멩스크와 정신 지배를 받는 테러리스트를 이 우주에서 몰아낼 수 있습니다. 지금 이 순간에도 대규모 연합병력이 안티가 프라임을 포위하고 있으며, 이들 테러리스트는 며칠 내로 와해될 것입니다. 지금까지 UNN의 마이클 대니얼 리버티였습니다."

애너벨라는 방을 나서며 생각했다. *그래, 리버티라는 이름이었어. 이름이 '자유'라니, 기자치고는 정말 멍청한 이름이잖아.*

애너벨라는 성큼성큼 자신의 침실로 향하면서 에드워드가 아직 깨어 있기를 바랐다. 설령 잠들었다 해도 곧 일어나야 할 것이다. 지금 그녀는 열정적으로 스트레스를 해소해야 했다. 오늘 밤에는 아무리 피곤하다고 애원해도 놓아주지 않을 생각이었다.

* * *

단거리 왕복선의 좌석은 꽤 편안했다. 어차피 노바가 탑승하는 좌석은 늘 일등석이었지만.

단거리 왕복선은 소형 30인 수송선으로, 타소니스의 기딩스 정류장에서 궤도 위의 오스본 항으로 승객을 이송했다. 지금 이 왕복선의 일등석 구획을 모두 차지한 구 가문의 자손들은 칼라바스 가문의 요트인 '파드리그'에 탑승해 티라도 IX 행성으로 갈 예정이었다.

노바는 가고 싶지 않았다.

이 행성을 떠나야 한다는 이야기를 아버지에게 들은 후, 노바는 방 안에 틀어박혀 몇 시간 동안 계속 울었다. 그 뒤에 아버지는 모건 칼라바스와 함께 재교육 같은 걸 받는 건 절대 아니며, 그저 반란군과 외계인들의 손이 미치지 않는 안전한 곳으로 가는 것뿐이라고 그녀를 안심시켰다. 하지만 노바의 아픔은 아주 조금 무뎌졌을 뿐이었다. 처음에는 본능적으로 아버지의 괜한 걱정을 무시하고 싶었다. 하지만 아버지 콘스탄티노가 말을 꺼내자마자 그 공포가 얼마나 긴박한지, 이 행성 밖 어딘가에 실제로 사람들을 죽였고 또 그런 일을 반복하려는 외계인들이 존재한다는 사실을 알 수 있었다.

그래도 가고 싶지 않았다.

설상가상으로 노바는 지금 모건 옆에 앉아 있었고, 그는 도무지 입을 다물 줄 몰랐다.

"이게 현명한 거야. 이렇게 하면 뭔가 끔찍한 일이 생긴다고 해도, 가장 현명하고 가장 뛰어난 사람들은 무사한 셈이니까. 노바, 티라도에 있는 리조트에 가봤어? 아주 끝내준다니까. 아름다운 시골 풍경에 최신식 패드볼 경기장까지 있어. 가서 한 판 붙어볼까?"

자신에게 말할 기회를 줬다는 사실에 깜짝 놀라며 노바가 대답했다.

"패드볼 할 줄 몰라."

그 말이 아무런 도움도 되지 않으리라는 건 이미 알고 있었지만.

"그러면 내가 가르쳐줄게. 난 진짜 패드볼 선수야."

사실 노바는 모건의 실력이 아주 형편없다는 것과 작년에 그가 교내 패드볼 팀에서 방출되지 않은 유일한 이유는 그의 아버지가 학교 패드볼 경기장 건설 비용을 후원했기 때문이라는 사실을 알고 있었다. 누군가가 그녀에게 이야기해준 건 아니었다. 딱히 물어본 적도 없었다. 하지만 노바는 그냥 그 사실을 알았다.

노바는 앞으로 몸을 숙여 식사 주문기의 메뉴를 눌렀다. 실망스럽게도 프램베리 주스는 하나도 없었다. 그녀는 감귤 주스로 만족하기로 했고, 잠시 후 주스는 플라스틱 병에 담긴 채 굴러 나왔다.

모건은 여전히 주절거리고 있었지만, 노바는 더 이상 신경 쓰지 않기로 했다.

사흘 동안 그녀는 가지 않게 해달라고 부모님을 설득하려 했다. 어머니와 아버지는 완강했다. 엘레프테리아는 부모님만큼 확고하진 않았지만 콘스탄티노를 지지했다. 노바 편을 들어준 사람은 어머니의 연인인 에드워드뿐이었고, 그 사실은 노바를 놀라게 했다. 에드워드는 늘 알 수 없는 사람이었다. 마치 마음이 닫혀 있는 듯했다. 한 번은 젭이 에드워드가 워낙 재미없는 사람이라서 그런 거라고, 그녀의 공감 능력이 짚어낼 수 있는 게 머릿속에 하나도 없는 거라고 농담 삼아 얘기한 적도 있었다. 그래서 에드워드가 노바를 보내지 말자고 했을 때 노바는 사뭇 놀랐었다.

하지만 아무리 고집을 부려봐도 소용이 없었다. 특히 반란군이 안티가 프라임을 공격했다는 보도가 나온 후에는 더욱 그랬다. 그 후에는 부모님의 마음에 조금이나마 남아 있던 망설임도 모두 사라지고, 노바가 티라도로 떠나야 한다는 뜻을 굽히지 않았다. 적어도 몇 달간, 지금의 불안정한 정세가 누그러질 때까지만이라도.

아니, 정세가 누그러질 수 있기는 한 걸까? 외계 종족이 이 행성을 뒤덮어버리지는 않을까?

"무도회에 함께 갈 여자는 줄을 섰지만, 그중에서 널 고른 데는 이유가 있어."

노바는 그제야 모건이 자기 얘기를 하고 있다는 걸 알아챘다.

"응?"

그녀는 애매하게 대꾸했다. 반응이 필요한 건 아니었다. 모건은 그냥 자신의 목소리를 사랑했다.

"넌 특별해, 노바. 정확한 이유는 나도 모르겠지만, 네게는 다른 여자들과는 다른 무언가가 있어."

그렇게 말하면서 모건은 노바의 가슴을 똑바로 바라봤다.

알몸일 땐 어떤 모습일지 어서 보고 싶은데. 노바에게 모건의 머릿속 생각이 들렸다.

그 순간, 느닷없이 다른 목소리가 들려왔다. 아버지의 목소리였다. *무슨 짓이냐?*

그리고 극심한 고통이 느껴졌다. 누군가 주먹으로 그녀의 얼굴을 때리기라도 한 것 같았다.

어떻게 된 영문인지는 몰라도, 그녀는 누군가가 아버지를 때렸다는 걸 알 수 있었다.

그와 동시에 합성된 목소리가 스피커에서 흘러나왔다.

"승객 여러분께 알려드립니다. 이 우주선은 10분 후에 출발하겠습니다. 이륙 준비를 위해 안전장치를 활성화해주시기 바랍니다."

모건은 그 즉시 버튼을 눌러 좌석과 결합된 푹신한 안전장치를 가동했다. 이 장치는 이륙 직전에 커다란 풍선처럼 쿠션이 부풀어 올라, 강렬한 중력 가속도로부터 승객을 보호하는 역할을 했다.

하지만 노바는 안전장치를 작동시키지 않았다. 뭔가 잘못되었다. 정확히 뭔지는 몰라도, 가족들에게 문제가 생겼다는 사실은 분명했다.

"돌아가야 돼." 노바가 자리에서 일어났다.

모건은 노바가 자기 자리를 지나 통로로 나서는 모습을 보며 깜짝 놀라 소리쳤다.

"뭐라고? 노바, 지금 무슨……?"

노바는 그의 말을 무시했다. 티라도에 가는 내내 모건이 패드볼에 대해 주절거리고 그녀의 몸에 대해 생각하는 소리를 듣지 않아도 된다는 사실에 안도하며 출구로 향했다.

"손님, 죄송하지만—" 승무원이 그녀 앞을 막아섰다.

노바는 또래에 비해 상당히 큰 키가 한껏 돋보이도록 몸을 꼿꼿이 세우고, 평생 들어온 백오십세의 안드레아 타이고어가 지닌 고압적인 어조를 흉내 내며 말했다.

"저는 노벰버 테라, 콘스탄티노와 애너벨라 테라의 차녀입니다. 지금 당장 이 우주선에서 하선하게 해주십시오!"

승무원은 침을 꿀꺽 삼키고는 어떻게 대답할까 잠시 고민하다가, 결국엔 그녀의 요청을 받아들이는 것이 최선이라고 판단했다. '테라' 가문의 사람을 함부로 대할 수는 없었다.

뒤에서 몇몇 사람들이 지금 어딜 가는 거냐고 물었지만, 노바는 모든 질문을 무시한 채 단거리 왕복선에서 내린 후, 통로를 종종걸음으로 가로지르고 기딩스 정류장의 통로를 내달려 택시 정류장으로 향했다.

노바는 호버택시를 타려는 사람들의 줄을 지나쳐 그대로 운행 관리자에게 다가가, 앞서 승무원에게 한 것처럼 고압적인 어조로 자기 이름과 가문을 밝혔다. 관리자는 그 즉시 택시를 배차해주었고, 투덜거리는 사람들을 뒤로한 채 그녀는 그곳을 떠났다.

불길한 느낌은 점점 더 커져만 갔고, 그 이유는 여전히 알 수 없었다. 왜인지, 또 어떻게 그럴 수 있는지는 몰라도 부모님과 오빠, 엘레프테리아, 하인들까지 모두가 곤경에 처해 있음을 느낄 수 있었다.

단지 에드워드만이 예외였다.

아, 안 돼. 안 돼, 안 돼, 안 돼.

이틀 전 밤에 아버지와 나눴던 대화를 떠올렸다. 안티가 프라임이 공격을 받는 바람에 모든 논의가 중단되기 전이었다.

"얘야, 네가 몰라서 그래. 우리 공장에 대한 공격이 그렇게 효과적이었던 건, 멩스크가 공장에 심어둔 사람이 물밑에서 관여했기 때문이야. 그자가 우리 공장에 침입할 수 있었다면, 이 집 안에도 충분히 들어올 수 있다는 소리야. 네가 다칠 수도 있는데 그런 위험을 감수할 수는 없어. 이곳을 떠나야만 한단다."

여전히 어떻게 알 수 있는지는 몰라도, 이제 에드워드가 반란군과 한패라는 걸 확신할 수 있었다. 그는 도저히 참아줄 수 없는 여자의 연인으로 오랜 시간 불만을 품어온 끝에 반란군에게 매수되었고, 마침내 테라 가문을 배신했다.

그래서 내가 남아 있기를 바란 거였어.

택시가 테라 마천루 앞에 멈춰 섰다. 노바는 갖고 있던 지폐가 충분하기를 바라며 기사와 승객 사이를 가로막은 칸막이 사이로 돈을 집어넣고는 건물 안으로 뛰어들었다. 공공 로비를 지나 개인 로비 입구로 향한 그녀는 망막을 인증하여 접근 권한을 얻었다.

문이 열리자마자 로비 안으로 들어선 노바는 뭔가 잘못되었다는 걸 깨달았다. 이상한 냄새가 났고, 낮 시간의 로비 경비원인 브라이언이 보이지 않았다.

아니, 브라이언은 그곳에 있었다. 적어도 그의 육체는.

노바는 시체를 본 적이 없었다. 물론 장례식에 참석해본 적은 있었지만, 그런 자리에서 망자를 똑바로 바라보는 건 무례한 짓이었다. 어린 시절,

젭이 할머니의 장례식장 뒷방으로 노바를 몰래 데리고 들어갔을 때에도 그녀는 할머니의 유해를 똑바로 바라보지 않았다.

사체는 텅 빈 것처럼 느껴졌다. 커다란 공허였다. 게다가 맡아본 적 없는 악취를 풍겼다.

브라이언의 제복은 붉은색으로 물들어 있었다. 피였다.

그들이 브라이언을 죽였다면, 이미 여기 도착한 거야. 너무 늦었어!

눈물이 두 볼을 타고 흐르기 시작했다. 그녀는 엘리베이터를 향해 달려가 다시 한 번 망막을 스캔했다. 승강기는 그 즉시 도착했다. 노바는 테라 가문의 일원이었고, 원하는 건 뭐든 손에 넣을 수 있었다.

노바가 평생을 살아온 펜트하우스를 향해 엘리베이터가 솟구치는 사이, 그녀에게 증오와 고통의 감정이 물밀듯이 밀려들었다. 두 가지 다 자신의 감정은 아니었다. 기이한 생각이 머릿속으로 밀려들었다. *내게 무슨 일이 일어나고 있는 거지?*

에드워드, 너 이 개자식, 감히 어떻게 이럴 수가 있어!

어머니였다. 어머니가 바로 옆에 있는 것처럼, 그녀의 감정을 느낄 수 있었다.

젠장, 날 봐! 어떻게 이럴 수―

그리고 더는 어머니의 감정이 느껴지지 않았다. 어린 시절 젭이 곤충들에게서 날개를 떼어내던 것처럼, 누군가 어머니라는 존재를 그녀에게서 떼어낸 것 같았다.

"엄…… 엄마?"

반드시 대가를 치르게 될 거다. 알겠나? 이러고도 무사할 거라고는 생각하지―

이번에는 아버지였다. 아버지 역시 말을 끝마치지 못했다.

노바는 그대로 무너져 내렸다. 꼭대기 층에서 엘리베이터의 문이 열렸다.

"아빠? 아, 맙소사, 아빠, 제발 죽지 말아요!"

그녀는 기다시피 반구형 공간으로 걸음을 옮겼지만, 다리가 제대로 움직이지 않아 또다시 바닥에 쓰러졌다.

사흘 전, 이곳은 노바의 열다섯 번째 생일 파티가 열렸던 장소였다. 지금은 검은 옷을 입고 다양한 무기를 든 남녀로 가득 차 있었다. 상당수의 하인들이 한 줄로 벽에 늘어섰고, 일부는 검은 옷을 입은 사람들 가운데 서 있었다. 검은 옷의 사람들은 모두 구 가문이 제거되는 것을 갈망했다. 갑자기 그들의 정신에서 압도적인 의무감이 느껴졌다. 하지만 그들은 지금 뉴스를 뒤덮은, 안티가 프라임을 공격한 코랄의 후예와는 관련이 없었다. 아니, 이들은 그저 구 가문을 모조리 죽이는 것 이외의 계획은 전혀 마련하지 않은 일개 폭도일 뿐이었다.

에드워드가 사체 세 구를 내려다보며 서 있었다. 사체 두 구는 부모님이었고, 나머지 하나는 엘레프테리아였다. 에드워드 옆에서는 구스타보 맥베인이라는 남자가 젭을 향해 권총을 겨누고 있었다. 젭은 무릎을 꿇은 채 두 손을 머리 뒤에 얹은 모습이었다.

"있잖아, 당신은 늘 개자식이었어, 에드워드." 젭이 말했다.

"개자식 눈에는 개자식만 보이는 법이지, 꼬마야."

에드워드가 그렇게 말한 후 맥베인을 향해 시선을 돌렸다.

"해치워."

맥베인은 주저 없이 권총을 쐈다. 탄환이 젭의 머리를 때렸고 그의 고개가 뒤로 젖혀지면서 피와 뇌수가 뒤쪽 벽에 흩뿌려졌다.

"오빠?"

노바는 어머니와 아버지가 죽는 과정을 느꼈었다. 그리고 지금은 오빠가 죽는 과정을 느끼며 동시에 두 눈으로 똑똑히 봐야 했다.

"안 돼……."

에드워드가 돌아서서 노바를 보고는 미소를 지었다.

"이런, 이런, 결국 너도 돌아왔구나."

"안 돼."

에드워드는 노바에게 다가와 권총을 들이댔다. 키가 크고 비쩍 마른 에드워드는 구불구불한 검은색 머리카락과 검은 수염을 기르고 있었고, 머리와 수염이 희끗희끗하게 세는 중이었다. 노바는 그가 지금처럼 웃는 모습을 본 적이 없었다. 에드워드는 사람을 죽여본 적이 없었고, 노바는 그가 지금 누군가를 죽이는 일에 두려움을 느끼고 있다는 걸 알 수 있었다. 그래서 맥베인이라는 자에게 시켰던 것이다. 맥베인은 에드워드보다 더 간절히 구 가문을 없애고 싶어 했고, 살인을 즐기는 사람이었다. 에드워드는 살인을 즐기지는 못하는 것 같았다. 그럼에도 그는 해볼 생각이었다.

"안 돼……."

앞서 맥베인이 젭에게 했던 것처럼, 에드워드는 노바의 머리에 총구를 겨누며 말했다.

"작별 인사는 해야지, 노바."

"이러지 마! 안 돼!"

제4장

한때 맬컴 켈러키안은 타소니스 경찰청 형사과의 가장 뛰어난 수사관이었다. 하지만 타소니스 경찰은 좋은 수사관을 오랫동안 붙잡아두지 못했다. 지역 내 경찰 업무에서 낭비되는 인재들은 으레 군대나 정부 기관이 낚아채곤 했다.

맬 입장에서는 안타까운 일이었다. 그는 형사라는 직업이 좋았다. 실적도 형사계 내 다른 형사의 세 배에 달했다. 솔직히 아주 어려운 일도 아니었다. 타소니스 경찰청은 주로 폭력배와 덩치들로 구성되었고, 부자들의 이익을 보장하는 데만 관심이 있었다. 조금이나마 머리가 있는 사람들은 승진하여 형사과로 이동했지만, 그들도 경찰서장보다 벌이가 좋은 인물이 관련되지 않은 사건이라면 눈길도 주지 않았다. 형사계 내의 모든 사람들이 "아시다시피 이와 같은 사건에서는 범죄자를 추적하는 게 아주 어렵습니다"로 시작되는 머리말을 완벽하게 연마했고, 특히 강도나 폭행 등으로 피해를 입은 중산층 및 하층민 피해자들에게는 한결같이 그 말만 늘어놓았다. 그런 사람들과 관련된 범죄 중 해결되는 사건은 범인이 완벽하게 멍청해서 붙잡을 수밖에 없는 것들뿐이었다.

하지만 그런 일도 맬이 형사계에 합류하기 전까지만이었다. 그는 타소니스 경찰청의 자원과 교통 통제과의 감시 센서망을 모두 활용하여 호버 차량 교통 법규를 위반하는 차량들을 단속하면서 범죄자를 추적했다. (덤으로 이렇게 단속된 교통 법규 위반자가 워낙 많아 그 벌금이 경찰청 직원들의 봉급을 충당했다) 경찰청의 높으신 분들은 이런 수사 기법이 혁신적이라고 칭찬을 아끼지 않았지만, 사실 200년 전 구 지구에서도 사용된 방식이었다. 맬은 그와 함께 형사계에 배포된 신원 확인 기기를 실제로 사용하여 범죄자들을 추적하곤 했다.

일이 잘 풀렸고 타소니스 경찰청의 대외적 이미지가 놀랍도록 개선되었다. 하지만 그것도 램플 살인 사건이 발생하면서 달라졌다. 유명한 상점 주인의 두 자녀가 잔혹하게 살해되고 시궁창 거리의 골목에 버려진 사건이었다. 처음에는 시궁창 거리의 일상적 사건인 '우발적 살인'으로 보였지만, 사체의 신원이 확인되자 사건의 중요성이 폭발적으로 증가했다. 경찰청장은 그 즉시 맬에게 이 사건을 맡겼고, UNN에서 수차례의 기자 회견을 하며 최고의 형사가 수사하고 있으니, 이 추악한 범죄를 저지른 도살자들은 연합 법률에 명시된 최고형에 처해질 거라고 선포했다. 맬은 사용 가능한 자원을 모두 활용하여 살인자를 추적했고, 결국 에멧 타이고어를 범인으로 체포했다. 문제는 그가 구 가문 중에서도 가장 오래된 가문의 후계자 중 한 명이었다는 것이다.

그 일로 갑자기 다른 모든 사건이 주목받게 되었다. UNN이 '시궁창 거리의 유혈 사태'라고 불렀던 사건의 알려지지 않은 범인이자, 논평에서 '도

살자'와 '변태'로 불렸던 에멧 타이고어는 어느새 '정신병으로 인한 피해자'
이자 '막중한 부담감 때문에 우발적으로 범죄를 저지른 불쌍한 사람'이 되
었다. 그는 연합 법률에 명시된 최고형에 처해지는 대신 할시온의 갱생 시
설로 보내졌으며, 타이고어 가문은 에멧 타이고어가 조용히 잊히기만을
기다렸다.

그리고 그는 서서히 잊혔다. 언론 보도는 금방 다른 주제로 옮겨갔다.
보도할 만한 새로운 스캔들, 새로운 전투, 새로운 범죄는 끊이지 않고 일
어났다. 이제 그 사건에 관심이 있는 건 그 유명한 상점 주인뿐이었다.

그리고 희생자들을 대변하는 사람은 단 한 명, 맬뿐이었다. 그는 에멧
타이고어를 기소하려는 시도가 좌절할 때마다 목소리를 높여 반대했다.
경찰청장은 진퇴양난에 빠졌다. 맬은 상당히 좋은 평가를 받는 형사였다.
그건 타소니스 경찰청이 세워진 이래로 처음 있는 일이었고, 맬이 범죄를
해결하면 예산이 증가할 게 분명했다. 연합 위원회는 경찰청의 성과만을
기준으로 예산을 승인했으니까. 하지만 타이고어 가문에서는 감히 집안
의 명예를 더럽히려 하는 건방진 형사의 목을 당장 쳐내라고 요구하고 있
었다.

결국엔 군부가 경찰청장을 구원했다. 유령 프로그램의 누군가가 맬의
인사 서류에서 그의 사이오닉 지수가 3.5라는 사실을 발견했다. 보통 사
람은 사이오닉 지수가 2 이하였고, 텔레파시 능력자는 이 수치가 5 이상이
었다. 3.5라는 수치는 비록 텔레파시를 직접 사용할 수는 없어도 그에 감
응할 수 있다는 의미였다.

그리고 그건 탐색관으로서 이상적이라는 의미이기도 했다.

군대로 전출되어 탐색관이 될 거라는 말을 듣고 맬의 첫 번째 반응은 이

러했다.

"대체 그 '탐색관'이라는 게 뭔데?"

사실 맬은 탐색관이 텔레파시 능력자를 추적하여 이들을 유령 프로그램이나 기타 그 능력을 유용하게 활용할 수 있는 군사 조직에 합류시키는 역할을 담당한다는 사실을 이미 알고 있었다. 그저 너무 화가 나서 그 사실을 인정하고 싶지 않았을 뿐이었다.

맬도 형사 생활을 적잖이 한 만큼 어떤 정치적 고려가 있었던 결정인지 충분히 이해할 수 있었다. 경찰청장은 그렇게 골칫거리를 없애는 동시에, 모든 문제가 맬을 빼앗아간 군부 탓인 것처럼 보이도록 하여 위원회와 대중 앞에서 자기 체면을 지킬 수 있었다.

그게 1년 전 일이었다. 처음 여섯 달 동안은 훈련을 받았다. 한 달은 장비 사용법을 배웠고, 나머지 다섯 달은 텔레파시 능력자를 감지할 수 있는 능력을 갈고 닦는 과정이었다. 안타깝게도 그 과정은 아무 쓸모가 없었다. 채용되기 전에도 맬은 텔레파시 능력자가 가까이 있을 때면 늘 두통을 느끼곤 했다. 25주 동안 뇌를 조사하고, 정신 훈련을 하고, 명상을 하고, 집중력을 높여도, 텔레파시 능력자가 근처에 있을 때면 두통만 느낄 뿐이었다.

내 세금이 이렇게 낭비되고 있군. 당시에는 그런 씁쓸한 생각이 들었다.

그래도 가지고 놀 수 있는 장난감이 새로 생겼다.

그런 장난감은 대부분 그가 억지로 입어야 하는, 몸에 꼭 맞는 전투복 안에 내장되어 있었다. 수년간 해로운 음식을 먹고 몸에 좋지 않을 만큼 술을 마신 탓에 (작년 한 해 동안은 특히 심했다) 이제는 타이트한 옷이 어울리지 않았다. 그래서 그는 가죽 외투를 걸치고, 탐색관 신원을 표시하는 홀로그램 배지는 외투 옷깃에 꽂았다.

이제 훈련을 마치고 여섯 달이 지났다. 그의 직책은 공식적으로 타소니스 경찰청 형사과의 맬컴 켈러키안 형사에서 유령 프로그램의 탐색관 맬컴 켈러키안 요원으로 변경되었고, 그는 지금 테라 마천루가 있던 자리에 남겨진 납골당 안에 서 있었다.

이 위치에 가보라는 연락을 받기 전부터 맬은 살던 중 가장 끔찍했던 편두통과 함께 이 장소에 이끌렸다. 맬이 제출 기한을 훌쩍 넘긴 서류 작업을 하고자 책상머리에 앉아 있었을 때, 갑자기 누군가가 쐐기로 그의 머리를 꿰뚫는 것 같은 고통이 찾아왔던 것이다.

그리고 잠시 후 그는 테라 마천루로 출두하라는 지시를 받았고, 담당자가 그 말을 마치기도 전에 이미 움직이고 있었다. 텔레파시 능력자 한 명이, 그것도 아주 강력한 능력자가 테라 마천루를 엄청난 사이오닉 난장판으로 만들었다.

타소니스 경찰청은 이미 마천루 주위 네 블록 반경에서부터 민간인 출입을 통제하고 있었다. 맬은 통제선을 지나 현장에 들어서자마자 그 이유를 알 수 있었다. 사방에 시체가 널려 있었지만, 외상의 흔적은 없었다. 현장은 대규모 폭발이 일어난 것과 유사한 형태의 피해를 입었지만 실제 폭발이 일어난 징후는 전혀 없었다. 불에 탄 흔적이나 그을린 자국도, 또 어떤 종류의 폭발물도 사용된 흔적이 없었다. 깨진 유리와 금속, 플라스틱, 목재만 잔뜩 널브러져 있을 뿐이었다.

특히 주목할 만한 점은 현장의 피해가 해당 물질의 인장 강도와 관계없이 모두 일정하다는 것이었다. 그간의 훈련을 통해 맬의 눈에는 그것이 곧 염동력이 사용된 흔적이라는 것을 알 수 있었다.

그리고 그 흔적으로 추정하건대, 이 텔레파시 능력자는 맬이 지금껏 만난 그 누구보다 강력한 자가 분명했다. 사이오닉 지수가 족히 8 이상은 되리라. 그보다 낮으면 텔레파시 능력을 보유만 할 뿐이지, 정신으로 사물을 움직이는 능력을 갖췄다는 건 전혀 다른 세계의 이야기였다.

맬은 이 일에 뛰어들고 6개월 동안 사이오닉 지수 8 이상의 사람을 딱 한 명 만나봤다. 그리고 그 사람은 현재, 정부 시설의 지하 감옥에 감금되어 제대로 된 말도 하지 못한 채 침만 줄줄 흘리고 있었다.

시체들에는 사실 공통적인 외상이 한 가지씩 있었다. 다들 코와 귀, 입, 눈에서 피를 흘리고 있었다. 이들의 죽음이 사이오닉 공격에 의한 것임을 나타내는 또 하나의 증거였다.

그리고 그건 맬이 텔레파시 능력자이자 염동력 능력자를 찾아내야 한다는 뜻이었다. 이런 사람들은 대개 악몽에서나 만날 법한 존재였다. *엎친 데 덮친 격이군.*

마천루 안으로 들어서자 비슷한 광경이 펼쳐졌다. 하지만 사망자의 사인이 달랐다. 건물 안쪽에 있는 시체는 마천루 경비원 제복 차림이었고, 가슴에 총상을 입은 채 죽어 있었다. 그건 곧 앞서 확인한 현장과 죽음의 형태도, 사건의 본질도 서로 다르다는 것을 시사했다.

맬이 마천루 정상에서 엘리베이터 밖으로 나왔을 때, 두통은 참을 수 없을 만큼 극심해졌다. 그것은 곧 지금 맬이 서 있는 곳이 이번 사이오닉 공격의 진원지라는 의미였다. 방 안으로 들어가면서 그가 가장 먼저 한 일은 허리띠의 제어반을 눌러 진통제 4회분을 혈관 속으로 투입하는 것이었다. 극심한 두통이 그의 사고 능력까지 방해하고 있었다.

연합 조직의 전통적 노하우를 기반으로 조제된 진통제는 즉시 효과를 발휘했고, 맬의 두 번째 작업을 할 수 있게 해주었다. 그가 동료 형사들보다 늘 잘해왔던 일, 바로 현장을 조사하는 작업 말이다.

사방에 사체 몇 구가 더 있었는데, 그중 절반은 검은 옷차림에 무장을 한 상태였고, 나머지 절반은 부유층 특유의 값비싼 옷을 입었거나, 부유층 하인 특유의 값비싼 옷차림을 하고 있었다.

타이고어 가문과 마찬가지겠지. 여기 널려 있는 시체들이 그 가문 사람들이 아니라는 점이 아쉽군.

걸어가는 맬의 장화 밑창에서 무언가 밟히며 바스락거리는 소리가 났다. 컴퓨터로 거듭 확인해보니 테라 마천루의 지붕은 원래 강철유리 돔으로 덮여 있었다. 염동력 공격이 강철유리 돔까지 파괴한 모양인데, 물리적으로 강철유리 돔을 파괴할 수 있는 건 핵무기뿐이었다. 정신 공격은 훨씬 광범위한 영향을 미치기 때문에 가능한 것일까.

편집증적인 조현병 환자가 현장을 장식했던 게 아니라면, 여기서의 공격이 가구들을 온통 사방으로 날려 보낸 모양이었다. 한눈에 봐도, 벽에 기대어 쓰러진 탁자와 샹들리에 안에 처박힌 의자가 눈에 띄었다. 샹들리에는 묘한 각도로 바닥에 떨어져 있었고, 소파는 둘로 쪼개진 상태였다.

현장에는 타소니스 경찰청의 기술자들도 보였다. 시궁창 거리의 범죄 현장에는 코빼기도 비추지 않던 자들이 이곳에는 셀 수도 없이 우글거렸다. 형사과에서 맬과 함께 근무했었던 동료도 하나 나와 있었다.

"이런, 이런, 정말 엉망진창이네."

맬은 사체의 바다를 헤치며 중얼거렸다.

이곳의 사체들도 눈에서 피가 흘러내린 것이 눈에 띄었다. 예외가 네 명 있었는데, 모두 아래층 경비원처럼 총상을 입고 숨진 사람들이었다.

"이야, 여기까지 나와주실 줄은 몰랐는데."

맬이 고개를 들자 잭 펨블턴 형사가, 늘 고집스럽게 쓰고 다니는 반사 선글라스 너머로 웃음을 지어 보였다. 그래도 오늘은 적당한 핑계가 있는 듯했다. 오후의 햇살이 마천루 꼭대기 층에 쏟아져 내리는 와중에 돔이 모두 부서져버렸으니, 햇빛을 가려줄 만한 게 없었다.

"내 범죄 현장에 어쩐 일이야, 맬?" 잭이 물었다.

맬이 허리띠의 제어반을 다시 한 번 누르자, 버클에서 홀로그램이 투사되었다.

"이젠 네 범죄 현장이 아니야, 잭. 연합 담당 구역이라고. 이번 사건을 연합 군대 관할로 지정한다는 명령서에 위원회가 서명하고 인증까지 했어. 자, 확인해봐. 내가 새로운 책임자야."

잭은 홀로그램을 보려고도 하지 않았다. 자기가 모르는 어휘가 많이 포함된 문서라 더 보고 싶지 않은 모양이었다. 그저 선글라스 너머로 맬을 노려볼 뿐이었다.

"농담이겠지."

"아니, 이곳은 대부분 사이오닉 살인 현장이야. 그러니까 탐색관이 맡아야지."

잭이 고개를 절레절레 저으며 쏘아붙였다.

"젠장, 이 사건은 내가 처리하고 싶었는데. 시체는 삼백 구 정도야. 건물에 있는 것과 주변 도로에 있는 것까지. 살인 사건 삼백 건을 해결하면 내가 진급할 확률이 얼마나 올라갈 것 같아?"

"원하는 대로만 하면서 살 수는 없잖아. 유감이야."

잭의 어깨를 두드리며 맬은 마음에도 없는 말을 했다.

"다른 곳보다는 이곳에 구더기 밥이 더 많은데 말이야."

잭의 말에 맬이 눈살을 찌푸리며 물었다.

"다른 곳? 다른 곳이 또 있어?"

"그래, 오늘 구 가문이 일곱 곳에서 공격을 받았어. 하지만 시체가 이렇게 많이 나온 건 여기뿐이야. 노친네와 애들 몇 명 정도고, 대부분 제 할 일을 하다 죽은 경비원들이지. 하지만 여기는 달라."

그래서 잭이 이곳에 혼자 나와 있는 거로군. 보통 이 정도 규모의 살인 사건이라면 형사과 전체를 보내 현장을 뒤덮었을 것이고, 구 지구에서는 '급행건'이라 부를 만한 사건이었다. 하지만 구 가문의 목숨을 노린 공격이 여러 곳에서 동시다발적으로 일어났다면, 한꺼번에 급행건이 여럿 터진 셈이었다.

"이봐, 아까 '대부분 사이오닉 살인 현장'이라고 한 건 무슨 뜻이야? 여길 봐, 시체들이 전부 눈에서 피를 흘리고 있잖아. 텔레파시와 상관없는 살인도 있었다는 뜻이야?"

잭이 불현듯 물었다.

맬이 한 말을 뒤늦게 이해한 잭의 아둔함에 괜한 즐거움을 느끼며 맬은 네 구의 시체를 가리켰다.

"여기 네 명은 총상으로 죽었어. 머리 한가운데를 맞았잖아. 남자 둘, 여자 둘. 이 남자는 로비에 있는 콘스탄티노 테라 사진과 생김새가 아주 비슷하고. 그러니까 또 한 명은 아마 아들이겠지. 여자 두 명은 부인이나 정부 아니면 두 딸일지도 모르지. 그리고 저기 아래층에 한 명 더 있어. 경비원 중 하나가 심장에 총을 맞았거든."

잭이 할 수 있는 건 입을 다물지 못한 채 감탄사를 내뱉는 게 전부였다.

"이 사람들은 처형된 거야. 그리고 아래층 남자는 경보를 울리려다 죽은 거고."

맬은 한쪽에서 바삐 일하고 있는 필버트를 향해 고개를 돌렸다. 이곳에 있는 사람들 중에서 그나마 쓸 만한 기술자였다.

"이봐, 필버트."

"맬 형사님, 오랜만입니다! 아차, 이제 '요원님'이시죠?"

"여기 여자 두 명의 신원을 확인해줘야겠어. 되도록 빨리."

"지금 말씀드릴 수 있습니다. 적갈색 머리는 애너벨라 테라고, 빨간 머리는 콘스탄티노의 정부입니다."

맬은 고개를 끄덕였다. 그리고 전투복 안의 컴퓨터를 작동시켜 클라라 테라와 노바 테라의 위치를 추적하고, 애너벨라 테라의 연인이라는 자의 신원을 확인했다. 지금 이 가족 구성원 중 행방을 찾을 수 없는 사람은 그 자뿐이었다.

"또 혼잣말을 하는 거야, 맬?"

"그래, 지적인 대화를 하려면 그 방법뿐이거든."

맬은 작은 목소리로 컴퓨터에 지시를 내렸고, 잭이 보기에 그 모습은 마치 혼잣말을 중얼거리는 것처럼 보였다.

컴퓨터가 검색 결과를 이어폰으로 들려줬다. 클라라 테라는 약혼자인 마일로 쿠시니스와 함께 집에 있었던 것이 확인되었고, 노바 테라는 오늘 아침에 오스본 항에서 개인 요트를 타고 티라도 IX로 출발하기로 되어 있었다. 애너벨라 테라의 연인은 에드워드 피터스라는 자로, 이 탑 어딘가에 있어야 했다. 하지만 아쉽게도 그의 사진 정보는 없었기 때문에 망막으로 신원을 확인해야 했고, 혹시라도 눈에 고인 피 때문에 그게 불가능할 경우

DNA를 이용해야 했다.

"두 딸을 찾아야 해, 잭. 마일로 쿠시니스 집에 순찰차를 보내서 클라라 테라가 거기 있는지 확인해줄 수 있겠어?"

"누구든 거기 가는 사람이 그 클라라라는 여자에게 부모님이 골로 갔다고 얘기해줘야겠지?"

잭이 고개를 끄덕이며 물었다.

"그래."

"그럼 그라보스키를 보내야겠군."

히죽 웃는 잭을 보며 맬은 한숨을 쉬었다. 잭은 자기와 사랑하는 사이라고 주장하던 여자가 그라보스키와 결혼한 후로 줄곧 그를 싫어했다. 그래서 구 가문의 후계자에게, 가족 중에서 살아남은 사람이 당신뿐이라는 말을 전해야 하는 부담을 그라보스키에게 지우려는 심산이었다.

맬은 컴퓨터에 노바 테라가 어떤 요트를 타기로 되어 있었는지 물었지만, 그 정보는 확인할 수 없다는 대답이 돌아왔다. 아무래도 개인 정보로 봉인되어 있는 모양이었다.

망할 놈의 구 가문들 같으니…… 구 가문과 위원회만이 이런 정보를 개인 정보로 봉인할 수 있었다. 아마 테라 가문이나 그 패거리 중 하나의 소행일 것이다.

맬은 상관에게 전화 연결을 요청했다.

맬이 일사 킬리아니 국장과 이야기하는 걸 싫어하는 데는 여러 가지 이유가 있었다. 그중에서 가장 큰 이유는 맬의 사이오닉 지수가 3.5라는 사실을 알아낸 것이 바로 그녀였고, 따라서 그가 탐색관 자리로 밀려나게 된 것이 결과적으로는 그녀 때문이라는 점이었다. 게다가 킬리아니 국장은 정말이지 상대하기 힘든 사람이기 때문에 말을 섞기 싫은 것도 이유 중 하나였다.

하지만 지금은 어쩔 수 없었다. 맬도 누군가에게는 눈엣가시처럼 상대하기 힘든 사람일 것이다. 하지만 킬리아니는 그보다 훨씬 더 많은 권한을 휘두를 수 있었다.

킬리아니와의 통화를 기다리고 있을 때, 필버트가 다가왔다.

"맬 요원님, 스캔 결과가 나왔습니다. 여기 네 사람을 죽인 총알 있잖습니까?"

필버트는 테라 가문 사람들의 시체를 가리키며 말을 이었다.

"전부 저 총에서 나왔습니다."

이번에는 검은 옷을 입은 시체의 손에 들린 무기를 가리켰다.

그 네 명이 총에 맞아 죽었다는 사실은 여기 필버트도 이미 알고 있는데, 잭은 그들이 텔레파시 능력자에 의해 살해된 게 아니라 처형되었다는 말을 듣고 왜 그렇게 놀랐는지 의아한 생각도 들었지만, 사실 잭은 원래 그 모양이었다.

"잘했어, 필버트. 저 남자 신원도 확인해줘, 지금 당장."

"알겠습니다."

필버트가 대답을 하는 순간, 이어폰에서 킬리아니 국장의 목소리가 들려왔다.

"대체 무슨 일이야, 맬컴 켈러키안?"

정말 중요한 일이 아니면 녹슨 버터 칼로 포를 떠주겠다는 목소리였다.

"국장님, 테라 가문 사람 네 명이 죽었고, 지금 나머지 세 명의 행방이 파악되지 않고 있습니다. 두 명은 현재 추격 중이지만, 노바 테라는 오늘

오스본에서 출발한 우주선을 타고 있어야 합니다."

"그래서, 뭐가 문젠데?"

책상을 뒤지며 버터 칼을 찾고 있는 듯한 목소리였다.

"국장님, 컴퓨터가 그 우주선 이름을 확인하지 못하고 있습니다. 개인 정보로 봉인되어 있다고 하더군요."

킬리아니 국장이 잠시 말을 멈췄다.

"5분만 기다려."

킬리아니가 접속을 종료하자마자 뭔가 생각이 떠올랐다. 맬은 컴퓨터로 오늘 기딩스에서 오스본으로 가는 단거리 왕복선의 승객 명단을 확인해보았다.

예상했던 대로 1등석 승객 한 명의 이름이 눈에 띄었다. 노바 테라였다.

그런데 노바의 이름 옆에는 그녀가 이륙 직전에 우주선을 떠났다는 기록이 남아 있었다. 이런 경우에는 꼼꼼히 기록을 남겨야 했다. 우주선의 무게가 달라지면 이륙 절차 역시 영향을 받기 때문이었다. 그때 필버트가 돌아왔다.

"요원님, 총을 발사한 사람의 신원은 아직 확인되지 않았습니다만, 이놈들 중 한 명은 확인됐습니다. 아마 믿지 못하실 거예요."

"정말 그런지 한번 보자고." 맬이 건조하게 대꾸했다.

"에드워드 피터스입니다. 애너벨라 테라 여사의 연인이요."

"그래, 이제 말이 되네." 맬은 고개를 끄덕였다.

잭이 선글라스 너머로 그를 물끄러미 바라봤다.

"말이 된다고? 그게 무슨 얘기야?"

맬은 두 사람을 무시한 채 킬리아니 국장에게 다시 전화를 걸었다.

"젠장, 맬. 지금 바빠서 이럴—"

"개인 정보 봉인은 잊어버리십시오, 국장님. 노바 테라는 오스본에 가지 않았습니다. 그 아이가 범인이에요."

"뭐라고?"

"단거리 왕복선이 출항하기 직전에 내렸습니다. 아마 집으로 돌아와서 한 무리의 괴한들이 가족을 죽이고 있는 걸 봤겠죠. 어쩌면 가족 중 누군가 처형되는 걸 직접 봤는지도 모르겠습니다. 그리고 그렇게 가족을 살해하고 있는 게 어머니의 연인이라는 것도 알게 됐을 겁니다. 그러니까 가족이 학살당하는 걸 목격하고, 가족처럼 생각했던 사람에게 배신당했다는 걸 깨닫자 이성을 잃어버린 거죠. 전 지금 그 아이가 힘을 방출한 곳에 서 있습니다. 진통제 4회분을 써야 할 만큼 두통이 심한데, 사건이 발생하고 두어 시간이 지났는데도 영향이 남아 있다는 얘깁니다."

"노바 테라가 텔레파시 능력자라면 우리가 왜 여태 몰랐던 거지?"

킬리아니가 물었다.

"구 가문이잖습니까, 국장님. 왜 그랬을 것 같습니까?"

맬은 이런 엄청난 부자들이 연합 전반에 어떤 권력을 휘두르는지 몸소 경험한 바 있었다.

"그래, 좋아. 그 아이를 찾아내야 해. 건물을 통째로 날려버릴 만큼 강력한 능력을 갖고 있는데 이렇게 긴 시간 훈련을 받지 않았다면, 지금 당장 찾아내야 한다고."

킬리아니가 컴퓨터에 뭔가 입력하는 소리가 들렸다.

"맬, 그 살인 사건에서는 빠져."

"뭐라고요?"

맬은 믿을 수가 없었다. 이제야 다시 범죄 수사를 할 수 있는 기회를 잡았는데, 국장은 지금 그 기회를 빼앗으려 하고 있었다.

"이 사건은 피오렐로에게 맡기지. 지금 가장 중요한 일은 그 아이를 찾아내는 거야. 그러니까 당장 움직이라고."

맬은 한숨을 쉬었다.

"지금 가겠습니다, 국장님." *젠장.*

좋아, 노바 테라. 아무래도 내가 널 찾아내야 할 것 같은데. 그러려면 먼저 진통제부터 보충해야겠지.

제2부

피로 흐려진 조류가 풀려나, 사방에서
순수의 의식이 익사한다……
— 윌리엄 버틀러 예이츠, 『재림』 중에서

제5장

이거 완전히 (그런데도 저 자식) 쓰레기인 거 알지? 널 속이려는 (주머니에 쑤셔 넣고 있잖아!) 건 아니야, 그냥 (감히 나랑 헤어질 생각은) 이게 완전 쓰레기라서 (꿈도 꾸지 마, 맹세컨대) 내가 살 수는 없다는 거지. (네 머리를 날려버리고) 내가 장담하건대 (뇌수를 바닥에 뿌려줄 거야, 무슨 말인지 알아먹었어?) 그 돈으로 살 수 있는 건 이게 최선이야, 날 (이 멍청한 약쟁이 새끼야?) 믿어. 그 여자가 (왜 그 남자가 날 위해) 그랬다고? 맙소사! 정말로 (그 정도도 못하겠다는 거지? 난 많은 걸) 그랬어? 그 친구는 왜 그 여자를 (바라는 것도 아닌데, 젠장) 쏴버리지 않은 거야? 제발, 조금만 (이 옷은 너무) 나눠주세요, 당신은 넉넉히 (바보 같아 보이는걸) 갖고 있잖아요! 약속해요, 늦어도 다음 (위원회가 이 약쟁이들을) 주까지는 꼭 (어떻게 좀 할 수 없는 건가?) 돌려드릴게요! 너무 오랫동안 (정말 역겨운 자식들이야!) 아무것도 먹지 못했다고요, 저는 (그 남자, 왜 나한테) 이제 음식이 어떤 맛인지도 (아무 말도 안 하지?) 잊어버렸어요. 다시는 그런

(햅입니다, 햅이요) 짓 하지 마! (여기 햅 있습니다……)

침묵.

어찌된 영문인지는 몰라도 머릿속 목소리들을 침묵 아니, 희미하게 만드는 데 성공했다.

그녀 자신도 어떻게 한 건지는 알 수 없었다. 그리고 지금 여기가 어디인지도 몰랐다. 마지막으로 기억하는 건……

아무것도 기억나지 않아. 그녀는 두 눈을 깜빡였다. 이름은 있겠지. 그런데 이름이 뭐지?

하지만 이름조차 떠올릴 수 없었다.

"죄송합니다만 지금 저의 정상적인 활동에 간섭하고 계십니다. 부디 중지해주시기 바랍니다."

고개를 들어보니 AAI, 즉 광고용 인공지능이 보였다. *좋아, 저게 뭔지는 알고 있으면서 왜 내 이름은 기억하지 못하는 거―*

"노바."

불현듯 자신의 이름이 떠올랐다. 그녀의 이름은 노바였다. 노바는 애칭이고 원래 이름은……?

일단은 이 정도로 만족해야지.

"지금 저의 정상적인 활동에 간섭하고 계십니다. 거듭 요청드리지만, 부디 중지해주시기 바랍니다."

그제야 노바는 자신이 지저분한 보행로에서 AAI의 발치에 웅크리고 앉아 있다는 걸 깨달았다. 지금 그 기계는 광고를 중단하고 대기 모드에 들어가 있었다.

노바는 똑바로 앉았다. 주위에 밀집한 건물들 사이로 좁은 보도가 길게 뻗어 있었다. 인공조명이 최소한의 밝기로만 켜진 걸 보니 아직 대낮이라는 건 알 수 있었지만, 이렇게 먼 곳까지 햇빛이 들어오지는 않았다. 그녀가 앉아 있는 보행로는 막다른 골목이었다. 삼면이 서로 다른 건물에 둘러싸여 있는데, 창문도 문도 없었다. 아니, 잠깐. 그중 하나에는 문이 있었지만, 창살이 쳐지고 자석 자물쇠로 잠긴 걸 보면 지금은 사용되지 않는 입구인 듯했다. 고개를 들어봐도 세 건물의 꼭대기는 보이지 않았다. 건물들은 끝없이 하늘을 향해 솟아오르는 것만 같았다.

막다른 골목 초입에서 두 줄기로 뻗은 보행로가 교차했다.

그제야 깨달을 수 있었다. *여긴 시궁창 거리야.* 가난한 사람들, 재산을 빼앗긴 사람들, 일자리를 찾을 수 없는 사람들, 얼마 되지 않는 일자리 중 최악의 일에 종사하는 사람들이 이곳으로 모여들었다. 시궁창 거리에서는 범죄율 또한 저 건물들처럼 하늘 높은 줄 모르고 치솟았다.

노바가 시궁창 거리에 발을 들인 건 처음이었다. 그녀 같은 사람은 어울리지 않는 곳이었다. 구 가문의 후계자는 절대로 이런 곳에 오지 않았다. 아마 정신없이 내달리다가 그저 사람이 없다는 이유로 이 버려진 골목길에 들어섰을 것이다. 지금 이곳엔 가끔씩 우연치 않게 흘러드는 사람들에게 구입할 만한 제품이 있다는 걸 알려주는 AAI 말고는 아무것도 없었다.

타소니스 도심지 아래에 있는 이곳 시궁창 거리는, 높다란 건물들 속 열악한 주택에 수많은 사람들이 모여 살고 있는 지역이었다. 물론 콘스탄티노의 마천루에 비견할 수 있는 건물은 없었지만—

아빠! 안 돼!

미처 준비도 되지 않았는데 모든 기억이 되살아났다.

가족이 모두 죽었다.

노바는 어머니의 연인이었던 에드워드를 보았다. 늘 가족의 일원이라고 생각했던 그 남자가 오빠와 어머니와 아버지를 죽이라는 명령을 내렸다. 그 명령을 코랄 IV 행성에서 가족을 모두 잃은 구스타보 맥베인이 수행했다. 어머니는 죽임을 당할 때, 자신을 배신한 에드워드에 대한 분노로 치를 떨었다. 그리고 젭, 불쌍한 오라비 젭이 총에 맞는 모습을 노바는 직접 보고 느꼈었다. 젭은 죽기 직전, 다반빌 가에서 열릴 무도회에 함께 가자고 테레즈에게 말할 기회가 이제 없겠다는 생각을 했다.

아버지는 죽임을 당할 때, 적어도 노바는 안전하게 티라도 IX로 가고 있으리라는 사실에 감사했다.

불쌍한 아빠. 아버지는 노바가 타소니스를 떠났다고 생각하며 죽었다. 하지만 그녀는 집으로 돌아갔고—

목소리들.

목소리들이 멈추지 않았다.

노바는 에드워드가 테라 가문을 감쪽같이 속였다며 마음속으로 흡족해하던 소리를 들었다. 맥베인이 가족의 죽음에 대한 복수를 마침내 완수하게 되었다며 기뻐하던 생각도 들었다. 사실 노바의 가족은 그 일과 아무런 관계도 없었다. 아버지는 코랄 IV 행성에 폭탄을 투하해서는 안 된다며 위원회의 결정에 맹렬하게 반대했었다. 하인이었던 마이아는 죽는 게 고통스러울까 궁금해했다. 또 다른 하인인 나탈리는 다시는 어머니를 볼 수 없다는 사실에 안타까워했다. 살인자 중 하나인 아담은 이 끔찍한 일을 지시한 클리프 나다너의 혁명 따위에는 아무런 관심이 없었다. 그는 그저 사람을 죽이는 게 좋았다. 티스크라는 또 다른 살인자는 구 가문이 모두 죽고 평민들이 세상을 지배하는 세계에서 살아갈 날을 기대하고 있었다. 세 번째 살인자 제프리는 붙잡혀 감옥에 갈지도 모른다는 생각에 두려움에 떨며 치밀어 오르는 공포를 느꼈다. 네 번째 살인자 폴은 정말 죽이고 싶은 건 위원회의 의원들인데도 아무 의미 없이 부자들을 죽여야 한다는 생각에 짜증을 내고 있었다.

노바는 더 이상 견딜 수 없었다. 너무 많은 목소리가, 너무 많은 '생각'이 머릿속으로 한꺼번에 쏟아져 들어왔다.

노바는 견딜 수 없는 소음을 멈추게 했다.

하지만 그 결과 더 많은 시체들이 그녀를 둘러쌌다. 그래서 노바는 정신없이 달렸다. 하지만 상황은 더욱 악화되기만 했다. 더 멀리 달려갈수록, 목소리들은 더욱 끔찍해졌다.

적어도 지금까지는 그랬다. AAI와 만나자 목소리들이 잦아들었다. 아마도 주위에 있는 유일한 존재가 인공지능이고, 인공지능은 생각을 하지 않기 때문일 것이다.

내게 들리는 소리의 정체는 그거겠지, 생각. 모건의 목소리가 들렸던 것처럼. 지금까지 늘 그래 왔을 거야. 난 사람들이 생각하는 걸 느낄 수 있고 들을 수 있어.

난 괴물이야.

그리고 살인자이기도 했다.

"지금 저의 정상적인 활동에 간섭하고 계십니다. 중지하시지 않으면 불가피하게 타소니스 경찰에 통보해야 한다는 사실을 알려드립니다."

AAI가 자신을 곤경에 빠트릴 수도 있다는 걸 깨달은 노바는 가까스로 일어섰다.

쓸쓸한 웃음이 터져 나왔다. 맙소사, 곤경이라니. 조금 전 수백 명을 죽

었는데, AAI 좀 간섭하는 게 무슨 대수라고.

지금 자신의 생각이 과장이 아니라는 게 더 큰 충격이었다. 노바는 사람들이 죽어가면서 무슨 생각을 했는지 모두 알고 있었다. 에드워드, 꼭대기 층에 있던 클리프 나다너의 부하들, 붙잡힌 하인들, 마천루 안에 있던 또 다른 사람들, 심지어 불행하게도 우연히 그 근방에 있었던 사람들까지, 어떤 생각을 하며 죽었는지 모두 알았다. 딸의 학교 성적을 걱정하던 여자, 처남과 불륜 관계라는 사실을 부인에게 들킬까봐 걱정하던 남자, 점심시간에 부모님을 만나러 호버바이크를 타고 가던 아이, 그리고—

"그 누구보다 빠르게 공중을 활공하고 싶으십니까?"

AAI의 모습은 호버바이크 장비를 입은 아이로 바뀌어 있었다. 홀로그램 투사기가 형태를 바꿨다.

AAI의 입이 움직이자, 어린아이의 목소리로 바뀐 음성이 흘러나왔다.

"그럼요!"

이제 AAI는 호버바이크에 올라타고서 거친 황무지를 배경으로 바람을 가르며 달려가는 모습으로 변해 있었다.

"최신 428 호버바이크. 지금 구입하세요."

노바는 무릎을 꿇고 주저앉았다. 무릎이 아프다는 것도 느끼지 못했다.

428은 아버지의 회사에서 만들던 제품이었다.

아버지가 죽었다.

15년간의 인생에서 노바 테라는 운 적이 별로 없었다. 그녀의 삶은 행복했고, 눈물이 날 만큼 슬픈 일은 거의 없었다.

이제 시궁창 거리 어딘가에서, 지금은 음료수 광고를 하고 있는 AAI만을 곁에 둔 채, 노바는 열다섯 살이 된 후 네 번째로 두 볼에 눈물이 흘러내리는 걸 느꼈다. *생일 축하해, 노바.* 그녀는 슬픔과 외로움으로 가슴이 무너져 내리는 듯했다.

여기 좀 (이봐, 프레디!) 봐, (이게 대체 뭐지?) 계집애잖아!

누군가의 소란스러운 생각이 노바의 뇌를 때리며, AAI와의 평온한 시간을 깨뜨렸다.

"이봐, 프레디! 이게 대체 뭐지?"

"내가 보기엔 집 나온 계집애 같은데, 빌리."

"네 말이 맞는 것 같다, 프레디."

노바가 고개를 들자 눈물이 가득 고인 눈에 자신보다 나이도 그리 많지 않은 소년 둘이 보였다. 몸에 맞지 않는 너무 큰 옷을 입은 채 목욕이라고는 아예 해본 적도 없는 듯한 악취를 풍겼다. 그들은 노바와 골목 입구 사이를 가로막고 섰다.

처음 자신에 대한 모건의 생각을 들었을 때, 그녀는 역겹다고 생각했었다. 하지만 그때는 모건의 생각이 들린다는 사실에 큰 충격을 받은 나머지 생각의 내용에는 크게 주의를 기울이지 못했었다.

지금 프레디와 빌리라는 녀석들에게서 들려오는 생각은 훨씬 더 저속했다. 그리고 훨씬 더 무서웠다. 모건이 생각대로 행동했다면 그건 예의가 없는 짓이었겠지만, 이 두 녀석이 생각을 행동으로 옮긴다면 잔혹한 폭력이 될 것이다.

"저리 꺼져."

노바는 거칠고 들릴 듯 말 듯한 낮은 목소리로 말했다.

"얘가 왜 그러지, 빌리?" 프레디는 깜짝 놀란 시늉을 했다.

"우리가 마음에 안 드나봐, 프레디." 빌리도 마찬가지였다.

"우리가 얼마나 착한 놈들인지 보여줘야겠어, 빌리."

"나도 그렇게 생각해, 프레디."

놈들이 가까이 다가오기 시작했고, 끔찍하게도 둘의 생각은 점점 더 폭력적으로 변해갔다.

"가까이 오지 마."

노바의 목소리도 더 거칠어졌다. 그녀는 비틀거리며 뒤로 물러나, 그들에게서 멀어지려 했다. 배 속이 뒤틀리며 울렁거렸다. 쿵 소리와 함께 그녀는 AAI와 세게 부딪혔다.

"귀하는 정부 공인 광고용 인공지능에 물리력을 행사하였습니다. 이는 벌금형에 해당하는 경범죄입니다. 현재 타소니스 경찰에 신고가 접수되었으며, 곧 경찰이 도착할 것입니다."

AAI의 경고에 프레디와 빌리가 웃었다. 그들은 타소니스 경찰이 고작 벌금 따위를 부과하려고 시궁창 거리까지 나올 일은 없다는 걸 잘 알고 있었다. 범인을 체포하러 오기라도 하면 다행이었다. 이 지역 경찰은 이곳 사람들을 인정사정없이 구타하기만 했다. 하지만 빌리와 프레디는 이번 달 상납금을 모두 지불했고, 경찰도 당분간은 놈들을 건드리지 않을 터였다.

다른 상황에서라면 타소니스 경찰 내부에 이런 부당 거래가 있다는 사실에 역겨운 감정을 느꼈겠지만, 노바는 지금 두려움에 떠는 것 말고는 아무것도 할 수 없었다.

하지만 그 두려움은 빌리와 프레디가 무서워서 느껴지는 감정이 아니었다. 그들이 머릿속에 있는 생각을 행동으로 옮길 때, 자신이 무슨 짓을 할지 몰라 그것이 두려운 것이었다.

"자, 꼬마 아가씨, 그렇게 걱정하지 않아도 돼. 우리가 잘 보살펴줄 테니까. 안 그래, 빌리?"

"당연하지, 프레디."

프레디는 지금 그녀의 다리 사이에서 할 행위를 구체적으로 상상하고 있었다. 노바는 머릿속을 비우려 애쓰며 말했다.

"가까이 다가오지 마! 이건 경고야!"

"이야, 정말 무서운데. 안 그래, 프레디? 저 아이가 우리한테 경고한다잖아."

빌리가 웃어대자 프레디가 고개를 절레절레 저으며 이죽거렸다.

"경찰은 이쪽으로 안 와, 이 계집애야. 혹시 온다고 해도, 우리에겐 아무 짓도 하지 않을 거고. 그러니까 마음껏 비명을 질러보라고."

사실 프레디는 노바가 비명을 질러주기를 기다리고 있었다. 그쪽이 더 짜릿할 테니까.

처음에 노바는 아무것도 하지 않았다. 아니, 할 수 없었다. 지금 자신이 자제력을 잃으면 어떤 일이 일어날지 너무 잘 알고 있기 때문이었다.

그래서 프레디가 노바의 블라우스를 붙잡았을 때, 그녀는 아무것도 하지 않았다. (그제야 블라우스 여기저기에 튄 피와 지붕이 무너져 내렸을 때 찢어진 흔적이 눈에 들어왔다. 묻어 있는 피 중에는 노바 자신의 피도 섞여 있을 것이다) 빌리가 노바의 허리춤을 붙잡았을 때에도, 그녀는 아무것도 하지 않았다.

그 순간 노바는 있는 힘껏 비명을 질렀다.

"이거 놔!"

노바의 외마디 비명과 동시에 프레디와 빌리는 막다른 골목 끝자락에 누워 있었다. 빌리는 가슴 한쪽에서 날카로운 통증을 느꼈고, 프레디는 현기증 때문에 눈의 초점을 맞출 수 없었다.

노바는 비틀거리며 일어섰다. 똑바로 일어서려던 시도가 실패하면서 바닥에 나뒹굴 뻔했지만, 가까스로 균형을 잡고 두 팔을 뻗어 흔들리는 몸을 진정시켰다. 그리고 나서야 간신히 똑바로 일어설 수 있었다.

뒤쪽에서 반짝이는 불빛이 눈길을 끌었다. 돌아서보니 AAI는 수북이 쌓인 금속과 전자 부품 찌꺼기로 변해 있었다. 그 모습을 보니 왠지 미안해졌다. AAI는 잠시나마 피난처가 되어주었다. *생각이 없으니 그렇겠지. 그래서 조용했잖아. 광고를 보고 이런 생각을 떠올리게 될 줄은 몰랐는데. 어딘가에서 다른 걸 찾을 수 있겠지.*

노바는 다시 돌아서서 쓰러져 있는 빌리와 프레디를 똑바로 바라봤다. 둘 다 당분간은 일어나지 못할 것 같았다.

노바는 그들을 향해 다가가며 낮게 헛기침을 했다.

"경고했잖아. 날 내버려두는 게 좋을 거야. 그렇지 않으면 더 험한 꼴을 당하게 될 테니까."

프레디는 눈의 초점을 맞추느라 너무 집중한 나머지 제대로 대답조차 할 수 없었다. 하지만 빌리의 머릿속은 분노의 안개로 뒤덮였다.

"망할 계집 같으니! 죽여버리겠어!"

빌리는 비틀거리는 걸음으로 그녀에게 달려들었다. 구부정하던 몸을 똑바로 일으켜, 커다란 셔츠 속에서 권총을 끄집어냈다. 빌리 자신도 그 총의 기종이 무엇인지 몰랐고, 그건 노바도 마찬가지였다. 그저 그라비언이라는 사람에게서 구한 것이며, 그는 예전부터 항상 빌리에게 꽤 쓸 만한 무기를 팔았다는 사실만 알 수 있었다.

빌리는 권총으로 노바를 똑바로 겨눴고, 노바는 빌리를 향해 사이오닉의 힘을 내뻗었다. 잠시 후 권총이 폭발하면서 노바는 뒤로 세차게 내동댕이쳐졌고, 날카로운 고통이 이마를 스쳤다.

이번에는 땅바닥에 쓰러지는 느낌을 제대로 인지할 수 있었다. 이제는 그녀의 정신도 프레디만큼이나 혼돈에 빠져들었고, 현실과의 접점이 조금씩 흐려졌다.

이제야 나도 죽는 모양이야. 오히려 기뻤다. 노바는 온몸을 뒤덮는 어둠을 기꺼이 받아들였다.

제6장

"어디, 내가 제대로 이해한 건지 한번 보자, 알았지? 너흰 지난 두 달간 오캘러헌에서 햅을 팔았어. 거긴 아주 좋은 지역이잖아, 안 그래? 얘들아, 그런 지역을 아무한테나 주는 건 아니야. 오캘러헌 같은 곳에서 장사를 한다는 건, 아니, 키치오스나 스티븐스 같은 곳도 마찬가지지만, 그런 곳을 주무른다는 건 너희가 어느 정도 '영향력'을 지니게 된다는 거야, 알겠어? 그건 좋은 거라고. 딱히 좋은 게 아니라도 사람들이 어쩔 수 없이 받아들이게 만들 수 있다는 거야. 오캘러헌, 그건 너희한테 주는 선물 같은 거라고. 알겠어?"

그리고 그는 잠시 말을 멈췄다. 오랜 시간에 걸쳐, 이렇게 말을 멈추는 것이 상당히 유용한 대화 기법이라는 사실을 터득했다. 수사학적 의문을 유도하기 위해서만이 아니라, 그런 침묵이 공포를 불러일으키기 때문이었다. 그는 독백하듯 말하는 걸 좋아했지만, 때로는 아무 말도 하지 않는 것이 가장 무서울 때가 있었다.

그리고 지금은 어느 정도 공포를 조장해야 했다.

그는 줄리우스 안투완 데일이라는 이름으로 태어났지만, 이제는 어느 누구도 그 이름을 부르지 않았다. 사람들은 대부분 그의 진짜 이름을 몰랐고, 지금은 그 자신도 사람들이 자신의 본명을 모르는 걸 선호했다. 어렸을 때 길거리 싸움꾼으로, 이후 폭력배로 살던 그를 젊은 시절부터 알고 지내면서 '줄스'라고 부르던 사람도 일부 있었지만, 그중 아직까지 살아남은 사람은 많지 않았다.

현재 그는 시궁창 거리의 모든 사람들에게 '페이긴'으로 알려져 있었다. 이름이라기보다는 '나쁜 노인'이라는 뜻의 별칭에 가까웠지만, 사람들은 크게 신경 쓰지 않았다. 그저 다른 이름으로 부를 만큼 어리석지 않았기 때문에 그렇게 부를 뿐이었다.

페이긴이 힐난하는 대상은 이언이라는 이름의 청년이었다. 그는 페이긴의 태도나 극적인 침묵에 대들 처지가 아니었다. 지금 이언은 삐걱거리는 천장 대들보에 발목이 묶인 채 매달려 흔들거렸고, 페이긴의 아이들 중 두 명인 샘과 대니가 P220을 그의 양쪽 귀에 각각 겨누고 있었다. (페이긴의 아이들은 P220만 사용했다. P180은 불발이 되기 일쑤였고, 다른 것들은 더 엉망이었다. 그가 최고가 되려면 그의 아이들에게는 제대로 된 장비가 필요했고, 페이긴은 죽을 때까지 최고의 자리에 머물 생각이었다)

"그런데 이런 선물을 받고 나면 다들 어떻게 하지? 너도나도 한몫 챙기려고 버둥거리기 시작하더라고. 자, 너희가 버는 돈은 적지 않아, 알겠어? 오캘러헌에서 물건을 판다는 건 네가 수익의 20퍼센트를 가져간다는 뜻이고, 그건 시궁창 거리의 어떤 구역보다 많은 돈을 벌고 있다는 뜻이야, 알겠어? 그러니까 이제 내 질문에 대답을 해보란 말이야. 그런 돈을 들고 네가 정말 도망칠 수 있다고 생각했던 거냐?"

여전히 이언은 아무 말도 하지 않았다. 현명한 처신이었다. 페이긴이 대니와 샘에게 이언이 찍 소리라도 내면 P220을 발사하라고 말해두었으니까.

"널 본보기로 삼으라고 말하는 사람들도 있어. 그것도 좋겠지, 안 그래? 다들 그렇게 하니까. 늘 그렇잖아. 그래, 그런 사람들이 있지. 이 망할 꼬마 녀석을 본보기로 삼아주자, 누가 진짜 대장인지 보여주자고 말이야."

페이긴은 긴 한숨을 내쉬고는 말을 이었다.

"하지만 문제가 하나 있어. 그래 봐야 아무런 효과도 없거든. 솔직히 사람 하나 죽인다고 일이 똑바로 된 적이 있기나 한가? 사형 제도가 있다고 해서 중범죄가 사라졌던가? 사실, 사형 제도가 있을 때는 중범죄율이 오히려 올라간단 말이지."

이언은 여전히 아무 말도 하지 않았지만, 페이긴은 이언의 이마에 땀이 흠뻑 맺히고 있는 모습을 볼 수 있었다. 페이긴의 독백에 자신의 죽음이 임박했다는 내용이 등장했기 때문일 것이다.

"솔직히 내게 무슨 도움이 되겠어? 좋아, 그래, P220 총알이 네 두개골에 커다란 구멍을 뚫고, 뇌수와 피와 뼈가 뒤쪽 벽에 흩뿌려지는 광경을 즐겁게 감상할 수는 있겠지. 하지만 그랬다가는 저 벽을 또 닦아내야 할 거 아냐, 안 그래? 아주 성가신 일이라고. 게다가 너보다 훨씬 더 똑똑한 녀석들 뇌수가 흩뿌려지는 모습을 이미 많이 봤거든."

페이긴이 또 한 번 길게 한숨을 내쉬었다.

"그 점을 고려하면 결국 남은 건 벌을 주는 것밖에 없어. 내가 아까 했던 얘기 기억나? 사형 제도가 있을 때는 중범죄율이 올라간다고 했었지? 아무도 모르지만 또 한 가지 중요한 정보가 있어. 사형 제도가 있으면 중범죄율이 올라가고, 없으면 내려간단 말이지. 그런데 제대로 '처벌'을 해주면, 사람들이 아예 죄를 저지르지 않아."

독백을 시작한 후 처음으로 페이긴은 이언을 제대로 바라봤다. 이언의 이마에서는 땀이 줄줄 흐르고 있었다.

"넌 처음에 운반책으로 시작했었지? 부모님이 용돈도 못 줄 만큼 가난한 길거리 꼬마가 일을 하게 해달라고 통사정을 하던 기억이 나는군. 다들 그렇게 시작하는 거야, 알겠어? 다른 사람들이 시키는 일을 하면서. 그러다가 도망치지 않고, 죽지 않고, 뇌가 소거되지도 않은 녀석들은 내가 만든 세계에서 조금씩 위로 올라가는 거고, 알아듣겠어? 네가 그랬던 것처럼 말이야."

페이긴은 웃었다. 레슬러였던 시절, 그는 상대에게 겁을 주기 위해 치아를 줄로 갈아 모두 뾰족하게 만들었다. 그래서 이제 그는 자주 웃지 않았고, 그 당시처럼 사람들을 진짜로 겁주고 싶을 때를 위해 웃음을 아껴두었다.

이언은 이제 비 오듯 땀을 쏟아내고 있었다.

"이제 넌 내려가는 거야, 알겠어? 다시 운반책이 되는 거라고, 이언. 그것도 가장 막내로 뛰어야 해. 우리가 어제 길거리에서 주워온 열 살짜리 꼬마 있지? 걔보다 더 밑에서 뛰어보라고, 알겠어? 무슨 말인지 알아먹었냐고?"

그제야 이언은 최선을 다해 고개를 끄덕였다.

"총을 치우고 줄을 잘라."

페이긴이 대니와 샘을 향해 말했다. 샘은 즉시 그 말에 따랐다. 대니는 잠시 실망하는 표정을 지었지만, 이내 샘을 도와 줄을 자르고 이언을 내려주었다.

이언은 공허하게 쿵 소리를 내며 바닥에 떨어졌다.

페이긴은 고개를 돌려 에번을 바라봤다. 여기 덕워스에 있는 페이긴의 본부에서 가장 멀리 떨어진 크램빌을 관리하는 녀석이었다. 덕워스는 시궁창 거리에서 '괜찮은 지역'에 속하는 장소였다. 즉, 일부 거주 공간이 40제곱미터가 넘었다.

"이 녀석 일 좀 시켜라, 알았지?"

에번은 고개를 끄덕이고는 이언에게 다가가 그를 일으켜 세웠다.

"어서 움직여."

에번의 재촉에 이언은 비틀거리며 문을 향해 걸었고, 에번이 그 뒤를 따랐다.

잠시 후 페이긴은 오캘러헌을 관리하는 만프레드를 향해 돌아서며 말했다.

"이번 일을 내게 알린 건 정말 잘한 일이다."

"감사합니다." 만프레드가 가볍게 고개를 끄덕였다.

곧이어 페이긴은 P220을 꺼내 만프레드의 가슴을 향해 네 발을 발사했다. 그러고는 샘과 대니를 향해 말했다.

"볼프강에게 연락해서 저 쓰레기 좀 치우라고 해. 누가 가서 테니리 좀 올려 보내고. 이제 그녀가 오캘러헌을 관리한다."

다른 지역 관리자들은 입을 떡 벌린 채 피투성이가 된 만프레드의 시체를 바라보거나, 멍한 표정으로 페이긴을 보았다. 그들 중 키치오스를 관리하던 프랜시가 물었다.

"사형 제도가 있어도 범죄를 막을 수 없다던 말은 뭐하러 하신 건가요?"

"막을 수 없다고 했지 그게 쓸모없다고 말하진 않았다, 알겠어? 이것

봐, 이언도 뭔가 깨닫는 게 있을 거야. 그 녀석은 거리를 맡고 나서 조금 과하게 욕심을 부리게 된 전형적인 돌대가리야. 괜히 우쭐거리다가 덜미가 잡힌 거지. 다시는 그런 일이 없을 거다. 녀석이 다시 윗자리까지 올라가게 된다면, 그렇게 멍청한 놈은 아니라는 거겠지."

페이긴은 바닥에 널브러진 만프레드의 시체를 가리켰다.

"이언은 만프레드가 눈치채기 몇 주 전부터 그 짓거리를 하고 있었어. 어쩌면 만프레드도 알고 있었으면서 나한테는 얘기하지 않았는지도 모르지. 멍청하거나 아니면 충성스럽지 못하다는 뜻이겠지. 내가 그 녀석 구역을 빼앗았으니, 아마 충성스럽지 않은 쪽이 맞을 거다. 게다가 너무 똑똑한 녀석이라 아무것도 눈치채지 못했을 리가 없어. 그래서 죽인 거야."

프랜시는 고개를 절레절레 저었다.

"뭐 다른 할 말 있나? 내가 약속이 하나 있는데, 정말 늦었거든."

페이긴은 개인적인 쾌락을 위해 곁에 두고 있는 열두 명의 사람들 중 한 명과의 만남을 조금 연기해야 했다. 페이긴은 그들의 이름을 알지 못했다. 그들이 누구인가에 관심이 있는 게 아니라, 그들의 외모에만 관심이 있었기 때문이다. 요즘 '5번' 남자는 조금 지겨워져서, 나이가 조금 많고, 경험도 더 많은 사람으로 교체할 생각이었다. 하지만 오늘 밤에는 최근 가장 마음에 드는 11번을 만날 계획이었고, 페이긴은 어서 그녀의 바지 속으로 들어가고 싶어 안달이 났다.

이 도시의 콧대 높은 사람들이 거주하는 지역과 지리적으로 가장 근접한 파이크 가를 담당하는 마커스가 앞으로 나섰다.

"말씀드릴 게 있습니다, 페이긴. 아주 확실한 건입니다."

"뭔데?"

페이긴이 짧게 끝나길 바라는 표정으로 퉁명스럽게 물었다.

"프레디와 빌리가 발견한—"

페이긴이 한 손을 들어 올리며 마커스의 말을 끊었다.

"그만해. 지난번에 빌리와 프레디가 뭔가 발견했다고 했을 때, 타소니스 경찰청 내부를 엿볼 수 있다는 AAI를 가져왔었지, 안 그래? 그런데 그건 녀석들이 약에 취해 환각을 보고 있었기 때문이었고. 그러니까—"

"이번에는 헛소리를 하는 게 아닙니다, 페이긴. 정말입니다. 사냥꾼 골목에서 계집을 하나 발견했는데, 알고 보니 텔레파시와 염동력 능력자였습니다."

마커스가 고집스럽게 말을 이어가자 페이긴은 어이가 없다는 표정을 지었다.

"염동력이라는 건 동화 속에서나 나오는 거야, 알겠어? 그냥 텔레파시 능력자라고만 했어도 내가 믿어—"

"그 계집애가 빌리의 갈비뼈를 부러뜨렸습니다, 페이긴. 프레디는 뇌진탕이고요. 그런 후에는 빌리의 총을 터뜨렸습니다. 그냥 어린 계집애입니다, 페이긴. 키가 조금 크긴 하지만 그냥 어린 여자애라고요. 뭔가 다른 방법으로 빌리나 프레디를 쓰러뜨렸을 수는 없습니다. 농담하는 게 아닙니다, 페이긴. 그 계집애는 염동력 능력자가 분명합니다."

"그 녀석들이 서로 두들겨 패며 싸우고는 빌리의 총이 불발되면서 터진 거 아냐? 빌리는 항상 쓰레기만 사잖아."

옆에 있던 샘이 수상쩍다는 표정으로 마커스를 쏘아보자 마커스가 답답하다는 듯 대꾸했다.

"녀석은 T20을 들고 있었어. 그 총은 터지지 않아."

페이긴도 그건 사실이라고 인정해야 했다. T20은 총알이 자주 걸리긴 했지만 폭발은 없었다. 빌리가 아직 예전 TX2를 갖고 있다면 얘기가 달랐겠지만, T20을 갖고 있었다면……

"아무래도 그 계집애를 만나보셔야 할 것 같습니다. 적어도……"

마커스는 다시 페이긴을 바라보다가 머뭇거렸다.

"적어도 뭐?"

페이긴은 마음이 급해졌다. 이러다가는 깊이 잠든 11번을 깨워야 할 것 같았다.

"텔레파시 능력자라는 건 확실합니다. 그 계집애가…… 뭘 좀 압니다."

그러자 잠자코 듣고만 있던 프랜시가 쿡쿡거리며 웃었다.

"젠장, 마커스. 불나방 클럽에서 있었던 일을 말하는 거라면, 그건 모르는 사람이 없어."

마커스의 검은 피부가 홍조를 띠며 더 칙칙해졌다.

"그거 말고, 다른 것들을 압니다. 제가 그 누구에게도 말하지 않은 일들까지요."

"어떤 일 말이야?"

마커스에게 뾰족한 치아를 드러내며 웃어 보인 후, 페이긴이 물었다.

"마…… 말하고 싶지 않습니다, 페이긴. 그래도 믿어주세요. 정말 그 누구도 모르는 일입니다."

"좋아. 내일 데려와라." 페이긴이 한숨을 쉬었다.

"페이긴, 그게—"

"분명 내일이라고 했다."

페이긴이 P220을 마커스의 가슴께로 들어 올려 만프레드에게 총알을 박았던 지점을 조준하자 마커스는 재빨리 대꾸했다.

"네, 네, 알았어요, 알아들었습니다. 내일 데려오겠습니다."

페이긴은 P220을 거두고 상의에 다시 집어넣었다.

"다들 아침에 보자."

그리고 곧장 뒷문을 통해 개인 숙소로 걸음을 옮겼다. 경호원 두 명이 문 앞으로 다가서며 혹시나 있을지 모를 침입자를 경계했다. 페이긴은 그들의 이름도 알지 못했다. 성교 상대의 이름처럼 경호원의 이름 같은 건 별로 중요하지 않았으니까. 그들은 그저 장식용일 뿐, 정말로 아무런 의미도 없었다. 페이긴은 그저 커다란 멍청이 두 명이 숙소 앞을 지키고 있다는 모습을 보여주기 위해 그들을 곁에 두었을 뿐이다. 페이긴을 지켜주는 건, 허리띠 버클 위의 제어반이었다. 그가 제어반을 만지자, 방이 역장으로 봉인되었다. 커다란 폭탄으로도 쉽게 파괴할 수 없는 막강한 방어망이었다.

11번은 깨어 있었다. 하지만 굳이 옷을 모조리 벗고 있는 바람에 페이긴을 실망시켰다.

"어서 옷 입어, 당장 입지 못해?"

페이긴이 날카로운 목소리로 말했다. 옷을 벗기는 건 그의 몫이었다.

흠, 텔레파시에 염동력까지 있다고? 11번을 알몸으로 만들기 전에 먼저 자신의 옷을 벗으면서 그는 생각했다. *꽤 재미있겠는데.*

제7장

마커스 레일리언은 그 여자를 필요 이상으로 오랫동안 곁에 두고 싶지 않았다. 하지만 페이긴이 별다른 이유도 없이 만프레드에게 총알을 박아 넣은 직후, 가슴에 총구를 들이댔으니…… *젠장.* 마커스는 바보가 아니었다.

그래서 페이긴의 살벌한 교육이 끝나자, 마커스는 그 여자를 어떻게 해야 할지 고민하며 파이크 가의 자기 구역으로 돌아갔다.

마커스는 파이크 가에서 자랐다. 그 지역의 이름이 유래된 바로 그 거리였다. 그리고 어린 시절부터 이미 자신이 합법적인 일을 하게 될 가능성은 없다는 걸 알았다. 그의 아버지는 일자리를 구하지 못하는 음악가였다. 어머니는 키치오스의 식당에서 일을 했지만, 돈벌이는 형편없었다. 어머니는 마커스가 장학금을 받고 타소니스의 좋은 학교에 진학하기를 기대했지만, 학교 측에서는 거듭해서 그의 지원서를 받아들이지 않았다. 이유를 알려주는 일도 없이, 항상 거부하기만 했다.

마커스는 바보가 아니었기에 시간 낭비를 하지 않았다. 시궁창 거리 밖의 세계가 그에게 관심을 보이지 않는다면, 그 역시 바깥 세계에 관심을 두지 않을 생각이었다. 바깥으로 진출할 수 없다면, 지금 이곳에서 최선을 다해야 했다. 그리고 그건 곧 약물에 손을 대야 한다는 의미였다.

하지만 마커스는 역시 바보가 아니었다. 아버지와 형제 두 명을 포함하여 주위의 모든 사람들이 크랩과 스노크, 터크, 그리고 특히 햅에 중독되어 있었고, 그는 그런 약물이 그들에게 어떤 영향을 주는지 목격했다. 아버지는 훌륭한 색소폰 연주자였지만, 그건 햅에 취해 있지 않을 때뿐이었다. 문제는 그렇지 않을 때가 많지 않다는 것이었고, 그로 인해 '진정제 클럽'에서 쫓겨났으며, 그 후로는 변변한 일거리를 찾지 못했다.

정확히 말하면, 성공하는 사람들은 햅 중독자가 아니었다. 햅을 파는 사람들이었다.

다른 사람들처럼 마커스도 그 지역 마약상의 운반책으로 시작했다. 당시 파이크 가를 관리하던 사람은 오르피 존스였다. 마커스가 호객꾼으로 직함이 올라갔을 때, 다들 '그린'이라고 부르던 경쟁 마약상이 오르피 존스의 머리를 날려버렸다. 그가 웃지 않는다는 게 이유였다. 그린의 오른팔은 손이 빠른 줄스라는 자였다.

머지않아 마커스는 깨달았다. 줄스가 진짜 머리라는 것을 말이다. 그린은 그저 근육 덩어리일 뿐이었다. 그리고 또 머지않아 줄스의 T20(P220이 출시되기 한참 전의 일이었다)에서 발사된 총알이 우두머리였던 그린의 두개골 안에 박혔고, 줄스는 알 수 없는 이유로 자신을 '페이긴'이라 부르며 세력을 확장하기 시작했다.

요즘은 마약이나 여자, 술로 돈을 버는 사람들 중에 페이긴에게 한몫 떼어주지 않는 사람은 찾아볼 수 없었다.

마커스는 잠자코 주도권을 쥔 사람에게 충성을 바쳤다. 그게 오르피든 그런이든 페이긴이든 상관없었다. 상대가 "뛰어!"라고 하면, 마커스는 "얼마나 높이 뛸까요?"라고 물었다.

마커스는 그렇게 살아남았다.

일도 열심히 했다. 그의 집 거실은 그가 자랐던 옛집보다 더 컸다. 마커스의 여동생과 남동생도 페이긴 밑에서 일했는데, 여동생 지나는 그래도 크랩을 끊은 상태였다. 하지만 남동생 게리는 늘 끊었다고 하면서도, 햄 증폭기를 팔에 매달고 있는 모습이 종종 눈에 띄곤 했다.

그래서 페이긴이 그 텔레파시 능력자를 내일 보겠다고 했을 때, 마커스가 할 수 있는 일은 오늘 밤에 그 여자아이를 어떻게 해야 할지 고민하는 것뿐이었다. 평소라면 페이긴의 결정에 의문을 품지 않았을 테지만, 그 계집애가 마커스의 아버지가 했던 일을 지껄이기 시작했을 때는······.

마커스는 몸을 부들부들 떨었다. 지금까지 그 일을 머릿속에 떠올린 적은 단 한 번도 없었다. 그 일이 일어났을 때 마커스는 너무 어렸고, 지나와 게리는 태어나기도 전이었으며, 무엇보다 영원히 잊고 싶은 일이었다. 보통은 기억을 떠올릴 필요도 없었지만, 그 계집애가 입을 나불대기 시작하자 상황이 달라졌다.

그가 집으로 돌아와 보니 지나는 거실에 앉아 그날의 수입을 세고 있었고, 타이러스는 그 옆에 서서 T20에 광을 내고 있었다. 지나는 언제나처럼 예뻤다. 특히 열여덟 살 생일 선물로 코 성형 수술을 하고 난 후에는 특히 그랬다. 여동생이 오래전부터 성형을 꿈꿨다는 걸 알고 있었던 마커스가 준 선물이었다. 아주 간단한 수술이었지만, 마커스가 마약 거래를 시작하기 전까지 그의 집에서는 그 정도의 수술비조차 감당할 수 없었다.

어쨌거나 지금은 타이러스가 손님용 침실에서 그 텔레파시 능력자를 지키고 있었다.

고개를 절레절레 저으며 마커스가 물었다.

"대체 여기서 뭐하고 자빠져 있는 거야, 타이러스?"

몇 년 전이었다면 타이러스 같은 사람에게 그런 식으로 말하지 않았을 것이다. 타이러스는 마커스보다 덩치가 두 배나 컸고, 커다란 손으로 마커스의 머리를 단번에 박살낼 수 있는 사람이었다.

하지만 이 구역의 우두머리는 마커스였다. 타이러스 같은 덩치들도 마음껏 부릴 수 있었다. 기분이 나쁘지 않았다.

타이러스가 육중한 어깨를 으쓱하며 대꾸했다.

"그 여자애는 아무것도 안 하고 있습니다. 그냥 종일 중얼거리고만 있어요."

"내가 지켜보고 있으라고 했잖아!"

그러자 여동생 지나가 타이러스의 말을 반복했다.

"그 여자애 아무것도 안 한다니까, 오빠. 그냥 웅크리고 누워만 있어. 달아날 것도 아닌데, 뭐."

"뭐가 됐든 그 여자애를 혼자 두지 말라고."

"오빠, 걔는 우리 몰래 어디도 갈 수 없—"

"그 계집애는 텔레파시 능력자야! 얼마든지 우리 몰래 나갈 수 있다고!"

마커스의 말에 타이러스가 부르르 몸을 떨며 대꾸했다.

"역시 그랬군요."

그는 마커스의 시선을 의식하고는 덧붙였다.

"그 여자애가 제 여동생 얘기를 늘어놓더라고요. 워낙 듣기 싫은 얘기라, 그냥 여기로 나왔습니다."

마커스는 길게 한숨을 쉬었다. 타이러스의 여동생은 헵 값을 벌려고 스트리퍼로 일하던 중 어느 날, 집으로 함께 가자는 걸 거부했다는 이유로 화가 난 단골손님의 손에 죽었다. 페이긴은 충성을 바치는 사람에게는 적절한 보상을 해주는 사람이었고, 타이러스는 썩 훌륭한 부하였기 때문에, 페이긴은 문제의 그 손님이 아주 천천히 고통스러운 죽음을 맞이할 수 있도록 해주었다. 물론 그런다고 타이러스의 여동생이 돌아올 리는 없겠지만. 저 덩치 큰 사내의 감정을 북받치게 만들 수 있는 일은 그것뿐이었으므로, 타이러스가 그 일을 생각나게 하는 사람과 한 방에 있지 않으려고 하는 것도 마커스는 충분히 이해할 수 있었다.

하지만 그런다고 상황이 달라질 건 없었다. 마커스는 여동생을 노려보며 말했다.

"그러면 네가 가서 다른 사람을 구해와. 그 여자애는 위험인물이고, 페이긴이 아침에 만나겠다고 했어."

"젠장, 그럼 밤새 데리고 있어야 한다고요? 그 여자애가 빌리와 프레디에게 무슨 짓을 했는지 못 보셨습니까?"

타이러스가 목소리를 높였다.

"봤지, 그래서 페이긴이 만나고 싶어 하는 거야. 우린 내일까지 기다려야 하고."

마커스는 지나를 향해 돌아서며 말했다.

"사람들 좀 데려와. 항상 세 명이 한 방에서 그 여자애를 지키게 하고, 여기도 두 명을 세워둬. 손가락이라도 까딱하면 쏴버리라고. 무슨 말인지 알아먹었어?"

"나가기 전에도 그렇게 말했잖아."

지나가 전화기를 집어 들며 짜증스럽게 쏘아붙였다.

"그래, 그 말대로 아주 잘됐지."

마커스는 고개를 절레절레 젓고는 파이크 가를 그에게 맡길 때 페이긴이 준 P220을 꺼내 들고 손님용 침실로 향했다. 앞서 그 계집아이가 여기 와서 처음으로 짜증을 부리며 그가 가장 아끼는 의자가 하마터면 부서질 뻔했던 이후로, 마커스는 그 방의 모든 가구들을 꺼내놓았다. 그리고 그 방은 밖으로 통하는 창문이 없는 안쪽 방이었다. 사실 이 집에 창문이 있는 방은 하나뿐이었고, 그 방은 마커스 차지였다. 지나의 말이 옳았다. 이론적으로는 그 소녀가 거실에 있는 사람들의 눈에 띄지 않고 이곳을 빠져나갈 방법이 없었다. 손님용 침실의 유일한 출구가 바로 거실로 통하는 문이기 때문이었다. 그래도 마커스는 텔레파시 능력자를 상대로 모험을 하고 싶은 생각은 없었다.

마커스가 등 뒤에서 문을 닫자 부하들을 불러 모으던 지나의 목소리도 차단되었다. 쓸 만한 녀석들을 쉽게 찾을 수 있을 것이다. 요로드가 증축 공사로 다음 주 내내 문을 닫으니, 적어도 덩치 네 명은 당분간 할 일이 없을 것이다. 또 터키인 공급책과의 문제도 잘 해결된 터라 젤릭과 마리나도 한가할 것이다. 그 문제를 페이긴의 손을 빌리지 않고 해결했다는 사실이 마커스는 무척 자랑스러웠고, 페이긴도 꽤나 만족스러워했다.

마커스가 여자아이를 찾는 데는 시간이 조금 걸렸다. 놀라운 일이었다. 그 방은 고작 4.5제곱미터 넓이에 그 아이 말고는 아무것도 없는 공간이었다.

그녀는 한쪽 구석에서 온몸을 웅크린 채 앉아 있었다. 무릎을 가슴에 끌어안고 두 손으로 얼굴을 가린 모습이었다.

"꺼져."

마커스는 가면처럼 얼굴을 가린 팔뚝 사이에서 들려오는 작은 소리를 들을 수 있었다.

"그럴 순 없어, 아가씨."

그러자 희미하게 훌쩍이는 소리와 나지막한 음성이 들렸다.

"당신이 여기 있으면 듣는 걸 멈출 수가 없어. 당신이 여기 들어와 있으면 전부 다 알게 된다고! 당신 아버지가 했던 짓도—"

"닥쳐! 그딴 소리 당장 집어치우지 않으면—"

마커스는 P220을 들어 올리자 계집애가 몸을 꼿꼿이 세웠다.

"그러면 나가라고!"

얼굴은 예쁜 계집애였다. 양쪽 볼을 타고 눈물이 흘러내렸고 눈이 퉁퉁 부었어도, 마커스는 그녀가 꽤나 예쁘다고 생각했다. 게다가 아주 자연스럽게 예뻤다. 요로드에 있는 대부분의 여자들처럼 외과 의사와 레이저에 도움을 받은 게 아니라, 애초에 예쁘게 태어난 후로 자연스럽게 형성된 아름다움이었다.

그래서 마커스는 P220을 더 똑바로 들어 올렸다. 혈기 왕성한 남자들은 늘 예쁜 얼굴 앞에서 멍청한 짓을 했다. 하지만 마커스는 자신이 멍청하지 않다는 것에 자부심을 갖고 있었다.

"아무도 나가지 않아, 아가씨. 페이긴이 널 아침에 보고 싶다고 했고, 그러니까—"

그녀는 다시 양팔로 얼굴을 가렸다.

"당신이 여기 있으면 멈출 수가 없어! 당신 동생이 약에 취해 안개 속으로 나가는 걸 막을 수 없어. 당신 여동생이 몸을 파는 걸 막을 수 없어. 당신 고양이가 죽는 걸 막을 수 없어. 오르피가 당신 말을 안 듣고 머리가 날아가는 걸 막을 수 없어. 당신이 불나방 클럽에서 노래 부르는 걸 막을 수 없어. 당신 아버지가 어머니를 죽이는 걸 막을 수 없—"

"닥쳐!"

마커스가 새된 목소리로 소리치며 P220의 안전장치를 풀었다.

"당장 닥치지 않으면 얼굴에 총알을 박아주겠어!"

"그러니까 나가라고! 당신이 페이긴을 얼마나 싫어하는지 알아. 그자를 얼마나 죽이고 싶어 하는지 안다고. 당신이 아버지가 죽는 걸 얼마나 바랐는지도 알고—"

마커스가 머리 위로 총을 발사했다. 하지만 그녀는 미동도 하지 않은 채 다시 훌쩍이며 말을 이었다.

"그런다고 내가 겁이라도 먹을 줄 알아? 아직도 모르겠어?"

그녀는 얼굴을 가린 팔 너머로 그를 바라봤다. 초록색 눈이 빨갛게 충혈되어 있었다.

"난 죽고 싶다고!"

"안됐군, 아가씨."

마커스는 아무리 애를 써도 목소리가 떨리는 것을 막을 수 없었다.

"페이긴이 널 아침에 보겠다고 했으니, 꼼짝하지 말고 있어야 해. 무슨 말인지 알아먹었어?"

그는 대답도 기다리지 않고 그대로 돌아서서 최대한 빨리 손님용 침실을 떠났다.

"이런, 오빠. 그 고양이가 죽은 후로 그런 얼굴은 처음인데."

지나의 말에 마커스가 이를 드러내며 여동생을 노려봤지만, 아무 말도 하지 않았다.

"제가 말했잖습니까, 마커스. 저 계집애가 어디 갈 일은 없어요, 안 그렇습니까?"

타이러스가 조심스러운 눈빛으로 다시 한 번 이야기하자 마커스는 부들부들 몸을 떨며 고개를 끄덕였다.

"그래, 다른 녀석들이 오면 문 밖에서 감시하라고 해. 아무도 저 계집애와 얘기하지 못하게 하라고. 내일 아침이면 저 계집애 문제는 페이긴의 몫이 될 거야. 그때까지 우린 그냥 잘 가둬두기만 하면 돼."

"문제없습니다." 타이러스가 단호하게 대답했다.

마커스는 곧장 자신의 침실로 향했다. 오늘은 혼자만 아는 곳에 보관해둔 위스키를 꺼내서, 잠들기 전에 모두 마셔버릴 생각이었다.

＊　　＊　　＊

맬은 완전히 다른 종류의 두통에 시달리고 있었다.

지난 사흘간 그는 타소니스 안팎에서 노바 테라를 알았던 모든 사람과 이야기를 나눴다. 어제는 종일 파드리그에 승선해 있는 사람들과 대화했다. 그들 중 여러 명의 집안에서 끔찍한 비극이 벌어졌지만, 그들은 조금이나마 안전하다고 하는 티라도 IX 행성으로 가고자 했다. 맬은 탐색관 신분을 내세워서 그들과 대화할 수 있었다. 그가 일개 형사에 불과했다면 구가문의 요트 위에서 승객들과 마음대로 대화할 수 없었을 것이다. 그는 1년 만에 처음으로 형사과에서 전출되었다는 사실에 감사했다.

하지만 아쉽게도 그 인터뷰는 별 도움이 되지 않았다. 다들 노바가 별다른 이유 없이 단거리 왕복선을 박차고 나갔다는 것과 그녀가 공감 능력이 뛰어나서 늘 다른 사람의 감정에 신경을 쓰는 소녀였다는 점 외에는 아는 것이 없었다.

구 가문의 어린 후계자 대부분과 이야기하면서 맬이 받은 느낌은 공감이라는 개념 자체가 그들에게는 전적으로 이질적이라는 것이었다.

타소니스에서 노바의 지인들을 만나 대화해봐도 소득이 없긴 마찬가지였다. 그들은 그저 지인일 뿐이었다. 노바가 누구인지 알고, 그녀가 콘스탄티노 테라의 막내딸이라는 사실을 알고, 머리가 금발이라는 건 알았지만, 그 외에는 아는 게 거의 없었다.

맬은 지금 클라라 테라와 약혼자 마일로 쿠시니스의 집에 와 있었다. 테라 마천루보다 높은 몇 안 되는 건축물 중 하나인 쿠시니스 타워의 상부에 자리 잡은 호화로운 주택이었다. 클라라는 원목 의자에 앉아 있었다. 맬이 기억하기로 그 의자는 19세기 구 지구의 프랑스 의자를 재현한 제품이었고, 의자 하나 값이 맬의 연봉보다 더 비쌌다. 클라라는 어머니의 갈색 머리카락과 호리호리한 체격을 물려받았는데, 얼굴을 완벽한 비율로 조정하느라 상당히 공을 들인 모양이었다. 그녀는 자수가 놓인 손수건으로 두 눈에서 눈물을 닦아내고 있었지만, 그녀가 정말 울고 있는지는 알 수 없었다. 외과 의사의 레이저 덕분일 수도 있었다. 구 가문 사람들이 적당한 돈만 지불한다면 감정을 느끼지 않게 하는 방법 같은 건 많았다.

맬도 클라라가 앉아 있는 의자와 같은 의자에 앉아, 두 의자를 합친 것보다 세 배쯤 비싼 탁자를 사이에 두고 있었다. 탁자에는 마찬가지로 값비싼 레이스가 깔려 있었다.

노바가 여기 있었다면 아마도 다른 종류의 두통을 느꼈을 것이다. 하지만 공격이 있었던 날 이후로 노바는 이곳에 온 적이 없는 게 분명했다.

맬이 킬리아니 국장에게 받은 지시 중에는, 노바에게 텔레파시 능력이 있다는 사실이 기밀이라서 유령 프로그램의 관계자와 테라 가문 사람들에게만 알려야 한다는 사항도 있었다. 이는 곧 다른 구 가문 사람들과의 인터뷰와는 달리, 클라라에게는 돌려 말할 필요가 없다는 뜻이었다.

"클라라 양, 여동생이 텔레파시 능력자라는 걸 알고 계셨습니까?"

"텔레파시 능력자라고요? 말도 안 돼요. 노바는 그런 애가 아니었어요."

클라라는 손수건 뒤에서 눈을 치켜떴다.

여동생 일을 벌써 과거 시제로 이야기하다니, 친절하기도 하지.

"안타깝지만 동생은 텔레파시 능력자입니다, 클라라 양. 그 사실엔 의심할 여지가 없습니다."

실제로는 상당 부분이 정황증거였기 때문에 의심의 여지가 있긴 했지만, 굳이 그녀에게 알릴 필요는 없을 것 같았다.

"무슨 그런 소릴, 노바가 텔레파시 능력자였다면 제가 알았을 거예요."

클라라는 전혀 믿지 않는 듯했지만, 맬이 계속 압박했다.

"클라라 양, 지금 노바는 주위의 모든 사람을 위험에 빠뜨리고 있지만, 무엇보다도 노바 자신이 위험합니다. 따라서 이건 꼭 물어봐야겠습니다. 가족이 공격을 받은 이후에 동생을 본 적이 있습니까?"

답은 '아니요'라는 걸 알고 있었지만, 그녀가 어떤 반응을 보일지 궁금했다.

클라라가 손수건을 탁자 위에 내려놓았을 때, 맬은 그녀의 표정에서 결의를 읽었다. 익숙한 사람이었다면 조금 더 매서운 얼굴이 되었을 것이다.

"맬컴 켈러키안 요원, 위원회에서 당신의 모든 질문에 협조하라는 통보를 받았기 때문에 당신과 만나 이야기를 하겠다고 했습니다. 하지만 제 여동생에 대해 이런 이야기를 늘어놓는 걸 가만히 듣고 있지만은 않겠습니다! 가뜩이나 우리 가문에 끔찍한 비극이—"

"네, 그렇습니다. 그 끔찍한 비극 탓에 테라 가문의 전 재산이 당신과 당신 약혼자의 몫이 되었지요."

"지금 무슨 말이 하고 싶은 거죠?"

맬은 잘 웃지 않았다. 몇 번 시도해봤지만, 재미있다는 감정이 전혀 전달되지 못했다. 그래서 그는 상대방에게 불편한 기분을 느끼게 하고 싶을 때를 위해 웃음을 아껴두었다.

"특별히 하고 싶은 말은 없습니다. 그저 생각이 조금이라도 있는 사람에게는 이번 일이 아주 명명백백할 수 있다는 것뿐입니다. 반란군 무리가 테라 마천루에 침입해서—"

"내 어머니의 연인이라는 작자가 놈들을 끌어들였죠. 그 남자를 믿지 말라고 그렇게나 말했었는데…….."

클라라는 시선을 돌리며 혀를 찼다.

클라라가 어머니에게 그런 말은 하지 않았으리라 확신했지만, 맬은 그녀의 말을 무시하고 이야기를 이었다.

"테라 가문이 당신 것이 되지 못하도록 막고 있던 세 사람을 죽였습니다. 마침 당신이 집을 비우고 약혼자를 만나고 있던 시간예요. 게다가 그약혼자는 쿠시니스 가문의 재산과 사업 일체를 물려받을 예정이지요. 그것만으로도 수상하게 보는 사람들이 있을 겁니다. 일주일 전과는 상황이 완전히 달라졌고, 이제 두 가문이 하나로 합병되게 생겼으니까요. 이제 대부분의 사람들은 구 가문의 후계자에게 의문을 제기하지 않을 겁니다. 하지만 제가 지금 당신의 자택에 와 있는 상황만으로도 짐작하시겠지만, 전 대부분의 사람들과는 다릅니다. 위원회의 귀가 저를 향하고 있습니다. 제가 만약 당신이 수상하다고 보고하면, 당신과 당신 약혼자는 철저한 조사를 받게 될 겁니다. 제가 위원회에 그런 보고를 하지 않게 하려면, 제 망할 질문에 대답만 하시면 됩니다."

다소 과장된 말이었지만 클라라가 정확한 사실을 알 필요는 없었다.

클라라의 입이 부자연스러운 코 아래에서 뻣뻣하게 다물어졌다.

"좋습니다. 질문하세요."

사실 질문은 이미 했지만, 맬은 대화를 진전시키기 위해 다시 물었다.

"부모님과 남동생이 살해당한 이후로 노바를 본 적이 있습니까?"

"아니요, 보지 못했어요. 그 아이가 왜 곧바로 내게 오지 않았는지 모르겠어요."

클라라는 기가 조금 죽은 듯한 어투로 길게 한숨을 내쉬었다. 맬이 잠시 뜸을 들이며 손가락으로 탁자 위를 두드리다가 입을 열었다.

"제가 생각하기에 노바는 당신 가문의 마천루 최상층에 올라가서 에드워드가 가족들을 살해하는 모습을 목격하고, 자신의 힘으로 에드워드와 그의 패거리들을 죽이기 전까지는 본인이 텔레파시 능력자라는 사실도 몰랐을 겁니다. 그와 같은 능력은 아주 강력하고 충격적인 경험을 한 후에 발현되는 일이 많습니다."

"분명 그런 경험이었겠죠." 클라라가 고개를 끄덕였다.

"바로 그겁니다. 노바 양은 제정신이 아니었을 겁니다. 그래서 당신을 찾아오지 못한 거겠지요. 자, 다시 묻겠습니다. 그 아이가 자주 가던 곳이 있습니까? 아무에게도 말하지 않은 비밀 장소 같은 곳 말입니다."

"아쉽지만 정말 그런 곳이 있었다면, 제게도 비밀로 했던 모양이에요. 솔직히 말씀드리면, 우리는 그렇게…… 가까운 자매가 아니었어요. 그 아이는 오빠인 젭과 더 가까웠죠."

그래, 그게 사실이라 해도 이제 젭에게는 질문을 할 수가 없잖아. 맬은 가까스로 그 생각을 입 밖에 내지 않고 참았다. 그는 외투 안쪽 주머니에 손을 넣어 명함을 꺼냈다. 거기에는 그의 통신 코드가 기록되어 있었다. 전화기에 입력하기만 하면 즉시 그의 헤드셋으로 연결되는 코드였다. 보통 때였다면 바깥쪽 주머니에 있는, 메일 보관함으로 연결되는 코드가 기록된 명함을 건넸을 것이다. 하지만 이번 사건과 관련된 일이라면 즉시 확인하고 싶었다. 그러기 위해서라면 클라라와 다시 대화하는 것도 감수할 수 있었다.

"뭔가 생각나시는 게 있거나, 노바가 연락해 오거나, 노바를 찾는 일에 도움이 될 만한 무언가가 떠오른다면, 즉시 제게 연락해주시기 바랍니다."

"그럴게요."

클라라는 명함을 받아들며 애매한 목소리로 대답했다. 맬은 정말이지 미칠 것 같았다.

의자에서 일어나던 맬은 진통제 2회분을 혈관에 투여해 두통을 방지했다.

노바 테라가 어디에 있는지는 몰라도, 그녀가 구 가문들 사이에 있지는 않다는 것을 점점 더 확신할 수 있었다. 기딩스를 비롯한 모든 지상 선착장과 타소니스의 모든 열차 정류장에는 이미 오래전에 안면 신원 스캐너가 설치되었다. 노바와 유사한 여자는 지금까지 세 명이 확인되었지만, 모두 노바는 아니었다. 연령이 맞지 않거나, 텔레파시 능력자가 아니었다. 그중 한 명은 정부를 상대로 법적 조치를 취하겠다고 협박하기도 했다. 맬은 그 여성에게 행운을 빌며, 그녀 측의 증인으로 법정에 서주겠다고 제안했지만, 그녀는 냉담하게 거절했다.

노바가 이 행성을 떠났다면, 그건 출입이 통제되기 전이었어야 했다. 하지만 그럴 가능성은 높지 않았다. 기딩스에 정박해 있던 단거리 왕복선에서 그녀가 사라진 후, 두 시간이 미처 안 돼서 출입 통제가 시작됐으니까. 그녀는 아직 타소니스에 있을 가능성이 컸지만, 지인이나 친구들과 함께 있는 건 아닌 듯했다.

내가 텔레파시 능력자고, 가족 구성원 모두의 죽음을 목격했고, 그 과정에서 통제할 수 없는 능력이 발현되었다면, 과연 나는 어디로 가야 할까?

맬이 떠올릴 수 있는 최선의 답은 이러했다.

내 삶에서 가장 멀리 떨어진 곳.

그건 시궁창 거리를 확인해봐야 한다는 의미였다.

제8장

무장한 사람 다섯 명이, 마커스가 소유한 작은 주택에서부터 노바를 감시했다. 빌리의 총을 폭발시킨 후 그녀가 깨어난 곳이 그곳이었다. 드디어 죽었구나, 하고 잠시 희망을 품어봤지만 이내 그게 아니라는 사실을 깨닫자, 노바는 힘을 내뻗어 방 안의 가구를 모두 박살 내고는 다시 의식을 잃었다.

그녀가 깨어났을 때, 방은 텅 비어 있었다.

방 안에 아무도 없을 때는 모두의 생각을 차단하는 게 더 쉬웠다. 생각들은 여전히 방 안에 존재했지만, 사람들로 가득 찬 경기장에서 들려오는 백색소음과 같아서, 그저 정신적 잡음의 장벽처럼 느껴질 뿐이었다.

하지만 누군가 문을 통해 들어왔을 때는 정신의 둑을 유지할 수 없었다. 처음 마커스가 방 안으로 들어섰을 때는 그의 살인자 아버지와 화난 어머니, 매춘부였던 누이에 대한 기억에서부터 두목에 대한 증오까지 모든 생각이 노바의 머리를 파고들었다. 이어서 늘 말다툼을 하지만 서로를 끔찍이도 사랑하는 옆 아파트의 연인, 춤추는 걸 좋아하지만 자신의 체면이 깎일까봐 그 누구에게도 사실을 털어놓지 못한 옆방의 불량배, 홀로가 고장 났지만 새것을 사거나 고칠 사람을 부를 돈이 없어 전전긍긍하고 있는 복도 끝 방의 여자, 마지막 남은 음식을 먹으면서 가족 중 누구도 직장을 구하지 못해 내일 먹을 것을 어떻게 구할지 고민하는 맞은편 방의 가족들을 비롯한 다른 모든 사람의 생각이 밀려들었다.

마커스가 방을 떠나자, 그녀는 목소리들을 침묵시킬 수 있었다.

하지만 그것도 잠시뿐이었다.

커다란 덩치의 타이러스가 들어왔을 때는 소음이 더 심해졌지만, 그녀는 타이러스에게 겁을 줘서 쫓아냈다. 마커스가 다시 들어왔을 때도 마찬가지였다.

지금 노바는 다시 한 번 생각의 해일에 휩쓸렸다. 대부분 그녀를 감시하는 네 명과 마커스의 생각이었다.

이거 정말 끝내주게 (젠장, 마커스가 아무에게도) 예쁜 계집애잖아. 아무래도 (내 총에 총알이 없다는 얘기는 하지 말아야 하는데) 페이긴이 볼일이 다 끝나면 (배고파) 나도 어떻게 좀 건드려 (그랬다가는 페이긴에게 아주) 봐야겠어. (혼쭐이 날 거야) 어젯밤을 무사히 (오늘 밤에는 그 홀로나 봐야겠네) 넘겼다니 정말이지 (엄마하고) 믿을 수가 없군. (지난주에 약속했으니까) 저 계집애 때문에 (이 일이 끝나면 햅을 좀 구해야 해, 어떻게든) 한숨도 자지 못했어. 페이긴이 뭘 (햅을 구하지 못하면) 원하는지는 몰라도 (배고파) 이럴 가치가 있는 계집애였으면 좋겠는데. 그렇지 않았다가는 내가 (여기 길거리에서 폭발해버릴지도 모르니까) 저년 대가리에 총알을 박아 넣을 거니까. (햅을 구해야 해!)

노바는 두 눈을 감고 (햅이 필요해!) 억지로 정신을 집중하며 (정말 괜찮은 *계집애잖아)* 머리를 때리는 *(배고파)* 생각들을 *(엄마가 기억하셔야 하는데)* 외면하려고 *(이제 거의 다 왔어)* 몸부림쳤다.

다음 순간, 생각이 사라졌다. 아니, 전부 사라진 건 아니었다. 다섯 명 중 네 명의 생각이 사라졌다. 마커스는 아직 그곳에 있었고, 새로운 생각이 들려왔다.

노바는 두 눈을 뜨고 고개를 들어 마커스와 또 한 명의 남자를 바라봤다. 그는 마커스보다 키는 작았지만, 왠지 더 커 보였다. 노바는 그 남자가 실제보다 언제나 키가 큰 사람처럼 보일 거라고 생각했다. 그는 눈에 띄는 모든 것을 자신이 책임져야 하는 성격이었다. 노바보다 조금 큰 키에, 검은 피부, 박박 밀어버린 머리, 수염을 덥수룩하게 기른 사람이었다.

그의 정신을 들여다볼 수 없었다고 해도, 마커스의 생각에서 본 그의 얼굴은 알아볼 수 있었을 것이다.

"당신 이름은 줄스야."

노바의 말에 그가 웃었다.

"나쁘지 않군. 그 이름을 아는 사람은 이제 얼마 없는데 말이야. 하지만 날 부를 땐······."

"페이긴."

노바는 이미 알고 있었다. 모든 것을 알고 있었다.

"올리버 트위스트라는 옛 소설에 나오는 인물의 이름을 땄지. 처음 읽었을 때는 그 소설이 싫었지만, 페이긴이라는 인물만큼은 마음에 들었고 당신 이름이 줄리우스 안투완 데일이라는 사실이 싫었지."

그 말에 마커스는 깜짝 놀란 표정으로 페이긴을, 아니 줄스를 바라봤다. 페이긴의 본명을 알게 된 건 처음이었다.

"마커스 말이 맞았군, 안 그래? 넌 텔레파시 능력자구나. 그렇다면 네게 묻고 싶은 건 하나뿐이다, 아가씨."

페이긴은 화를 내고 있었다.

"난 그냥 죽고 싶어."

그 말에 페이긴이 활짝 웃어 보였다.

"그것도 불가능한 건 아니야. 하지만 먼저 네가 쓸모 있는 녀석인지 봐야겠다, 무슨 말인지 알아먹었어?"

"사람들을 마음대로 써먹는 게 당신 일이니까."

노바가 나지막이 중얼거렸다.

"맞아. 이제 네 이름부터 말해보는 게 어때? 뭔가 대단한 이름이겠지. 돈도 적지 않은 가문일 테고. 이 근방에 굴러다니는 녀석들과는 달리 아주 좋은 옷을 입고 있으니 말이야."

그의 웃음이 더욱 커졌다. 노바는 페이긴이 입을 떼기도 전에 대화가 어디로 흘러갈지 알고 있었다. 부모님이 살해당하던 기억이 떠오르자 눈물이 두 볼을 타고 흘러내렸다.

"몸값은 받을 수 없을 거야. 우리 가족은 모두 죽었으니까."

갑자기 언니인 클라라가 아직 살아 있다는 것이 떠올랐다. 지금까지 언니는 까맣게 잊고 있었다. 그래도 이 괴물에게 그 사실을 알려줄 수는 없었고, 그럴 생각도 없었다. 이자는 테라 가문의 모든 사람들이 죽었다고 생각해야 했고, 다행히 꾸며내기 힘든 이야기는 아니었다.

"그래, 부잣집 따님이군. 좋아, 좋아. 그래도 누군가······."

"아무도 없어! 모두 죽었으니까! 내가 전부 죽였어!"

노바가 있는 힘껏 소리쳤다. 노바는 자신이 왜 그렇게 말했는지 알 수 없었지만, 페이긴은 즉시 반응을 보였다. 그의 머릿속에서 본 것을 바탕으로 그녀는 말을 이었다.

"내가 왜 여기까지 왔을 것 같아? 난 우리 가족을 전부 죽였고, 타소니스 경찰에게 붙잡히고 싶지 않았어. 그래서 시궁창 거리로 왔다고. 경찰도 여기까진 오지 않는다고 들었으니까."

사실 그런 이야기를 들은 적은 없었다. 지금까지는 그런 문제에 신경을 쓸 필요가 없었으니까. 하지만 그녀는 마커스와 페이긴의 머릿속에서, 그들이 시궁창 거리 바깥 세계에 간섭하지 않는 한, 경찰도 그들을 내버려둔다는 사실을 분명히 읽었다.

페이긴은 덥수룩하게 수염이 돋은 턱을 문질렀다.

"그러니까 네 말은, 생각만으로 사람을 죽일 수 있다는 건가?"

"그래. 그럴 수 있어. 하지만 당신을 위해 그런 짓을 할 생각은 없어."

"아, 하게 될 거야. 그러지 않았다가는—"

"날 쏴버리겠다고?"

노바는 그렇게 말했지만, 페이긴이 머릿속에서 생각하고 있는 건 그게 아니었다. 그는 노바가 굶어 죽게 될 거라고 생각하고 있었다. 우스꽝스러운 생각이었다.

"아니, 쏴버리는 건 자비가 될 거야. 죽고 싶다고 했지? 그렇게 들은 것 같은데. 하지만 그건 너 같은 부잣집 꼬마 계집애에게 일어날 수 있는 일 중에서 최악은 아니지. 최악은 말이야, 산 채로 고통을 받는 거라고. 넌 고통이라는 걸 받아본 적이 없을 것 같은데, 꼬마 아가씨?"

페이긴이 권총을 꺼냈다. 돈을 주고 살 수 있는 최고의 권총, P220으로 노바의 머리를 똑바로 겨눴다.

"이제 여기서 나가라, 꼬마야. 내가 아무도 널 돕지 못하게 해줄 테니까, 알겠어? 넌 음식도 얻지 못할 테고, 살 집도 구하지 못할 테고, 약은 물론 그 무엇도 얻지 못할 거다. 무슨 말인지 알아먹었어?"

마커스가 급박하게 달라지는 상황에 깜짝 놀라는 것을 노바는 느낄 수 있었다. 그는 페이긴의 처신이 잔인하고 불필요하다고 생각했지만, 그의 의견에 반대할 만큼 어리석진 않았다.

"썩 꺼져, 이 계집애야! 당장 여기서 나가라고!"

노바는 지금 들리는 말을 믿을 수 없었다. 조금 전까지만 해도 페이긴은 노바가 최고의 무기가 될 거라고 확신하고 있었다. 하지만 지금은 그녀와 함께하기를 거부했다. 페이긴은 노바가 자신을 위해 일하도록 만들 수 있는 유일한 방법은, 잠시 동안 외톨이로 살아가게 두는 것뿐이라고 확신했다. 그러고 나면 그녀가 제 발로 그를 찾아와 자기를 받아달라고 애원할 것이다. 그 옛날 찰스 디킨스의 소설에서 등장했던 페이긴이 올리버 트위스트를 받아들였을 때처럼.

바로 그 부분에서, 노바는 그의 생각이 틀렸음을 증명하겠다고 맹세했다.

"좋아, 난 떠나겠어. 하지만 먼저 한 가지는 말해주지, 줄리우스 안투완 데일. 당신 어머니가 당신을 사랑하게 되는 일은 없을 거야. 뒤쪽 방에 당신이 가둬둔 열두 명 중 당신을 좋아하게 될 사람도 없을 거고. 그들은 그저 당신이 두려울 뿐이야. 모든 사람이 당신을 대머리 멍청이 같다고 생각하고 있어. 그런 모습은 유행이 10년이나 지났으니까. 당신이 신뢰하는 부하들 중 한 명이 결국엔 당신을 죽이게 될 거야."

마지막 말은 노바가 지어낸 말이었지만, 근거가 없지는 않았다. 페이긴을 죽이는 모습이 마커스의 머릿속에 뚜렷하게 박혀 있었으니까.

노바는 그대로 돌아서서 밖으로 걸어 나갔다.

네 명의 경비들(*배고파. 뭐야, 저 계집애 여기서 나가는 거야? 햅을 구해야 해! 엄마가 괜찮은지 모르겠네*)과 테란 연합이 이 부근에 건설한 저소득층 주택에 있는 다른 사람들을 지나치며 노바는 페이긴의 마지막 생각을 들었다. 그 생각은 그녀가 페이긴에게 떠벌인 것에 대한 분노가 아니었다. 그제야 알 수 있었다. 노바가 내뱉은 이야기 모두 그가 이미 알고 있는 일이었고, 그게 페이긴을 두렵게 만들지는 못했다. 신뢰하는 부하의 손에 죽게 될 거라는 이야기도. 페이긴이 권력의 정점까지 올라간 것도 바로 그렇게 살아왔기 때문에 가능했다. 그 역시 같은 운명이 자신을 찾아오리라는 것을 예감하고 있었다.

어느 쪽이든, 페이긴의 머릿속에는 한 가지 생각만이 가득했다.

저 계집애는 돌아올 거야. 그때는 내 것이 되겠지.

노바는 그런 일이 일어나기 전에 죽어버리겠다고 맹세했다.

* * *

맬은 자신이 킬리아니 국장의 지시를 위반하고 있다는 사실을 알면서도 남서부 지구 경찰 본부에 도착해 안으로 들어섰다.

그는 이미 시궁창 거리에 있는 모든 타소니스 경찰 본부의 기록을 제공해달라고 요청한 상태였지만, 예상했던 대로 그들은 쓸 만한 게 없다고 답했다. 남서부 및 남부 지구에서 일어나는 일 중, 기록에 남는 건 거의 없기 때문이었다.

시궁창 거리에서 실제로 어떤 일이 일어나고 있는지 알아내려면, 사람들과 직접 이야기해야 알 수 있었다.

아니, 구체적으로 말하면 한 사람과 이야기해야 했다.

맬은 주 접견실로 들어갔다. 벽은 불쾌한 초록색 색조였다. 이 지역에 경찰 본부가 처음 건설된 건 인간이 타소니스에 정착한 직후였다. 지배 계층에서는 법과 질서를 유지하는 것이 가장 중요하다고 생각했기 때문이었다. 그래서 경찰 본부 건물들은 식민 함선의 부품으로 만들어졌다. 오랜 시간이 지나면서 본부를 구성하는 건물들 대부분이 타소니스에서 인류가 번성하였음을 상징하는 현대적인 건물들로 대체되었다.

하지만 시궁창 거리라면 어땠을까? 건물 따위 그 누구도 신경 쓰지 않았다. 게다가 본부 건물을 건설하는 데 사용된 금속은 가혹한 우주 환경을 견딜 수 있게 설계된 물질이었다. 그건 시궁창 거리에서 쏟아지는 그 무엇도 견딜 수 있다는 의미였다.

물론 시궁창 거리에서 쏟아지는 건 많지 않았다. 이곳의 경찰들은 여러 범죄 집단의 돈을 받고 매수되었다. 뇌물로 벌어들이는 수입은 적어도 위원회로부터 받는 봉급보다 훨씬 많았다.

그 점을 증명하기라도 하듯, 감시 카메라를 담당하는 경사가 책상에 앉아 UNN을 시청하고 있는 모습이 보였다. 다른 화면들에서는 텅 빈 골목과 거리를 비추고 있었고, 그중 세 개는 작동하지 않았다. 맬은 그 세 개의 카메라를 망가뜨리기 위해 누군가가 상당히 많은 돈을 지불했으리라 추측했다.

그럼에도 맬은 별다른 이유 없이 물었다.

"4, 5, 9번 카메라는 어떻게 된 겁니까?"

"박살 났죠."

담당 경사가 UNN 기자에게서 눈을 돌리지도 않고 대꾸했다. 기자는 마라 그레스킨이었다. 맬과는 한두 차례 인터뷰를 한 후, 저녁 식사를 같이 하자며 데이트를 신청했던 적이 있었다. 그는 그러자고 했지만, 그건 실수였다. 맬이 시도해봤던 모든 데이트와 인간관계가 그러하듯, 그날의 식사는 재앙이었다.

"래리 폰세카 경위님을 만나러 왔습니다."

"래리 경위님은 내근 중입니다."

여전히 그레스킨에게서 시선을 떼지 않은 채 경사는 엄지손가락으로 뒤쪽을 가리키며 말했다.

"그럴 줄 알았습니다. 이번엔 누굴 두들겨 팼다던가요?"

"이젠 저도 모르겠습니다." 경사는 어깨를 으쓱했다.

그래, 정말 래리답군.

"그분 자리가 어딥니까?"

"벽에 붙어 있는 책상이요."

다른 구역이었다면 경사가 맬의 신원을 요청하지도 않고, 심지어 고개를 들어 얼굴을 쳐다보지도 않았다는 사실을 의아하게 여겼지만, 여긴 시궁창 거리였다.

맬은 경사를 지나쳐 길고 어두침침한 복도로 들어섰다. 조명등이 있었지만, 대부분 꺼져 있었다. 그는 얼마나 오랫동안 전등이 고장 나 있었는지, 또 전등 교체를 요청한 사람이 한 명도 없었는지 궁금했다.

복도는 책상으로 가득 차 있는 커다란 방으로 이어졌다. 책상들은 하나만 빼고 모두 비어 있었다. 그럴 만도 했다. 지금 교대 근무자는 대부분 순찰 중이거나, 뇌물을 준 사람을 위해 일하고 있거나, 오늘 따로 할 일이 있어 병가를 낸 상태였다. 교대 근무가 이루어지고 있는 지금, 어떤 이유에서든 본부에 남아 있을 경찰은 거의 없었다.

물론, 내근 발령을 받았다면 얘기가 다르겠지만.

래리 경위가 맬보다 나이가 많은 건 분명했지만, 그의 정확한 나이는 알 수 없었다. 머리는 하얗게 세고 얼굴엔 주름이 자글거렸지만, 20년 전 맬이 처음 타소니스 경찰청에 들어왔을 때도 그랬다. 그는 언제나 그렇게 늙어 보였고, 그동안 턱살에 주름이 한두 개 더 잡히고, 백발이 조금 가늘어지고, 허리둘레가 조금 더 굵어진 정도였다.

"어떻게 지내세요, 래리?"

래리는 앞서 경사가 보고 있던 채널과 같은 UNN 보도를 보고 있다가 고개를 들었다. 그의 푸른색 눈은 나이가 들면서 주먹코 위로 축 늘어진 눈꺼풀에 묻혀 거의 보이지 않았다.

"거지같이 지내지, 맬. 어떨 것 같아? 그런데 빌어먹을, 대체 무슨 거적때기를 걸치고 있는 거야?"

맬이 래리의 책상 옆에 있는 방문객용 의자에 앉자, 의자에서 끼익하는 소리가 울렸다.

"연합 군대로 발령을 받았습니다. 유령 프로그램이요."

"그런 멍청한 짓거리는 왜들 하는 거야?"

"어떻게든 그 문제의 답을 알게 되면, 따로 알려드리겠습니다."

래리가 쿡쿡 웃었다.

"그래, 그래야겠지. 그런데 이제 잘나신 연합 요원 나리가 되셨는데, 대체 왜 나 같은 사람을 만나러 온 거지?"

"지난 나흘 동안 이 지역에서 어떤 폭력 사건이 있었는지 알고 싶습니다."

"이봐, 그런 건 거기서 충분히……."

맬의 이어폰을 바라보며 래리가 핀잔을 주자 맬은 손을 내저었다.

"사건 기록을 알고 싶은 게 아닙니다. 여기서 '진짜로' 일어나고 있는 일을 알고 싶은 겁니다."

그는 심호흡을 하고는 몇 가지 연합 법률을 위반했다.

"지금 찾고 있는 건 텔레파시-염동력 능력자입니다. 사이오닉 지수는 특수 돔 천장을 부술 정도인데, 그 여자가 지금 이 구역에서 돌아다니고 있을 거라고 확신합니다."

"그런 거 찾을 때 쓰는 휘황찬란한 연합 장비가 따로 있지 않나?"

"네, 그렇죠. 찾는 대상의 사이오닉 파장 패턴을 감지하는 장치가 있습니다. 다만 문제가 하나 있는데, 지금은 그게 뭔지 모릅니다."

맬이 어깨를 으쓱했다.

"그게 뭔지 모른다는 게 무슨 얘기야?"

얘기가 엉뚱한 곳으로 빠지기 시작하자, 맬은 한숨을 쉬며 몸을 앞으로 기울이고 말했다.

"어떤 강도의 DNA를 확인한다고 해볼까요? 먼저 DNA를 스캔해서 데이터베이스에 있는 것과 비교해봐야 할 겁니다. 그렇죠?"

래리는 고개를 끄덕였다. 그러고는 두 눈을 크게 뜨며 다시 고개를 끄덕였다.

"아, 이제 알겠군. 비교해볼 정보가 없구먼."

"그렇습니다. 그 여자는 숨어 있던 사이오닉 능력자라, 프로그램에 참여한 적이 없습니다. 사실 스캔으로 비정형 뇌파 패턴을 모두 감지해서 추적하다 보면 혹시나 그녀를 찾아낼 수 있을지도 모르지만, 아직 그렇게까지 하고 싶지는 않습니다."

또 한 번 래리가 고개를 끄덕였다.

"그래, 그럴 만도 하군. 건초 더미에서 바늘 찾기일 테니까."

"건초 더미에서 바늘 찾는 게 뭐가 어렵겠습니까? 자석으로 건초를 훑어주기만 하면, 바늘이 튀어나올 텐데요."

맬이 그 점을 지적하면 누구나 그렇듯, 래리의 완고한 얼굴이 조금 당황스러워하는 표정이 되었지만, 이내 계시를 받기라도 한 듯 환하게 밝아졌다.

"이야, 그래, 그러면 되겠는데. 좋아, 뭐가 필요해서 온 거야?"

"공격을 받는데 아무런 흔적도 남지 않은 사람들의 목록이 전부 필요합니다. 두 눈에서 피를 흘린 사체도요. 아니면 어딜 봐도 여자아이에게 공격당할 것 같지 않은 사람이 공격받은 일이 있다면 도움이 될 겁니다."

"그래, 알았어. 하루만 기다려."

래리의 대답에 맬은 만족스러운 듯 웃었다. 래리라면 그렇게 해주리라는 것을 알고 있었다.

"이번엔 또 누굴 화나게 한 겁니까?"

"서장. 나한테 하이츠 지역에서 들어오는 터키인 경호원 노릇을 하라고 하더군. 가서 엿이나 먹으라고 했더니, 내근 발령을 내지 뭐야."

래리가 어깨를 으쓱이며 말했다.

"있잖아요, 래리. 그냥 돈이나 받고 시키는 대로 하는 게 낫습니다."

"아니, 그럴 순 없지. 맹세를 했거든."

래리가 고개를 가로젓고는 팔짱을 끼었다. 그 모습을 바라보던 맬도 고개를 절레절레 저으며 일어섰다.

"당신은 바봅니다, 그거 아시죠?"

"알 게 뭐람." 래리는 다시 UNN으로 시선을 돌렸다.

믿을 수 없지만 자기만의 이유로 래리 경위는 평화를 유지하고 법률을 수호한다는 맹세를 아직까지 지키고 있었다. 그는 최고의 경찰이었고, 순찰 중에도 항상 관할 내에서 일어나고 있는 모든 일을 제대로 파악했으며, 언제든 동료 경관을 도왔다. 그건 연합으로 전출된 옛 동료에게도 해당되는 일이었다. 래리 경위는 시궁창 거리의 그 누구보다 쓸모 있는 자산이었다. 이곳의 다른 경찰들은 모두 다른 주인들의 신세를 지고 있었다. 그래서 개인적으로는 지불할 능력이 안 되는 수준의 뇌물을 먹이지 않고서는 아무도 맬을 도와줄 리가 없었다.

래리가 조사를 하는 동안 맬은 시궁창 거리를 잠시 살펴보기로 했다. 운이 좋다면 어딘가에서 엄청난 두통을 느낄 수 있을지도 모른다.

제9장

노바는 굶어 죽는 것이 이보다는 쉬울 거라고 생각했다.

페이긴의 거처를 떠난 후, 그녀는 정처 없이 걷다가 빌리와 프레디를 만났던 곳과 비슷한 골목에 들어섰다. AAI는 없었다. 사실 커다란 쓰레기통 말고는 아무것도 없었다. 노바는 이 지역에서 아직 쓰레기통을 사용하고 있다는 사실에 환멸을 느꼈다. 노바가 살던 곳에서는 쓰레기가 집 안에서 정기적으로 소각되었다. 보아하니 여기 시궁창 거리에서는 쓰레기를 모은 후 어딘가로 보내 소각하는 모양이었다. 노바에게는 쓸데없는 시간 낭비로만 느껴졌다. 자기 집에서 소각하지 않는 이유가 뭘까?

그녀는 쓰레기통 하나를 골라 그 뒤에 누워 잠에 빠져들었다. 다시는 깨어나지 않기를 바라면서.

하지만 노바는 다시금 잠에서 깨어났다. 그리고 잠에서 깨자마자 배가 몹시 고팠다.

배고픔을 무시하는 건 불가능했다. 배에서 꼬르륵 소리가 요란하게 울렸다. 주위를 가득 채운 사람들의 생각처럼 시끄러운 소리였다. 이제 사람들의 생각을 외면하는 일에는 조금 익숙해졌지만, 지금의 허기는 도저히 떨쳐낼 수가 없었다.

노바는 다른 생각을 떠올려 보려고도 했지만, 결국엔 음식과 생각하기도 싫은 일들만 머릿속에 떠올랐다. 집을 생각하면 엄마가 종종 열었던 연회가 생각났다. 가족을 생각하면 그들이 죽던 모습이 떠올랐다. 모건에 대해 생각하면 구역질이 났다.

이틀 후, 뭔가가 노바의 눈길을 끌었다. 아주 작고 아주 더러운 얼룩무늬 고양이로, 왼쪽 귀의 절반이 없는 고양이가 쓰레기통을 열심히 뒤지고 있었다. 주위를 가득 채운 사람들의 생각과 그 소음은 조금 희미해졌다. 하지만 고양이가 처음 그녀에게 다가왔을 때 고양이의 솔직한 생각 때문에 노바는 조금 민망했다. *음식? 음식 아니네. 음식 찾자. 졸려.* 고양이의 생각은 그보다 더 복잡해지지는 않았다. 그리고 고양이는 비록 노바가 음식은 아니더라도 충분히 괜찮은 존재라고 결론을 내렸는지 그녀의 곁에 몸을 웅크린 채 가만히 누웠고, 그렇게 둘은 함께 잠에 빠져들었다.

페이긴이 강요한 추방 생활을 시작하고 나흘째 되던 날, 노바는 고양이에게 핍이라는 이름을 붙여주기로 했다. 어렸을 때 2주 정도 키웠던 고양이와 같은 이름이었다. 그 당시 핍은 노바와는 잘 지냈지만, 안타깝게도 집 안의 다른 모든 사람들에게는 쉭쉭 소리를 내며 성을 냈고, 젭을 필두로 엄마와 아빠 모두 더는 그 고양이를 집에 둘 수 없다고 결론지었다. 결국 핍은 하인들 중에서 그 고양이와 그나마 잘 지냈던 노바의 미용사 레베카의 집에 입양되었다. 노바는 구 가문의 구성원이 하녀의 집에 방문한다고 할 때, 예법에서 허용하고 있는 횟수만큼 최대한 빈번하게 핍을 만나러 레베카의 집에 찾아갔다.

핍은 가끔씩 어딘가로 사라지곤 했지만 늘 노바에게 돌아왔다. 한 번은 노바에게 직접 잡은 쥐를 가져다주기도 했다. 노바 앞에 쥐를 떨어뜨리면서 핍은 이렇게 생각했다. *털 없는 커다란 고양이가 먹을 거.* '털 없는 커다란 고양이'는 핍이 보는 노바였다. 핍은 세상에 고양이 이외의 생물이 있다는 사실을 인지하지 못했다.

노바가 쥐를 거부했을 때 핍은 상당히 불쾌해하며 어디론가 사라져 그날이 지나갈 때까지 나타나지 않았다. 노바는 핍이 다시 돌아오지 않는 건 아닐까 걱정했고, 거의 스무 시간이 지난 후에 핍이 돌아오자 정말 기뻐했다. 핍이 곁에 있을 때는 다른 생각들을 침묵시키는 게 더 쉬웠다. 핍은 AAI와 같은 음영 지대를 제공해주는 건 아니었지만, 고양이가 곁에 있어주는 게 오히려 더 나았다. 고양이의 생각에 익숙해지면서 인간의 생각을 받아들이는 훈련을 하는 셈이었다. 적어도 노바는 그렇게 생각했다.

하지만 머릿속 작은 목소리가 말했다. *그런다고 뭐가 달라질까? 넌 어차피 죽고 싶잖아?* 노바는 그 소리를 무시했다.

닷새째 밤, 노바는 화들짝 놀라며 잠에서 깨어났다. 꿈에서 아주 커다란 스테이크와 군침 도는 삼색 머스터드 비네그레트 소스를 뿌린 요리사의 삼색 샐러드를 우적우적 먹고, 프램베리 주스를 꿀꺽 삼켜 입가심을 한 후였다.

더는 견딜 수 없었다. 무엇이든 먹어야 했다.

벌떡 일어난 노바는 자신의 옷차림을 내려다봤다. 새하얗던 블라우스는 이제 회색과 검정색, 그리고 정체를 알고 싶지 않은 얼룩들로 더러워져 있었다. 하얀 면바지에는 그보다 더 다양하고 더 더러운 얼룩들로 가득했다. 신발도 어디에선가 잃어버렸다. 하얀색 양말에는 여기저기 구멍이 뚫려 있었고, 발바닥은 죽을 듯이 아팠다. 머리카락은 싸리비가 엉겨 붙은 듯했고, 이도 아팠다. 마지막으로 샤워와 양치를 한 지 벌써 며칠이나 지났으니, 아마 겉보기에도 끔찍한 모습일 것이다.

하지만 뭐든 먹지 않으면 죽을 것만 같은 상황에서 그런 건 중요하지 않았다.

죽고 싶다고 했잖아. 작은 목소리가 다시 한 번 들려왔지만, 방금 꿈속에서 봤던 스테이크를 내놓으라는 더 큰 아우성에 휩쓸려버렸다.

며칠 만에 처음으로 다리를 움직이면서 노바는 천천히 골목길 밖으로 빠져나갔다. 그리고……

내가 대체 왜 (청구서가 이렇게 많은데) 학교에 가야 하는데? 어차피 (내가 대체 어떻게) 거기서 배우는 건 (돈을 다 내겠냐고) 진짜 사회에 나가면 (이 노래 좀 들어봐, 이 노래는) 아무 쓸모도 없는 (완전히 쓰레기야, 너도 깜짝 놀랄 거라고) 건데 말이야. (이 노래가 얼마나 엉망인지 알게 되면 말이야)

노바는 즉시 그 결정을 후회했다. 생각들이 그녀의 머릿속을 세차게 때렸다. 노바는 밀려드는 생각들을 억지로 전부 밀어냈다.

잠시 후, 그녀는 생각의 소음을 웅웅거리는 울림 수준으로 억눌렀고, 이번에는 조금 수월했다.

핍이 곁에서 한가로이 함께 걸었다. *털 없는 커다란 고양이, 어디 가나?*

노바는 쪼그리고 앉아 핍의 목덜미를 부드럽게 긁어주었다. 고양이가 정말 좋아하는 행동이었다. 노바가 목을 긁던 손을 멈출 때면 핍은 항상 *'가려움이 없어지게 하는 걸 왜 멈추는 거야?'*라고 생각했다.

노바는 핍과 눈을 맞추며 말했다.

"금방 돌아올게. 털 없는 커다란 고양이가 먹을 걸 좀 찾아야 하거든."

그녀는 다시 일어서서 골목 밖으로 나섰다. 이번에는 뭐든 먹을 걸 찾아낼 때까지 시궁창 거리를 걷겠다고 굳은 결심을 했다.

호버바이크를 제외한 일반 차량은 보통 여기까지 들어오지 않았지만, 주요 간선 도로를 지나다니는 버스만은 예외였다. 시궁창 거리의 길은 대부분 보행자를 위한 보행로였고, 간선 도로를 기준으로 구획이 나뉘었다.

골목길의 모퉁이를 돌아 데커 길로 나섰을 때, 몇 군데 상점과 특정 제품을 구입하라고 홍보하는 AAI들이 보였다. 노바는 AAI를 무시하고 상점에 집중했지만, 음식을 파는 곳은 없었다.

음식을 판다고 해도 그걸 어떻게 살 건데? 돈이 하나도 없잖아.

노바는 먼저 적당한 장소를 찾은 후에 그 문제를 고민하기로 했다. 그리고 데커 길을 따라 무작정 걷기 시작했다.

그녀는 약국과 전당포를 지나갔다. 술집을 지나면서는 잠시 고민했지만, 그 안에 있는 사람들의 생각을 통해 그곳엔 음식은 없고 술만 있다는 사실을 확인하고는 발걸음을 돌렸다. 지금 같은 상황에서 술 같은 건 마시고 싶지 않았다. 그렇게 좀 더 걷고 나서야 '밀튼 식료품점'이라고 적힌 작은 간판을 발견했다. 그곳은 두 가지 측면에서 눈에 띄었다. 먼저 골목길을 나선 후 처음으로 찾아낸, 식료품을 판매하는 장소였다. 그리고 문 밖에서 시끄럽게 상품을 소개하는 AAI가 없었다.

'식료품점'이라는 말은 옛 지구에서부터 일관된 의미로 사용되고 있었고 '밀튼'이라는 건 이곳의 소유주인 그레이 밀튼과 알라나 밀튼 부부의 성에서 따온 이름이었다. 그들은 이 상점을 5년 전에 이전 주인으로부터 사

135

들였다. 구입 자금은 콘스탄티노의 소유였던 호버바이크 공장에서 일하며 모은 것이었다. 노바의 열다섯 번째 생일 밤에 반란군에게 공격받았던 바로 그 공장이었다. 그 기억이 떠오르자 눈물이 노바의 볼을 타고 흘러내렸고, 그녀는 지저분하게 얼룩진 소매로 눈물을 닦아냈다.

지금 밀튼 부부는 둘 다 상점에 없었고, 식료품점 위층에 있는 작은 집에서 잠들어 있었다. 밤샘 근무를 하기 위해 마련한 공간이었다. 두 사람은 나쁜 일이 빈번히 일어나는 밤에 직원에게 가게를 맡기는 걸 원치 않았다. 과거 몇 차례 상점에 강도가 들었던 건 모두 채용한 직원이 야간 근무를 하던 때였고, 그래서 결국 밤에는 부부가 직접 가게를 운영하기로 한 것이다.

또한 밀튼 부부가 AAI는 쓸데없는 낭비라고 생각해서 설치하지 않았다는 사실도 알아냈다. 그들의 가게는 이 주변에서 나름 인지도가 있었다. 그레이는 AAI가 있어도 어차피 새로운 손님을 끌어들일 수 없고, 설치비용을 합리화할 수도 없다고 생각했다. 손님들은 모두 밀튼 부부를 잘 알았고, 그런 멍청한 기계보다는 입소문이 훨씬 효과가 좋았다.

아직 이른 저녁 시간이었기 때문에 지금은 직원이 상점을 지키고 있었다. 벤지라는 이름의 그 소년은 알라나의 조카였고, 그게 소년이 이 일을 맡게 된 유일한 이유였다. 벤지는 그다지 똑똑한 축에는 들지 못했고, 요즘은 마약 거래를 통한 쉬운 돈벌이의 유혹에 이끌리는 중이었다. 그래서 알라나는 남편인 그레이에게, 기회를 줄 겸 조카에게 일을 맡겨보자고 말했었다.

노바는 멈춰 섰다. 음식을 얻는 방법은 훔치는 것뿐이었다. 그건 벤지가 일하고 있는 동안 범죄를 저질러야 한다는 의미였고, 그건 벤지가 식료품점을 지키는 일에 실패한다는 의미였으며, 그건 벤지가 이 상점에서 해고되어 다시 거리로 돌아가야 한다는 의미였고, 머지않아 페이긴 밑에서 일하게 되리라는 의미였다. 노바는 어느 누구도 그런 운명을 맞게 하고 싶지 않았다.

그래서 노바는 계속 걸었다. 알라나와 그레이에게, 아니 벤지에게 그런 짓을 하고 싶진 않았다. 다들 그보다는 나은 삶을 누려야 할 사람들이었다.

결국 노바는 콜먼 가라고 불리는 대로에 이르렀다. 그녀가 서 있는 곳은 파이크 가로, 데커 길을 따라 나란히 뻗은 보행로 다음에 난 길이었다. 맞은편은 오캘러헌이라 불리는 지역으로, 그곳과 키치오스 사이를 가로지르는 간선 도로를 따라 이름이 붙은 곳이었다. 콜먼 가에서는 버스들이 빠른 속도로 지나다녔다. 몇 분이 그렇게 흐르고 나서야 그녀는 콜먼 위를 가로지르는 육교를 건너야 한다는 사실을 깨달았다.

하지만 핍 덕분에 이제는 집처럼 느껴지는 쓰레기통으로부터 너무 멀리 떨어지고 싶지 않았던 노바는, 콜먼 가 옆에 붙은 보행로를 따라 걸었다.

이어서 나타난 대로는 파이크 가였고, 노바는 그 길을 지나쳐 뭔가 먹을 것을 찾으려 했다. 꿈속에 나타난 먹음직스러운 스테이크가 머릿속에서 떠나지 않았다.

AAI가 그녀에게 새 전화기를 사라고, 첫날은 무료로 해주겠다고 애원했다. 전화기 상점 앞에 놓인 AAI였다. 보석 상점 앞에 있는 AAI는 그 가게가 파이크 가 전체에서 가장 싼 가격으로 제품을 판매하고 있고, 환불이 보장된 보증서를 제공한다고 말했다.

미디어 상점 밖에서는 UNN 방송을 중계하는 AAI가 그녀의 눈길을 끌었다. 지금 UNN에서는 검은 머리에 반다이크 수염을 한 남성 기자가 나와 있었다. AAI에게는 생각이 없었기 때문에, 노바는 그가 누구인지 알 수 없었다.

"오늘 UNN 단독보도에서는 코랄의 후예 지도자인 아크튜러스 멩스크가 2주 전 사악한 외계 파충류 종족 프로토스와 조약을 체결했다는 사실이 확인되었습니다. 그 사실을 보도한 기자는 멩스크가 안티가 프라임을 종신군주로 통치하게 해주는 대가로 인류 연합 전체를 프로토스에게 넘기기로 약속했다는 사실을 증명하는 독점 정보를 확보했다고 밝혔습니다. 멩스크와 그의 병력은 사흘 전 안티가 프라임을 점령했으며, 그 과정에서 정신을 지배하는 약물을 사용해 에드먼드 듀크 장군과 그의 병력을 자기 휘하에 합류시켰습니다. 지금 즉시 연합 군대에 자원하여, 인류가 지금까지 이룩해온 모든 것을 몰락시키려 하는 코랄의 후예 테러리스트들과 사악한 외계 종족에 맞서 항전할 것을 촉구합니다."

노바는 고개를 가로저었다. UNN이 이따위 소식을 전하고 있다는 것과 사람들이 그 소식을 믿고 있다는 것 중 어느 쪽이 더 무서운 것인지 알 수 없었다. 아버지에게 들은 바에 따르면 프로토스는 파충류 생물이 아니고, 인간과 접촉하지도 않았다. 당연히 2주 전에도 그런 일은 없었을 것이다.

대여섯 명이 미디어 상점 안팎에 서서 그 AAI를 바라보고 있었다.

저 멩스크라는 자식 (말도 안 되는 소리. 세상에) 완전히 바보 아냐. 외계인들이랑 (외계인 같은 건) 손을 잡고서 (너무 무서워) 대체 뭘 어쩌겠다는 (없어, 그 정도는 다들) 거지? (알고 있잖아. UNN 뉴스에) 지금 당장 (너무 무서워) 군대에 지원해서 (이런 게 나온다니) 저 외계인들 엉덩이를 걷어차 주겠어! (믿을 수가 없군. 정말) 외계인들이 날뛰지 못하게

(창피한 일이라고) 어떻게든 해야 하는 거 아닌가? (너무 무섭다고) 대체 위원회는 지금 어디서 (멩스크가 모든 행성을 점령해주면 좋겠어!) 뭘 하고 있는 거야?

그때 AAI의 영상이 다음 소식으로 바뀌고, 다른 기자가 화면에 나타났다.

"테라 가문이 소유한 마천루에서 가문의 구성원 다수가 사망한 비극적인 사건이 발생한 후 처음으로, 이 가문의 유일한 생존자인 클라라 테라가 입을 열었습니다."

노바는 배 속이 묵직하게 조여오는 것을 느꼈다.

"지난 며칠 사이 구 가문의 구성원을 향한 몇 차례의 공격이 있었지만, 테라 마천루에 가해진 가미가제식 공격만큼 끔찍한 사건은 없었습니다. 이곳에서 아크튜러스 멩스크 및 코랄의 후예와 관련된 것으로 추정되는 테러리스트들은 자신의 목숨을 버리면서까지 테라 가문의 구성원 거의 대부분을 살해했으며, 그 과정에서 주변 지역의 민간인 수백 명도 함께 희생되었습니다."

"저건 사실이 아니야." 노바가 중얼거렸다.

에드워드와 그의 동료들은 멩스크가 아니라 클리프 나다너라는 사람 밑에서 일했고, 가미가제식 공격을 감행한 것도 아니었다. 노바는 역사 수업 시간에 '가미가제'라는 말이 옛 지구의 한 전쟁에서 있었던 자살 폭탄 비행 공격을 의미하는 것이라고 배웠었다. 어느 나라에서 사용했던 작전인지는 잘 기억나지 않았다. *혹시 독일이었나?* 옛 전쟁에 대해 기억하는 건 쉬운 일이 아니었다.

어쨌거나 가미가제식 공격은 에드워드나 그의 동료들에게 어울리는 말이 아니었다. 그리고 주변의 민간인들을 죽인 건 나다너의 반란군이 아니라, 바로 노바 자신이었다.

"바로 오늘, 클라라 테라가 기자 회견을 열어 다음과 같이 발표했습니다."

AAI에 클라라 테라가 나타났다. 적절히 검은 상복을 입은 모습이었다. 상황이 지금과 달랐다면 노바도 가족이 죽은 후 엿새 동안 검은 상복 차림을 했을 것이다. *하긴, 어차피 흙탕물로 옷이 시커멓게 더러워졌으니 대충 비슷한 차림새인 걸까.*

클라라는 머뭇거리며 입을 열었다. 노바의 언니 클라라는 공공장소에서 말하는 것을 싫어했다. 지금도 아마 스튜디오에서 자신의 약혼자이자 방송 엔지니어인 마일로만 앞에 두고 이야기하고 있을 테지만, 그래도 내키지 않는 듯했다. AAI는 클라라의 주변 모습까지 보여주지는 못했지만, 마일로는 틀림없이 클라라의 시선이 닿는 곳에서 그녀를 응원하고 있을 것이다. 클라라는 마일로를 별로 좋아하지 않았고, 그를 그저 더 많은 재산을 축적하기 위한 수단으로만 생각했다. 하지만 마일로는 언제나 클라라에게 헌신했다. 노바는 항상 슬픈 일이라고 생각했다.

"이…… 이 끔찍한 슬픔의 시간에 절 위로해주신 많은 분들께 감사드립니다."

"슬픔의 시간?"

노바는 자기도 모르게 언니의 말을 따라했다. 그러자 옆에 있던 여자가 조용히 하라며 쉿 하고 눈치를 줬다. 노바는 그 여자의 이름이 도나이고, 구 가문에 대한 소문에 관심이 많은 여자라는 사실을 알게 되었다. 도나는 노바 테라가 듀크 가문의 아들들 중 하나와 연인 관계였다고 믿고 있었다. 물론 그 상대는 노바가 실제로 본 적도 없는 사람이었다. 조용히 하라며 눈치를 준 여자가 자기 옆에 노바가 있다는 사실을 알게 되면 어떤 반응을 보일지 궁금해졌다. 집착에 가까운 관심을 보이며 구 가문 일가들의 삶과 거짓 소문을 뒤쫓아 다니는 여자였으니까. 얼마나 당황스러워할까.

"제 부모님과 그분들의 연인들, 그리고 두 동생의 죽음은—"

그때까지만 해도 노바를 지배하는 감정은 굶주림이었다. 하지만 그 순간 분노가 그 자리를 차지했다.

"두 동생이라고?"

"—비겁하고 잔혹한 테러리스트의 끔찍한 공격 때문이었습니다. 하지만 다들 안심하셔도 좋습니다. 제 사랑하는 약혼자 마일로와 저는 예정대로 결혼식을 치를 예정입니다. 저희 결혼은 사랑하는 어머니와 아버지, 두 분의 연인들, 또 남동생 젭과 여동생 노바 등, 비열한 범죄자들의 손에 목숨을 잃은 저희 가족에 대한 추억을 공유하며 그들에게 헌정하는 예식이 될 것입니다. 결혼식 후에는 쿠시니스 가문과 테라 가문이 힘을 합쳐 그 추악한 테러리스트들과 사악한 외계인들에게 우리의 진짜 힘을 보여 주겠습니다!"

곧이어 기자의 모습이 다시 나타났다.

"테라 양은 가족의 죽음에 대한 수사가 종결되었으며, 사망한 가족 여섯 명의 장례식을 모레 거행할 예정이라고 밝혔습니다. 또한 조의금의 경우 콘스탄티노 테라가 후원하던 자선 단체로 보내달라는 요청을 덧붙였으며, 이 단체는—"

"아니야! 거짓말이야!"

노바는 머릿속을 꽉 채운 생각을 밖으로 내뻗었다. AAI는 커다란 불길에 휩싸인 채 폭발하면서 뒤틀린 금속 조각을 사방에 흩뿌렸다.

이런, 맙소사! (우린 죽었어) 저 여자애 (우린 죽었어) 괴물이잖아! 대체

뭐지? 어떻게 *(우린 다 죽었어!)* 저럴 수 있지? 아무래도 *(우린 다 죽었어!)* 맛이 간 것 같은데. 우린 *(아, 젠장, 우린 다 죽었다고!)* 건드리지 않았으면 좋겠는데.

노바는 자신에게 *(우린 다 죽었어)* 쏟아지는 *(저 여자애가 무슨 짓을 한 거지?)* 온갖 끔찍한 생각들로부터 *(어떻게 이런 일이 있을 수 있지?)* 비틀거리며 물러났다.

미디어 상점의 주인인 마르티나 다르마가 황급히 뛰어나왔다. 그녀는 손에 든 P180으로 노바를 똑바로 겨눴다. 그 총에는 탄환이 들어 있지 않았다. 마르티나는 탄환을 구입할 돈이 없었지만, 사람들에게 겁을 주기 위해 무기를 보관했다. 물론 노바에게는 어차피 총을 겨눌 필요가 없었다. 노바가 그 총에 탄환이 없다는 사실을 알고 있기 때문이 아니라, 그녀는 이미 총 따위 관심 밖이었기 때문이었다.

노바는 AAI를 파괴할 생각은 없었다. 그녀가 파괴하고 싶었던 대상은 바로 언니였다.

어떻게 그럴 수가 있지? 클라라 언니는 내가 죽지 않았다는 걸 알고 있을 텐데. 다른 건 몰라도, 노바가 현장에 시체를 남겨두었다는 건 분명했다. 도망쳐 나올 때 시체를 뛰어넘어야 했고, 그래서 그것 하나만은 확실히 알고 있었다. 하지만 현장에 노바의 시신은 없었을 테고, 따라서 클라라는 노바가 아직 살아 있다는 걸 알고 있어야 했다.

"이봐! 금발!"

빈총을 든 마르티나가 버럭 소리를 지르고는 새된 목소리로 말을 이었다.

"쇳덩어리를 잔뜩 박아주기 전에 당장 내 가게에서 꺼져, 알겠어?"

(제발 날 해치지 마, 내 가게를 박살 내지도 말고! 보험료 내기도 빠듯한

데, UNN에다 뭐라고 말해야 이걸 무상으로 교체받을 수 있는지 모르겠단
말이야. 제발 내가 이 빈총을 쏘게 만들지 말아줘……)

노바는 돌아서서 다리가 허락하는 한 사력을 다해 달렸다.

사실 그다지 빠른 속도는 아니었다. 며칠 동안 쓰레기통 옆에 누워서 지
낸 탓에 고무처럼 후들거리는 다리로는 걷는 것 이상의 일을 하는 게 쉽지
않았다. 하지만 아무도 쫓아오지 않았다. 그건 느낄 수 있었다. 다들 잔뜩
겁을 먹어서 그녀를 쫓아올 생각은 하지 못했으니까.

글래드스톤 길과 만나는 교차로에 다다랐을 때, 노바는 멈춰 서서 기념
품 상점에 몸을 기댔다. 숨이 차올라 더는 움직일 수 없었고, 끔찍한 허기
는 말로 다 표현할 수 없었다.

기념품 상점 반대쪽에는 또 하나의 식료품점이 있었다. 여기도 상점 앞
에 AAI는 없었지만, 그건 밀튼 부부의 가게와 달리 이곳의 주인은 사람들
이 물건을 사든 말든 신경 쓰지 않기 때문이었다. 가게 뒤쪽 방에는 포커
에서 하우난에 이르기까지 각종 카드 게임이 펼쳐지고 있었다. 이 가게는
마커스의 부하들이 즐겨 사용하는 만남 및 거래 장소였다.

노바는 이곳에서라면 먹을 걸 훔쳐도 되겠다는 생각이 들었다.

여전히 숨을 헐떡이는 채로 그녀는 식료품점 안으로 들어갔다. 주인은
계산대 뒤에 서서 텔레비전으로 아까 클라라에 대한 소식을 전했던 UNN
기자를 보고 있었다. 그 기자는 지금 테러리스트의 공격이 증가하고 외계
종족의 위협이 대두되면서 오스본에 적용된 새로운 보안 체계에 대해 전
하고 있었다.

"반란군은 테라 마천루에 자살 테러를 감행하며, 자신들의 사악한 목적
을 달성하기 위해서라면 목숨을 버리는 것도 마다하지 않는다는 사실을

입증했습니다."

노바는 구역질을 느끼며 이를 악물고는 텔레비전을 향해 정신을 뻗었고, 텔레비전 화면은 아주 만족스럽게 폭발했다. 계산대 위의 신용카드 단말기도 함께 부서졌는데, 그건 의도했던 게 아니었다.

"대체 이게 무슨……?"

가게 주인은 사방으로 튀어 오르는 불꽃을 피해 눈을 가리고서 노바를 향해 시선을 돌렸다.

"넌 또 뭐야?"

"먹을 게 필요해."

생각과는 달리, 노바 자신이 듣기에도 너무나 절박한 목소리였다. 그녀는 위압적인 목소리를 내고 싶었지만, 그런 경험이 전혀 없었다.

"젠장, 꼬마 아가씨, 대체 언제부터 굶은 거야?"

그래도 효과는 있는 것 같았다.

"닥쳐! 당장 먹을 걸 내놔, 그러지 않으면 다른 걸 또 날려버릴 테니까! 무슨 말인지 알아들었어?"

마지막 말은 페이긴과 그의 부하들의 말버릇을 흉내 낸 것이다. 노바는 이 지역에 어울리는 사람처럼 보이길 바랐다.

하지만 노바의 할아버지가 세상을 떠났을 때보다 더 나이가 많아 보이는 테렌스라는 이름의 가게 주인은 웃음을 터트렸다.

"이봐, 꼬마 아가씨, 하루가 멀다 하고 별 어중이떠중이들이 죄다 여기 들어와서 날 위협하거든. 불쌍해서 하는 얘긴데, 당장 엉덩이를 움직여서 꺼지지 않으면, 그 예쁜 엉덩이가 영영 여기서 나가지 못하게 될 거야. 무슨 말인지 알아먹었어?"

노바는 테렌스가 자신을 위협적이라고 생각지 않는다는 걸 알았다. 텔레비전과 카드 단말기가 터져버린 건, 그저 제품의 품질이 형편없기 때문이라고 생각하고 있었다. 그리고 노바는 '무슨 말인지 알아먹었어?'를 조금 다르게 기억했던 자신에게 잔뜩 화가 났다.

노바는 두 눈을 감고서 테렌스가 서 있는 지점에 정신을 집중했다. 그의 생각이 느껴지기 때문에 어렵지 않게 할 수 있었다. 그리고 얼굴을 잔뜩 찡그리며 정신을 집중해서 그를 들어 올렸다.

힘을 쓰느라 거의 쓰러질 뻔했지만, 테렌스를 공중으로 들어 올리는 데 성공했다. 하지만 고작 1초 정도에 불과했다. 그는 떠오르자마자 곧장 바닥으로 떨어졌다.

노바의 오른쪽 눈, 뒤편 머릿속에서 날카로운 통증이 느껴졌다. 이렇게까지 정신을 집중한 건 처음이었는데, 정말이지 끔찍하게 아팠다.

게다가 노바의 행동은 테렌스를 화나게 했을 뿐이었다.

"이 망할 계집애가!"

그는 소리치며 엉금엉금 일어났고, 계산대 밑에서 T10을 끄집어냈다. 60년 전 테란 연합 군대에서 복무할 때 지급받은 것으로, 그가 애지중지하는 무기였다. 아주 잘 작동하는 총은 아니라서, 노바는 단 0.5초 만에 격발 장치를 엉망으로 엉키게 만들 수 있었다. 테렌스의 머릿속에서 읽어낸 방법대로 했을 뿐이었다.

테렌스는 총을 발사하려 했지만 탄창이 열리며 그의 엄지와 검지 사이를 할퀴었다.

"아야야!" 그는 깜짝 놀라 총을 떨어뜨리고는 손을 앞뒤로 흔들었다.

"난 하루 종일이라도 이러고 있을 수 있어, 테렌스. 그뿐 아니라 마커스에게 당신이 열다섯 살짜리 소녀에게 바보처럼 당했다고 떠들어댈 수도 있어. 그래, 난 열다섯 살밖에 안 됐다고. 이 정도에서 그만하고 싶으면 빌어먹을, 당장 먹을 걸 내놔!"

노바는 지금껏 단 한 번도 '빌어먹을'과 같은 거친 말을 써본 적이 없었다. 하지만 왠지 그 순간에는 그런 말을 해야 할 것만 같았다.

"대체 넌 정체가 뭐냐?"

다른 손으로 상처 입은 손을 문지르던 테렌스가 고개를 가로저었다.

"젠장, 무슨 상관이야. 필요한 건 뭐든 가져가도 좋으니까 어서 내 가게에서 나가기나 해. 널 다시 보고 싶지는 않으니까."

"좋아."

테렌스의 식료품은 모두 포장된 상품이었다. 샌드위치는 대부분 유통기한을 훌쩍 넘긴 것 같아서 건너뛰었다. 과일과 채소는 모두 시들시들해서 역시 건너뛰었다. 스낵바는 그나마 괜찮은 것 같아서 노바는 프램베리 맛으로 세 개를 집어 들었다. 음료수도 다양한 맛으로 진열되어 있었는데, 고맙게도 프램베리 주스가 있어서 노바는 네 병을 챙겼다. 그걸 전부 손에 들고 갈 수는 없을 듯싶어, 그녀는 테렌스를 바라보며 말했다.

"봉투는?"

손에 연고를 바르고 있던 테렌스는 어처구니없다는 투로 대꾸했다.

"젠장, 마음대로 가져가라고."

노바는 뭔가 다른 것을 시도해보기로 했다. 다시 두 눈을 감고서 봉투에 정신을 집중했다. 이제는 쓸모없어진 카드 단말기 옆쪽 선반에 봉투 한 묶음이 걸려 있었고, 그녀는 그걸 끌어당기려 했다.

절반의 성공이었다. 봉투 묶음 전체가 그녀를 향해 날아오다가, 중간에서 바닥으로 떨어졌다. 노바는 멋쩍어하며 봉투 하나를 집어 들었다. 테렌스는 그저 고개를 절레절레 저으며, 미친 계집애가 언제쯤 가게를 나갈 건지 궁금해했다.

스낵바와 주스 병을 봉투에 담은 후, 노바는 테렌스가 선반에 올려둔 육포 열 봉투를 챙겼다. 육포는 상할 일도 없고, 무엇보다 몸에 단백질이 필요했다. 마지막은 캄타르 과자였다. 아주 어릴 때 이후로는 먹어본 적 없는 간식거리였다.

막 떠나려던 찰나, 불현듯 노바는 가게에 진열된 고양이용 통조림 사료를 몽땅 집어 들었다. 연어에서 참치, 에이리크 생선까지 다양한 맛으로 구성된 총 열다섯 개의 통조림이었다. 최소한 핍이 쓰레기통에서 건져낸 음식찌꺼기나 골목길에서 사냥하는 쥐보다는 나을 것 같았다.

"아직도 안 끝났어?"

테렌스가 화난 목소리로 물었다. 사실, 목소리는 화가 난 것 같았지만 실제로는 죽을 만큼 겁에 질려 있었다.

노바는 그를 계속 겁에 질려 있게 놔두기로 결정했다. 그녀는 과일 선반을 통째로 쓰러뜨려, 상하고 설익은 과일들을 바닥에 내동댕이쳤다. 가게 안의 다른 식료품들과 마찬가지로, 그 과일들도 그저 전시용에 불과했다.

"이제 끝났어."

노바는 테렌스를 향해 웃어 보이고는 그대로 돌아서서 가게를 떠났다. 테렌스는 그녀와 그녀의 부모, 조상, 심지어 그녀를 태어나게 했을 옛 지구의 사람들에게까지 저주를 퍼부으며, 엉망진창이 된 상점을 정리했다. 그리고 새 텔레비전과 카드 단말기를 무슨 돈으로 구입해야 할지 고민했다.

＊　　＊　　＊

　맬은 두 시간을 기다리고 나서야 킬리아니 국장을 만날 수 있었다. 마음 같아서는 당장이라도 사무실 안으로 쳐들어가고 싶었지만, 킬리아니 국장이나 비서의 망막을 스캔하거나, 비서가 책상 위에 있는 제어반을 터치해야 문이 열리도록 설정되어 있었다. 그 제어반은 비서의 DNA에 조율되어 있기 때문에 다른 사람이 터치한다 해도 문은 열리지 않았다.

　맬은 대기실에 앉아 두 시간을 기다리는 동안, UNN 홀로피드를 애써 무시하면서 어떻게 하면 비서를 제압하거나 아예 죽여버린 후 손가락을 떼어내 제어반을 터치하는 데 쓸 수 있을지 고민했다.

　그렇게 한참이 지나고 나서야, 맬이 이름도 기억하고 싶지 않았던 비서가 말했다.

　"국장님이 들어오시랍니다."

　불편한 의자에서 일어난 맬은 비서에게 자신이 뽑아낼 수 있는 가장 가식적인 미소를 지어 보이며 말했다.

　"정말이지 고맙습니다."

　비서도 그에게 똑같이 가식적인 미소를 지어 보였지만, 그녀의 미소는 어떤 상황에서도 웃음을 지어 보여야 했던 오랜 훈련으로 완성된 표정이라, 경멸의 감정으로 만들어진 맬의 미소와는 달랐다.

　"천만의 말씀이세요, 맬컴 켈러키안 요원님."

　그녀가 제어반을 터치하자 킬리아니 국장의 사무실로 통하는 문이 미끄러지듯 열렸다.

　일사 킬리아니는 많은 사람들을 속였다. 키가 작고 비쩍 말라서 맬의 가죽 외투보다도 더 가벼울 것 같은 사람이었고, 갈색 머리와 매부리코, 레티노의 시대에는 전혀 필요치 않은 안경을 쓴 모습까지, 그녀의 첫인상은 전혀 무해할 것만 같았다.

하지만 킬리아니가 입을 여는 순간 모든 것이 달라졌다. 그녀의 말에는 어찌나 날카로운 가시가 박혀 있는지, 연합 군대의 30년차 정예병도 무릎을 꿇어야 했고, 그녀는 바보를 상대할 때는 6.5초 이상 시간을 할애해주지 않았다.

맬은 자신이 바보라고 생각하지 않았다. 그래서 30초 정도는 사용할 수 있으리라 생각했다.

킬리아니 국장의 책상은 흐트러진 곳 하나 없이 말끔했다. 그 점이 바로 그녀가 어딘가 정상이 아닌 것 같다고 생각했던 이유 중 하나였다. 반짝이는 원목 책상 표면의 단조로움을 깨뜨리는 유일한 사물은 컴퓨터 단말기와 UNN의 홀로그램이었다. 지금은 일시 정지 상태인 그 영상에서 기자는 두 눈을 감고 반쯤 웃는 표정으로 굳어 있었다. 마라 그레스킨이 아니라서 그 기자가 누군지 아무 관심도 없었지만, 맬이 보기에도 그 표정은 왠지 역겹기도 하고 우스꽝스럽기도 했다.

맬은 사무실에 들어서며 다짜고짜 말했다.

"대체 망할 클라라 테라는 왜 여동생이 죽었다고 떠들어대는 겁니까?"

킬리아니는 안경 너머에서 그를 노려봤다.

"난 잘 지냈네, 맬컴 켈러키안. 자네는 요즘 좀 어때?"

맬은 사무실의 손님용 의자에 앉았다. 킬리아니 국장의 의자는 아주 귀하고 값비싼 가죽으로 만든 제품이었다. 손님용 의자는 금방이라도 부서질 것만 같은 삐걱거리는 나무 의자였고, 10분 이상 앉아 있었다가는 우스꽝스러운 동작과 함께 나뒹굴게 될 것 같았다. 그나마 다행인 건, 킬리아니 국장은 사람들을 자신의 사무실에 그렇게 오랫동안 머물게 하지 않는다는 점이었다.

"클라라 테라가 왜 UNN을 시청하는 모든 사람들에게 노바 테라가 죽었다고 말하고 있는 겁니까? 전 노바 테라를 찾으려고 시궁창 거리를 샅샅이 뒤지고 있는데요?"

"그래, 그 일이 지금 정확히 어떻게 진행되고 있지?"

그녀의 달콤한 목소리에 방의 온도가 10도쯤 떨어지는 것 같았다.

"엉망진창이죠."

맬은 늘 곧이곧대로 얘기하는 성격이었다. 그는 말을 이었다.

"테라 가문의 차량은 호버바이크 하나까지 모조리 확인되었습니다. 자기네 차를 타고 간 건 아닙니다. 노바의 신원 정보가 이 지역 내 모든 기차와 버스 정류장과 항구에 배포되었는데 단 한 곳에서도 걸리지 않았습니다. 게다가―"

"텔레파시와 염동력 능력까지 있는 아이야. 그러니까 그 녀석은―"

맬은 한 손을 들어 올리며 킬리아니 국장의 말을 끊었다.

"훈련받지 않은 텔레파시 및 염동력 능력자죠. 지금 우리가 쫓는 게 진짜 유령이라면, 사람들과 스캐너를 속여서 신원을 위장할 수 있었을 겁니다. 하지만 제가 알기로는 자기가 텔레파시 능력자인지도 몰랐던 아이였고, 제대로 된 훈련 같은 건 받은 적도 없습니다. 네, 궁금하실 것 같아 미리 말씀드리자면, 저희 쪽 사람들은 전부 만나봤습니다. 조직 내에서는 테라 가문을 상대로 텔레파시와 관련된 도움을 준 사람이 한 명도 없었고, 조직 밖에는 그 아이를 제대로 훈련시켜줄 만한 사람이 없습니다."

"조사 잘했군." 킬리아니 국장이 능글맞게 웃었다.

그 말에 맬은 말문이 막혔다. 킬리아니 국장은 칭찬을 하는 사람이 아니었다.

"음, 고맙습니다. 어쨌든 노바는 아마도 아직 타소니스에 있을 겁니다. 외곽 지역 아니면 시내라는 얘긴데, 외곽 지역에는 없는 게 확실합니다."

"그러면 시궁창 거리에 있을 거라고 생각하는 건가?"

맬은 고개를 끄덕였다.

"그쪽 구역에서 서류는 넘어왔나?"

"그쪽에서 이런 건 전혀 보고하지······." 맬이 한숨을 쉬었다.

"그걸 물어본 게 아니야, 맬 요원."

사무실 안의 온도가 다시 5도 정도 내려갔다.

"네, 서류는 받았습니다. 아무것도 없었지만요. 그리고 남서부 지구의 아는 경관에게 텔레파시 능력자의 활동이 확인되는지 알아봐 달라고도 부탁해뒀습니다."

다섯, 넷, 셋······.

"아직은 아무것도 확인된 게 없지만, 계속 기다리는—"

둘, 하나······.

킬리아니 국장은 의자에 앉은 채로 몸의 중심을 앞으로 옮기고, 두 손으로 책상을 짚었다.

"일개 경관에게 기밀 정보를 털어놓다니, 당신 대체 무슨 짓—"

지금이다.

"국장님, 제가 노바 테라를 찾길 원하십니까?"

"그게 당신 임무지."

잔뜩 성난 목소리로 킬리아니가 대꾸했다.

"그러면 찾을 수 있게 해주십시오. 두 눈을 가린 채로 시궁창 거리를 뒤질 순 없습니다. 그 아이의 사이오닉 파장을 비교할 샘플도 없으니, 아무리 스캔해봐야 헛수고입니다. 거리에서 직접 활동할 수 있는 사람이 필요한데, 우리 쪽 부서에는 그럴 사람이 없잖습니까. 매일 시궁창 거리에서 부대끼며 사는 사람이어야 합니다. 래리 폰세카는 아주 좋은 경찰이고—"

"아, 래리 폰세카 경위? 왜 진작 그 사람이라고 말을 하지 않았어? 그럼 됐어."

킬리아니 국장은 의자에 등을 기댔다.

"래리를 아세요?" 맬은 발을 헛디딘 듯한 기분이었다.

"그 사람 영입하려고 수도 없이 시도했었어. 사실 당신에게 눈독을 들이는 동안 함께 고려한 대상이었지."

그녀는 다시 짓궂게 웃으며 덧붙였다.

"두 사람의 차이점은, 당신의 경우 난리가 난 덕분에 우리가 활용할 만한 좋은 기회가 있었다는 것뿐이지."

맬은 애써 입을 다물었다. 그러면 '좋은 기회'라는 단어를 선택하지는 않았을 것 같았다. 그러거나 말거나 킬리아니 국장은 계속 말을 이었다.

"하지만 래리 경위의 경우 우리가 걸고넘어질 게 없었어. 주머니가 아주 깨끗하더라고."

물론 그랬을 것이다. 래리는 상사의 미움을 받는 사람이었지만, 그건 전부 부정 청탁과 관련된 일들 때문이었고, 이는 서류상으로 남길 수 없는 사안들이었다. 누구나 알고 있었지만, 기록은 전혀 없었다.

"그러면 제가 래리 경위와 협력하는 건 괜찮다는 겁니까?"

"아니, 내게 먼저 보고했다면 괜찮았을 거야."

킬리아니 국장은 다시 한 번 앞으로 몸을 기울였다.

"당신이 기억해야 할 게 있어, 맬 요원. 당신은 내 밑에서 일하는 거야. 여기 있고 싶어 하지 않는다는 건 알지만, 지금쯤이면 깨달았어야 하는 게 몇 가지 있다고."

국장은 오른손을 들어 손가락을 하나씩 꼽으며 말했다.

"하나, 당신은 탐색관이 된 후로 경찰관 시절보다 월급을 더 많이 받고, 혜택도 더 누리고 있어. 둘, 내가 형사과에서 당신을 꺼내주지 않았다면, 지금쯤 타이고어 가문의 저택 앞에 당신 머리가 걸려 있을 테고, 그건 당신도 잘 알고 있을 거야. 셋, 탐색관으로 활동하는 한 당신은 내게 보고할 의무가 있고, 먼저 내 허가를 받지 않은 상태에서 규정을 벗어나는 일은 없어야 해. 그리고 내 허가를 받으려면, 내게 항상 모든 걸 털어놔야 한다고."

그러고는 주먹을 말아 쥐며 덧붙였다.

"나는 바보가 아니야, 맬컴 켈러키안 요원. 당신 나름의 기술과 방법론이 있다는 건 알아. 하지만 우린 지금 여기서 아주 중요한 일을 하고 있어. 멩스크와 그 외계의 개자식들로부터 연합을 지켜내는, 최후의 방어선이 될 요원들을 훈련시키고 있다는 말이야. 우린 지금까지 적어도 두 개의 행성을 잃었고, 앞으로 계속 살아남으려면 유령 같은 병기가 필요해. 그래서 우리가 하는 일이 극도로 중요하다는 거야. 그러니까 당신이 멋대로 날뛰면서 우리 일을 더 어렵게 만드는 꼴을 보고만 있지는 않겠어. 무슨 말인지 알겠나, 맬컴 켈러키안 요원?"

맬은 킬리아니 국장이 말을 쏟아붓는 동안 의자 팔걸이의 부스러기를 떼어내며 딴 생각을 하고 있었다. '모든 걸 털어놔야' 한다는 말이 나올 때 즈음부터 흥미를 잃었던 것 같다. 하지만 국장에게 그런 말을 털어놓는 건 현명하지 못한 정도가 아니라, 자살 행위에 가깝다는 사실을 잘 알고 있었다.

"확실히 알아들었습니다, 국장님. 그런데 친애하는 국장님께서 제 망할 질문에 언제쯤 대답을 해주실까요?"

그 달콤한 미소가 다시 돌아왔다. 좋은 징조가 아니었다.

"무슨 질문이었지?"

"저는 이렇게 노바를 찾고 있는데, 왜 클라라 테라는 자기 동생이 죽었다고 떠들며 돌아다니는 겁니까? 지금은 래리 경위뿐이지만, 그래도 타소니스 경찰청과 협력해서 수사를 하고 있는데, 찾는 대상이 죽었다고 알려지면 경찰청도—"

"시궁창 거리의 한 골목에서 노바 테라가 죽어 있는 걸 발견하면 어떻게 될까?"

"저는—"

킬리아니 국장은 맬이 아무 말도 하지 않았다는 듯이 말을 이었다.

"그러면 테라 가문이 아니, 이제 쿠시니스−테라 가문이 그 사실을 조용히 덮고, 필요한 사람에게 돈을 적당히 찔러주고, 노바가 다른 사람들과 함께 마천루에서 죽은 걸로 하겠지. 자, 당신이 노바 테라가 살아 있는 걸 발견하면 어떻게 될까?"

"그러면—"

"그러면 그 아이는 유령 프로그램에 합류해서 훈련을 받게 될 거야. 그 이후로 노바 테라는 사실상 죽고, X41822N 요원으로 대체되겠지."

맬은 아직 프로그램에 합류하지도 않은 노바에게 이미 인식 번호가 부여되었다는 사실이 적잖이 불쾌했다.

"자, 맬 요원, 당신이 임무를 완수하면 클라라의 여동생은 어떻게든 죽게 될 뿐인데, 그녀가 UNN에 얼굴을 비추고 여동생이 살아 있다고 말해서 얻을 수 있는 게 뭐지?"

그제야 맬도 깨달았다.

"국장님께서 클라라 테라에게 UNN에 출연해 그렇게 발표하라고 지시했군요."

"아니, 위원회가 그렇게 했지. 하지만 내 생각이었던 건 맞아. 노바가 공식적으로는 살아 있지 않은 걸로 하자고 했으니까."

"살아서 어딘가에 나타나기라도 하면 어떻게 되는 겁니까?"

"그게 무슨 소리야? 그 아이가 타소니스를 떠나지 않았다고 했잖아."

킬리아니 국장이 눈살을 찌푸렸다.

"노바가 '아마도' 아직 타소니스에 있을 거라고 했지요. 네, 물론 아직 신원 확인에 걸리진 않았습니다. 하지만 어떤 그물도 물고기를 모조리 건져 내진 못합니다. 아무 훈련도 받지 않은 열다섯 살 꼬마이긴 합니다만, 그래도 텔레파시와 염동력 능력자 아닙니까. 게다가 그 능력을 얼마나 잘 사용할지 누가 알겠습니까? 물론 우리 쪽에선 그 누구도 훈련시키진 않았지만, 우리도 알지 못하는 능력자가 하인 숙소나 뭐 그런 데서 그녀를 훈련시켰을 리 없다고 확신할 수 있습니까? 게다가 비밀리에 뭔가 하고 싶었다면, 뭐든 할 수 있을 만큼 숨겨진 돈도 많잖습니까. 국장님도 구 가문이 그 누구보다 많은 비밀을 감추고 있다는 건 알고 계실 텐데요."

"하고 싶은 말이 뭐야, 맬 요원?"

킬리아니 국장의 목소리는 사무실의 온도를 0도에 가깝게 떨어뜨렸다.

"제가 하고 싶은 말은, 노바가 지금쯤 티라도에 도착했다고 해도 우린 모를 수 있다는 겁니다. 그 아이가 우리는 절대로 찾지 못할 곳에 있을 가능성도 얼마든지 있단 말입니다. 제가 하고 싶은 말은, 우리가 노바를 찾아내지 못한 상태에서 어디선가 불쑥 나타난다면, 문제가 심각해질 거라는 얘깁니다."

"테라 가문에서는 문제가 심각해질 수 있겠지만, 그건 그쪽 일이고 내 알 바 아니야. 살아서 어딘가에 나타난다면, 우리가 그냥 프로그램에 편입시키면 돼. 그걸로 끝이야."

킬리아니 국장은 어깨를 으쓱하며 말했다. 그녀의 목소리는 확신에 차 있었다. *책상이 깨끗한 걸로는 부족했다면, 이걸로 확실해졌어. 저 여자는 미친 거야. 꼭 무슨 광신자 같잖아.* 킬리아니 국장은 유령 프로그램을 사수하는 광신자였지만, 맬에게 그 프로그램은 그저 하기 싫은 일일 뿐이었다. 하지만 킬리아니 국장에게 있어, 유령 프로그램을 운영한다는 것은 그녀가 이 세상에 태어난 이유와도 같았다.

적어도 킬리아니 국장은 그렇게 믿었고, 그건 곧 사실이나 마찬가지였다.

"그 밖에 다른 용건이 있나?"

그녀는 반드시 '없습니다'라고 답해야만 할 것 같은 어조로 물었다.

"없습니다."

맬은 불편한 의자에서 일어나 허리를 쭉 폈다. 척추에서 뚜두둑 하는 소리가 났다.

"또 연락드리겠습니다."

"꼭 그렇게 하라고."

킬리아니 국장은 책상 위 제어반을 터치했고, 홀로그램이 다시 나타났다.

"어젯밤 웨이츠 극장에서는 워프 드라이브가 멋진 공연을 선보였습니다. 공연장을 꽉 채운 관객들 앞에서—"

맬은 고개를 절레절레 저으며 등 뒤에서 문을 닫았고, 연예부 기자의 목소리도 뚝 끊어졌다. 킬리아니 국장이 클래식 음악 애호가일 거라고는 상상도 못했었다.

제10장

페이긴은 책상에 앉아, 입이 귀에 걸릴 정도로 환하게 웃고 있었다.

교통 센서에 대한 접근 권한을 넘겨받고자 남서부 지구대의 경찰 세 명에게 1년 치 헵을 상납해야 했지만, 충분히 그럴 가치가 있었다. 그 교통 센서는 경찰들이 차량 통행을 감시하는 데 사용하는 센서였다. 물론 그들이 실제로 그 센서를 사용하는 경우는 호버바이크에 탄 꼬마들에게 벌금을 뜯어내거나, 술이나 약에 취해 차를 똑바로 몰지 못하는 버스 기사들(사실 절반 정도가 항상 약이나 술에 취해 있었다)을 적발하는 용도에 불과했고, 그것도 석 달에 한 번 정도 사용할 뿐이었다. 위원회에서 감사를 벌여, 지구 업무의 효율성에 대해 떠들기 시작하면 타소니스 경찰청에서는 벌금을 긁어모으고 기사들을 체포했다. 그렇게 소란이 가라앉은 후에는 모든 게 다시 일상으로 돌아갔다.

그런 센서들을 이용하여, 페이긴은 자신의 제국을 감시했다.

오늘 그가 감시하는 건 마커스가 데려왔던 금발의 꼬마 계집애였다.

그 계집애는 내 것이 될 거야. 그건 확실해. 그전에 먼저 좀 배워야 할 게 있을 뿐.

페이긴은 센서에 프로그램을 설정해, 금발이 감지되면 언제든 자신에게 알림이 오도록 했다. *그러고 보니 계집애의 이름을 아직 모르는군.*

"페······ 페이긴?"

9번의 졸린 목소리가 뒤쪽 이불 속에서 들려왔다.

"잠이나 자. 아빠는 지금 바쁘거든. 알았지?"

"으음."

9번과의 정사가 끝난 직후에 삑삑 소리를 내며 낮게 알람이 울렸다. 정말 긴 이틀이었다. 테니리가 오캘러헌을 맡고 처음 며칠 동안 이런저런 문제를 겪고 있었다. 만프레드의 배신은 거리의 뜨내기 한 명만이 아니라 훨씬 더 깊은 곳까지 영향을 미치고 있었고, 이 문제를 해결하기 위해 페이긴과 테니리 모두 바삐 움직여야 했다. 테니리는 전임자와 같은 운명을 맞지 않으려고 발버둥 치며 페이긴의 마음에 들려고 무척이나 애를 썼다. 골칫거리 몇 명을 좌천시키고, 사체 몇 구를 만들고, 팔다리 몇 개를 부러뜨리고 나니 오캘러헌도 어느 정도 안정화되었다. 하지만 테니리는 고객들에게 원성을 사고 있었고, 사람들이 스프링 가를 가로질러 키치오스에서 물건을 구매할까봐 노심초사해야 했다.

그 모든 일을 처리하느라 페이긴은 며칠 동안 꽤나 골치가 아팠고 그런 스트레스의 상당 부분을 9번에게 해소했다. 열두 명으로 이루어진 그의 하렘에서 9번은 외모가 출중한 편은 아니었지만, 체력 하나는 가장 뛰어났다.

그리고 일이 정리된 후에는 기분 좋게도 센서들이 금발을 찾아냈다.

처음에는 그 꼬마 계집애가 게슴츠레한 눈빛으로 데커에서 비틀거리며 걸어가는 모습이 포착되었다. 페이긴은 그게 무슨 표정인지 바로 알 수 있었다. 굶주림이었다. *그래, 오래 견디지는 못할 거라고 했었잖아.*

그 후 그녀는 밀튼 식료품점 앞에서 잠시 멈춰 섰지만, 이내 다시 움직이기 시작했다. 이번에는 페이긴도 당혹스러웠다. *왜 들어가지 않는 거지?*

그녀가 걸어가는 모습을 보며, 페이긴은 서랍을 열어 전화기를 꺼냈다. 그는 모르우드 상사에게 전화를 걸었다.

"모르우드입니다."

"페이긴이다. 내가 주문한 건 들어왔나?"

"이 멍청한 자식, 근무 중에는 전화하지 말라고—"

"내가 주문한 건 들어왔나, 상사?"

"아직 작업하는 중이야. 내일까지 뭐든 알려줄 수 있을 것 같다."

"그러는 게 좋을 거야. 당신 부인의 햅이 갑자기 사라지거나 하면 마음이 아플 것 같으니까. 알겠어?"

페이긴은 전화기 너머에서 모르우드가 침을 꿀꺽 삼키는 소리를 들을 수 있었다.

"이봐, 그쪽 부서에서 물건을 빼내는 건 쉽지 않아. 좀 더 쉬운 걸로는 안 되겠어? 핵탄두 같은 건 어때?"

"좋아, 핵탄두로 하지. 내가 원하는 걸 내놓지 않으면 그걸 당신 뒷구멍에 쑤셔 넣어 날려버리면 될 테니까. 무슨 말인지 알아먹었어?"

금발 계집은 이제 콜먼 가에 이르렀고, 곧 방향을 틀어 파이크 가를 향해 걸어갔다.

모르우드는 잔뜩 풀이 죽은 목소리로 대꾸했다.

"좋아, 알았어. 내일 꼭 전화하지. 이제 정말로 끊어야 해."

"제때 연락하는 게 좋을 거야."

페이긴은 상대가 틀림없이 전화하리라는 걸 확신했다. 모르우드는 늘 페이긴이 요청하는 일을 할 수 없다고 투덜대긴 했지만, 결국에는 어떻게든 해내곤 했다. 그의 아내는 시궁창 거리의 수많은 힙 중독자와 상태가 비슷했다. 그녀에게 필요한 약물은 연합 군대의 보급 담당자 월급으로는 충당할 수 없었지만, 보급 담당자라는 건 페이긴에게 필요한 물품을 구해줄 수 있는 자리였다. 그래서 페이긴은 모르우드 상사에게 힙을 제공했고, 모르우드는 정부의 장난감을 빼돌려 페이긴에게 넘겨주었다.

페이긴이 모르우드와의 통화를 끝냈을 때 금발 계집아이는 파이크 가에 있었다. 미디어 상점 앞에서 다른 사람들과 함께 UNN 뉴스를 내보내는 AAI를 시청하는 중이었다. 페이긴은 기자의 모습만 볼 수 있었다. 센서는 소리를 제외하고 영상만 전달했기 때문에, 페이긴은 아무 소리도 들을 수 없었다. 어차피 별 필요도 없었지만.

하지만 꼭 그런 것만은 아닌 모양이었다. AAI를 통해 눈물을 흘리는 여자가 나와 뭔가 말을 하자, 금발 아이에게 큰 변화가 일어났다.

그리고 금발이 비명을 지른 직후 AAI가 폭발했고, 그녀가 정말 염동력 능력자일까 의심하던 페이긴의 의구심은 깨끗이 사라졌다.

페이긴은 눈살을 찌푸리며 영상을 몇 분 전으로 되감아 AAI에 초점을 맞췄다.

투사되는 영상에는 금발 계집보다 나이가 많고 검은 상복을 입은 여자가 나오고 있었다. 금발과 혈연관계인 건 분명했다. 대단히 뛰어난 성형외과 의사를 주치의로 두고 있지 않는 한, 어미라기엔 너무 젊어 보였으니

아마 언니인 것 같았다.

그리고 그 여자를 보고 나서 금발은 완전히 정신이 나가버렸다. *가족이 다 죽은 건 아닌 모양이구나.*

페이긴은 UNN 방송 정보를 불러내 금발이 어떤 뉴스를 보고 있었는지 확인했다. 길게 늘어선 섬네일을 스크롤하다가, 그는 앞서 봤던 것과 같은 얼굴이 표시된 것을 찾아냈다. 그 밑에 적힌 제목은 다음과 같았다.

클라라 테라, 가족의 사망 이후 처음으로 공식 석상에 등장.

젠장.

페이긴은 그 뉴스를 재생했다. 그리고 뉴스가 끝나자, 춤을 춰야 할지 총으로 머리를 날려버려야 할지 알 수 없는 기분이 되었다.

일단 금발은 아니, 노바 테라는 몸값을 제대로 지불할 가족이 있었다. 얼마를 제시하든 거액을 내놓을 수 있는 가족이었다. 구 가문, 그것도 테라 가의 영애였으니까.

문제는 그 계집아이가 구 가문의 영애라는 사실이었다. 그들은 몸값을 지불할 일이 없었다. 만약 어리석게도 구 가문의 누군가를 납치하는 자가 있다면, 그들은 막강한 영향력을 행사하여 그 멍청이를 바퀴벌레처럼 짓밟았을 것이다.

페이긴은 자신의 한계를 알았다. 이곳에서 경찰들을 마음대로 부릴 수 있는 이유는, 그들에게 페이긴보다 더 나은 제안을 할 사람이 없기 때문이었고, 그가 중요한 인물들의 감시망에서 벗어나 있기 때문이었다. 하지만 페이긴도 그저 커다란 기계의 작은 부품에 불과했고, 혹시라도 위원회나 구 가문 구성원의 눈에 띄게 된다면, 그의 삶은 코랄처럼 핵 공격을 당하게 될 것이다.

게다가 방금 시청한 뉴스로 미루어보면, 클라라 테라는 자기 여동생이 죽었다고 생각했다. 교통 센서에서는 소리가 들리지 않아서 확신할 수는 없었지만, 노바가 있는 힘껏 염동력을 퍼부어 AAI를 박살 냈던 것도 아마 언니가 자기 동생이 죽었다고 언급했을 때였던 것 같았다.

퍼뜩 뭔가 생각이 떠오른 페이긴이 다시 교통 센서의 신호를 확인했고, 거기에는 미디어 상점을 운영하는 여자가 총을 들고 뛰어나오는 모습이 나타났다. 페이긴은 총을 든 여자 따위가 노바에게 겁을 줄 수 있으리라고 는 생각하지 않았다. 며칠 전 페이긴이 총구로 머리를 찔렀을 때도 꼬마는 눈도 깜빡하지 않았으니까. 그런데도 노바는 달아났다.

어느새 그녀는 테렌스의 가게에 이르렀다. *멍청한 계집애 같으니.* 페이긴이 미소를 지었다. *이제 내 힘이 어디까지 미치는지 알게 되겠군.*

하지만 테렌스는 노바에게 음식을 내주었고, 페이긴의 미소는 오래가지 않았다. 물론 그건 노바가 테렌스의 텔레비전과 카드 단말기를 날려버리고, 테렌스를 공중으로 들어 올렸다가 내동댕이치고, 마지막으로 그의 T10을 망가뜨린 후의 일이었다.

페이긴은 곧바로 마커스에게 전화를 걸었지만 전화를 받은 건 그의 여동생 지나였다.

"여보세요, 페이긴?"

"오빠는 어디 있어?"

"돈 세고 있어요."

눈살을 찌푸리며 페이긴은 모니터에 표시된 시계를 확인했고, 그제야 어느새 현금을 수금하는 시간이 되었음을 깨달았다. *재미있는 일이 있을 때는 시간 가는 줄도 모르겠다니까.*

"그 녀석에게 테렌스의 몫을 10퍼센트 깎으라고 해."

"또 무슨 짓을 했는데요?"

"무슨 짓을 해서가 아니라 무슨 짓을 하지 않았기 때문이야, 알겠어? 그냥 그렇게 전하기나 해. 무슨 말인지 알아먹었어?"

"그럼요."

지나는 알아듣지 못한 목소리였지만, 페이긴은 개의치 않았다.

그 계집애에게는 아무것도 주지 말라고 마커스가 말했을 텐데. 물론 노바한테 호되게 당한 탓이긴 했지만, 페이긴은 그 역시 개의치 않았다. 응징을 게을리하기 시작하면, 결국엔 누군가 다른 놈의 손으로 제국이 넘어가게 된다. 후속 조치가 제대로 이루어지지 않으면 사람들이 말을 듣지 않기 시작하니까. 페이긴은 일찍부터 그 진리를 깨달았다. 그린이 20퍼센트를 깎겠다고 말한 뒤 10퍼센트만 깎거나, 죽여버리겠다고 말한 뒤 팔만 부러뜨리는 꼴을 보면서부터였다. 이 업계에서 그건 약점이었고, 약점은 목숨을 앗아갔다. 그것이 바로 페이긴에게는 약점이 없는 이유였다.

그는 노바가 전리품을 들고서 데커 길로 돌아가는 모습을 지켜보다가, 바르의 약국 언저리에서 그녀의 흔적을 놓쳤다. *골목길 중 하나에 틀어박혀 있는 모양이군.*

그는 전화기를 들고, 이번에는 피처에게 연결했다.

"여보세요?"

"맡길 일이 있다." 페이긴이 말했다.

"잔인하시긴. 언제 어디로 가면 됩니까?"

*　　*　　*

노바가 골목길로 돌아왔을 때, 핍은 냉담했다. 하지만 털 없는 커다란 고양이가 새로운 음식을 가져왔다는 사실을 깨닫자, 핍은 갑자기 살갑게 굴기 시작했고 노바의 다리에 몸을 비비며 가르랑거리는 소리를 냈다. *털 없는 커다란 고양이가 맛있는 거 가져왔다. 행복해.*

노바는 참치 캔을 따서 핍에게 건넸고, 얼룩 고양이는 놀라운 속도로 내용물을 먹었다. 그제야 노바는 쓰레기통 뒤에 앉아 봉투 안을 들여다봤다. 무엇부터 먹어야 할지 알 수가 없었다. 며칠이나 굶고 나니 푸짐한 먹거리를 손에 들고 있다는 사실이 어색했다.

한참이 지나고 나서야 그녀는 스낵바를 꺼냈다. 프램베리 맛인데다가, 영양 성분도 가장 풍부할 것 같아서였다.

노바는 조심스럽게 포장을 벗기고 한 입 베어 물었다.

그리고 세 입 만에 첫 번째 스낵바를 먹어치우고, 두 번째 스낵바도 순식간에 해치웠다.

일단 둑이 터지고 나니 멈출 수가 없었다. 머지않아 스낵바가 모두 사라졌고, 오랫동안 움직이지 않다가 갑자기 소화 활동을 시작하게 된 위장이 아파왔다. 입안이 바싹 마르자 노바는 주스 한 병을 집어 들었다.

벽에 등을 기대고 앉은 노바는 단 한 모금에 프램베리 주스 절반을 들이켜면서 앞으로 얼마나 오랫동안 이렇게 버틸 수 있을지 생각했다. 이 정도 식량으로는 며칠 정도가 고작이었다. 지금처럼 먹으면 더 짧아질 수도 있었다. 그러면 어딘가에서 식량을 더 훔쳐야 했다.

어차피 죽고 싶어 하면서 무슨 상관이야? 그 작고 멍청한 목소리가 지적했지만, 조금 떨어진 곳에 있는 다른 사람들의 생각을 밀어내듯 그 목소리를 외면하는 것에도 익숙해졌다. 죽는 건 그리 좋은 생각이 아니라는 느

낌이 점점 더 강해졌다.

하지만 사는 것도 그다지 매력적이지는 않았다. 앞으로 어떻게 해야 할지 아무 생각도 들지 않았다.

예전의 삶은 사라졌다. 엄마와 아빠, 오빠와 엘레프테리아 그리고 에드워드까지 모두 죽었다. 언니 클라라는 냉담하게 노바의 존재도 지워버렸다. 어차피 돌아갈 수는 없었다. 설사 돌아가더라도, 그 많은 사람들을 살해했다는 죄목으로 감옥에 갇힐 것이다. 다중 살인죄를 벗어날 방법이 없었다. 절대 없었다.

그렇다면 무엇이 남았을까? 하루 종일 골목길에 앉아 내가 훔쳐온 음식을 먹는 까탈스러운 얼룩 고양이를 지켜보는 것?

그건 제대로 된 삶이라고 할 수 없을 것 같았다.

하지만 죽고 싶지는 않아. 노바는 마침내 시인했다. 삶이 정말 끔찍해졌지만, 죽음이라는 것은 그 무엇보다도 노바를 겁에 질리게 했다. 마천루에서 자신이 저질렀던 살인보다 더 두려웠다.

에드워드는 마음속에 증오를 품고 죽었다. 맥베인은 먼저 떠난 가족과 함께하기를 고대하면서 죽었고, 레베카는 왜 사람들이 자기 머리에 총을 대고 있는지 모르겠다고 생각하면서 죽었고, 마르코는 도리스에게 사랑한다고 말할 걸 그랬다고 후회하면서 죽었고, 도리스는 왜 마르코가 자기에게 사랑한다고 말하지 않았을까 아쉬워하면서 죽었고, 월터는 테라 가문이 무너지는 게 정말 재미있다고 생각하면서 죽었고, 이본은 아직 서재를 청소하지 않았다는 사실을 테라 부인이 알게 되면 혼쭐이 날 거라고 생각하면서 죽었고, 데렉은—

"안 돼!"

노바는 머릿속에서 기억을 몰아내며 비명을 질렀고, 그 소리에 핍도 깜짝 놀라 풀쩍 뛰어오르며 참치 캔에서 멀어졌다. *무슨 일이지? 털 없는 커다란 고양이가 날 아프게 할까?*

핍은 자신이 다치지 않으리라는 사실을 깨닫고 나서야 다시 참치를 먹었다.

노바는 주먹 쥔 손으로 두 눈을 눌러 눈물을 짜냈다. 가까스로 마음을 다스리게 되었다고 생각할 때마다 느닷없이 무언가가 덮쳐와 아직 갈 길이 멀었음을 절감하게 되었다.

불현듯 노바는 자신에게 필요한 게 무엇인지 깨달았다. 훈련이었다. 사실 클라라가 열일곱 살이 되던 해에 피아노 연주의 재능을 살리고 다듬어야겠다고 결정했고, 엄마는 피아노의 거장 디 파머를 고용하여 직접 연주를 가르치게 했었다. 하지만 클라라 언니는 곧 흥미를 잃었다. 노바는 그 이유를 알고 있었다. 언니가 기이할 만큼 집요하게 파머를 유혹했는데도 그가 흔들리지 않았기 때문이라는 것을 말이다. 그럼에도 뭔가를 배우고 싶을 땐 전문가를 찾아야 한다는 사실이 변하진 않았다.

내게 일어난 일에 대해 잘 아는 전문가가 있을까?

노바는 잠시 생각에 잠겼고, 반드시 그런 사람이 있으리라는 결론을 내렸다. 정신만으로 그녀와 같은 일을 할 수 있는 사람이 노바 하나뿐일 리는 없었다.

그런 결론에 도달하자, 자신을 훈련시켜줄 수 있는 사람을 어디서 찾아야 하는지 생각했다.

최소한 여기는 아니야. 시궁창 거리는 그런 훈련을 받기에는 최악의 장소였다. 하지만 슬프게도 노바는 달리 갈 곳이 없었다. 게다가 이곳마저

도 그리 녹록지 않았다. 마커스를 비롯한 다른 덩치들의 머릿속에서 읽은 생각에 따르면, 페이긴은 시궁창 거리에서 가장 힘이 센 인물이었다. 그의 비호를 받지 못한다면 여기서 살아남을 방법이 없었다. 물론 그의 보호를 받는다고 해도, 반드시 살아남는다는 보장 같은 건 없었지만.

그렇다면 달리 뭘 어떻게 할 수 있을까?

머릿속에서 이런 생각이 소용돌이치는 동안, 그녀는 어느새 침실이 되어버린 쓰레기통 뒤쪽의 좁다란 구석에 드러누웠다. 편안하고 따뜻했다. 옆에는 그 쓰레기통을 사용하는 건물의 냉각 장치가 있었고, 그 장치에서는 늘 따뜻한 바람이 밀려 나왔다. 그리고 냉각 장치에 맺히는 물방울이 그녀에게 마실 물이 되어주었다. 기분 나쁘게 미지근하고 끈적끈적한 그 물로 목을 축일 때마다, 예의 그 작은 목소리가 죽고 싶은데 물은 무엇하러 마시냐고 물었다.

노바는 편안하게 잠을 잤다. 골목길 쓰레기통 뒤에서 자는 것치고는 말이다. 가족이 죽은 후 처음으로 그녀는 아무 꿈도 꾸지 않았다.

죽여, 죽이고, 병신을 만들자. 난 어린 계집애들을 붙잡아서 그 조그만 멱을 따는 게 제일 좋더라, 그래, 정말 좋아.

순식간에 잠이 달아났고, 노바는 벌떡 일어서다가 머리를 찧었다. 갑자기 들려온 생각이 워낙 강렬해서 노바의 온몸을 충격으로 짓눌렀다.

밖으로 기어 나오자 핍이 골목길 입구에서 쉭쉭거리는 소리를 내고 있었다. 시계를 흘긋 보니 열네 시간 동안 잠을 잤다는 걸 알 수 있었고, 그 시간은 지금까지 이 골목길에서 지내는 동안 가장 오랫동안 잠들어 있었던 시간이었다. *휴식을 취할 때조차도 음식은 정말 중요한 모양이네.* 노바는 씁쓸하게 생각했다.

일어나면서 부딪힌 정수리 부분을 문지르며, 노바는 고양이가 무엇을 향해 쉭쉭거리는 것인지 살폈다.

어서 빨리 귀를 물어뜯고 싶어. 그래, 그거 정말 재미있겠네. 내 이빨로 귀를 뜯어내는 거 말이야, 좋아.

덩치가 아주 큰 남자였다. 양쪽 귀와 위아래 입술, 두 개의 콧구멍, 두 개의 눈썹에 주렁주렁 피어싱을 한 모습이었다. 육중한 근육이 불거진 두 팔은 커다란 사람들이 작은 사람들에게 온갖 폭력을 행사하는 모습이 그려진 홀로그램 타투로 뒤덮여 있었다.

노바는 그의 이름이 무엇인지 알 수 없었다. 그 남자도 더는 기억하지 못하기 때문이었다. 현재는 그의 본명 대신 '피처'라고 불렸다. 언젠가 에틸알코올을 피처째로 마시고도 아무 탈이 없었다고 해서 붙여진 별명이었다. 그건 아마 그가 이미 미쳐 있는 상태였기 때문이었을 것이다.

그 커다란 남자가 지금 죽이려고 하는 어린 소녀는 바로 노바 자신이었다.

그는 골목길을 따라 그녀에게 다가왔다. 그의 머릿속에서 들려오는 생각은 오로지 노바가 처참하고 잔혹하게 죽어가는 모습뿐이었다.

*   *   *

어린 소녀는 바로 골목길 안에 있었다. 그 대머리가 말한 것처럼, 탐스럽게 잘 익어 언제든 따먹을 수 있었다.

그는 대머리가 시키는 일을 좋아했다. 스스로는 아무 목적도 찾을 수 없는, 단조롭고 의미 없는 삶을 사는 그에게 목적의식을 안겨주었기 때문이었다. 아니, 어쩌면 이게 다 술김에 하는 생각일 수도 있었다. 어느 쪽인지 확실히 말하기는 어려웠다.

그가 팔에 손을 대자 햅이 그의 핏줄로 밀려들었다. 아무 효과가 없었다. 지금까지 649번이나 시도해봤지만 언제나 아무런 효과도 없었다. 그것이 그가 삶 자체를 싫어하게 된 이유이기도 했다. 그는 모든 것이 익숙하고 지루했다. 하지만 그의 내면을 들여다보면 낙관론자였다. 아니, 어쩌면 비관론자였는지도 모른다. 그는 항상 그 두 가지가 헷갈렸다. 아무튼 이번에는 약효가 있으리라 기대하며 햅을 투약했다.

하지만 그렇지 않았다. 이제 햅은 아무 효과가 없었다. 그는 그 사실을 잘 알면서도 왜 귀찮게 지금까지 650번이나 햅을 맞았는지 도무지 알 수가 없었다. 다시는 햅이 약효를 발휘하는 일이 없을 것이고, 햅을 맞는 건 아무 의미도 없는 일이었다. *젠장!*

그는 지금 자신이 있는 곳이 어디인지를 잊었다.

그는 팔의 다른 부분을 만졌고, 또 다른 약물 터크가 그의 혈관으로 들어갔다. 터크는 그가 주변 환경을 잘 인지하도록 해주었고, 그건 좋았다. 지금까지는 주변 환경을 전혀 인지하지 못하고 있었으니까. 지금 그는 자신이 어디에 있는지도 몰랐지만, 이 골목길의 색상은 정말 생생했고, 이제라도 알게 되어 다행이었다. 석조 건물은 유난히 아름다웠지만, 깨지고 부서지고 더러워진 채 새와 쥐, 고양이와 개 등등 이곳을 드나드는 동물들의 배설물로 뒤덮인 곳은 추했다. 저기 저 금발 소녀 옆에 있는 고양이가 바로—

가끔씩 터크는 그가 주위 환경을 지나치게 자세히 인지하도록 만들었다. 이제야 기억이 떠올랐다. *금발 소녀.* 대머리는 금발 소녀를 죽여달라고 했었다. 그러면 새로운 약을 주겠다고 약속했다. 아직 시장에 풀리지도 않았고, 불법이라고 규정되지도 않은, 진짜 새 약물이었다. 그리고 대머리는 일단 그 소녀를 죽이고 나면, 늘 그렇듯이 무료로 원하는 만큼 약을 가져가도 좋다고 말했다.

대머리는 그에게 친절을 베푸는 유일한 사람이었다. 그는 그 대머리를 좋아했다.

다른 사람들은 전부 증오했다.

물론 할머니는 예외였다. 할머니는 늘 자상했다. 돌이켜 생각해보면, 할머니를 죽인 건 그다지 잘한 일이 아니었다.

할머니 생각을 떠올리니 슬퍼져서 다시 팔에 손을 댔다. 이번에는 크랩과 스노크를 조합한 약물을 주입했다. 기억을 잊게 해주는 약이었다. 그는 약이 주입되는 순간에야 그게 좋은 생각이 아니라는 걸 깨달았다. 그러면 잊게 될 테니까…….

그는 뭔가를 잊었다.

뭔가 해야 할 일이 있었다.

아주 중요한 일이었다. 정말 중요했다.

그렇다. 해야만 하는 일이었다.

지금 해야만 했다.

그게 뭐였지?

아마 폭력과 관계가 있을 것이다. 늘 그랬으니까.

그게 그가 잘하는 일이었다.

다른 일엔 별로 소질이 없었다.

특히 기억하는 일은 더더욱 그랬다.

그게 뭐든…… 그는…… 기억해야 했다.

고양이가 야옹야옹하고 울었다. *잔인한 일…… 이제야 기억이 나네.* 그는 다시 팔에 손을 댔다. 이번에는 카페인으로 모든 약물을 지우려는 것이었다. 카페인 투약은 그가 해야 하는 일에 앞서 흥분하게 만드는 효과도 있었다. 그제야 조금 전 야옹야옹하고 운 고양이 옆에 서 있는 금발 소녀를 죽여야 한다는 게 떠올랐다.

그는 다시 팔에 손을 댔다. 지금 필요한 건 보그였다.

보그는 이제 시장에서 구할 수 없는 약물이었다. 타소니스에서도 찾을 수 없었다. 그래서 그는 대머리가 그를 위해 보그를 찾아주었을 때 말로 표현할 수 없을 만큼 기뻤다. 수량도 제한되어 있어서, 누군가를 죽여야 할 때만 주입해야 했다.

지금 그는 금발 소녀를 죽이려 하고 있었다.

대머리는 그에게 그 소녀의 이름을 얘기해주었지만 지금은 잊어버렸다. 그는 자신의 이름조차 기억하지 못했다. 에틸알코올을 피처째로 마셨던 날 이후로 자신이 피처라고 불린다는 건 알았다. 그 이름으로 자신을 불렀던 여자는 이미 죽였지만, 그 별명은 그대로 남았다. 아마도 그가 본래의 이름을 기억하지 못했기 때문일 것이다. 할머니는 피처의 본명을 알고 있었지만, 그가 죽여버렸기 때문에 이제는 그에게 알려줄 수 없었다.

물론 보그의 효과가 나타난다면 상관없었다. 그러면 그의 머릿속에 남는 건 그가 금발 소녀들을 사랑하는 감정, 특히 그들의 목을 뜯어낼 때의 즐거움만 남을 것이다. 귀를 찢어내는 것도 좋았다. 저 꼬마의 귀는 아주 예뻤다. 물어뜯으면 기분이 아주 좋을 것이다. 잘근잘근 씹어도 좋으리라.

"날 건드리지 마."

그는 눈을 껌뻑였다. 금발 소녀가 말했다는 걸 깨닫기까지 시간이 조금 걸렸다. *목이 없는데 어떻게 말을 할 수 있지?*

그제야 생각이 났다. 아직 그녀의 목을 뜯어내진 않았다. 그저 생각만 했을 뿐. 부주의한 행동이었다. 그는 금발 소녀를 향해 더 가까이 다가갔다.

"가까이 오지 마. 경고하는데 피처, 이 골목길 안으로 들어오면 내가…… 아니, 넌 후회하게 될 거야."

어떻게 내 이름을 알고 있는 거지? 그는 소녀에게 물어보기로 했다.

"어떻게 내 이름을 알고 있는 거야?"

"난 모든 걸 알고 있어, 피처. 페이긴이—"

페이긴. 페이긴이 바로 대머리의 이름이었다. 나는 왜 그걸 기억하지 못했을까?

"페이긴이 당신에게 공짜로 약물을 주고 심부름을 시켰다는 것도 알고 있어. 당신이 할머니를 죽인 것도, 내 목을 뜯어내고 귀를 물어뜯고 싶어 한다는 것도 알아."

아무래도 자신이 소리 내어 말한 모양이었다. 하지만 피처는 아무리 생각을 더듬어봐도 그런 기억은 없었다.

"날 해치려고 한다는 거 알아. 하지만 내가 당신을 해치게 될 거야."

그건 그날 하루 동안 들었던 말 중에서 가장 우스운 말이었다. 아니, 지금까지 들었던 말 중에서도 가장 우스웠다. 그래서 그는 웃기 시작했다.

"하—하—하—하—하!"

그는 창자가 터져 나올 듯이 크게 웃었다. 이 작은 소녀가 자신을 해칠 수 있다고 생각한다는 사실을 도저히 믿을 수 없었다.

"그래, 난 당신을 해칠 수 있어."

금발 꼬마의 말에 다시 한 번 한참을 웃고 나서 그가 말했다.

"내가 지난번 아이를 어떻게 했는지 알아?"

"불나방 클럽의 그 아이 말이야? 그 못생긴 문신을 어디서 새겼냐고 물어봤던 아이?"

이런. 아무래도 머리에 뭔가 큰 문제가 생긴 것 같았다. 이 금발 꼬마가 불나방 클럽의 그 검은 머리 소녀에게 무슨 일이 있었는지 알 리가 없었다. 절대로 그럴 리는 없었다.

"거기에 너도 있었어?"

"아니, 난 그 불나방 클럽이라는 데는 가본 적도 없어."

금발 소녀는 아주 빠르게 말을 내뱉으며 거친 숨을 몰아쉬었고, 마치 약이라도 한 듯한 모습으로 울먹이고 있었다. 놀라웠다. 보통 아이들은 그가 지금보다 더 가까이 다가가야 울기 시작했었다. 금발 아이가 말을 이었다.

"하지만 당신이 손으로 그 아이의 얼굴을 누르고 숨이 멎을 때까지 기다렸다는 건 알고 있어. 당신 대체 어떤 괴물인 거야?"

그도 그 질문에 대한 답은 알고 있었다.

"널 죽일 괴물이란다, 아가씨."

"당신은 이제 그 누구도 죽이지 못하게 될 거야, 피처. 내 말 알겠어? 다시는 그러지 못해."

그는 소녀가 자기보다 더 제정신이 아니라고 결론을 내렸다. 자기보다 더 미친 사람은 없다고 생각했었는데. 이제 그가 해야 할 일은 금발 소녀의 목을 뜯어내는 것뿐이었다.

의미 없는 일인지 알면서도 그는 팔을 건드려 햅을 더 주입하면서 그녀를 향해 다가갔다.

그는 먼저 소녀의 팔을 뜯어내야겠다고 결심했다. 왜 그런 생각이 떠올랐는지는 알 수 없었지만, 그 생각을 하자마자 그게 옳은 일이라는 걸 알수 있었다. 소녀가 자신의 팔이 뜯겨져 나가고 남은 어깻죽지를 바라보며 멍하니 서 있으면…… 그래! 그는 소녀의 뜯겨져 나온 팔로 그녀를 때려죽일 것이다. 아주 잔인하게. *정말 끝내주게 재미있겠군!*

극적인 효과를 더하고자, 그리고 사고가 있었던 후로는 그렇게 걷는 편이 더 편하기도 해서, 그는 발을 쿵쿵 디디며 소녀에게 다가갔다. 그녀를 잔뜩 겁에 질리게 해서 식은땀을 줄줄 흘리게 한 다음, 목덜미를 뜯어내고 싶었다.

안 돼! 팔부터 먼저 떼어내야 해. 그편이 훨씬 더 재미있을 것이다.

그는 한쪽 다리를 들어 올렸다. 아마 왼쪽 다리였던 것 같다. 그리고 다시 땅을 쿵 하고 디디려고 했다.

하지만 그는 우뚝 멈춰 섰다. 왜인지는 알 수 없었지만 그는 움직일 수 없었다. 알 수 없는 이유로, 발을 다시 디딜 수 없었다. 눈을 깜빡일 수도, 팔을 움직일 수도 없었다. 아무것도 할 수 없었다.

머리가 아프기 시작했다.

아니, 머리가 불타고 있었다. 누군가 뜨거운 금속 막대기를 머릿속에 꽂아 넣은 것 같았다.

머리로 벽을 뚫을 수 있는지 보려고 힘차게 벽돌로 만들어진 벽을 들이받았던 때보다 더 아팠다. 머리카락이 얼마나 오랫동안 타는지 보려고 머리카락에 불을 붙였을 때보다 훨씬 더 고통스러웠다. 생 투르크를 처음이자 마지막으로 투약했을 때보다 더 괴로웠다.

"아아악! 아아아악! 아아아아악!"

                            *   *   *

　　그건 노바가 생각했던 것보다 더 쉬웠다.

　　그 사실이 그 무엇보다도 노바를 두렵게 했다.

　　핍은 피처의 시체 곁으로 다가가 킁킁 냄새를 맡았다. *털 없는 커다란*
고양이 쓰러졌다.

　　테라 마천루에서 그녀가 에드워드와 다른 모든 사람들에게 정신을 내
뻗었을 때, 노바는 뭔가 특별한 생각을 하지도, 따로 집중을 하지도 않았
다. 그저 모든 분노와 비통함과 슬픔과 한을 한 번에 내뿜었을 뿐이었다.

　　그 힘이 한순간에 삼백칠십 명을 죽였다.

　　이번에 노바는 그 힘을 삼백여 개가 아닌 단 하나의 정신에 집중한 후,
그 정신을 외부로 뻗었다.

　　단 몇 초밖에 걸리지 않았다. 피처는 죽어 있었다. 그는 처절한 비명을
지르며 앞으로 쓰러졌다. 수많은 피어싱에 꿰뚫린 추한 얼굴이 길바닥에
처박히며 철퍼덕 소리를 냈다. 그의 귀에서 피가 흘러내렸다.

　　도저히 그에게 직접 손을 댈 수가 없었던 그녀는 정신을 뻗어 그를 뒤집
었다.

　　코와 눈, 입에서도 피가 흘러나오고 있었다. 그중 일부는 얼굴이 땅에
처박히면서 흘러나온 피겠지만, 테라 마천루에서의 경험에 비추어볼 때
누군가를 이런 방식으로 죽이면 머리에 난 모든 구멍에서 피가 흘러나온
다는 걸 노바는 알고 있었다.

　　노바는 무릎을 꿇으며 쓰러졌다. 거칠게 흐느끼며 온몸을 뒤틀었다. *그*
골목길을 벗어나지 말았어야 했어. 그곳에서 그냥 죽었어야 했어. 노바는

오늘 너무 많은 것을 보았다. 언니가 자신을 죽었다고 선언한 것과 주위 사람들의 애처로운 삶, 테렌스의 비열함과 피처의 광기어린 잔혹성까지.

노바는 자신이 얼마나 더 견딜 수 있을지 알 수 없었다.

핍이 그녀에게 다가왔다. *털 없는 커다란 고양이 다쳤나?*

노바는 훌쩍이며 옷깃으로 눈물을 닦으려 했지만, 옷이 너무 더러워져서 이제는 아무 소용이 없을 것 같았다. 그래서 손등으로 눈물을 닦았지만 손이라고 해서 깨끗하지는 않았다. 핍이 나지막이 야옹거리며 그녀 곁을 맴돌았다.

"미안해, 핍. 난 그냥…… 어떻게 해야 할지 모르겠어."

노바는 피처의 시체를 바라봤다.

페이긴은 그녀를 혼자 내버려두겠다고 했었다. 혼자 힘으로 살아남으려고 발버둥 치다가 결국에는 자신에게 돌아와 용서를 빌고, 시궁창 거리의 다른 모든 사람들이 그렇듯 그를 위해 일할 수 있는 기회를 달라며 애원하게 만들겠다고 말했었다.

페이긴은 거짓말을 했다. 약속을 지키지 않고, 괴물을 보내 그녀를 죽이려고 했으니까.

더 끔찍한 것은 피처가 페이긴이 보낸 마지막 괴물이 아닐 거라는 사실이었다. 그는 자신의 명령을 맹목적으로 따르는 패거리들을 수백 명쯤 거느리고 있었다. 그들 중 몇몇은 노바도 이미 만나봤었다. 마커스의 더러운 비밀에서부터 타이러스와 그의 죽은 누이들까지.

노바는 조금 전에 누군가를 죽이는 일이 얼마나 쉬운지 배웠다. 특히 피처와 같이 역겨운 인간은 더욱 손쉬웠다. 하지만 적어도 그의 악한 점 중 대부분은 그의 광기 때문이라고 변명할 수 있었다. 그와 더불어 약물과 알코올을 처리하는 신체 능력의 합작품이라고도 할 수 있었다.

하지만 페이긴은 훨씬 더 사악하고 비열한 인간이며, 미쳤다는 등의 평계를 댈 여지도 없었다. 자리에서 일어나며 노바는 결정을 내렸다.

핍이 조그맣게 야옹거렸다.

"난 페이긴에게 돌아갈 거야, 핍. 그가 그럴 거라고 말했었지만, 그자에게 애원할 생각은 없어. 그냥 죽여버릴 거야."

제11장

두 시간이 지난 후에도 피처가 골목길 밖으로 나오지 않자, 페이긴은 계획이 실패로 돌아갔다는 사실을 인정해야 했다.

정말이지 화가 났다. 피처는 그에게 있어 가장 쓸모 있는 행동대원이자, 시장에 출시할 새로운 약물을 시험해볼 수 있는 유용한 실험체였다. 그의 신진대사는 워낙 독특해서, 약물에 대한 반응이 일반인의 10분의 1 수준이었다. 예전에 페이긴이 코랄 IV에서 아주 독한 합성 마약을 들여온 적이 있었다. 하지만 그 마약은 때때로 효과가 지나치게 강해서 처음 주입하자마자 사람이 죽어나가기도 했고 그런 약물은 아무 의미가 없었다. 단번에 골로 보내는 마약은 재방문율이 떨어져 수익성이 좋을 수가 없었으니까. 그래서 그는 피처를 이용했다. 그가 구역질을 느낄 정도면 일반인들은 죽는다고 생각해도 좋았다. 페이긴은 그런 실험을 거치며 시장에 내놓을 수 있는 약물을 선별할 수 있었다.

(연합이 코랄 IV 행성에 핵을 투하했던 날은 페이긴에게도 무척이나 가

슴 아픈 하루였다. 아크튜러스 멩스크가 코랄의 후예를 결성했을 때, 페이긴은 멩스크의 대의를 지지하며 꽤나 거액의 기부금을 보냈었다. 당시의 핵 공격 때문에 화가 나 있었기 때문이었다)

피처가 골목길로 들어선 후 세 시간이 지나고 노바가 골목 밖으로 나왔다. 그녀의 얼굴 표정은 하루 전과 크게 달랐다. 어제는 굶주리고 절박한 표정이었지만, 오늘은 분노에 찬 결연한 표정이었다.

노바의 달라진 표정, 그리고 지난 수년간 그 누구도 해내지 못했던 일, 즉 피처의 손에서 살아남았다는 사실을 바탕으로 페이긴은 처음 생각했던 것보다 더 큰 문제가 생겼다는 걸 깨달았다. 그때 누군가 문을 두들겼다.

"페이긴, 소포가 왔습니다."

방해하지 말라고 지시하지 않았었냐고 소리를 지르려던 찰나, 말이 혀 끝까지 올라왔다가 그대로 사라졌다. 그런 지시의 유일한 예외가 있다면 그건 바로 소포가 도착하는 경우였다.

"가져와." 그는 제어반에 손을 대며 역장을 해제하고 문을 열었다.

조조가 홀로그램 라벨에 '의료 용품'이라고 적힌 상자를 갖고 들어왔다. 반송 주소에는 그레인지 마을에 있는 연합 군대의 보급소 주소가 적혀 있었다.

페이긴은 미소를 지었다. *모르우드가 해냈군.*

조조는 페이긴의 침대 위에 상자를 내려놓고 방을 나갔다. 페이긴은 책상 서랍에서 우편물 스캐너를 꺼내 상자 위를 훑었다. 스캐너 화면에 영문자와 숫자로 구성된 코드가 표시되었고, 그는 상자의 키패드에 그 코드를 입력했다. 쉭 소리와 함께 공기가 빠져나오면서 상자가 열렸고, 꽉 들어찬 포장재 속에서 모르우드 상사에게 주문했던 물품이 드러났다.

모르우드의 쪽지를 읽으며, 그는 전화기를 들고 마커스에게 전화를 걸었다.

"무슨 일이십니까, 페이긴?"

"약발이 떨어져서 한 대 맞아야 할 것 같은 햅 중독자들과 가까운 곳에서 찾을 수 있는 어린 꼬마들을 모조리 데려와라, 알겠어? 아직 학교에 가지 않는 애들 말이야. 네 아이들이나 너랑 관계가 있는 애들은 데려오지 마라."

그러고는 살생부에 올라 있는 사람이 누가 있는지 생각했다. 페이긴의 P220에 머리가 날아가야 할 처지에 놓인 사람들이었다.

"그리고 포포, 존지, 2비트, 매그도 데려와라. 그 녀석들에게는 총을 몽땅 가져오라고 하고. 30분 내로 와야 한다."

"꼬마들은 왜 필요하십니까?"

마커스의 물음에 페이긴은 눈살을 찌푸렸다. 마커스는 멍청한 질문을 하는 놈이 아니었다. 아니, 질문 자체를 하는 녀석이 아니었다.

"네가 무슨 상관이야? 하라는 대로 하기나 해, 무슨 말인지 알아먹었어?"

"네, 알겠습니다."

하지만 어딘가 달가워하지 않는 목소리였다. *대체 이 녀석은 뭐가 잘못된 거지?* 페이긴은 고개를 절레절레 저었다. *걱정은 나중에 해야겠군. 어차피 이 문제가 처리될 때까지는 별일 없을 테니까.* 지금은 위기 상황이었다. 하지만 그런 위기에 맞설 완벽한 무기가 그에게 주어졌다.

모르우드의 쪽지를 읽고 난 후, 그는 새로운 장난감을 오른쪽 손목에 차고, 헤드 유닛을 귀에 꽂았다. 그 후 다시 교통 센서를 확인했다. 노바는 분명 페이긴이 있는 곳을 향해 오고 있었다. 지금과 같은 속도라면 한 시간 후에는 도착할 것이다.

다시 한 번 전화를 붙잡고, 그는 볼프강에게 전화를 걸었다. 타소니스 경찰의 눈에 띄기 전에 처리해야 할 시체가 있을 때면 늘 볼프강에게 연락을 했다. 범죄가 발생하더라도 타소니스 경찰 대부분은 시선을 돌리며 외면했지만, 시체가 나오면 조금이나마 관심을 보여야 했다. 그래서 페이긴은 볼프강과 그의 여자들에게 증거를 제거하라고 지시하곤 했다.

피처는 워낙 덩치가 커서 좀 더 신경을 써야 했다. 페이긴은 볼프강에게 여자들을 모두 데려오라고 지시하고는 자세한 명령을 내렸다. 그런 후에 조조를 불러들여 침상이 늘어선 그의 하렘이 있는 뒷방으로 데려갔다. 그가 소유한 열두 명 모두 한자리에 모여서 일부는 책을 읽고, 일부는 과일을 먹고, 나머지는 잠을 자고 있었다. 페이긴은 모두를 깨운 후 조조에게 다른 곳으로 데려가라고 지시했다. 대부분 군소리 없이 그의 말을 따랐지만, 3번은 늘 그렇듯 질문을 했다.

"무슨 일이에요?"

"여긴 안전하지 않아."

짧게 대꾸한 후 페이긴은 조조를 향해 지시를 내렸다.

"누구에게든 문제가 생기면, 너한텐 그 열 배의 문제가 생길 거야, 알아먹었어?"

"알겠습니다. 걱정 마십시오." 조조는 재빨리 고개를 끄덕였다.

떠밀려 나가는 게 마음에 들지 않아서인지 느릿느릿 움직이는 열두 명을 조조가 모두 방에서 데리고 나가자, 그로토가 안으로 들어왔다.

"포포와 2비트가 왔습니다, 페이긴. 둘 다 왠지 잔뜩 겁에 질린 표정입니다."

페이긴은 씨익 웃었다. 불만은 조금 있었는지 몰라도, 마커스는 여느 때처럼 지시한 일을 제대로 해내고 있었다. 30분도 지나지 않았는데 포포와 2비트가 벌써 도착했다.

5분 후 존지가 나타났고, 뒤이어 매그가 들어섰다. 그렇게 네 명 중에서 존지만 총을 한 자루 들고 왔다. 어깨를 으쓱하며 그는 Z50을 들어 보였다. 20밀리미터 구경의 총구에서 대포알 같은 탄환을 발사하는 거대한 총이었다.

"전 칼라만 있으면 됩니다." 존지가 씩 웃으며 말했다.

존지는 자기 무기에 이름 붙이는 걸 좋아했다. 바로 그 점 때문에 페이긴의 살생부 명단에 이름이 올라 있었지만.

다른 사람들은 각각 최소 네 자루의 총을 가져왔다. 2비트는 한술 더 떠 열 자루의 총을 몸에 지니고 있었다.

"전 항상 어떤 걸 써야 할지 모르겠더라고요. 그래서 그냥 다 갖고 다니는 편입니다."

페이긴은 그들을 모두 바깥쪽 방에 앉게 했다. 10분 후 마커스가 지나와 타이러스, 그리고 몇몇 아이들과 함께 나타났다. 아이들은 모두 페이긴이 말한 대로 아직 학교에 가지 않은 꼬마들이었다.

"아이들을 뒤로 데려가. 타이러스가 지키고 있게 하고."

"예?" 마커스가 페이긴을 바라봤다.

그건 페이긴도 충분히 받아들일 수 있는 질문이었다. 그래서 그는 한 손을 들어 올리며 말했다.

"뒤쪽은 깨끗이 정리해뒀어. 그 아이들은 최후의 방어선이다."

어딘가 불만에 찬 표정으로 마커스는 지나와 타이러스에게 아이들을 뒤쪽 방으로 데려가라고 지시했다.

"지나, 네가 아이들을 지켜보고 있어. 뭐든 필요한 게 있으면 타이러스를 여기로 보내고."

페이긴은 마지막으로 도착한 네 명을 바라봤다.

"날 해치러 꼬마 계집애 하나가 나타날 거다. 너희가 할 일은 그 계집애가 날 해치지 못하게 하는 거야, 알겠어? 너희가 뭘 하든 상관하지 않겠지만, 그 계집이 내 방으로 들어오는 일은 없도록 해라. 무슨 말인지 알아먹었지?"

그들 중 세 명의 표정이 환하게 밝아졌다. 경호원 역할은 그들이 늘 선호하는 임무였는데, 그건 대부분의 사람들이 페이긴은 건드리지 말아야 한다는 걸 알고 있기 때문이었다. 어쨌거나 그들도 곧 이번은 그렇게 물렁한 일이 아니라는 걸 알게 되거나, 아니면 텔레파시 및 염동력 능력자를 막아내는 데 성공해서 페이긴을 놀라게 할 것이다. 그리고 만약에 방어에 성공한다면, 그들은 페이긴의 살생부에서 이름을 지우게 될 것이다.

하지만 포포의 표정은 밝지 않았다. 그들 중 그나마 영리한 녀석은 포포 한 명뿐이었다.

"계집애 하나를 처리하는 데 저희 네 명이 다 필요합니까?"

"그렇지 않을 거야. 걱정하지 마."

묵직한 Z50 아니, 칼라를 들어 올리며 존지가 말했다.

그때 기대감에 찬 목소리로 2비트가 물었다.

"죽여버리기 전에 뭘 좀 해도 됩니까?"

"여자가 네 상대를 하게 하려면 먼저 죽여야지."

매그는 콧방귀를 뀌며 빈정거렸다.

"그래? 글쎄, 네 누이는 그렇지 않던데."

"멍청아, 넌 내 누이에겐 상대도 안 돼!"

티격태격하는 말다툼이 계속되는 동안, 마커스는 페이긴에게 다가가 다른 사람들을 등진 채 작은 목소리로 물었다.

"그 여자애 말씀이십니까?"

"그 계집의 이름은 노바다. 피처를 보내서 처리하라고 했어."

페이긴이 고개를 끄덕이자 마커스는 두 눈을 껌뻑였다.

"혼자서 굶어 죽게 놔두겠다고 하셨잖습니까? 분명히 그렇게—"

"그 계집애 이름은 노바 '테라'다."

그제야 마커스의 두 눈이 휘둥그레졌다.

"젠장."

"그래, 젠장이지. 그 사실을 알고 나니 확실하게 마무리하는 게 낫겠다는 생각이 들더군. 그런데 그 계집애가 피처를 죽였어. 그러니 이제 우리가 창의력을 발휘해야 하는 거다."

"그래서 이 멍청이들을 부르신 겁니까?"

페이긴은 다시 한 번 고개를 끄덕였다.

"저기서 계집애가 어떻게 하는지 지켜본 후에 함정을 발동시켜."

마커스는 당황한 표정이었다. 하지만 이번에는 아무 질문도 하지 않았다. 그도 노바의 힘을 알고 있었으니까.

"햅 중독자들은 왜 부르신 겁니까? 프리치와 시어, 디바까지 데려왔습니다만."

"텔레파시 능력자잖아. 중독자 녀석들의 복잡한 머릿속을 읽느라 정신이 팔린 사이에, 저 네 명의 멍청이들이 총으로 날려버릴 수 있지 않을까?"

"네, 말이 되는군요."

마커스가 고개를 끄덕이고는 모르우드가 보낸 물품을 바라봤다.

"새 장난감은 뭡니까?"

"보험." 페이긴이 히죽 웃으며 대꾸했다.

*　　*　　*

"이봐요, 테러리스트였다고요. 알겠어요? 당신과 같은 정부 사람들이 코랄의 후예인가 뭔가를 다 잡아들여야 하는 거 아닙니까?"

마르티나는 정말 짜증나는 사람이라고, 맬은 생각했다. 정말 답답한 일이었다. 이번 주 들어 처음으로 접한 진짜 단서가 이 모양이라니.

래리는 노바와 관련된 사건을 하나도 찾아내지 못했다. 여자들에게 얻어맞은 사람들의 신고는 몇 건 있었지만, 모두 래리가 아는 여자들이었지 노바는 아니었다.

그러다가 마침내 미디어 상점에서 테러리스트가 AAI를 폭파시켰다는 신고가 접수되었다. 문제는 불에 탄 흔적이 전혀 없다는 것이었다. 래리는 그 사건을 처음 접하자마자 범인이 염동력 능력자일 수 있다고 판단하고는 맬에게 연락했다.

맬이 가장 먼저 한 일은 마르티나의 상점을 찾아가는 것이었다. 아주 평범한 가게였다. 그녀는 주전부리 튀김과 함께 다양한 잡지를 팔았고, UNN 방송을 틀어놨다. 사탕과 음료 자판기가 간신히 들어가 있는 비좁은 공간이었다. AAI의 잔해는 작은 계산대 뒤에 쌓여 있었다. 작은 키에 낡은 옷을 입고, 빨갛게 머리를 염색하고, 주름살을 제거하기 위해 할인

가격으로 제공된 성형 수술을 했다가 지불한 돈만큼의 효과만 보게 된 중년 여성 마르티나는 맬이 처음 나타나자마자 AAI의 잔해를 가리켰고, 맬이 질문을 하려 하자 화난 표정으로 서 있기만 했다.

맬이 그곳에 도착했을 때 그의 머리가 쿵쿵대며 울리기 시작했다. 테라 마천루에서만큼 심하지는 않았던 터라 진통제 1회분으로 두통을 진정시킬 수 있었다. 그래도 상당히 강렬한 통증이었다. 이것이 노바가 한 일이 아니라면, 생각하기도 싫은 일이었지만 또 다른 강력한 텔레파시 능력자가 최근 여기에 왔다는 의미였다.

하지만 마르티나라는 여주인은 테러리스트의 소행이라고만 거듭 강조했다.

"부인, 이번 일을 저지른 사람의 인상착의를—"

"누군지는 모른다고요! 그 테러리스트일 거라고 말했잖아요! 그놈들은 어디에나 있어요. 테라 가문 사람들도 죽였다고 UNN에 나오더군요. 그런 사람들도 지킬 수 없는데, 저를 어떻게 지키겠다는 거죠?"

맬은 이를 악물며 가까스로 화를 참았다.

"부인, 아무래도 저를 다른 사람과 착각하신 모양이군요. 제 일은 당신을 지키는 게 아닙니다. 누군가를 찾는 겁니다. 열다섯 살짜리 어린 소녀입니다. 긴 금발 머리에 초록색 눈, 그리고—"

"난 매일 엄청 많은 사람을 만난다고요. 이봐요, 당신 정부 사람이라고 했죠? 난 이번 일에 대한 손해배상을 연합에 청구하고 싶은 것뿐이에요. 내 보험회사에서 테러 행위에 의한 피해는 보상해준다고 했으니, 이런 일을 저지른 건 분명히 테러리스트들일 거라고요!"

마르티나는 단호한 모습으로 팔짱을 꼈다. 잠시 맞장구를 쳐주자는 생각에 맬이 물었다.

"왜 그렇게 테러리스트의 소행이라고 확신하십니까?"

마르티나는 침을 꿀꺽 삼키고는 팔짱을 풀며 대꾸했다.

"그게 이치에 맞지 않나요? 그러니까, AAI가 터졌을 때 마침 테라 가문 사람들 얘기가 나오고 있었다고요. 아마 그 집안사람들을 죽인 놈들과 같은 녀석들 소행일 거예요. 언론의 자유까지도 탄압하겠다고 주장하는 거겠죠."

그녀는 그 설명이 마음에 들었는지 이리저리 손짓하며 말을 이었다.

"그렇다면 언론의 자유를 상징하는 바로 그 물건을 박살 내는 것보다 더 확실하게 자기네 주장을 드러낼 방법이 뭐가 있겠어요? 안 그래요?"

맬은 느릿느릿 박수를 치기 시작했다. 그러고는 작은 목소리로 컴퓨터에 명령을 내렸다.

"대단하시군요, 부인. 아주 멋진 연기였습니다. 그런데 문제가 하나 있습니다. 사실 제가 이번 일을 한 사람을 알고 있는데, 그 사람은 테러리스트가 아니라는 겁니다."

맬은 박수를 치던 손을 멈추고 계산대에 몸을 기댔다.

"자, 부인, 이 문제를 해결하는 방법은 두 가지뿐입니다. 첫 번째는 당신이 저 AAI를 날려버린, 금발에 초록색 눈을 한 열다섯 살짜리 소녀에 대해 제게 자세히 말해주는 겁니다. 두 번째는 제가 보험회사에 당신이 보험 사기를 꾸미고 있다고 신고하는 겁니다. 둘 중 원하는 쪽을 선택하십시오."

"보험 사기요?" 마르티나는 침을 꿀꺽 삼켰다.

"그렇습니다. 이런 보험 사기가 적발되면 판사가 적정하다고 판단하는 수준의 벌금과 함께 최고 6개월의 금고형에 처해집니다."

맬은 컴퓨터로 확인한 결과를 전했다.

"금고형이라고요?" 그녀의 목소리는 아주 작아졌다.

"아, 그리고 일단 그런 처벌을 받게 되면 그 후로는 어떤 보험회사도 당신의 보험 가입 신청서를 받아주지 않을 겁니다. 그러면 아마 이 가게도 문을 닫아야 되겠죠."

마르티나의 두 눈이 휘둥그레졌다. 감옥에 갇히는 것보다 가게를 닫는 게 더 충격이 큰 모양이었다.

"가게 문을 닫는다고요? 그럴 수는 없어요! 이 가게는 제 밥줄이라고요! 게다가 프로빗이 절 죽일 거예요."

맬은 프로빗이 누군지 몰랐지만 별로 알고 싶지도 않았다.

"그러면 어떻게 하는 게 현명할까요, 부인?"

마르티나의 입술이 한두 차례 뒤틀렸다.

"네, 뭐, 좋아요. 그런 여자애가 하나 있었어요. 혼자서 뭔가 중얼거리더니 테라 가문의 생존자가 방송에 나오니까 비명을 지르기 시작했어요. 그래서 제가 총을 꺼냈죠."

"총이라고요?" 맬이 한쪽 눈썹을 치켜세우며 물었다.

그러자 마르티나는 계산대 아래로 손을 뻗어 수십 년은 된 듯한 낡아 빠진 P180을 끄집어냈다. 개머리판은 갈라졌고, 적어도 몇 달 동안 광을 내기는커녕 기본적인 손질조차 한 적이 없는 것 같았다. 맬은 마르티나가 정말 총을 쏴버렸다면, 상대가 염동력 능력자든 아니든 그녀 코앞에서 폭발해버렸을 거라고 확신했다.

"무슨 생각하는지 알아요."

마르티나도 맬의 얼굴에 떠오른 표정을 읽은 게 분명했다. 자신의 감정이 명백하게 드러나는 걸 싫어하는 맬에게는 무척 언짢은 일이었다. 하지만 총이 워낙 엉망이어서 어쩔 수 없었다.

"하지만 총알이 없어요. 누굴 진짜로 쏠 생각은 없으니까. 그냥, 겁이나 좀 주려는 거죠."

맬은 그런 무기로 사람들에게 어떻게 겁을 주겠다는 건지 알 수 없었지만, 입을 다문 채 화제를 다시 노바에 대한 이야기로 돌렸다.

"총을 꺼낸 후에 무슨 일이 있었습니까?"

"그 여자애가 도망쳤어요." 그녀는 어깨를 으쓱하며 말했다.

"어느 쪽이죠?"

"모르겠어요. 그냥 길을 따라 내려갔어요. 절 신고하지는 않을 거죠?"

"지금까지의 대화는 전부 녹음되었습니다, 부인. 녹취록으로 내가 뭘 할 건지는…… 일단 두고 보시죠."

맬은 그 말을 끝으로 알 수 없는 말을 중얼거리는 마르티나를 무시한 채 그대로 돌아섰다.

노바는 아마도 클라라가 자신이 죽었다고 선언한 것을 보고 이성을 잃었을 것이다. *그렇다면 어디로 갔을까?*

맬이 마르티나를 직접 만나기 전에 읽어본 서류(그녀가 보험회사에 접수한 서류 말이다)에 따르면, AAI는 어제 18시 55분경에 폭발했다. UNN의 원격 송출국을 통해 확인된 시간과 일치했다. 그 정보를 기반으로 맬은 어젯밤 18시 50분부터 20시 사이, 파이크 가의 교통 센서 영상을 모두 내려 받으라고 컴퓨터에 지시했다.

컴퓨터가 해당 파일을 모두 요청하고, 맬의 신원 정보를 검증받고, 파일 저장소로 들어가 필요한 영상을 추출하고, 그에게 전송하기까지는 몇 분 정도의 시간이 필요할 것이다. 그래서 맬은 마르티나의 상점과 근접한 곳에서 영업하는 외과의의 접수 담당자와 잠시 대화를 나눴다. 접수 담당자는 어젯밤엔 근무하지 않았지만, 맬이 배지를 보여주자 어젯밤에 근무했던 담당자의 연락처를 가르쳐주었다. 맬은 조만간 당시 근무했던 담당자에게 연락을 취해야겠다고 머릿속에 메모를 남겼다.

맬이 밖으로 나왔을 때, 컴퓨터는 뜻밖에도 그가 요청한 영상은 이제 존재하지 않는다고 보고했다.

"뭐라고?"

컴퓨터는 다시 한 번 반복해서 말했지만, 맬은 그 말을 끊고 작은 목소리로 남서 지구의 교통 통제소에 전화를 연결하라는 명령을 내렸다.

"남서 지구 교통과, 볼머 경사입니다."

상대방은 지루해 죽겠다는 목소리로 전화를 받았다.

"경사, 여기는 탐색관 부대의 맬컴 켈러키안 요원이다."

볼머라는 이름의 경찰은 잠시 머뭇거리다가, 상대의 신원을 확인하고는 바짝 정신을 차린 목소리로 대답했다.

"네, 맬컴 켈러키안 요원님. 무엇을 도와드릴―"

"조금 전, 어젯밤의 교통 센서 영상을 요청했다. 필요한 시간은―"

"죄송합니다만, 요원님, 해당 영상은 이미 삭제되었습니다."

맬은 상대의 말을 믿을 수가 없었다.

"다시 한 번 천천히 말해봐라, 볼머 경사."

"그게 표준 규정입니다. 저희는 교대 근무가 끝날 때마다 영상을 확인하고, 법규 위반 사항이 확인되지 않으면 모두 삭제합니다. 어젯밤에 파이크 가에서는 그런 위반 사항이 없어서―"

"볼머 경사, 증거에 관한 규정을 찾아보면 그따위 '표준 규정'은 절대로 없을 거라고 장담할 수 있는데?"

"요원님, 그 영상들 중에는 증거가 될 만한 게 없었습니다."

볼머 경사가 초조한 목소리로 웃었다.

"증거가 아니라는 걸 어떻게 알지? 어떤 범죄도 발생하지 않았다는 걸 확인했나? 그 영상에 나온 모든 사람의 얼굴을 안면 인식 프로그램에 돌려서 수배 중인 도망자가 없는지도 확인했나?"

"저, 요원님, 저희는 교통 통제국입니다. 그런 건 저희 일이 아닙니다. 저희가 파이크 가에서 관심을 갖는 건, 호버바이크 규정 위반이나, 불법 차량을 거리로 끌고 나오는 사람들입니다. 그 밖의 일은 저장소가 부족해서 보관해둘 수가 없습니다."

맬은 그의 말이 헛소리라는 걸 잘 알고 있었다.

"경사, 겨우 하루치 영상도 보관하지 못한다는 게 무슨—"

"요원님, 저희 저장소는 50킬로밈밖에 안 됩니다."

볼머는 너무 많이 반복한 말이라 이제는 지긋지긋하다는 말투로 대꾸했다.

"50이라고?"

맬은 당황했다. 그건 형사과가 포함된 북부 지구와 비교하면 4분의 1에 불과한 용량이었다.

"네, 요원님. 50킬로밈이 전부입니다. 지난 3년 동안 계속해서 추가 메모리를 요구했는데, 예산 위원회에서는 그게 '과도한' 요구 사항이라고만 했습니다. 법원에서는 3년 전 내용까지도 백업을 해두고 있습니다. 다들 증거 영상이 중요하다고 말하지만, 재판이 종결될 때까지는 보통 몇 년이

걸립니다. 그래서 그런 영상들을 무한정 보관하다 보니, 결국 필요하지 않은 영상은 보관조차 할 수 없는 지경이 된 겁니다. 이쪽 지역에서는 교통 법규 위반이 셀 수도 없이 많습니다. 그 영상을 확인하실 수 없게 된 건 정말이지 유감이라고 생각합니다, 요원님. 정말입니다."

놀랍게도 남서 지구 경찰치고 볼머 경사는 진심 어린 목소리로 사과하고 있었다. 경사는 계속 말을 이었다.

"그 영상은 삭제됐습니다."

"좋아, 볼머 경사. 협조해줘서 고맙다."

맬은 길게 한숨을 내쉬었다. 그는 전화를 끊을지 잠시 망설였지만, 서둘러 작은 목소리로 컴퓨터에게 지시를 내린 후 다시 말했다.

"얼마나 유감이라고 생각하지?"

"뭐라고 하셨습니까?" 볼머는 당황한 목소리로 되물었다.

"정말로 유감이라고 했잖나. 그게 정말인지 묻고 있는 거야. 정말 유감이라면 부탁 하나 들어줄 수 있겠나?"

"전, 어, 어떤 부탁이냐에 달려 있을 것 같습니다, 요원님."

"방금, 내가 찾으려고 하는 소녀의 사진을 보냈다. 무장을 한 위험한 상대로 알려져 있어. 그녀가 어젯밤 파이크 가를 지나갔다는 사실이 확인된 터라 내가 추적 중이었던 거야. 지금 이 시간 이후로 교통 센서 영상을 확인할 때, 그녀의 얼굴이 포착되는지 확인해줄 수 있겠나?"

"요원님, 아무것도 약속드릴 수는 없지만, 영상 확인만큼은 절대 잊지 않겠습니다."

볼머의 대답에 맬은 고개를 끄덕였다. 별로 의미 없는 약속이었지만, 지금은 그 정도가 최선이었다.

"고맙다, 볼머 경사."

"천만의 말씀입니다, 맬컴 켈러키안 요원님. 행운을 빕니다."

그래, 아무래도 행운이 필요할 것 같군. 맬은 한숨을 쉬며 외과의의 접수 담당자에게 전화를 연결했다.

*   *   *

노바는 위장에서 전해지는 통증 때문에 죽을 것 같았다.

이런 일이 있으리라는 건 알고 있었다. 며칠 동안이나 굶은 후에, 생일날보다 더 많은 음식을 배 속에 꽉꽉 쑤셔 넣었으니까.

그냥 골목길로, 핍에게로 돌아가야 하는 건 아닐까.

아니, 그럴 수는 없었다. 페이긴은 이미 피처를 보냈고, 조만간 다른 사람도 보낼 것이다. 어쩌면 여러 명을 보낼 수도 있었다. 노바는 자기 때문에 또 다른 사람을 죽게 하고 싶지는 않았다.

그러나 페이긴만은 예외였다. 노바는 할 수 있는 모든 것을 동원하여 고통을 안겨준 후에 그의 정신을 파괴할 작정이었다.

하지만 그 한 명뿐이었다. 그녀는 이미 삼백팔 명이 죽어가면서 머릿속에 품었던 생각을 들었고, 그걸 딱 삼백구 명까지만 늘릴 생각이었다.

노바는 가까스로 주변에 있는 사람들의 생각을 차단하는 데 성공했다. 그 과정에서 배가 아픈 만큼 두통도 심해졌지만, 지금 중요한 건 집중하는 것이었다.

페이긴이 며칠 전 그녀를 쫓아냈던 바로 그 건물에 다다랐을 때, 노바는 정신이 몽롱한 상태가 되어 있었다. 그녀에게 들려오는 생각들을 도저히 이해할 수가 없었다. 모든 생각이 산산이 조각난 채 기이한 사물과 색상으로 가득 차 있었다.

우와, 색깔이 정말 놀라워. 믿을 수 없겠지만 사방에 쥐들이 돌아다니고 있어. 내 엉덩이까지 기어오르는데 이 옷을 입으니까 너무 살이 쪄 보이잖아. 대체 무슨 생각으로 이런 옷을 샀을까? 너무 싫어. 정말이지 이 옷은 최악이야. 난 너와 멍청한 네가 아끼는 모든 것을 증오해. 그냥 원을 그리며 뛰다가 원이 점점 작아지면 난 무의 특이점 속으로 사라져버릴 거야. 그러면 내 콧구멍이 하나뿐이라고 날 놀리던 사람들은 모두 미안해 죽을 지경이 되겠지. 그런 걸로 아이를 괴롭힌다는 게 말이 되나? 내가 원하지도 않던 아이였는데 난 그럴 수가—

"안 돼!"

노바는 쾅쾅 울리는 머리를 붙잡으며 길바닥에 쓰러졌다. 그녀 곁에 두 사람이 서 있었다. 노바는 마치 생명줄이라도 되는 양 그들의 생각을 붙잡았다. 여자는 도리안이라는 이름으로, 숙다르 거점의 중산층 가정에서 청소부로 일하고 있었다. 그곳은 시궁창 거리에서 벗어날 수는 있어도 자동 청소 기능을 부담할 만큼의 돈은 없는 사람들이 모인 곳이었다. 도리안은 지금 가장 좋아하는 고객인 프라이즈의 집에서 돌아오는 길이었다. 청소하러 갈 때면 늘 그녀를 위해 쿠키를 남겨두는 고마운 사람들이었다. 또 다른 사람은 세탁 공장에서 일하는 맥스라는 남자였다. 그는 직장 상사를 너무 싫어해서, 그를 죽이는 열일곱 가지 방법을 고안해내기도 했다. 물론 그 방법을 실제로 사용할 일은 없겠지만, 맥스는 그런 생각들을 하며 하루하루를 버텨냈다.

"괜찮니?" 도리안이 물었다.

"네, 괜찮아요. 죄송해요, 그냥 넘어진 거예요."

노바는 거짓말을 했다. 그녀가 자리에서 일어나자 다행이라 여기며 맥스는 가던 길을 재촉했고, 직장 상사를 죽일 열여덟 번째 방법을 머릿속에 그리기 시작했다. 하지만 도리안이라는 여자는 자리에 남아 노바를 살폈다.

"정말 괜찮아?"

안드레아 타이고어가 유난히 거들먹거릴 때, 그녀에게 짓던 미소를 얼굴에 떠올리며 노바는 간신히 대답했다.

"네, 감사합니다, 부인."

"정말 예의바른 아가씨네."

도리안은 예의가 바른 십 대를 만났다는 사실에 진심으로 놀라며 기뻐했다. 자신의 아들 셋과 딸 하나는 평생 동안 저렇게 정중한 말을 해본 적이 없었기에 더욱 그랬다.

"어머니께서 가정교육을 아주 잘 시키신 모양이야."

그녀는 자기 아이들에게는 왜 그러지 못했을까 후회하며 그렇게 덧붙였다.

노바는 어머니가 돌아가셨다는 생각을 떠올리지 않으려고 애를 썼다. 그 대신 도리안의 마음속에 떠오른 소박한 가정사를 보며 평온함을 느끼고 싶었다. 그리고 그 감정을 기억한 채로 페이긴의 건물에서 도사리고 있을 광기에 대비해 마음을 단단히 다잡았다.

도리안에게는 다시 한 번 도와줘서 감사하다고 인사한 뒤 자리를 떠난 노바는 이를 악물고 계속해서 걸었다. 약물에 심각하게 오염된 사고 패턴이 머릿속으로 밀려드는 것을 막아내느라, 이마에 땀방울이 맺힐 정도로 애를 써야 했다.

사람들은 왜 자기 자신에게 저런 짓을 하는 걸까? 머릿속이 미친 듯이 날뛰고 있잖아. 대체 왜 그렇게까지 하는 거야?

노바는 치밀어 오르는 울분을 붙잡아, 페이긴을 향한 분노에 더했다. 페이긴 때문에 강도짓을 해야 했고 사람을 죽이기까지 했다. 그리고 클리프 나다너에 대한 증오도 빼놓지 않았다. 한 번도 만나보지는 못했지만, 너무나도 잘 알고 있는 남자. 바로 노바의 가족을 죽이라는 명령을 내린 자였다.

치밀어 오르는 분노는 그녀에게 약에 찌든 생각들을 밀어낼 힘을 주었다. 페이긴의 건물에 다가가자, 약물에 찌든 사람들이 로비로 통하는 커다란 금속 문 주위에 모여 있는 모습이 눈에 띄었다. 일부는 서 있고, 일부는 앉아 있고, 또 일부는 누워 있었지만, 확실한 건 모두가 하나 이상의 약물에 취해 있다는 사실뿐이었다.

노바는 약에 찌들어 있는 사람들을 이리저리 지나서 정문을 향해 다가갔다. 그때, 맞은편에서 네 명의 남자가 총을 쏠 준비를 마쳤다는 걸 알아챘다.

그녀는 그런 치명적인 기척을 인지하지 못했다는 실망감에 혼잣말로 욕설을 내뱉으며, 총들을 향해 정신을 뻗었다. 페이긴 외에는 그 누구도 해치고 싶지 않았지만, 그렇다고 자신이 해를 입을 수는 없었다.

원래 이름은 리처드 로만이지만, 어렸을 적 풍선껌을 불고 터뜨리는 습관 때문에 다들 '포포'라고 부르는 남자. 지난 10년간 껌은 씹은 적도 없었지만, 여전히 포포라고 불리는 그의 손에서 노바는 총을 떨어뜨렸다.

다른 세 명은 여전히 무기를 든 채로, 총을 떨어뜨린 포포를 보며 비웃고 있었다. 포포는 자기가 떨어뜨린 게 아니라고 거듭 주장했다.

문을 기준으로 노바의 반대쪽에 서 있는 사람들 중 한 명은 히어로니무스 존스였다.

'히어로니무스'를 제대로 발음하는 사람이 별로 없어 그냥 '존지'라고 불리는 사람이었다. 그는 총에 관한 한 모르는 게 없었다. 노바는 그의 마음을 읽고, 그가 처음 사귀었던 여자의 이름을 따서 칼라라고 부르는 Z50이 발사되지 않도록 막을 수 있는 가장 좋은 방법을 파악했다. 탄환이 약실로 들어가지 않게 막기만 하면 된다.

존지의 총을 먼저 망가뜨린 후, 노바는 다른 총들도 불발로 만드는 법을 읽어냈다. 불가능한 것도 일부 있었다. 포포의 P30은 방아쇠가 어디에 있는지 도무지 알 수가 없었다. 하지만 노바는 최선을 다했고, 그 과정은 마치 게임 같았다.

노바는 곁에 다가온 햅 중독자가 하려는 말을 그가 입 밖으로 내놓기도 전에 들었다.

"이봐, 아가씨, 맘마 먹었어?"

노바는 고개를 돌려 묘한 표정으로 그를 바라봤다. 아주 어렸을 때 이후로 그런 말은 들어본 적이 없었다.

조이라는 이름의 햅 중독자는 마지막으로 여자와 재미를 본 지가 몇 년이나 지났고, 노바를 상대로 그런 무미건조한 연애사를 바꿔볼 생각이었다.

하지만 노바는 생각만으로 조이를 쓰러뜨렸다.

"대체 어떻게 된 거지? 방금 전까진 분명히 서 있었는데."

조이는 휘둥그레진 눈으로 바닥을 살폈다. 그러면 뭔가 단서가 나오기라도 한다는 듯이. 노바와 재미를 보겠다는 생각은 햅 때문에 썩어 들어간 머릿속에서 이미 사라져버렸다.

그의 옆으로, 바닥에 누워 있던 다른 햅 중독자가 말했다.

"어이, 닭대가리, 잠은 다른 데 가서 자라고. 여긴 내 자리야."

그녀의 이름은 샤리였고, 모태 햅 중독자였다. 그녀의 어머니는 아버지가 누군지도 알 수 없는 아이를 임신했을 때 이미 햅에 중독되어 있었다. (사실 샤리는 아버지가 누구인지 대충 알고 있었다. 하지만 당시 그녀의 어머니에게 정자를 제공했던 수십 명의 용의자 중에서 진짜 범인이 누구인지는 확인하지 못했다. DNA 검사에 필요한 돈 전부를 모녀의 약물 구입에 쏟아부었기 때문이었다)

그곳엔 이몬이라는 남자도 있었다. 그는 연합 해병대에서 복무하다가 근무 중 술을 마셨다는 이유로 불명예제대한 후, 마리화나에 중독된 채 시궁창 거리로 흘러들었다. 해리라는 남자도 있었다. 그는 UNN에서 근무하다가 타소니스 경찰청 내부의 부패를 탐사하던 보도에서 제보를 조작했다는 사실이 드러나 명예를 실추했다. 그 보도가 거짓이었던 건 아니었다. 해리는 그게 진실이라는 걸 알고 있었다. 하지만 그가 제보 당사자를 밝히지 못하자, UNN은 그를 해고했다. 그 일의 여파로 해리는 투르크에 중독되고 말았다. 마리아라는 여자도 있었다. 그녀는 연기를 했던 시간보다 프로듀서들이 마리화나를 피우는 파티에 따라갔던 시간이 더 많았다. 도나라는 여자도 있었다. 그녀는 원래 간호사였지만, 응급실에서의 스트레스 때문에 가끔씩 크랩을 한 대씩 맞으며 하루하루를 버텨내는 신세가 되었다. 그 습관은 조금씩 악화되어, 결국 그녀도 시궁창 거리로 흘러왔다. 마이클도 있었다. 그는 자신만의 도장을 열고 싶다는 꿈을 꾸면서, 기운이 나게 해준다는 투르크를 계속 사용했다. 그러다가 결국엔 수업 시간에 약에 취해 있었다는 이유로 사부에게 쫓겨났다. 조르주도 카라도 데비도 웬디도 켈리도 마리안도 짐도 토드도 레이아도 스티브도 토마스도 크리스도 사라도 리자도—

"안 돼!"

주먹으로 관자놀이를 짓누르며, 노바는 머릿속에서 그 생각들을 떨쳐내려 애썼다. 고통에 울부짖으며 도리안의 평범한 생각을 붙잡으려 했지만, 해일처럼 밀려드는 생각들의 불협화음 때문에 도리안의 생각은 잡을 수가 없었다.

노바는 자신이 금속 문의 경첩을 날려버리고 약물에 중독된 사람들을 물리적으로 이리저리 밀쳐내고 있다는 사실을 아주 희미하게 느꼈다. 밀려난 사람들에게서 누구 또는 무엇이 자기들을 쓰러뜨린 건지 궁금해하는 생각의 소용돌이가 퍼져 나와 다른 생각들을 뒤덮었다.

그때 목소리가 들렸다.

"젠장, 다들 괜찮아?"

"대체 문이 어떻게 된 거야?"

"이봐, 저기 금발 계집이다! 저게 그 여자애 아냐?"

"망할, 난 기다리기 싫어. 그냥 쏠 거야."

잠시 후 노바의 귀를 울리는 소리와 함께 네 개의 총 모두가 총알이 걸렸고, 그중 두 개는 손 안에서 폭발해버렸다.

폭발한 총에서 튀어나온 파편에 손과 팔을 찢기며 존지와 2비트가 느낀 고통 덕분에 노바는 정신을 차리고 주변을 살필 수 있었다. 그녀는 자리에서 일어나 포포와 매그를 바라봤다. 두 사람의 총은 폭발하지 않은 채 총알이 걸려서 작동하지 않았다.

매그는 잔뜩 화가 나서 다른 무기를 꺼내 들며 소리쳤다.

"이 계집애를 날려버려!"

"젠장, 그래!" 포포도 다른 무기를 꺼내 들었다.

노바는 새로운 무기들도 총알이 걸리게 만들었다. 두 볼을 타고 눈물이 흘러내렸다.

"제발 그만둬, 당신들을 다치게 하고 싶지 않아."

존지와 2비트는 고통 때문에 울부짖었고, 페이긴의 건물 로비는 그들의 피로 뒤덮였다.

"우린 생각이 좀 달라, 이 망할 계집애!"

포포는 또 다른 총을 꺼냈지만, 이번에도 총알이 걸렸다.

"이런 젠장맞을 계집애 같으니!"

2비트는 노바를 향해 달려들었다.

하지만 노바는 정신을 집중해서 그를 밀어냈고 거꾸러진 2비트를 로비 뒤편으로 날려 보냈다.

"그냥 누워 있어. 일어나지 않으면 해치지 않을 테니까."

노바는 거의 애원하고 있었다.

"그래, 좋아. 젠장, 얼마 안 되는 돈을 받고 이렇게까지 할 수는 없지."

포포는 이길 방법이 없다는 걸 깨닫고는 무기를 버리고 두 팔을 들어 올렸다. 하지만 2비트는 포포만큼 머리가 좋지 않았고, 그래서 십 대 소녀가 손도 대지 않고 자신을 쓰러뜨리고 있다는 사실을 받아들이지 못했다. 그는 자리에서 일어나 다시 한 번 노바에게 달려들었다.

노바는 포포를 2비트에게 집어던졌고, 둘은 함께 바닥에 나뒹굴었다.

2비트는 거칠게 화를 내며 P100을 꺼내 포포의 관자놀이를 총구로 짓눌렀다.

"지금 나랑 장난치는 거냐, 이 자식아? 어?"

"난 아무 짓도 안 했어, 정말이야. 2비트, 저 계집애가 한 거라고! 정말이라니까, 난—"

"하지 마!" 노바는 비명을 질렀다.

2비트가 방아쇠를 당기는 것이 느껴졌다. 하지만 한순간의 머뭇거림으로 그를 막지 못했다.

포포의 뇌수와 두개골, 피가 뒤쪽 벽에 흩뿌려졌다. 2비트의 손에 죽기 직전, 포포가 마지막으로 떠올린 생각은 이미 항복한 자신에게 노바가 왜 이런 짓을 했는지 모르겠다는 당혹감이었다.

"죽이지 말라고 했잖아!"

노바는 처음에 했던 말과는 달리 그렇게 비명을 질렀다. 그녀는 오늘 죽는 사람이 페이긴 한 명뿐이리라 다짐했고, 그럴 거라고 믿었고, 또 그렇게 확신했다.

하지만 2비트가 그녀를 거짓말쟁이로 만들었다.

"망할 계집애 같으니."

2비트가 휙 돌아서며 노바에게 총을 겨눴지만, 그녀는 피처에게 했던 것처럼 그의 두뇌를 파괴했다.

이번에는 더 쉬웠다.

노바는 시체를 바라볼 수가 없었다. 그래서 대신 고통스러워하며 바닥을 뒹구는 존지와 매그를 바라봤다.

"네 마음대로 해, 널 막을 생각은 없으니까. 절대 그럴 순 없지."

매그가 재빨리 말했다. 하지만 존지는 잔뜩 화가 나 있었다.

"이 멍청한 자식, 페이긴이 한 말 못 들었어?"

존지는 일어나려 했지만, 엉망으로 찢겨진 살점과 뼈만 남은 오른손 때문에 일어서기도 쉽지 않았다.

"페이긴은 내 엉덩이에 뽀뽀나 하라고 해. 어이, 꼬마, 마음대로 하라고. 난 가까이 가지 않을 테니까."

매그가 노바를 보며 말했다. 하지만 노바는 존지를 바라보고 있었다.

"가만히 누워 있어, 존지. 안 그러면 2비트와 포포에게 일어난 일이 당신한테도 일어날 테니까."

그 말에 존지는 움직임을 멈췄다. 위협 때문이 아니라, 단 한 번도 만난 적 없는 소녀가 자신의 이름과 포포와 2비트의 이름을 알고 있다는 사실에 놀랐기 때문이었다. 존지는 그대로 바닥에 무너져 내렸다.

노바는 로비 뒤편으로 걸어가 통로 쪽 문의 경첩을 날려버렸다.

통로를 따라 내려가면 페이긴이 주로 사용하는 방, 즉 노바가 쫓겨났던 바로 그 방이 나왔다. 페이긴 곁을 맴도는 패거리 몇 명의 생각이 느껴졌다. 마커스와 어린 아이들 몇 명이었다. 하지만 페이긴의 기척은 느낄 수 없었다.

뭔가 잘못됐다.

노바는 모든 걸 끝내고 싶었다. 페이긴은 여기 있어야 했다. 반드시 그래야만 했다. 그녀는 지난번에 이곳에 왔을 때, 페이긴이 본거지인 이 건물을 떠나는 일이 거의 없다는 사실을 알아냈다. 솔직히 이곳을 떠나야 할 이유가 없었다. 여긴 안전했고, 원하는 건 뭐든 배달시킬 수 있었으니까.

그렇다면 지금 어디에 있는 걸까?

2비트와 포포가 죽어야 했던 것만으로도 상황은 충분히 끔찍했다. 수하들이 목숨을 잃는 동안 페이긴이 달아나게 내버려둘 수는 없었다. 노바는 페이긴을 죽이겠다고 맹세했고, 그 맹세를 반드시 실현시킬 생각이었다.

또 하나의 문이 나타나자 그녀는 그 문도 그대로 날려버렸다. 염동력 능력이 점점 더 익숙해지는 것 같았다.

"이봐, 그 문은 꽤 비싼 거라고, 알겠어?"

노바는 누군가 배 속을 움켜쥐는 듯한 기분을 느꼈다. 페이긴이었다. *대체 어디에 있었던 걸까?*

페이긴의 생각을 전혀 느낄 수 없었지만 그는 분명 노바 앞에 서 있었다. 노바는 그를 볼 수 있었고, 그가 눈앞에 존재한다는 걸 확인할 수 있었지만 거기까지였다. 조조와 마커스, 가이라는 이름의 사람들도 보였지만, 노바의 눈이 하는 역할은 문을 날려버리기 전에 머릿속으로 알아낸 것을 확인해주는 것뿐이었다. 그럼에도 노바는 지나와 타이러스가 이십여 명의 아이들과 함께 뒤쪽 방에서 기다리고 있다는 것을 느낄 수 있었다.

"당신이 어떻게 여기 있는 거야?"

노바는 거친 목소리로 물었다. 배 속이 쿵쿵 요동쳤다. 그녀는 오늘 두 명을 죽였고, 지금 눈앞에 있는 페이긴은 그녀에게 무슨 짓인가를 하고 있었다.

"여긴 내 집이야, 아가씨."

그가 싱긋 웃자 줄칼로 뾰족하게 간 치아가 드러났다. 역겨웠다.

"아마 내 생각을 읽을 수 없는 거겠지?"

"그래. 대체 어떻게……?"

그러자 페이긴이 키득거리며 웃었다.

"모르우드네 여편네에게는 아주 좋은 약을 보내줘야겠어. 꼬마 아가씨,

내가 지금 쓰고 있는 건 말이야—"

"연합 군부에서 훔친 물건이겠지."

노바는 페이긴의 생각은 읽을 수 없었지만, 마커스의 생각을 통해 그 사실을 알 수 있었다.

"뭐, 텔레파시와 염동력 능력자가 네가 처음은 아니잖아, 안 그래? 연합도 너 같은 녀석들에게서 자기들을 보호해야 할 거 아니야? 이게 바로 그럴 때 쓰는 거야. 그러니까 넌 내게 손을 댈 수 없다는 의미지."

"그렇지 않아."

방 반대쪽에 의자가 놓여 있었다. 노바는 그 의자를 페이긴에게 집어던졌지만, 그는 몸을 숙여 피했다.

"시도는 좋았다, 아가씨. 하지만 조만간 던질 수 있는 물건이 없어질 거야. 게다가 난 예비 대책도 마련해뒀거든. 타이러스!"

"안 돼!"

노바는 타이러스가 하려는 짓을 깨닫고 비명을 질렀다. 2비트 때와 마찬가지로, 타이러스가 너무 빨리 움직이는 바람에 막을 수 없었다. 타이러스가 T20을 아이들의 머리에 쏘려 한다는 사실을 깨달았을 때는 그가 이미 총을 발사한 후였다.

잠시 후 타이러스의 T20이 폭발했지만, 불쌍한 맨디를 구할 수는 없었다. 그 어린 소녀의 아버지는 타소니스 경찰이자 투르크 중독자였고, 어머니는 이미 세상을 떠났다.

페이긴이 흐릿하게 보였다. 두 눈에 차오르는 눈물 때문이었다. 노바는 그렁그렁 눈물이 맺힌 눈으로 페이긴을 노려보며 외쳤다.

"당장 그만둬!"

"안 돼, 그럴 수는 없지."

페이긴이 고개를 젓고는 손목에 있는 버튼을 눌렀다.

끔찍한 고통이 밀려들었다. 레이저 톱이 노바의 머리를 꿰뚫고 들어와 두개골을 반으로 쪼개는 듯한 느낌이었다.

잠시 후 고통이 멈췄다. 그제야 노바는 자신이 무릎을 꿇고 앉아 있다는 걸 깨달았다. 이제 그녀의 몸은 걷잡을 수 없는 흐느낌으로 파르르 떨렸다.

"어때? 연합에서는 자기네들을 보호하는 데만 신경 쓴 게 아니야, 알겠어? 텔레파시 능력자들을 억제해야 할 필요도 있었거든. 그럴 때 이 두 번째 기능이 필요한 거라고."

페이긴이 노바 곁에 쪼그리고 앉아 말을 이었다.

"괜히 엉뚱한 짓을 했다가는 그 기능을 켜놓은 채로 다른 꼬마 녀석들을 저세상으로 보내주겠다. 나한테는 아무 상관없는 일이거든, 알겠어? 네게는 그렇지 않은 것 같지만 말이야. 너 같은 구 가문의 버르장머리 없는 꼬마들은 죽음이 어떤 건지 전혀 모르는 것 같더군. 너도 그랬겠지만, 가족들이 모조리 죽고 난 뒤에는 뭔가 깨달은 게 있겠지."

"난 아무도 죽게 하고 싶지 않아."

노바는 눈물을 삼키며 말했다.

그러자 페이긴이 다시 한 번 날카로운 이를 드러내며 웃었다.

"그럴 수는 없어, 노바. 이것 봐, 넌 이제 '내 세계'에 들어온 거야. '네 세계'에서는 사람들이 죽지 않았겠지. 설사 죽었다 하더라도, 깨끗하고 점잖은 죽음이었을 거야. 여기 시궁창 거리에는 깨끗한 게 없어. 우린 추잡하고, 더럽고, 잔인하게 죽이지. 내가 조금 전에 타이러스에게 시킨 짓이나, 네게 했던 짓, 또 네가 2비트에게 했던 짓이나, 2비트가 포포에게 했던 짓.

그리고 네가 피처를 죽이지 않았더라면 그 녀석이 네게 했을 짓 같은 것 말이야."

페이긴이 지껄이는 말은 노바의 귀로 띄엄띄엄 일부만 들려왔다. 그녀는 그 누구도 죽게 내버려두고 싶지 않았다. 노바는 페이긴이 본때를 보여주고 싶었다는 이유만으로 죽어간 꼬마 맨디에게 정신이 팔려 있었다.

"죽여줘." 노바는 흐느끼며 말했다.

"그건 안 되지, 아가씨."

끔찍한 고통이 밀려들었다. 페이긴은 다시 한 번 두 번째 기능을 작동시켰고, 이번에는 고통이 몇 시간, 며칠, 아니 몇 년이나 지속되는 것 같았다. 그렇게 한참이 지나고 나서야 그는 작동을 중지했다.

"내 제안은 이거야, 노바. 아주 간단해. 네가 날 위해 일하면 되는 거야. 지난주에 얘기했던 것처럼, 넌 쓸모가 있거든. 내가 시키는 거라면 뭐든지 하라고. 그렇지 않으면 내가 저 꼬마들을 네가 보는 앞에서 없애고, 본격적으로—"

페이긴이 다시 손목을 만졌다.

고통에 노출되는 빈도가 늘어나면 조금이라도 받아들이기가 쉬워질 거라고 기대했었다. 하지만 세 번째 통증은 앞선 두 번의 통증을 합친 것보다 더 고통스러웠다. 온몸에 전기가 흐르는 것 같았고, 피부 전체가 불타오르는 듯했으며 근육은 끓인 국수처럼 늘어졌다.

왜 그냥 죽어버리지 않았을까?

"이렇게 짜릿한 맛을 계속해서 보여줄 테니까, 무슨 말인지 알아먹었어?"

잠시 동안 노바가 아무 말도 하지 않자, 페이긴은 다시 손목을 만졌다.

"알았어! 알았다고! 시키는 대로 하겠어!"

노바는 뼛속까지 스며드는 고통에 비명을 질렀다.

고통이 멈췄고, 노바는 그대로 쓰러졌다.

"하겠어. 당신을 위해서 일하겠다고…….'"

노바가 들릴 듯 말 듯한 목소리로 중얼거렸다. 그제야 페이긴은 만족스러운 듯 자리에서 일어섰다.

"그래야 착한 아가씨지, 노바. 우린 함께 아주 멋진 일들을 하게 될 거야, 알겠어? 아주 놀라운 일들 말이야."

제3부

선한 자는 모든 신념을 잃었고,
악한 자는 강렬한 열정에 사로잡혔다.
— 윌리엄 버틀러 예이츠, 『재림』 중에서

제12장

켈은 오늘 돈이 이체될 거라고 예상했었다.

그녀는 다른 여자 세 명과 함께 쓰는 코딱지만 한 방에 딸려 있는 고물 컴퓨터에서 자신의 계좌를 불러냈다. 손가락이 어찌나 심하게 떨리는지 맞는 키를 누르는 것도 어지간히 힘이 들었다. 그 일을 어찌어찌해내고, 가까스로 계좌 정보를 화면에 띄웠다.

잔고는 여전히 마이너스였다.

대체 왜 아직까지 망할 입금을 안 한 거지? 젠장맞을 돌대가리들.

켈은 전화기를 꺼내려고 바지 주머니에 손을 집어넣었다. 아니, 집어넣으려고 했지만 손은 주머니를 빗나갔다. 온 힘을 다해 집중한 끝에 그녀는 떨리는 손을 진정시키고 작은 바지 주머니에 간신히 손을 넣을 수 있었다.

하지만 전화기는 거기 없었다. *망할, 대체 어디에 둔 거……?*

그제야 기억이 났다. 지난주에 햅을 사려고 픽스에게 전화기를 팔았었다. *멍청한 짓이었어. 전화기가 필요할 것 같은데. 지금도 은행에 전화를*

해서 대체 왜 이렇게 늦어지고 있는지 물어봐야 하잖아. 멍청한 약쟁이 같으니.

불안정한 자세로 엉거주춤 일어서서, 비용을 감당할 수 없는 전기를 잡아먹고 있는 컴퓨터도 끄지 않은 채 그녀는 비틀거리며 부엌으로 들어갔다. 발을 잘못 움직였다가는 온 세상이 모로 쓰러질 것만 같았다.

픽스는 부엌에서 차를 마시고 있었다. 적어도 켈은 그게 차일 거라고 생각했다. 픽스는 늘 차만 마셨다. 마이도 그랬다. 지금은 소리만 질러대고 있었지만.

"왜 망할 커피가 없는 거야? 망할 아침에 일어나서 망할 커피도 한 잔 마시지 못하면, 이 망할 하루를 대체 어떻게 보내라는 건데?"

마이의 목소리가 조리대 위에 걸린 텔레비전에서 외계인의 침공에 대해 이야기하는 UNN 앵커의 목소리를 덮었다. 켈이 머리를 흔들었다. 그녀가 UNN 구독이 만료되게 내버려둔 건 이런 종류의 뉴스 때문이기도 했다. *외계인이라니, 말도 안 돼. 저런 헛소리로 우릴 속이려 하다니.*

물론 켈은 UNN 구독을 포기하고 그 돈으로 햅을 사들였다. 약에 취했을 때 가끔씩 보이던 환각이 UNN 뉴스보다 오히려 더 말이 된다고 생각했다.

"그건 내 알 바 아니고, 신경 쓰고 싶지도 않아."

화를 내며 악을 쓰는 마이에게 픽스는 대수롭지 않게 대꾸했다.

"난 그런 쓰레기는 안 마시니까. 시세타에게 얘기해. 이번에 식료품을 사는 건 개 차례였으니까."

그리고 픽스는 곧장 켈을 바라봤다.

"네 몫의 지난달 임대료, 다음 달까지는 마련할 수 있겠어?"

"그럴 거야. 그건 그렇고 은행에 연락해서 확인해야 할 게 좀 있어."

켈은 작고 거친 목소리로 헛기침을 하며 말했다. *멍청한 약쟁이 같으니. 정신 차려.*

픽스는 깔보는 눈빛으로 켈을 바라봤다.

"그래, 그럼 어서 확인해보는 게 어때?"

"네가 내 전화기 갖고 있잖아."

켈의 대꾸에 픽스는 콧방귀를 뀌었다.

"갖고 있었지. 그 쓰레기는 에이리에게 주고 투르크로 바꿨어. 그 고물 전화기 덕분에 그 자식이 겨우 한 대 맞을 분량만 주더라."

"내 망할 커피는 어떻게 된 건데?" 마이가 물었다.

"커피 타령 좀 그만하면 안 돼? 나가서 사오면 되잖아."

픽스는 마이가 눈앞에 날아다니는 파리라도 되는 것처럼 눈살을 찌푸리며 손을 내저었다. 그러자 마이는 펑퍼짐한 엉덩이에 두 손을 얹고서 쏘아붙였다.

"집구석에 망할 커피 정도는 있어야 하는 거잖아. 꼭 내가 나가서 망할 커피까지 사와야겠어?"

"내가 조금 전에 시세타에게나 얘기해보라고 하지 않았나?"

"대체 내가 왜 그 계집애랑 얘기해야 하는 건데? 걔가 망할 커피를 갖다 줄 것도 아니잖아. 매번 잊어버리기만 하니까. 걘 진짜 망할 닭대가리야, 그게 문제라고."

마이는 그 말만 남긴 채 문을 향해 성큼성큼 다가가 부엌을 나갔다. 켈은 아마도 마이가 그 망할 커피를 사러 갔을 거라고 생각했다.

켈은 잠시 부엌에 서 있었다. UNN 기자는 이제 뭔가 다른 일에 대해 주절거리고 있었다.

"―테러리스트들의 공격으로 테라 가문의 구성원 대부분이 목숨을 잃었던 사건 이후 6개월이 지나, 가문의 유일한 생존자인 클라라 테라는 오늘, 그레인지 마을 외곽에 있는 에웬 공원의 코트랜드 목초지에서 열린 성대한 결혼식에서 마일로 쿠시니스와 부부의 연을 맺었습니다. 하객으로 참석한 안드레아 타이거어에게도 이번 결혼식은 3개월 전 심장마비를 겪은 후, 처음으로 대중 앞에 모습을 드러내는 자리였습니다. 오늘 신부가 입은―"

픽스는 차를 한 모금 마시고는 켈이 왜 아직도 여기 있는지 모르겠다는 표정으로 그녀를 바라봤다.

"대체 뭘 원하는 거야?"

"전화를 해야 한다니까."

켈의 대꾸에 어이가 없다는 표정을 지으며 픽스는 자리에서 일어나 말했다.

"야, 엿이나 먹어. 전화기는 네가 팔아먹었잖아. 그러니까 네가 생각 없이 한 짓 때문에 울면서 나한테 오지 말라고. 내가 그 전화기 팔지 말라고 하지 않았어?"

사실 픽스는 그런 말을 한 적이 없었지만, 지금 그걸 지적하는 건 별로 좋은 생각이 아닐 거라고 켈은 생각했다.

픽스는 길게 한숨을 내쉬고는 연극이라도 하는 듯한 과장된 몸짓으로 부엌 탁자 위에 있던 전화기를 집어 들었다. 그 망할 전화기를 켈에게 빌려주는 것이 지금껏 인간이 했던 일 중에서 가장 큰 희생이라도 된다는 듯한 태도였다.

"그래, 알았어. 좋아, 내 전화기를 써. 하지만 꼭 은행에만 전화하는 게 좋을 거야, 알겠어? 어디 다른 데다 전화를 했다가는 로완에게 누가 브로치를 가져갔는지 얘기할 테니까."

켈은 초조하게 고개를 끄덕였다. 이마에 땀이 송골송골 맺혔다. 로완은 어차피 그 브로치를 좋아하지도 않았던 터라, 켈은 훔쳐도 별문제가 없을 거라고 생각했다. 무엇보다도 그때 햅이 너무나 필요했었다. 켈은 지금도 픽스가 그 사실을 어떻게 알아냈는지 알지 못했다.

전화기를 받아들고 그녀는 탁자에 앉았다. 틀림없이 온갖 메뉴에 이리 저리 휘둘리다가 사람과 통화할 수 있게 되기까지는 시간이 꽤 걸릴 것 같았다.

"—연합의 군부는 안티가 프라임을 포기하고 할시온에 재집결해야 했습니다. 연합이 퇴각한 후에 코랄의 후예 지도자이자 현재는 자신을 안티가 프라임의 군주라고 칭하는 아크튜러스 멩스크가 테란의 모든 행성을 향해 메시지를 전송했습니다."

켈은 그 멩스크라는 작자가 화면에 나오기 전에 소리를 소거했다. 켈은 그를 보면 겁이 났다. 이곳에서의 삶도 그녀를 겁나게 하는 건 충분히 많았기 때문에, 굳이 다른 행성의 악마 이야기까지 듣고 싶진 않았다.

켈은 은행에 전화를 걸어, 지난 3주 동안 거트로이 사에서 자신의 계좌에 아무런 돈도 입금하지 않았다는 사실을 재차 확인했다. 예상했던 대로 거트로이 사에서 마지막으로 돈을 보낸 건 지난주였고, 그건 두 달 전 노동에 대한 대가였다. 하지만 그 일에 대한 임금 지불이 늦어지리라는 건 이미 알고 있었고, 그에 대한 보상으로 이번 달에는 제때 돈을 주겠다고 말했었다.

한참 동안 자동 응답 시스템을 상대한 끝에야 상담원과 대화할 수 있었고, 그녀는 잔뜩 떨리는 목소리로 문제를 설명했다.

"거트로이 사에서 일을 마치면 사흘 안에 돈을 준다고 했는데, 전 이미 나흘 전에 일을 모두 마쳤다고요. 아직도 돈은 못 받았어요. 저 좀 도와주세요."

"죄송합니다. 하지만 거트로이 사에서 고객님 계좌로 보낸 돈은 없습니다. 저희도 무슨 마법으로 돈을 만들어낼 수는 없으니까요."

여자는 수화기 건너편에서 지겹다는 듯한 목소리로 대꾸했다.

"네, 그건 저도 알아요. 이해하지 못하고 계신 것 같은데, 전 지금 진짜로 해—"

켈은 순간 말을 멈췄다. *햅을 맞아야 한다는 말을 하면 어쩌자는 거야! 이 멍청한 약쟁이 같으니.*

"고객님?"

"아, 아무것도 아니에요."

"고객님, 가장 좋은 방법은 직접 거트로이 사에 전화를 걸어서 입금이 지연되는 이유를 물어보시는 겁니다."

켈은 두 눈을 깜빡였다. 그런 건 생각도 하지 못했다. 돈이 있어야 할 곳에 있지 않은 건 항상 은행 잘못이라고 생각했었지만, 결국 이번 일의 문제는 몰리나가 거짓말을 했다는 것이었다. 아무래도 약속했던 것처럼 돈을 빨리 주지는 않으려는 모양이었다.

"네, 알겠어요. 거트로이 사에 전화해볼게요."

잔뜩 지루해하는 여자가 대답도 하기 전에 그녀는 전화를 끊고 몰리나의 번호를 눌렀다.

"안녕하세요." 몰리나가 전화를 받았다.

"이봐, 몰리나, 돈이 안 들어왔─"

"루이스 몰리나예요. 전 20일까지 휴가입니다. 메시지를 남겨주시면 21일에 연락드리죠. 조금 늦어질 수도 있어요."

컴퓨터로 합성된 목소리가 메시지를 남기겠냐고 물었다.

켈은 하마터면 전화기를 방 건너편으로 집어던질 뻔했지만, 가까스로 손을 멈췄다. 몸이 부들부들 떨려서 어차피 떨어뜨릴 것 같았지만. 햅을 꼭 맞아야 했다. 몰리나는 휴가를 떠나기 전에 돈을 보내지 않았고, 앞으로도 사흘간은 돌아오지 않을 것이다.

사흘!

게다가 픽스에게도 미움을 받게 될 것이다. 은행 외의 다른 곳에 전화를 했으니까.

켈은 부엌 탁자 위에 전화기를 내려놨다. 부드럽게 놓을 생각이었지만 두 팔이 덜덜 떨리고 있었다.

햅을 맞아야 해. 햅을 맞지 못하면 정말 끝장이야.

하지만 이제 팔 수 있는 물건이 아무것도 없었다. 보석은 이미 오래전에 팔아버렸고, 적당히 쓸모 있는 소지품들도 죄다 팔아버린 지 오래다. 조금씩 긁어모은 소득은 모두 페이긴의 판매상에게서 햅을 구입하는 데 들어갔다.

픽스에게 팔았던 전화기가, 그녀에게 마지막으로 남아 있던 가치 있는 소유물이었다.

몰리나가 입금을 처리하기까지 적어도 사흘은 더 걸릴 것 같았다. 그리고 그때쯤이면 그녀는 아마 죽어 있을 것이다. 분명했다. 그녀는 죽을 테고, 그렇게 모든 것이 끝날 터였다.

켈은 그 생각을 떨쳐낼 수 없었다.

이제 해야 할 일은 하나뿐이었다. 그녀가 하지 않겠다고 맹세했던 일. 켈은 무엇이든 구입할 때는 선불로 모든 금액을 지불했다. 지금껏 단 한 번도 대출을 받거나 돈을 빌린 적은 없었다. 부모님 두 분은 언제나 돈을 빌렸다. 미래를 저당 잡혀 현재의 돈을 마련했다. 문제는 그 빚 때문에 미래에 엄청난 대가를 치러야 했다는 것이다. 부모님은 비참하게 굶주리며 빚에 짓눌려 죽었다.

켈은 그렇게 되고 싶지 않았다. 절대로 그럴 수는 없었다. 무슨 일이 있어도 돈은 항상 선불로 치렀다.

하지만 이제는 돈을 마련할 수 있는 물건이 아무것도 없었다. 하나도 없었다.

페이긴은 늘 중독자들에게 돈을 빌려주겠다고 얘기했었다. 켈은 아직 그 제안을 받아들인 적이 없었다.

하지만 오늘은 받아들여야만 했다. 그 대안은…… 뭐, 대안이랄 게 없었다. 약이 필요했다. 그건 곧 페이긴에게 영혼을 팔아야 한다는 의미였고, 사실 이제 그녀가 팔 수 있는 거라곤 그것뿐이었다.

아직도 성큼성큼 걷기에는 겁이 난 켈이 발을 질질 끌며 문을 나선 후 주니퍼 길을 따라 프랜시를 만나러 갔다.

프랜시는 착했다. 켈은 그녀가 좋았다. 프랜시라면 이해할 것이다. 도와줄 것이다.

하지만 먼저 해롤드와 이야기해야 했다. 해롤드와 먼저 이야기하지 않고서는 프랜시를 만날 수 없었다. 켈은 그 점이 싫었다. 프랜시를 만나려면 반드시 해롤드를 거쳐야 한다는 걸 그가 알고 있었기 때문에 늘 자기 똥은 냄새도 나지 않는 것처럼 굴었다.

하루 중 이맘때, 즉 이른 아침 시간에 해롤드는 늘 켄시 카페에 있었다. 굉장히 좋은 차를 파는 카페였지만 켈은 그곳의 차를 별로 좋아하지 않았다. 하지만 해롤드는 차를 달고 살았다. 마이가 커피에 중독된 것처럼 그는 차에 중독되어 있었고, 그래서 매일 아침을 그 카페에서 보냈다. 게다가 그는 사람들이 자신을 쉽게 찾아낼 수 있기를 원했다.

켈이 비틀거리며 켄시 카페에 도착했을 때, 해롤드는 혼자서 실외 탁자에 앉아 전화 통화를 하고 있었다. 그 모습에 켈은 부러움을 느꼈다. *대체 무슨 생각으로 전화기를 판 거야? 전화기 없이 어떻게 살려고? 멍청한 약쟁이 같으니.*

카페에는 망할 햇빛이 거의 비추지 않았지만, 해롤드는 늘 얼굴 절반을 뒤덮은 커다란 반사 선글라스를 썼다. 5년 전쯤 시 외곽에서는, 태양 폭발이 활발해졌기 때문에 눈을 보호해야 한다는 주장이 나오면서 그런 종류의 선글라스가 엄청나게 유행을 했다. 켈도 UNN 구독이 만료되기 전에 당시의 일을 회고하는 방송을 봤던 기억이 났다. 지금은 대부분의 사람들이 선글라스를 벗고 생활했지만, 해롤드는 그렇지 않았다. 그의 이마를 덮은 모래색 앞머리가 선글라스 위쪽에 닿았고, 선글라스의 아래쪽은 둥그스름한 두 볼까지 내려왔다.

해롤드는 켈에게 맞은편 의자에 앉으라고 손짓했다. 켄시 카페의 실외에는 십여 개의 작고 둥근 탁자가 놓여 있었고, 각각 네 개의 의자가 놓여 있었다. 아니, 원래 그래야 했지만 해롤드의 탁자에는 의자가 두 개뿐이었고, 다른 두 개의 테이블에 의자가 각각 다섯 개씩 놓여 있었다.

켈은 자리에 털썩 앉았다. 몸이 떨리는 모습을 감추려고 애처롭게 애를 써봐도 별 소용이 없었다.

"그래, 나도 알아. 그래, 그래. 이봐, 안드레스, 나도 유감이야. 정말 그래. 하지만 '미안하다'는 말로 프로토스에게 엿을 먹일 수는 없어, 무슨 말인지 알아먹었어? 프로토스, 너도 알잖아. 우주에서 우리 볼기짝을 걷어차고 있는 외계인 말이야. 망할 UNN 뉴스라도 좀 보라고, 안드레스? 좋아. 이것 봐, 화물이 손상됐으면 화물이 손상된 거야. 하지만 그 물건을 우리에게 갖다 줘야 하는 건 네 문제지, 내가 걱정할 바가 아니야. 그러니까 네가 해결해야 하는 일이라고. 그게 무슨 소리야, 언제까지라니? 그 투르크를 내일까지 가져오지 않으면, 네 뒷구멍에서 뽑아낼 줄 알아, 안드레스. 말했잖아, 네가 해결할 문제라고. 수량을 다 채우지 못하면 프랜시에게 그 이유를 털어놔야 하고, 난 그렇게 할 수밖에 없어. 그러면 그 여자가 페이긴에게 얘기하겠지. 그러면 페이긴이 어떻게 하겠어? 그래, 맞아. 금발 여자를 네게 보낼 거야. 아니, 그 여자는 전설 속 인물이 아니야, 이 멍청아. 난 직접 만나봤다고. 그래, 믿기 싫으면 믿지 마. 하지만 분명히 얘기하는데, 페이긴을 화나게 하면 그 금발이 그 어떤 재사회화 장치보다 더 끔찍하게 네 두뇌를 튀겨버릴 거라고. 무슨 말인지 알아먹었어?"

켈은 지난 6개월 동안 그 금발 여자에 대한 소문을 들었지만, UNN에서 나오는 가짜 뉴스처럼 아예 믿지 않았다. 그 얘기가 사실이라고 생각하는 걸 보면 해롤드도 꽤나 멍청한 모양이었다. 페이긴이 사람들의 두뇌를 튀겨버리는 여자를 고용했다는 건 외계인이 침공했다는 이야기만큼이나 말도 안 되는 일이었다.

"이봐, 안드레스, 증거가 필요해? 그러면 내일도 물건 보내지 말아봐.

그러면 페이긴 앞으로 끌려가서 진짜 이야기를 들을 수 있게 될 테니까."

그 말을 끝으로 해롤드는 전화를 끊으며 중얼거렸다.

"멍청한 돌대가리 같으니."

그리고 그는 켈을 바라봤다. 아니, 켈은 그렇다고 생각했다. 반사 선글라스 때문에 정확히 어딜 보는 건지 알 수 없었다.

"무슨 일이야, 켈?"

"돈을 받을 게 좀 있는데 아직 못 받았어요. 지금 햅이 진짜 필요해요. 페이긴에게 돈을 조금만 빌려서 햅을 사야 될 것 같아요."

이런 말이 다급하게 쏟아져 나왔고, 켈은 그걸 전부 주워 담아 다시 천천히 이야기하고 싶었다. 멍청한 약쟁이 같으니.

해롤드는 의자에 앉은 채 몸을 앞뒤로 흔들었고, 그 모습이 켈을 메스껍게 했다.

"미안하지만 그건 문제가 좀 있겠는데, 켈. 있잖아, 페이긴은 이제 돈을 안 빌려주거든. 사람들이 돈을 잔뜩 빌리고 나서 죽어버리는 게 진절머리가 나서 말이야. 아니면 가진 게 없다고 갚지 않기도 하고. 그래서 금발을 영입한 후로 새로운 시스템을 만든 거야."

공포가 켈을 뒤흔들었다. 끔찍한 얘기였다. 어떻게 페이긴이 이럴 수 있단 말인가? 그녀는 착하게 살았다. 늘 선불로 돈을 지불했다. 그런데도 금발에게 데려가겠다고 하다니.

아니, 잠깐. 금발은 만들어낸 인물이야. 해롤드가 놀리는 거라고. 멍청한 약쟁이 같으니.

"젠장, 아가씨! 너 정말 맛이 갔구나, 안 그래?"

켈은 떨림을 감추려던 걸 포기했다. 게다가 그녀가 지금 얼마나 절박한

지 해롤드가 알게 된다면…….

켈은 절박했다. 그녀의 두뇌가 비명을 질러대고 있는 것 같았다. *이런 젠장, 내 망할 햅은 어디 있어?* 어떻게든 빨리 햅을 구하지 못하면, 바로 그 자리에서 온몸이 폭발하리라는 확신이 들었다.

"이것 봐, 나도 돕고 싶어. 정말 그러고 싶다고. 하지만 규칙은 규칙이야. 페이긴이 누구든 돈을 빌려야 한다면, 그 금발에게 얘기해야 된다고 했어."

켈은 그 말을 조금도 믿지 않았다. *그냥 내게 겁을 주려고 그러는 거야. 뭔가 시키려고.*

"해롤드, 저한테 돈이 있었다면 전—"

해롤드는 단호하게 고개를 가로저었다.

"말했잖아, 페이긴에게 가보라고. 이봐, 나도 어차피 거기로 가야 하니까, 같이 가보는 게 어때?"

"말했잖아요, 돈이 없다고. 버스도 탈 수 없어요." 켈은 고개를 저었다.

"내 호버바이크에 태워줄게."

그 말에 켈은 깜짝 놀라 고개를 들었다. 해롤드는 절대로 자기 바이크에 다른 사람을 태우지 않았다.

"이봐, 켈. 넌 고객 중에서 VIP라고. 항상 선불로 돈을 내니까. 아주 믿음직스러운 사람이고, 그래서 프랜시하고 내가 널 좋아하는 거야. 내가 도울 수 있는 일이었다면, 지금 당장 이 자리에서 돈을 빌려줬을 거야. 굳이 프랜시에게 얘기할 필요도 없이 말이야. 우린 그만큼 널 믿고 있다고."

해롤드는 의자에 등을 기대고 앉아 길게 한숨을 내쉬었다. 날숨에서 그가 마시고 있던 차 냄새가 났다.

"하지만 이건 내가 어쩔 수 없는 문제고, 그건 프랜시도 마찬가지야. 페이긴만 할 수 있는 일이라고. 두목이 까라면 까야지, 무슨 말인지 알아들었어? 규칙은 규칙이고, 또 규칙은 규칙이잖아. 그러니까 페이긴에게 허락을 받아야 해. 그 금발 여자도 만나봐야 하고."

더는 참을 수 없었던 켈이 목소리를 높였다.

"이봐요, 해롤드, 금발 같은 건 없잖아요. 장난은 그만 치고 빨리—"

해롤드가 탁자를 어찌나 세게 내리쳤는지, 켈은 영혼이 빠져나가는 줄 알았다. 그는 버럭 소리를 질렀다.

"장난치는 게 아니야, 이 멍청아! 진실을 친절하게 알려주는 거라고. 그걸 원치 않으면, 아무 데나 가서 금단현상에 시달리다가 죽어 자빠지기나 해. 내가 신경이나 쓸 줄 알아?"

햅을 구할 수 있는 기회가 손가락 사이로 빠져나가고 있다는 것을 느낀 켈이 축축해진 손으로 그의 손목을 붙잡았다.

"아니, 아니에요. 괜찮아요, 정말이에요. 함께 갈게요. 미안해요. 단지 믿을 수가 없어서—"

정신 차려! 멍청한 약쟁이 같으니.

"믿어. 난 그 금발을 만나봤어. 그뿐 아니라, 당해보기까지 했다고. 그 금발은 진짜로 존재할 뿐 아니라, 빌어먹을 만큼 무섭다고."

해롤드의 단호한 목소리에 켈은 고개를 주억거렸다.

"아…… 알았어요. 믿을 게요. 같이 가요."

어차피 선택의 여지가 있는 것도 아니었다.

해롤드가 전화기를 집어 들었다.

"전화할 데가 좀 있어서 말이야. 한 시간 후에 여기서 만나자고, 알겠어?"

"한 시간이요?"

켈은 자기도 모르게 언성을 높였다. *멍청한 약쟁이 같으니.*

"그래, 한 시간 후에. 먼저 전화를 좀 해야 한다고."

"그래요, 알았어요."

해롤드의 마음이 바뀌지 않기를 바라며 그녀는 재빨리 대답했다.

한 시간 동안 대체 뭘 해야 하지? 자리에서 일어나 비틀비틀 걸으며, 그녀는 VR 오락실에서 놀고 있는 사람 중 아는 사람이 없을까 생각했다. 가끔은 거기서 공짜 투르크를 얻을 때도 있었다. 특히 켄이 거기 있을 때. 그녀가 셔츠를 입고 가슴골을 좀 내보이면 쉽게 얻을 수 있었다. 햅을 맞는 것만큼은 못하겠지만, 일단은 그것으로 한숨 돌릴 수 있을 것이다.

켈은 셔츠의 옷깃을 붙잡아 한 뼘 정도를 뜯어냈다. *자, 이 정도면 충분하겠지.* 켄을 유혹해서 투르크 정도는 얻어낼 수 있을 거라는 생각에 잔뜩 들떠서 그런지, 그녀는 VR 아케이드까지 쓰러지지 않고 걸어갈 수 있었다.

* * *

"축하해, 맬. 벌써 6개월이나 됐네."

맬은 킬리아니 국장과의 이 만남을 지난 일주일 동안 두려워하고 있었다. 그의 두려움을 달래준 유일한 희망은, 비록 가능성은 희박했지만 자신이 그 일주일 동안 노바를 실제로 찾아낼 수 있을지도 모른다는 희망이었다.

물론 그런 일은 일어나지 않았다. 그래서 그는 이렇게 국장의 사무실로 소환되었다.

"몰골이 제대로 엉망진창인데."

맬은 그 말이 아주 웃기다고 생각했다. 킬리아니 국장도 그다지 좋아 보이지 않았다. 그는 성공하진 못했지만 노바를 추적하느라 너무 바빴고, 그래서 조직 내 통신에는 별로 신경을 쓰지 못했다. 그래서 자세한 건 알 수 없었지만, 유령 프로그램이 저그와의 전투에 깊이 관여하고 있는 듯했다. 국장의 눈 밑에는 짙게 그림자가 졌고, 짧았던 갈색 머리는 덥수룩할 정도로 자라났고, 심지어 안경도 쓰지 않았다. 너무 바빠서 위협적인 모습을 꾸밀 새도 없었던 모양이었다.

물론 맬은 다른 사람의 모습에 대해 험담할 처지가 아니었다. 수염은 까칠하게 자랐고, 머리는 빗질은커녕 며칠 동안 감지도 않은 모습이었다. 그의 눈 밑에도 짙게 그림자가 졌을 뿐 아니라, 눈동자도 모두 빨갛게 충혈되어 있을 게 분명했다. 물론 충혈된 눈은 지난 석 달 동안 폭발적으로 증가한 알코올 섭취량 때문이기도 했다.

"감사하네요, 국장님. 그 말씀하려고 부르신 겁니까?"

"재미있군. 그 동네에서 무슨 짓을 하고 있는 거지, 맬 요원?"

국장은 고개를 가로저으며 물었다.

"일을 하고 있습니다, 국장님. 이제는 노바가 시궁창 거리에 없을 수도 있다는 가능성을 심각하게 고려하고 있습니다. 심지어는 아예 타소니스에 없을 수도 있고요."

킬리아니 국장이 고개를 끄덕였다.

"우리 힘이 미치는 모든 행성에서 그 아이를 찾고 있어. 아쉽게도 그 숫자가 줄어들고 있지만."

"국장님, 제 생각엔—"

"자네가 무슨 생각을 하는지는 관심 없어, 맬컴 켈러키안!"

맬은 화들짝 놀랐다. 지금까지 킬리아니 국장이 소리를 지르는 건 본 적이 없었다. 낮게 위협적으로 말하거나, 딱딱거리거나, 언짢은 목소리로 말할 뿐. 하지만 소리를 지른다? 그런 적은 없었다.

상황이 내 생각보다 더 안 좋은 모양이군.

킬리아니 국장은 말을 이었다.

"우리 프로그램에 사이오닉 지수 8이 몇 명 있는지 아나?"

"지하에 있는 친구도 포함해서 말입니까? 한 명이죠."

"사실 X81505M 요원은 지난주에 죽었어. 그러니까 답은 '없다'야."

그녀는 자리에서 일어나, 여전히 극도로 깔끔한 책상 뒤에서 이리저리 서성이기 시작했다.

"우리가 저그를 상대로 어떻게 버티고 있는지 아나? 다 유령 덕분이야."

"외람된 말씀입니다만, 국장님, 그 친구들이 그렇게 잘하고 있는 것 같지는 않습니다."

"자네한테 그런 얘기를 들을 필요는 없어."

언짢은 목소리로 국장이 대꾸했다. 그녀는 안경을 썼더라면 더 효과적이었을 차가운 눈빛으로 그를 바라봤다.

"이 프로그램에는 사람이 더 필요해. 특히 '능력 있는' 사람이 필요하다고. 지금은 사이오닉 지수 6 이상도 단 두 명뿐이야."

"그건 이해합니다, 국장님. 하지만 모든 단서가 실패로 돌아갔습니다. 아무도 그 아이를 보지 못했고, 교통 센서에는 아무 기록도 남지 않았습니다. 그리고 두 눈에서 피를 흘리며 발견된 사체도 없었습니다."

"스캔에도 걸리지 않았고."

"그렇습니다. 아무것도 안 걸렸죠."

여전히 서 있는 채로 킬리아니 국장은 몸을 기울여 책상의 컴퓨터 제어
반에 손을 댔다. 그리고 화면에 나타난 것을 읽기 시작했다.

"6개월 전에—"

"이제 시작이군." 맬이 나직이 중얼거렸다.

"자네는 X41822N 요원에 대한 확실한 단서를 잡았다고 했지."

노바는 아직 요원이 아니라고 정정하고 싶었지만, 맬은 간신히 그 말을
삼켰다. 굳이 무덤을 팔 이유는 없잖은가. 게다가 노바는 이미 죽은 것으
로 간주되었다. 살아남은 클라라는 노바와 가족들을 위해 근사한 장례식
까지 열었었다. 노바의 관을 열어보고 관이 비어 있다는 사실을 확인한 사
람은 아무도 없었고, 장례식 관계자들 역시 관이 너무 가벼웠다는 이야기
를 떠벌리지 않는 대가로 상당한 돈을 받았을 거라고 확신했다.

킬리아니 국장의 말은 계속됐다.

"미디어 상점에서 AAI를 날려버리는 모습이 목격됐다고 했었지. 그 후
로 어떻게 됐지?"

"그 후, 인근의 모든 상점 주인과 거주민들을 상대로 탐문을 했습니다
만, 뭐든 보거나 들은 사람이 아무도 없었습니다. AAI가 폭발하는 것도 포
함해서요. 국장님, 거긴 시궁창 거리입니다. 타소니스에서 눈멀고 귀먹고
말 못하는 사람들이 가장 많이 모여 있는 곳이죠. 그 아이가 교통 센서 앞
을 지나가지 않는 한, 물론 지난 6개월간 그런 일은 없었지만요, 혹은 시체
라도 하나 만들지 않는 한, 물론 이미 만들었지만 누구의 눈에도 띄지 않
았으리라 생각되지만요, 군대라도 동원하지 않고서는 그 아이를 찾을 수
없을 겁니다."

맬은 불편한 의자에서 자세를 바꿨다.

"알았어. 군대를 붙여주지."

"비유적으로 말씀드린 겁니다, 국장님." 맬이 두 눈을 껌뻑였다.

"난 아니야."

킬리아니 국장은 주머니에서 전화기를 꺼내 버튼 하나를 눌렀다.

"은도치에게 연결해줘."

맬은 의자에서 일어나 다급하게 말했다.

"국장님, 너무 성급한 생각입니다."

은도치 소령에 대한 얘기는 전에도 들어본 적이 있었고, 그런 사이코패
스를 신경 쓰는 일이야말로 지금 그에게 가장 필요하지 않은 일이었다. 하
지만 킬리아니 국장은 이미 통화를 끝내고 있었다.

"좋아, 고맙다."

전화를 끊고 난 후 그녀는 무시무시한 눈빛으로 맬을 노려봤다.

"성급하다고? 6개월이라는 시간을 주었을 텐데, 맬. 타소니스 경찰은
지금껏 아무 쓸모도—"

"래리 경위는 쓸 만한 정보를 전부 제공해줬습니다. 교통과 경찰도 매
일 교통 센서 촬영분을 확인했고요. 저 역시 열다섯 살짜리 아이가 시궁창
거리에서 갈 만한 곳은 모두 뒤져봤습니다. 하지만—"

"그걸 전부 하고도 아무것도 알아내지 못했잖아, 젠장. 맬, 우린 지금
전쟁에서 지고 있다고! 저그에게 두 동강이 나거나, 프로토스에게 소멸
되지 않은 사람들은 전부 멩스크에게 매수되고 있어. 연합은 해체되고
있고, 그걸 막으려면 우리가 가진 모든 무기를 동원해서 맞서 싸워야 해.
X41822N 요원은 우리가 반드시 손에 넣어야 하는 무기인데도, 자네가 그

녀를 찾아내지 못하고 있는 게 문제라고!"

그때 킬리아니 국장의 인터폰이 삑 소리를 냈다.

"국장님, 은도치 소령이 도착했습니다."

킬리아니 국장이 고개를 끄덕이며 책상 위의 제어반에 손을 대자, 문이 미끄러지듯 열렸다.

에스메랄다 은도치 소령이 국장실로 들어왔다. 그녀는 맬이 예상했던 것보다 키가 작았다. 전장에서 승리하고 UNN 뉴스 보도에 등장할 때 입고 있던 강화복이 아니라 평범한 위장복을 입고 있으니, 그다지 위협적으로 보이진 않았다. 검은 머리를 빡빡 깎은 그녀는, 수많은 신병들을 겁에 질리게 했을 무시무시한 표정으로 맬을 노려봤다.

은도치는 공식적으로 22연합 해병 사단으로 알려진 지상 부대의 지휘관이었다. 비공식적으로는 '말살자들'이라고 불리는 부대의 우두머리였다. 연합 군대의 사단 중 가장 높은 임무 성공률을 자랑하는 조직이었던 만큼, 맬은 은도치가 이 행성을 떠나 저그와 싸우고 있지 않다는 사실에 조금 놀랐다.

은도치 소령의 출신 배경에는 묘한 구석이 있었다. 중산층 가문 출신의 그녀는 늘 운동에서 뛰어난 실력을 발휘해 프로 축구 선수가 될 거라는 기대를 한 몸에 받았다. 그러다가 구 가문의 후계자인 그레고리 듀크의 눈에 들었다.

두 사람의 결혼은 엄청난 사건이었지만, 그레고리는 1년 뒤 죽었다. 사인은 뇌동맥류 때문이라고 했다. 맬이 갓 형사과에 합류했던 시점이었는데, 사실은 은도치가 남편을 죽인 거라는 소문이 돌았다. 그레고리가 죽은 후 은도치는 해병대에 입대했고, 장교로 부임했다. 누가 뭐래도 그녀는 듀크 가문의 일원이었다, 남편이 죽은 후에는 결혼 전의 성으로 돌아갔지만 말이다. 그녀가 듀크라는 성을 버린 것은 한동안 사람들의 입에 오르내리는 스캔들이 되었다. 게다가 그건 무척이나 불편한 일이기도 했다. '은도치'라는 이름을 제대로 알아듣고 발음하지 못하는 사람이 워낙 많았다. (말살자 부대의 신병들은 '은도치'라는 이름을 잘못 발음할 때마다 팔굽혀펴기를 60번씩 해야 한다는 소문이 돌기도 했다)

은도치 소령은 승승장구하며 빠르게 진급했고, 인상적인 명성을 쌓아올렸다. 물론 그녀가 지나는 길에는 엄청난 대학살이 뒤따르기도 했다. 그러다가 결국엔 소령으로 승진하고, 22사단까지 맡게 되었다.

"소령 은도치, 명에 따라 신고합니다."

은도치 소령이 경례를 붙이자 킬리아니 국장이 경례를 받았다.

"쉬어, 소령."

은도치는 자세를 조금 바꿨지만, 편히 쉬겠다는 기색은 전혀 없었다. 사실 타소니스 경찰청에서 오랫동안 갈고 닦은 맬의 눈, 특히 지난 6개월간 시궁창 거리의 맹수 같은 거주민들을 상대하며 체득한 경험을 기반으로 보면, 은도치는 조금이라도 거슬리는 인간은 당장이라도 숨통을 끊어놓을 준비가 되어 있는 듯했다.

"이쪽은 우리 탐색관 맬컴 켈러키안 요원이다. 당분간 그의 지휘를 받아라."

은도치는 저녁 식사 그릇에 들어 있는 죽은 쥐새끼를 보는 듯한 눈빛으로 맬을 응시했다.

"얼마 동안입니까?"

국장은 책상 위의 화면을 돌려 맬과 은도치에게 보여주었다.

"이 소녀를 찾을 때까지."

노바의 사진이었다. 클라라가 UNN에 부고를 실을 때 함께 제공한 사진으로, 열다섯 번째 생일 며칠 전에 찍은 사진이었다.

"국장님, 외람된 말씀이지만 이건 인력 낭비입니다. 저희는 코랄의 후예가 타소니스를 공격할 준비를 하고 있다는 첩보를 입수한 상태입니다."

그 말을 들은 맬이 은도치를 향해 시선을 돌렸다. 처음 듣는 얘기였다. *사실 내가 지난 6개월 동안 너무 바쁘긴 했지.*

은도치는 불만스러운 듯 말을 이었다.

"저희도 이제는 준비를 해야—"

"소령, 세 가지를 기억해줬으면 좋겠다. 하나, 이 소녀는 텔레파시 및 염동력 능력자로, 사이오닉 지수가 8 이상이다. 물론 이 방으로 불려와 탐색관 예하로 배치되는 순간 그 정도는 짐작했겠지. 따라서 이 소녀는 보기보다 훨씬 더 위험한 존재다."

킬리아니가 은도치의 말을 잘랐다.

"그럴 거라고는 짐작했습니다, 국장님."

은도치 소령이 마지못해 대꾸했다.

"내가 하고 싶은 말은, 노바 테라가 A급 목표라는 거다."

그 말이 은도치의 주의를 끌었다. A급 목표는 털끝 하나 다치지 않은 채 생포해야 했다. 그리고 그 임무를 맡은 사람이 대상에게 최소한의 상해라도 입힌다면, 해당 대원은 불명예제대와 동시에 투옥되어야 했다. 국장은 계속 말을 이었다.

"둘, 코랄의 후예가 이 행성을 공격한다면, 그 공격은 아마 우주에서 이루어질 것이다. 내가 알기로 22사단은 지상군으로 구성되어 있지. 멩스크가 아주 탁월한 능력을 발휘하고 행운의 여신에게 도움을 받아 우리 방어선을 돌파한다면, 제군을 지상 지원 임무에 배치하겠다. 하지만 그런 일이 생기기 전까지는, 이번 임무를 맡아주기 바란다."

깨끗한 책상 위에 손바닥을 올리며, 킬리아니는 몸을 앞으로 숙였다.

"셋, 다시 한 번 더 말대꾸를 하면, 이병으로 강등시킨 다음 화물선에서 폐기물 배출구를 혓바닥으로 닦아내게 만들어주지. 무슨 말인지 알겠나?"

은도치는 전혀 위협을 느끼지 않는 듯했다. 아마 킬리아니 국장에게 혓바닥으로 공격당한 사람 중에서 그런 경우는 처음일 것이다. 그래도 소령은 차렷 자세를 취하긴 했다.

"임무 유형을 말씀해주십시오, 국장님."

"노바 테라는 시궁창 거리 어딘가에 있다. 무슨 수를 써서든 그녀를 찾아라."

그 말에 은도치는 미소를 지었고, 맬은 눈살을 찌푸렸다.

"제가 선호하는 임무입니다, 국장님."

"그럴 거라고 생각했다."

"국장님, 이건—"

맬이 입을 열었다. 그리고 그대로 입을 다물었다. *어떻게 반대하겠다는 거야?* 지난 6개월 동안 그의 수사는 아무런 진전이 없었다. 시궁창 거리의 거주민들이 정부 요원을 도우려고 하지 않는다는 게 가장 큰 문제였다. 그 지역의 일반 경찰들은 사실상 아무 쓸모가 없었고, 래리와 교통경찰도 맬이 기대했던 것만큼 도움이 되지는 않았다.

그래, 하지만 그들이 도우려 하지 않는 건 정부가 해준 게 아무것도 없

기 때문이지. 그 지역 거주민들은 거의 모든 면에서 연합 정부로부터 푸대접을 받고 있잖아. 솔직히 맹스크가 타소니스를 점령하는 데 성공한다고 해도, 시궁창 거리의 사람들은 달라질 게 하나도 없을 테니까. 그 사람들이 이런 미치광이를 상대해야 할 이유는 없어.

하지만 맬은 형사를 포기하고 탐색관이 되어야 했던 것처럼, 지금도 다른 선택의 여지가 없었다.

이어폰에서 갑자기 삑 소리가 나는 바람에 맬은 깜짝 놀랐다. 래리 경위의 연락이었다.

"죄송합니다, 국장님. 꼭 받아야 하는 전화여서요."

킬리아니 국장이 허락하기도 전에 그는 곧바로 전화를 받았다.

"말씀하세요, 래리."

"뭘 좀 찾았어. 좀 더 빨리 연락했어야 하는데, 다른 것처럼 헛소리인 줄 알았지 뭐—"

맬은 잡담을 다 들어줄 마음의 여유가 없었다. 오늘은 특히 그랬다.

"용건만 말씀하세요, 래리."

"요즘 페이긴과 긴밀히 함께 일하는 사람이 있다는 소문이 시궁창 거리에서 돌고 있어. 다들 '금발'이라고 부르는데, 일종의 행동대장 역할을 하는 모양이더군."

"페이긴? 그가 누굽니까?" 맬은 전혀 알지 못하는 이름이었다.

"페이긴이 누군지 모른다고? 시궁창 거리의 모든 것을 지배하는 놈이지."

래리는 믿을 수 없다는 목소리였고, 더불어 맬도 래리의 말을 믿을 수가 없었다.

"그게 무슨 뜻입니까?"

"페이긴이라는 놈이 시궁창 거리에서 일어나는 모든 일을 운영한다는 소리야. 마약, 협박, 술 등등이 전부 페이긴을 통해서 흘러가거든. 그 정도는 알고 있을 줄 알았는데, 맬. 어떻게 그걸 모를 수가 있어?"

"래리, 전 시궁창 거리에서 근무한 적이 없습니다. 그쪽 거물들은 잘 몰라요. 그래서 당신을 찾아간 것 아닙니까."

"젠장, 미안하네, 맬. 이미 알고 있는 정보인 줄 알았어."

"그 금발에 대해 말씀해주십시오."

그 말에 킬리아니 국장도 반응을 보였다.

"금발이라니, 무슨 금발?"

맬은 손을 내저어 국장의 말을 막고 래리의 대답을 기다렸다.

"처음에는 늘 도는 헛소문인 줄 알았지. 누군가가 돈을 제대로 갚지 않는 햅 중독자들을 전부 죽이고 있다는 둥, 어떤 여자가 햅을 얻으려고 페이긴과 자고 있다는 둥, 뻔한 얘기였거든. 그중에서 내가 가장 마음에 들었던 건, 페이긴의 개인 행동대원 노릇을 하던 피처라는 친구 얘기지. 그런데 보통은 전부 뜬소문에 불과해서, 몇 주 정도면 그런 얘기들이 거리에서 전부 사라져. 젠장, 그 피처라는 친구도 거의 1년 동안 아무 소식이 없었으니까."

"그런데 이 금발에 대한 얘기는 사라지지 않는다는 겁니까?"

"그래. 그리고 가장 마지막으로 들은 얘기는, 그 금발 여자가 텔레파시 능력자라는 거야. 헛소문일 수도 있지만, 그래도 자네가 한번 확인해보는 게 좋겠어. 하지만 조심해. 페이긴은 쉽게 건드릴 수 있는 녀석이 아니니까."

맬은 은도치 소령을 바라봤다.

"그게 문제가 될 것 같지는 않습니다. 일단 제가 찾아가도 되겠습니까?"

"그래. 하지만 늘 만나던 곳은 안 돼. 남서 지구 경찰들은 대부분 페이긴에게 관리를 받고 있거든. 식당에는 도청 장치도 설치된 것 같고."

"그럼 저희 집으로 오십시오. 버스비는 제가 처리해드리겠습니다."

래리가 남서 지구에서 하이츠에 있는 맬의 집까지 가는 차비가 얼마나 비싼지 아냐고 투덜거리기 전에 맬이 서둘러 덧붙였다.

"그래, 알았어. 두 시간 후에 퇴근할 거야. 내가 자리를 비웠다는 걸 누군가 눈치채기 전에 돌아가야겠군. 이봐, 맬. 이 여자애 좀 빨리 찾아. 이제 첩보원 노릇에 조금 지쳤거든. 그런 건 자네 같은 요원들이나 하는 거지, 나 같은 공무원들이 할 일이 아니야."

"네, 수고하셨습니다."

맬은 전화를 끊고 국장을 향해 돌아섰다.

"단서를 잡았습니다. 래리 경위가 남서 지구에서 저희 집까지 와야 해서, 버스카드가 두어 장 필요합니다."

"필요한 건 다 확보한 줄 알았는데."

은도치가 퉁명스럽게 중얼거리자 맬은 고개를 가로저었다.

"아직 아닙니다. 노바와 함께하고 있을 것으로 짐작되는 사람의 이름은 알아냈습니다. 하지만 관련 정보를 모두 알아내야 합니다. 타소니스 경찰이 도청할 수 있는 공개 회선으로는 안 됩니다."

킬리아니 국장이 자기 부서의 회선은 안전하다고 지적하기 전에, 그는 재빨리 말을 이었다.

"제 말은 듣지 못한다 해도, 저쪽에서 하는 얘기는 들을 수 있습니다. 그쪽 지역 경찰들은 전부 썩어 있고 래리가 지금까지 해준 말을 참고하면, 노바를 데리고 있는 페이긴이라는 자가 모든 부패와 범죄의 뿌리인 모양입니다."

"곧 뿌리가 뽑히겠군." 은도치 소령이 콧방귀를 뀌었다.

맬은 잠시 은도치 소령을 노려보다가 국장을 향해 시선을 돌렸다.

"세 시간 후에 래리 경위를 만나서 작전 계획을 세우고 다시 보고하겠습니다."

킬리아니 국장은 은도치를 향해 고개를 돌렸다.

"좋아. 소령, 맬 요원이 보고해올 때까진 대기 상태로 기다리도록. 해산."

은도치는 경례를 붙인 후 곧장 돌아서서 국장의 사무실을 떠났다.

"제대로 된 단서여야 할 거야."

등 뒤에서 문이 닫히자마자 킬리아니 국장이 말했다.

"래리 경위는 아직 절 실망시키지 않았습니다."

실은 거짓말이었다. 래리가 페이긴이라는 요주의 인물에 대한 정보를 빼놓았다니, 믿을 수가 없었다.

어쨌거나 잘하면 시궁창 거리 전체를 발칵 뒤집어놓지 않고도 문제를 해결할 방법을 찾아낼 수 있을지도 몰라.

제13장

마커스는 점점 더 후회하는 마음이 커졌다. 그의 아버지가 무슨 짓을 했는지 알고 있다는 말을 했을 때, 노바의 머리에 총알을 박았어야 했다. 페이긴에게 알리지도 말고 그냥 머리를 날려버린 후 볼프강과 그의 여자들에게 사체를 처리하라고 시켰어야 했다.

그랬더라면 지난 6개월이 훨씬 더 즐거웠을 것이다.

마커스는 지금 페이긴의 방에 서 있었다. 방에는 조조 말고도 주얼과 맷이 함께 있었다. 두 사람은 파이크 가에서 마커스를 위해 일하는 판매상이었다. 마커스가 생각하기에 두 사람은 아무것도 잘못한 게 없었지만, 페이긴에게는 요즘 그런 건 중요하지 않았다.

"위원회에서 가끔 한 번씩 하는 짓이 있어. 임의 감사라고 하지. 그러니까, 가끔 내키는 대로 아무나 골라서 조사를 하는 거야. 세금은 잘 내고 있나, 조세에는 문제가 없나, 지하실에 시체는 안 감추고 있나 그런 걸 확인하는 거지. 알겠어? 누구나 감사 대상이 될 수 있고, 가끔은 생각도 못한 것을 찾아내기도 하지."

페이긴은 이리저리 왔다 갔다 하며 말을 하고 있었다. 그의 민머리 아니, 모낭 억제제 사용을 깜빡 잊어서 어느새 머리카락이 까칠하게 자라난 머리와 듬성듬성 자란 수염에 땀이 송골송골 맺혔다. 왼손은 계속해서 왼쪽 귀를 더듬었다. 군부대의 관계자에게서 받은 그 이상한 장치를 차고 있는 곳이었다.

마커스 생각에는 그 장치도 노바만큼이나 문제가 심각했다. 그건 페이긴이 노바를 고분고분하게 만드는 수단이었고, 그래서 그는 단 한시도 그 장치를 몸에서 떼어놓지 않았다.

"나도 그런 방식이 마음에 든다, 이거야. 아주 마음에 든다고. 그러니까 너희 둘이 여기 와 있는 건, 너희가 아무것도 잘못한 게 없다는 걸 내가 알고 있기 때문이야. 그렇다는 걸 증명해보려고 여기까지 부른 거지. 이리 나와!"

페이긴이 휙 돌아서며 소리쳤다. 그의 몰골도 말이 아니었지만, 노바는 더 끔찍했다. 6개월 전, 심각하게 맛이 간 빌리와 프레디와 함께 노바가 그의 문간에 나타났을 때만 해도 마커스는 꽤 예쁜 계집애라고 생각했었다. 물론 그의 취향에는 너무 어렸지만, 빌리와 프레디가 애초에 그녀를 쫓아간 이유를 분명히 알 수 있었다. 늘씬한 몸매에 예쁘장한 얼굴, 사랑스러운 눈과 찰랑거리는 머리카락까지.

하지만 이제 더는 그런 모습을 찾아볼 수가 없었다. 긴 금발 머리는 마지막으로 감은 게 언제인지 모를 만큼 기름이 엉겨서 마치 노란색 노끈처럼 머리에 매달려 있었다. 초록색 눈은 잔뜩 충혈되었고, 볼은 푹 꺼질 만큼 야위었으며 입술은 갈라지고 잔뜩 터 있었다. 살도 너무 많이 빠져서,

갈비뼈가 툭툭 불거져 나온 상체를 예상할 수 있었다. 페이긴이 준 커다란 스웨터와 너무 큰 청바지 밖으로 드러난 손과 손목은 비쩍 마르고 뼈만 남아서, 마커스는 어쩐지 두려울 지경이었다.

노바는 페이긴이 가둬놓은 옆방에서 천천히 걸어 나왔다.

"제발, 페이긴, 오늘은 안 돼. 나는—"

페이긴이 팔에 손을 댔다.

"이아아아아아악!"

마커스는 두 눈을 질끈 감았다. 도저히 볼 수가 없었다.

몇 초가 지나고 노바는 비명을 멈췄지만 여전히 숨을 거칠게 몰아쉬고 있었다. 마커스가 눈을 뜨자 노바가 그를 바라보고 있었다. 처음에 가끔씩 보이던 저항의 눈빛이 아니라, 그저 애처롭게 애원하는 표정만 얼굴에 남아 있었다.

페이긴이 엄지손가락으로 주얼과 맷을 가리켰다.

"말해봐."

노바는 공허한 눈빛으로 두 명의 판매상을 바라봤다.

"두 사람은 사랑하는 사이야."

마커스는 콧방귀를 뀌었다. 그건 딱히 비밀도 아니었다.

"지금 하는 일이 마음에 드는 것 같아. UNN이 코랄의 후예에 대해서는 사실을 말하고 있지만, 외계인들에 대해서는 거짓말을 한다고 생각해. 당신이 별다른 이유 없이 총을 쏠까봐 겁에 질렸어. 아무것도 잘못한 게 없으니까. 아까는 오늘 밤에 어디서 잠을 잘지 얘기하고 있었어. 여자 집에서 잘지, 남자 집에서 잘지."

페이긴은 한 손을 들어 올렸다.

"그걸로 됐어."

그리고 곧장 P220을 꺼내 총알 세 발을 주얼의 가슴에 박아 넣었다.

"안 돼!"

마커스는 그게 연인인 맷의 목소리인지 노바의 목소리인지 생각했지만, 사실은 두 사람이 함께 소리를 지르고 있었다.

이제는 맷에게 총을 겨누고서 페이긴이 말했다.

"동료와 자지 마라. 그러면 만날 침대에서 뒹굴 궁리만 하고 일 생각은 하지 못하게 된다고. 무슨 말인지 알아먹었어?"

"네, 그럼요, 알겠습니다, 페이긴, 알았어요."

맷은 새파랗게 겁에 질린 채 재빨리 고개를 끄덕였다.

"당장 여기서 꺼져."

"네, 두목." 맷은 방에서 나가다가 넘어질 뻔했다.

"저 남자 잔뜩 겁에 질렸어. 그리고 자기가 아니라 여자가 죽어서 다행이라고 생각하고 있어."

노바가 혼잣말을 하듯 중얼거렸다.

"좋아."

페이긴은 더는 아무 말도 없이 그대로 돌아서서 뒤쪽 방으로 들어갔다. 마커스는 열두 명 중, 오늘은 누가 운수 사납게 페이긴을 상대하게 될지 궁금했다.

마커스 외에는 조조와 노바만 남아 있었다. 물론, 피투성이가 된 주얼의 시체도 함께였다. 마커스가 고개를 숙이자, 주얼의 둥근 얼굴에 죽음의 공포가 어려 있는 게 느껴졌다.

그런 대접을 받아야 할 사람이 아니었다.

"시체 처리해." 마커스가 조조에게 지시를 내렸다.

"볼프강을 부르겠습니다." 고개를 끄덕이며 조조가 대답했다.

그 순간 마커스의 머릿속에 뭔가 생각이 떠올랐다. 그리고 미처 말을 삼키기 전에 그 생각이 입 밖으로 나왔다.

"아니, 그냥 갖다 버려."

"하지만……." 조조가 눈을 껌뻑거렸다.

일단 머리가 제대로 돌아가기 시작하자 마커스는 그대로 진행하기로 마음먹었다.

"페이긴이 볼프강을 부르라고 지시했었나?"

"아, 아니요." 조조는 확신하지 못하는 듯했다.

"페이긴이 시키지도 않은 일을 하고 싶어?"

그 말을 강조하기 위해, 마커스는 주얼의 시체를 내려다봤다. 그의 시선을 따라간 조조는 긴 한숨을 내쉬었다.

"네, 알겠습니다. 그 골목에 버릴게요."

마커스는 '그 골목'이 어떤 골목인지 알지 못했고, 알고 싶지도 않았다. 그저 주얼의 시체가 이곳에서 벗어나기를 바랐다. 조조가 시체를 끌고 나가자 피가 바닥에 얼룩을 남겼다. *좋아하는 셔츠가 아니길 바라야겠군. 조만간 입지 못할 지경이 될 테니까.*

"경찰이 시체를 발견하길 원하는 거지."

마커스는 노바를 돌아봤다.

"지금 뭐라고……?"

"경찰이 주얼의 시체를 찾으면 박혀 있는 총알을 찾아낼 테고, 그게 페이긴의 P220과 일치한다는 걸 알아내면 그를 체포하겠지."

"무슨 말도 안 되는 소리야."

마커스가 시선을 피하며 말했다. 그도 자신이 거짓말을 하고 있다는 걸 알았다. 그게 바로 그가 생각하고 있던 것이었으니까.

"일단 경찰은 페이긴의 총에 대해서 아는 게 없어. 게다가 주얼의 시체를 발견한다고 해도, 그를 체포할 경찰은 없어."

그래, 맞아. 그런데 대체 왜 조조에게 볼프강을 부르지 말라고 한 거지? 마커스는 스스로에게 물었다.

마커스가 그 질문을 소리 내어 말하기라도 한 듯, 노바가 대답했다.

"페이긴이 붙잡히길 원하니까. 사라져버리길 원하니까. 하지만 성공하진 못할 거야, 마커스. 그자에게는 당신 아버지가 어머니에게 했던 짓을 해야 해. 당신 진짜 어머니 말이야."

"닥쳐!" 마커스는 자신의 P220을 꺼내 들었다.

"난 무슨 일이 일어났는지 다 알아, 마커스. 그리고 페이긴이 사라지기를 얼마나 원하고 있는지도 알고."

노바의 목소리는 속삭이듯이 잦아들었다.

"그래, 뭐, 그래도 내가 할 수 있는 일은 없어."

마커스는 무기를 내렸다.

"아니, 있어."

그는 다시 한 번 총을 들었다.

"아니야, 아무것도 없어! 두목은 그 사람이니까, 무슨 말인지 알아먹었어? 난 아무것도 바꾸고 싶지 않아!"

"그러면 더 많은 사람들이 죽게 될 거야. 본인이 직접 총으로 쏴서 죽이든가, 아니면 날 시켜서 죽이겠지. 난 이미 사람들을 일흔네 명이나 죽였어, 마커스."

마커스의 두 눈이 휘둥그레지며 총이 다시 아래로 떨궈졌다. 그는 속삭이듯 물었다.

"뭐라고?"

"일흔네 명. 처음은 횡령을 하던 경찰이었어. 로니 우르시티라는 이름이었지. 남서 지구에 배속되었는데, 지난 2년간 수익의 5퍼센트를 자기 몫으로 챙겼더군. 두 번째는—"

"그만해."

마커스는 지금 일흔네 명의 이름을 전부 듣고 싶은 생각은 없었다. 하지만 노바는 멈추지 않았다.

"두 번째는 아리아나 매닝이라는 햅 중독자였어. 계속 빚을 갚겠다고 말했지만 한 번도 갚지 않았지. 그 다음은 빅 콕스, 술에 취했을 때 페이긴에게 뭔가 기분 나쁜 말을 했고, 나중에 사과했다고 하더군. 페이긴에겐 아무 의미도 없었지만. 그래서 내게 죽이라고 했지. 그 다음은 디온이라는—"

"그만해! 정말이야, 당장 닥치지 않으면 얼굴을 날려버릴 거야!"

마커스는 다시 총을 들어 올리고 안전장치를 풀었다. 더는 듣고 싶지 않았다. 특히 빅의 이름을 듣고 나니 더 그랬다. 그는 빅이—

"아니, 빅은 버스 사고로 죽지 않았어. 볼프강의 여자들이 그렇게 꾸며 낸 거지. 페이긴이 빅의 딸에게 그렇게 말해줄 수 있도록."

노바는 주얼과 맷의 생각을 페이긴에게 말해주던 곳에서 지금까지 단한 걸음도 움직이지 않은 채 서 있었다. 그녀의 목소리는 거친 귓속말 같았다. 마커스는 그녀가 마지막으로 식사를 한 게 언제인지도—

"오늘 아침에 먹을 걸 줬어. 수도는 방 안에 있고. 그냥 먹고 싶지 않았을 뿐이야."

"너 혹시……?"

마커스는 고개를 가로저었다.

"페이긴이 날 굶어 죽게 내버려두지는 않을 거야. 나도 굶어 죽을 생각은 없어. 이미 한 번 시도해봤던 일이니까."

안전장치를 다시 채우고 P220을 재킷 주머니에 넣으며, 마커스는 다시 한 번 고개를 가로저었다. 노바가 그때 굶어 죽었더라면 모든 사람이 지금보다는 더 나았을 것이다. 그리고 그는 이 생각을 노바가 듣는다고 해도 상관없었다.

"모든 걸 막을 방법이 있어, 당신도 알잖아." 노바가 속삭였다.

"그래, 네 머리에 총을 갈기는 거지. 물론 그랬다가는 나도 개죽음을 당하겠지만."

마커스는 긴 한숨을 내쉬었다.

문이 미끄러져 열리고 페이긴의 아이들 중 하나가 나타났다. 마커스는 그 아이가 누구인지 기억하지 못했다. 노바는 그 아이가 누구인지 알 것 같았지만 묻고 싶지 않았다.

"오르비야." 노바가 속삭였다.

6개월이 지났는데도 그런 행동은 여전히 그를 소름끼치게 했다.

"무슨 일이냐, 오르비?"

"해롤드가 웬 여자 중독자를 하나 데려왔어요. 약속이 되어 있다고 하던데요."

마커스는 손에 얼굴을 묻고 이마를 문질렀다. 물론 약속이 없었다면 해롤드가 키치오스에서 여기까지 오는 일은 없었을 것이다. 사실 해롤드가 좋아하는 그 멍청한 이름의 카페 의자에서 그의 엉덩이를 떼어내려면 레이저 수술이 필요할 정도였다.

"그래, 알았어, 들여보내."

오르비는 고개를 끄덕였고, 곧 해롤드가 들어왔다. 마커스가 지금껏 봐온 사람들 중 가장 슬픈 얼굴의 여자와 함께였다. 비쩍 말라 뼈만 앙상하게 남았고, 너저분한 갈색 머리카락과 푹 꺼진 눈, 코랄에 핵폭탄이 떨어진 후로 한 번도 빨지 않은 듯한 옷을 입고 있었다. 마커스는 갑자기 입으로 숨을 쉬어야 할 것 같은 기분을 느꼈다.

"이봐, 저 여자가 여긴 뭐하러 온 거야?"

"돈을 빌려달라고 하더라고."

해롤드가 어깨를 으쓱하며 말했다. 그는 실내에 들어왔으면서도 여전히 선글라스를 쓰고 있었다. 그 선글라스도 그의 얼굴에서 벗겨내려면 레이저 수술이 필요할 것 같았다.

"난 어차피 내일 밤에 열릴 파티 때문에 여기로 와야 했으니까 그냥 데려온 거야. 금발을 만나봐야 할 것 같아서."

"알았어, 내가—"

"꺼져." 노바가 나직이 뇌까렸다.

"닥쳐. 넌 그냥 시키는 대로—"

"당장 꺼져!"

마커스의 말이 채 끝나기도 전에 노바는 소리를 질렀고 초록색 눈을 약쟁이 여자에게 고정한 채 자리에서 일어섰다.

"켈, 당신이 이곳에 있으면 지금 당신이 생각하는 걸 페이긴에게 이야기해야 한단 말이야. 그러면 그는 당신이 절대로 돈을 갚지 않으리란 걸 알게 될 거고. 돈이 생기면 죄다 햅이나 살 테니까. 지금 돈을 빌리려는 건 수중에 있는 걸 모두 팔아버렸기 때문이고, 당신 것도 아닌 물건까지 팔아서 돈만 챙겼어. 당신은 돈을 갚을 생각이 없기 때문에 페이긴은 당신을 여기서 그냥 죽여버리려 할 테고, 그 일은 날 시킬 거야. 대체 왜 거기 서 있는 거야? 나가! 꺼지라고! 당장 꺼져!"

켈이라는 이름의 약쟁이는 마커스가 지금까지 본 그 누구보다도 빠른 몸놀림으로 방을 빠져나갔다.

"이게 무슨 개뼈다귀 같은 소리야, 마커스?" 해롤드가 물었다.

"당신도 꺼져. 그러는 게 좋을 거야." 노바는 해롤드를 바라봤다.

"약속이 있다니까." 해롤드는 선글라스 너머로 노바를 바라봤다.

"페이긴은 바빠. 지금 그를 귀찮게 했다가는 당신을 쏴버릴 거야. 아니면 내가 처리하게 될 수도 있고. 당신이 일흔다섯 번째가 되게 하고 싶지는 않아."

"일흔다섯……? 지금 이 여자가 무슨 소릴 하고 있는 거야, 마커스?"

해롤드가 마커스를 향해 시선을 돌리자 마커스는 그를 문으로 이끌며 말했다.

"그냥 말 들어, 해롤드. 요즘 페이긴이 어떤지 알잖아."

"건드리지 마. 그래, 알았어, 알았다고. 그냥 가주지. 하지만 그 파티 얘기를 하긴 해야 해."

해롤드는 화가 조금 누그러진 듯했다.

"조조가 돌아올 때까지 밖에서 기다려. 그 녀석이랑 얘기하면 될 테니까."

해롤드는 어깨 너머로 노바를 돌아본 후 고개를 절레절레 저었다.

"그래, 알았어, 알았다고. 젠장." 그는 천천히 방을 나갔다.

"넌 제정신이 아니야, 알고 있지?" 마커스가 노바를 바라봤다.

"페이긴을 죽여야 해, 마커스. 당신이 살아남는 방법은 그것뿐이야. 그러지 않으면 그가 내게 당신 머릿속을 스캔하라고 할 테고, 그러면 얘기할 수밖에 없어."

노바의 초록색 눈에 눈물이 차올랐다.

"얘기할 수밖에 없다고. 다른 방법이 없어. 그가 내 머리를 아프게 하니까!"

더는 그녀의 말을 듣고 있을 수 없었던 마커스는 조금 전 약쟁이가 그랬던 것처럼 서둘러 방을 빠져나갔다. *그 여자 이름이 뭐라고 했지? 켈? 젠장, 집에나 가야겠어.*

마커스는 페이긴이 모아놓은 아이들을 빠르게 지나쳐 밖으로 나갔고, 현관 앞에 앉아 있는 켈을 발견했다.

"해롤드는 방금 갔어요. 혼자서 호버바이크를 타고 갔죠. 저는 여기에 내버려두고. 그냥 죽을 때까지 여기 앉아 있어야 할 것 같아요."

마커스도 켈이 말한 걸 함께하는 게 낫지 않을까 잠시 심각하게 고민했다. 하지만 그럴 수는 없었다.

"일어나."

마커스의 말에 켈은 잔뜩 충혈된 눈으로 그를 올려다봤다. 동공이 팽창되어 있었다. 빨리 햅을 맞지 않으면, 여기 페이긴의 문간에서 금단현상이 나타날 것이다. 그건 좋지 않았다.

"일어나라고 했잖아! 젠장, 일단 날 따라와."

켈은 아무 말 없이 비틀거리며 자리에서 일어나, 마커스의 왼팔이 생명줄이라도 되는 것처럼 꽉 붙잡았다.

젠장, 내 팔이 이 여자의 생명줄이라도 된다는 거야, 뭐야. 젠장.

마커스는 켈을 자신의 호버바이크로 데리고 가서 사이드카에 태웠다.

파이크 가로 호버바이크를 몰면서, 그는 이 햅 중독자를 어떻게 해야 할
지 고민했다.

노바가 했던 말을 떠올리는 것보다는 그게 나았다.

제14장

"제게 그 페이긴이라는 녀석에 대해 왜 이야기해주지 않으셨는지 설명해주시겠습니까?"

래리는 맬의 현관 앞에 서 있었다. 잘 지냈냐는 인사보다, 건강은 어떠냐는 말보다 그 말이 먼저 튀어나왔다. 상황이 달랐더라면 맬은 자신이 너무 무례했다고 사과했겠지만, 지금은 예의 따위에 신경 쓸 여력이 없었다.

"얘기했잖나, 맬. 자네가 이미 알고 있는 줄―"

"아니, 몰랐습니다. 그 자식 이름은 들어본 적도 없어요."

맬이 고개를 절레절레 저었다.

"들어오십시오. 조금 지저분할 겁니다."

맬은 바닥에 널려 있는 전자책과 음반, 음식 상자 위를 넘어갔고, 래리도 그 뒤를 따랐다. 그는 바닥에 널브러진 옷가지를 치우고 래리가 앉을 의자를 내놓았지만, 맬은 그대로 서 있었다. 바닥이 그렇게 너저분하지만 않았다면, 아마 초조해하며 이리저리 서성였을 것이다.

"젠장, 래리, 그 녀석은 대체 누굽니까?"

"그는…… 그는 페이긴이지."

"설마 그게 본명은 아니겠지요?"

"그린에게서 일을 넘겨받은 후에 스스로를 그렇게 부르기 시작했어."

도무지 이야기를 종잡을 수 없었던 맬이 다시 물었다.

"그린은 또 누굽니까?"

래리는 마치 맬이 바보 같은 소리를 하고 있다는 듯 어이없는 표정을 지었다.

"얘기했잖아, 페이긴이 일을 넘겨받은 사람이 그린이라고."

"그래, 디킨즈를 좋아한다는 건 알겠는데, 대체 어떤 녀석입니까?"

"디킨즈가 뭔데?"

맬은 손을 내저으며 말했다.

"신경 쓰지 마십시오. 그냥 제 질문에 대답만—"

"전화로 얘기했잖아. 페이긴은 시궁창 거리의 모든 걸 운영한다고. 마약, 술, 섹스까지 전부 그자를 통해야만 해. 집에 마실 건 없나?"

"없습니다."

맬은 벽에 기대섰다. 소중한 스카치를 래리에게 나눠줄 생각은 없었다. 그건 이 집에서 그의 유일한 피난처였고, 이제 얼마 남지도 않았다.

"계속 말씀해주십시오."

"또 뭐가 필요한데?" 래리는 어깨를 으쓱했다.

"페이긴이라는 작자가 어떤 사람인지 알고 싶습니다. 어디에 살고, 부하들은 누구고, 대체 왜 그 녀석 얘기를 해주지 않았는지 알고 싶습니다!"

래리에게 대답할 기회도 주지 않은 채 맬은 거칠게 팔을 휘저으며 방 안을 가리켰다.

"이 꼴을 보십시오! 전에는 결벽증에 가까웠습니다. 모든 걸 제자리에 정리해둬야 했어요. 그런데 멍청이처럼 시궁창 거리를 6개월 동안 쏘다니다 보니, 제 집은 생화학 실험실 꼴이 됐습니다. 그런데 지금 그런 말씀을—"

그 순간 래리는 자리에서 벌떡 일어나며 손가락으로 맬을 비난하듯 가리켰다.

"자네가 이미 알고 있는 줄 알았다고 했잖아! 이게 다 내 잘못이라는 헛소리는 꺼내지도 말게, 맬. 자네가 부탁한 건 금발 머리 염동력 능력자가 사람들을 해치고 있는지 눈여겨봐달라는 거였잖아. 그래서 난 뭔가 정보가 입수되면 전부 알려줬어. 나한테 화풀이를 하고 싶다면 어디 마음대로 해봐. 하지만 이건 내 잘못이 아니야, 경찰의 소임을 다하지 못한 자네 탓이라고."

"왜 그런……?"

맬은 따귀라도 한 대 얻어맞은 듯 몸을 움찔했다.

"젠장, 맬, 자네도 한때는 좋은 경찰이었는데. 좋은 경찰이라면 자기 구역 정도는 제대로 파악하고 있어야지."

래리가 고개를 가로저었다. 부질없다는 걸 알면서도 맬은 풀 죽은 목소리로 중얼거렸다.

"전 시궁창 거리에서 근무한 적이 없습니다."

"그러면 배웠어야지, 젠장. 맬, 그래도 한때는 괜찮은 경찰이었잖아. 좋은 경찰은 자기 구역을 어떻게 구워삶아야 하는지 아는 법이라고. 내가 좋은 거 하나 알려줄까? 망할 연합 요원이라고 이마에다가 커다랗게 써 붙이고 다니면서 사람들을 만나면 될 일도 안 된단 말이야.”

“그래요, 당신 말이 맞습니다. 젠장, 죄송해요. 당신 탓을 하는 말았어야 했는데.”

맬은 얼굴을 두 손에 묻고 위아래로 문질렀다. 그는 음식 상자와 전자책을 이리저리 걷어차며 방 안을 서성이기 시작했다.

“이 망할 일 때문에 그래요. 개장수처럼 텔레파시 능력자들을 추적하고 있으려니까, 그들을 붙잡아서—”

그는 말을 멈췄다. 유령 프로그램에 대한 세부 사항은 기밀 정보였다. 물론 맬이 그런 규칙에 신경을 쓰는 건 아니었지만, 그래도 래리에게 자세한 이야기를 털어놨다가는 래리가 곤경에 처할 수도 있었다. 그를 힘들게 하는 건 지금까지 한 짓으로도 충분했다.

“어쨌든, 다시 물어보겠습니다. 이 페이긴이라는 자식을 어딜 가야 찾을 수 있습니까?”

래리는 서슴없이 덕워스 지역에 있는 주소를 불러주었다.

“그곳이 그자가 모든 일을 처리하는 곳이야. 그 건물 전체를 소유하고 있고, 일부는 세를 주고 있어. 하지만 1층은 전부 그 녀석이 쓰고 있지. 개인적인 용도로 소년, 소녀들을 뒤쪽 방에 거주시키고 있다고 하던데…… 무슨 말인지 알겠지? 아무래도 금발 역시 그곳에 붙잡혀 있는 것 같아.”

“그 금발이 제가 찾는 여자아이일 거라고 생각하시는 거죠?”

“내가 어떻게 알겠어? 하지만 자네가 알려준 특징과 일치하기는 하지. 기억하겠지, 자네가 진짜로 내게 부탁할 때 알려준 정보 말이야.”

어깨를 으쓱하며 래리가 대꾸했다.

“알겠습니다, 알았어요.”

아무래도 래리는 맬에게 받은 비난을 되갚으려는 것 같았다.

"페이긴은 언제나 그렇게 공개적으로 활동합니까?"

"그러지 않을 이유가 없잖나? 어차피 그자를 단속할 사람은 없어. 시궁창 거리에서 일하는 경찰들은 대부분 그에게서 돈을 받고 있고, 그건 앞으로도 계속될 거야. 위원회에서 주는 봉급보다 더 많은 돈을 주니까. 게다가 이번에 동결까지 됐잖아."

"동결이요? 무슨 동결이요?" 맬이 눈살을 찌푸렸다.

"이젠 정말 아무것도 모르는구먼, 안 그래?"

래리는 무시하는 듯한 눈빛으로 맬을 빤히 쳐다봤다.

"좀 바빴다니까요." 입술을 꽉 깨문 채 맬이 대꾸했다.

"연합이 우리 봉급을 모두 동결했어. 서장들은 월급이 깎이기도 했지. 전부 외계인들과의 전쟁에 군자금을 보태기 위해서라고 하더군."

래리는 고개를 절레절레 저으며 말을 이었다.

"어차피 우리 지역 사람들에게는 신경도 쓰지 않으니까. 페이긴 같은 녀석들이 더 날뛰기 좋은 상황만 된 셈이지. 그 녀석이 주는 돈이 사람들을 위로하고 있거든."

그제야 맬은 자리에 앉았다. 커피 테이블 위에 올려둔 빨랫감을 치우지도 않은 채 그 위에 털썩 주저앉았다. 어차피 전투복 따위 신경도 쓰지 않았다. 그래서 밖에서는 늘 가죽 외투를 껴입는 것이었다.

"이제야 대충 이해가 되는군요."

"뭐가?"

"아무것도 알아낼 수 없었던 이유 말입니다. 제가 연합의 요원이기 때문만은 아니었습니다. 물론 그것도 영향이 있었겠지만, 그게 전부는 아니었습니다. 노바가 페이긴과 함께였다면, 지금껏 내내 그랬다면, 어차피 어느 누구도 제게 사실을 털어놓지 않았을 겁니다. 사람들은 페이긴이 시궁창 거리에 남아주길 원합니다. 위원회나 구 가문이 주지 못하는 것을 그가 주기 때문이겠지요."

맬은 갑작스러운 소리에 깜짝 놀랐다. 고개를 들어보니 래리가 냉소적인 표정으로 박수를 치고 있었다.

"축하하네, 맬. 반년이나 걸렸지만, 이제야 시궁창 거리의 실체를 알게 되었군. 그게 또 무슨 의미인지 아나? 시궁창 거리의 그 누구에게서도 도움을 받을 수 없다는 걸세. 나를 포함해서 말이야. 나도 자네를 돕는다는 사실을 들켜서는 안 돼. 그랬다가는 그나마 남아 있던 신뢰조차 모두 잃게 될 테니까."

맬은 처음으로 킬리아니 국장이 그 사이코패스 소령을 소개해준 것을 다행이라고 생각했다.

"그건 상관없을 겁니다. 이미 군대를 등에 업었으니까요."

"뭐라고? 그게 무슨 말이야?" 래리의 눈이 휘둥그레졌다.

"군대를 등에 업고 있다고 했습니다. 아까 전화를 하셨을 때, 전 킬리아니 국장 사무실에 있었습니다. 국장이 해병 사단 하나를 통째로 주며 마음대로 써서 목표물을 찾아내라고 했습니다. 그 페이긴이라는 녀석을 해병 사단과 붙여보지요."

맬의 말에 래리의 눈이 더 커졌다.

"자네 미쳤나? 맬, 그건 도움이 안 돼."

그러자 맬은 자리에서 일어서며 말했다.

"전 '도움'이 되길 바라는 게 아닙니다. 젠장, 그곳 사람들이 제 '도움'을 원했다면 6개월 전에 노바가 어디 있는지 제게 말했어야죠. 하지만 저는 지금껏 속기만 했습니다. 이제 진력이 납니다. 이번 일을 끝내기 위해서라면 말살자 부대까지 동원할 겁니다."

래리는 맬의 팔에 손을 얹었다.

"이봐, 페이긴은 개자식이야. 그건 두말할 필요도 없어. 최악 중의 최악이지. 하지만 그 지역이 터져버리지 않게 균형을 잡고 있어. 그곳 경찰들도 하지 못하는 질서 유지를 하고 있다고. 페이긴을 거꾸러뜨리면, 모든 쓰레기들이 그자의 것을 차지하려고 달려드는 통에 전쟁이 일어날 거야."

"우리는 이미 전쟁을 치르고 있습니다. 전쟁이 하나 더 일어난다고 해서 뭐가 달라지겠습니까?"

맬은 한숨을 내쉬며 불만스러운 목소리로 말했다.

"알겠네. 이봐, 또 필요한 게 있나?"

래리가 작은 목소리로 투덜거리듯 물었지만 맬은 고개를 가로저었다.

"이제 끝난 것 같습니다, 래리 경위님."

맬이 손을 내밀었다. 래리는 그 손을 잠시 바라보다가 악수를 받아들였다.

"도움이 돼서 기쁘군, 맬 요원."

손을 놓은 래리는 문을 향해 걸어가다가 멈춰 섰다.

"이봐, 내 버스비는 어떻게 됐어?"

맬은 쿡쿡 웃으며 의자에 걸쳐둔 가죽 외투 주머니에서 버스카드 두 장이 든 봉투를 꺼냈다.

"여기 있습니다." 맬이 봉투를 건넸다.

"고맙군."

"래리 경위님."

미끄러지듯 열리는 문을 나서려던 래리가 멈춰 서서 뒤를 돌아봤다.

"아직 할 말이 더 있나?"

"가능하면 피가 흐르지 않게 하겠습니다. 하지만 상황이 이렇게 되었으니, 약속은 할 수 없을 것 같습니다. 제가 노바라는 그 소녀를 찾아내지 못하면, 군부대가 시궁창 거리를 모조리 박살 내서라도 찾아낼 겁니다. 전킬리아니 국장이 어떤 사람인지 잘 압니다. 해병 부대를 제게 준 건 이 일에서 절 몰아내려는 첫 번째 과정입니다. 이미 일을 망친 대가로 1년 정도는 내근직으로 쫓겨날 수도 있겠죠."

"그냥 그만둘 수도 있잖나?"

"그건 당신도 마찬가지죠."

"나는 선서를 했잖아."

래리가 어깨를 으쓱하며 대꾸하자 맬은 길게 한숨을 내쉬었다.

"네. 저도 그렇습니다."

*   *   *

마커스는 키치오스에서 온 여자 약쟁이가 햅을 맞는 걸 지켜봤다. 켈, 그게 그녀의 이름이었다. 지금은 그의 거실 소파에 앉아 있었다. 그녀의 얼굴이 달라졌다. 잔뜩 긴장했던 표정이 미소를 띠고, 우주복보다 더 단단하게 뭉쳐 있던 근육이 스르르 풀어지면서, 움츠려 있던 온몸이 편안하게 늘어졌다.

켈은 게슴츠레한 눈으로 마커스를 바라봤다.

"정……말…… 고마워요. 이게 진짜로 필요했어요."

"그래, 다행이군. 근데 금발이 말한 게 사실인가?"

마커스는 그녀 옆자리에 털썩 앉았다.

"뭐……라고…… 했었죠? 기억이 안 나서."

"수중에 있는 걸 모두 팔아서 햅을 샀고, 남은 게 아무것도 없다고 했지. 그래서 돈을 빌리는 거라고 했고."

"그래……요, 그런 것 같아요. 이제는 지금 입은 옷밖에 남은 게 없어요."

켈은 힘겨운 눈빛으로 자기 옷을 내려다봤다.

"어차피 별로 비싸지도 않은 것들이지만요."

"그런 것 같군."

마커스는 자리에서 일어났다. 한동안 세탁하지 않은 켈의 옷에서 풍기는 악취로부터 멀어지고 싶었다.

"금발이 페이긴에게 그 이야기를 했다면, 그가 널 죽여버렸을 거라는 건 알고 있겠지?"

"잘 모르겠는데요." 관심 없다는 듯 켈이 대답했다.

마커스는 약에 취해 있는 켈 앞에 섰다.

"틀림없이 널 죽였을 거야. 내 장담하지. 젠장, 금발이 그 얘기를 하지 않았더라도, 아마 널 죽였겠지만. 이제 그가 하는 일은 그것뿐이니까. 금발을 조종하는 그 빌어먹을 장치를 머리에 쓴 이후로는……."

그는 옆으로 비켜서며 중얼거렸다.

"그럼 그걸 벗겨버리면 되잖아요?"

마커스가 그 멍청한 질문에 어울리는 대답을 내놓기 전에 그의 전화기가 울렸고, 발신자는 조조였다. 대체 왜 나한테 전화를 걸고 있는 거지?

"무슨 일이야, 조조?"

"마커스, 도와주십시오. 페이긴이 미쳤습니다. 뒷방에서 뛰쳐나오더니 고함을 치면서 해롤드가 어디 갔냐고 하더군요. 파티에 대해 이야기해야 한다고 하면서요. 페이긴이 자리를 비웠고 방해하지 않는 게 좋을 것 같아서 해롤드가 돌아갔다고 했더니, 해롤드를 다시 데려오라고 하지 뭡니까. 그래서 데려왔더니, 해롤드가 자기가 떠났던 건 죄다 나 때문이라고, 제 잘못이라고 뒤집어씌웠어요."

"넌 그 자리에 있지도 않았잖아."

마커스는 놀라지 않았다. 해롤드 그 멍청이는 늘 다른 사람의 뒤통수를 쳤다.

"그러니까요. 페이긴한테 그 얘기를 했더니, 다짜고짜 해롤드를 쏴버렸어요. 그러더니 저한테 키치오스로 가서 프랜시에게 얘기하라고 하더군요."

"그래서?"

"여기서 있었던 일을 대체 어떻게 프랜시에게 얘기해야 합니까?"

마커스는 아주 단순한 일 아니냐고 말하려다가, 프랜시와 조조 사이에 일이 있었다는 걸 떠올렸다.

"프랜시가 아직도 그때 일로 화가 나 있는 것 같아?"

"젠장, 그럼요. 아직도 그때 일로 화나 있습니다. 해롤드가 죽었다고 하면, 그 자리에서 절 죽일 거예요."

"지금 어디 있는데?"

조조는 잠시 머뭇거리다가 대답했다.

"형님 집 앞입니다."

마커스는 어이가 없다는 표정으로 전화를 끊었다. 현관에서 밖을 내다

보니 조조가 전화기에 대고 소리를 지르고 있었다.

"마커스, 듣고 있습니까? 저기—"

그러고는 당황스러운 표정으로 위를 올려다봤다.

"내가 같이 가지. 지나!"

마커스는 여동생을 부르고는 다시 조조에게 말했다.

"잠깐만 기다려."

지나가 모습을 보이지 않자, 그는 더 큰 목소리로 소리쳤다.

"지나!"

"왜?" 지나가 주방에서 웅얼거리는 목소리로 대답했다.

"난 가볼 데가 있어. 거실에 있는 이 약쟁이 좀 지켜보고 있어."

"뭐라고?"

"거실에—"

주방문이 미끄러지듯 열리고, 잔뜩 화가 난 지나가 거실로 나왔다.

"망할 약쟁이가 거실에서 대체 뭘 하고 있는 건데?"

"약쟁이들이 매일같이 하는 짓을 하고 있지. 약에 취하는 거. 거실에다 토하거나 물건을 훔치거나 하지 못하게 해. 제정신이 돌아오면, 약을 한 대 주고 내보내."

그는 잠시 머뭇거리다가 말했다.

"페이긴에게 돈을 빌리려고 했어."

지나는 알겠다는 듯 한 손을 들어 올리고는 마커스의 어깨 너머를 바라봤다.

"안녕, 조조?"

"도움을 받아야 할 일이 있어서 왔습니다."

조조의 말에 지나는 오빠인 마커스에게 시선을 고정했다.

"그래. 늦지 않게 돌아와야 한다는 거 잊지 마. 몇 시까지인가 하면—"

"몇 시까지인지는 나도 알아! 일을 어떻게 처리해야 하는지는 나도 다 아니까, 날 그렇게 가르치려 들지 말라고! 난 네가 저런 약쟁이였던 때부터 이 일을 해왔어! 그러니까 나한테 이래라저래라 하지 말라고! 이미 다 알고 있으니까!"

마커스는 버럭 언성을 높이며 열심히 거실 천장을 연구하고 있는 켈을 가리켰다.

지나는 오빠에게 뺨을 얻어맞은 듯한 표정을 지었지만, 마커스는 전혀 개의치 않았다. 오늘은 그저 모든 일에 진절머리가 났고, 전부 다 끝나버렸으면 싶었다. 페이긴, 노바, 주얼, 맷, 해롤드, 켈, 전부 다.

마커스는 아무 말도 없이 돌아서서 성큼성큼 집을 떠났다. 조조가 뒤를 따라오든지 말든지 신경도 쓰지 않은 채로.

제15장

"안녕하십니까, '타소니스와 당신' 시간입니다. 뉴스 이면의 진정한 의미를 되짚어보고, 연합에 실제로 어떤 일이 일어나고 있는지 속속들이 파헤쳐보겠습니다. 저는 진행을 맡은 E. B. 제임스입니다. 안티가 프라임에서 최근에 보도된 내용에 따르면, 외계 종족 프로토스가 또 다른 외계 종족 저그와 지상에서 맞붙었고, 우리 테란은 여느 때처럼 두 세력의 전투에 휘말렸다고 합니다. 오늘 저와 함께 이 소식을 자세히 파헤쳐볼 두 분을 모셨습니다. 샤논 위원의 보좌관 에드워드 헤들 씨와, 안티가 프라임에서 UNN 특파원으로 근무하다가 코랄의 후예가 그 행성을 점령하면서 탈출해야 했던 제니퍼 슐레싱어 기자입니다."

페이긴은 뒤쪽 방에서 빠른 걸음으로 이리저리 오갔다. 6번은 요즘 지긋지긋하게 굴었다. 페이긴이 시키는 것도 고분고분 듣지 않았으니, 당연히 정리했어야 했다. 페이긴도 지금은 어차피 혼자가 낫다고 생각하던 참이었다. 그럼에도 팽팽하게 긴장된 신경이 풀어지지 않아, 뭔가 머리를 식힐 것이 필요해 UNN을 켰다. 아쉽게도 지금은 멍청한 토크쇼가 방송되고 있었다. 페이긴은 그런 토크쇼가 정말 싫었다. 페이긴에게 필요한 이야기를 나누는 일이 거의 없었고, 그건 지금도 마찬가지였다. 그에게 있어서 안티가 프라임은 존재하지 않는 것과 마찬가지였다. *젠장.* 가끔씩 그는 타소니스 시 밖에 다른 세계가 정말로 존재하고 있는지도 확신하지 못했다.

하지만 페이긴은 방 한가운데에 홀로그램을 틀어두었다. 왜 그러는지는 알 수 없었지만.

"헤들 보좌관님, 최근 달라진 전투 양상에 대한 위원회의 입장은 어떻습니까? 앞서 위원회는 저그가 코랄의 후예와 연합했다고 발표했었습니다만, 저그는 요즘 그 행성을 무차별적으로 공격하고 있지 않습니까?"

헤들은 앉은 자리에서 눈에 띄게 몸을 움찔했다. 잔뜩 긴장한 그 모습에 페이긴도 왠지 공감이 되었다. 땅딸막한 체구에 갈색 머리카락, 가느다란 염소수염을 기른 헤들 보좌관은 크게 손짓을 하며 말했다.

"분명히 코랄인들은 이번 기회에 아주 자명한 이치를 배웠을 것입니다. 외계 종족을 믿어서는 안 된다는 거지요. 어차피 그들은 '외계' 종족입니다. 그들 세력이 안티가에서 행하고 있는 행위는 분명히 비인간적이지만, 사실 그들 종족 자체가 인간이 아닙니다."

"그건 위원회의 발표를 곧이곧대로 믿을 때의 얘기겠지요."

슐레싱어는 검은 머리에 테가 가느다란 안경을 쓴 예쁘장한 여자였다.

"개인적으로는 저그가 안티가 프라임에서 그 어떤 세력과도 연합했다는 증거는 확인하지 못했습니다. 저그는 그저 떼를 지어 움직이는 살육 기계였습니다. 아크튜러스 멩스크는 그 종족의 공격을 자신의 대의를 추구하는 데 활용한 것이고요."

잔뜩 긴장해 있던 헤들 보좌관은 어느새 능글맞은 웃음을 짓고 있었다.

"그게 바로 위원회에서 공언했던 대로 멩스크가 '배덕자'임을 보여주는 행위 아니겠습니까."

페이긴은 웃었다. 실생활에서든 토크쇼에서든 '배덕자'라는 말을 쓰는 사람은 지금껏 본 적이 없었다.

"그거 정말 웃기는 헛소리네. 아주 웃기는 소리야, 그렇지 않아?"

페이긴의 물음에 아무도 대답하지 않았다. 그는 당황스러웠다. 고개를 돌려 침대를 바라봤다. 6번은 페이긴이 마지막으로 내버려둔 곳에 그대로 누워 있었다.

가슴에 커다란 총구멍이 난 채로. *웃기는군. 총을 쏜 기억은 없는데.*

"조조!" 페이긴이 버럭 고함을 질렀다.

"멩스크가 '배덕자'일 수는 있겠죠. 그렇다고 그 사람의 행위가 모두 잘못되었다고 할 수는 없습니다."

"지금 제정신입니까?"

슐레싱어의 말에 헤들은 당장이라도 의자에서 벌떡 일어나 그녀를 공격하려는 듯 언성을 높였다. *그러면 방송이 조금이나마 재미있어지겠군.* 페이긴은 마음속으로 헤들을 응원했다.

"멩스크가 하는 모든 행위는 잘못되었습니다. 그자는 우리가 소중히 여기는 가치를 배척하는 인물입니다."

아무런 대답이 들리지 않자 언짢아진 페이긴이 더 크게 소리를 질렀다.

"조조! 대체 어디에 처박힌 거냐?"

"멩스크가 저항하는 건 외계 종족의 침공으로부터 자국민을 지키지 못하는 위원회의 무능함과 코랄 IV 행성에 대한 만행입니다. 지금 말씀하신 대로라면, 위원회가 소중히 여기는 가치란 살인인가요?"

헤들은 막힌 배관이 터져 나오는 듯한 소리를 냈다.

"그건 문제를 지나치게 선정적으로 단순화시키는 분석입니다. 하지만 당신과 같은 기자에게서는 충분히 예상할 수 있었던 발언이긴 합니다."

페이긴은 정말로 화가 나기 시작했다. 그가 다가가자 문이 미끄러지듯 열렸다.

"조조, 대체 어디로 간 거냐?"

아이들 중 하나가 복도를 달려왔다. 이름이 정확히 기억나지는 않았지만 아마 샘이었던 것 같았다.

"조조는 여기 없어요, 페이긴 님. 프랜시에게 가서 해롤드가 죽었다는 걸 말해주라고 하셨잖아요."

"이런, 젠장! 그런 걸 왜 해야 하는 건데?"

아이는 두 눈을 깜빡였다.

"말씀드렸다시피 페이긴 님이 그렇게 시키셨는데요."

"집어치워, 알겠냐?"

그는 주머니에서 P220을 꺼내 아이의 코를 겨눴다.

"지금 당장 그 녀석 데려와, 알았어? 안 그러면 네 낯짝을 날려버릴 테니까. 무슨 말인지 알아먹었어?"

"알겠습니다, 페이긴 님."

아이는 겁에 질린 목소리로 대답했다. 그러고는 주머니에서 전화기를 꺼내 슬금슬금 뒤로 물러났다. 아이는 전화를 걸고 잠시 기다린 후 전화기에 대고 말했다.

"조조, 저 대니에요."

페이긴은 두 눈이 휘둥그레진 채 혼잣말을 중얼거렸다. *분명 샘이었는데…… 조금 전까지 샘이었다고 맹세할 수 있는데 말이야.*

"페이긴 님이 지금 숙소로 돌아오라고 하십니다. 네, 그건 아는데요, 지금 돌아오라고 하셨어요. 알겠습니다."

아이는 전화를 끊고 페이긴을 올려다봤다.

"지금 오겠다는데요."

"좋아."

페이긴은 고개를 끄덕이고는 곧장 일곱 발의 총알을 대니의 가슴에 박아 넣었다. 아이는 그 자리에서 즉사했다.

"샘 시늉을 한 벌이다."

페이긴은 방으로 돌아갔다. 방송에서는 헤들이 여전히 떠들어대고 있었다.

"멩스크의 행동은 반역 행위입니다. 외계 종족이 우리 영토를 공격해온 작금의 사태에 비추어, 우리는 하나의 연합으로 뭉쳐야 합니다. 그런데도 그자는 인류의 정당한 지도자를 지지하지 않음으로써 우리의 힘을 약화시키고 있는 겁니다."

페이긴은 이제 다른 사람들의 행동 방식에 정말로 진절머리가 났다. 이해할 수 없었다. 사람들이 전부 미쳐버린 것 같았다. 전에는 사람들을 전부 죽일 필요는 없었다. 물론 노바를 곁에 두다 보니 그렇게 된 것도 사실이었다. 그 계집애 덕분에 사람들의 진짜 생각을 알 수 있었으니까.

헤들의 단호한 주장에도 슐레싱어는 웃었다.

"정당한 지도자요? 정확히 무슨 근거로 정당하다는 거죠? 위원회는 민중이 부여한 권한으로 운영되는 조직이 아닙니다. 좋든 싫든, 민중은 위원회가 지금껏 해준 일보다, 멩스크가 약속한 바를 더 지지하고 있습니다. 멩스크는 자유를 약속했—"

헤들은 콧방귀를 뀌며 슐레싱어의 말을 끊었다.

"어디 그럴 수 있나 봅시다."

슐레싱어 기자는 헤들의 생각 따위 관심 없다는 듯 계속 말을 이었다.

"멩스크가 실제로 할 수 있는지, 없는지는 중요하지 않아요. 그저 자기가 연합보다 더 나은 지도자가 될 수 있다고 사람들을 설득하기만 하면 됩니다. 지금으로서는 그것이 가장 설득력 있는 주장이죠. 연합이 민중들에게 해준 건 가난과 죽음, 파괴, 침공뿐이었으니까요."

그게 바로 문제라는 걸, 페이긴은 깨달았다. 사람들이 생각을 감추지 못하게 되었고, 그게 너무 싫은 나머지 전부 미쳐버린 것이었다. 다들 끔찍하게 미쳐버려서 페이긴이 전부 죽여버리는 것 말고는 달리 어쩔 도리가 없었다.

헤들이 지지 않고 목소리를 높였다.

"연합이 아니었다면, 인류는 지금쯤 모두 죽었을 겁니다. 우리가 이 구역에 불시착했을 때—"

페이긴은 홀로그램을 향해 P220을 겨눴다. 그리고 연달아 총을 발사하여 결국엔 눈앞에서 홀로그램 투사기가 불꽃을 흩날리며 폭발하게 만들었다. 총알이 다 떨어지고 나서야 그는 사격을 멈췄다. *어떻게 이렇게 빨리 총알이 떨어진 거지?*

"대니!"

참, 그렇지, 내가 방금 샘 흉내를 낸 대니를 죽였지. 멍청한 계집애 같으니.

"샘! 샘, 당장 이리로 튀어와라!"

잠시 후 샘이 달려왔다.

"대니는 어떻게 된 거예요?"

"대니는 엿이나 먹으라고 해, 알았어? 넌 당장 금발을 이리 데려와라."

"네, 네." 샘은 긴장한 목소리였다.

"무슨 문제 있어?"

"없습니다! 정말이에요, 페이긴 님, 문제는 하나도 없습니다, 정말로 요, 걱정하지 마세요."

"좋아. 총알도 더 가져와!"

돌아서서 노바를 데리러 가는 샘에게 페이긴이 소리쳤다.

P220을 바닥에 던져놓고 페이긴은 엄지와 검지로 콧등을 문질렀다. 요즘은 두통이 점점 더 심해지기만 했다. 주사를 맞아도 전혀 도움이 되지 않았다. *아무래도 다른 약을 찾아야겠어.*

노바가 방으로 들어오자 페이긴은 웃었다. 예쁘장한 모습은 온데간데 없어졌고, 그는 그게 마음에 들었다. 섹스를 위한 상대라면 예쁜 게 좋았지만, 일하는 아이들은 그저 시키는 일이나 제대로 하면 되니까. 그가 알기로 노바는, 아니 그녀의 본질이 흐려지도록 그가 이름 대신 '금발'이라고 부르는 그 계집애는 그의 아이들 중 하나나 마찬가지였고 몰골이 정말 끔찍했다. 초록색 눈 밑에는 짙은 그림자가 드리웠고, 피부는 온통 창백해졌으며, 머리는 엉망진창이었다. *완벽해.*

"있잖아, 아무 소용없을 거야."

노바가 다짜고짜 말했다.

"뭐가 소용이 없어?"

"전부 말이야. 당신만을 위해서 내 능력을 쓰게 된 이후로, 당신의 자리만 흔들리게 됐어. 이러다가는 당신도 곱게 죽기는 힘들 거야."

"그딴 걸 네가 어떻게 알아?"

"난 전부 알고 있어, 줄리우스 안투완 데일."

"닥쳐! 그건 내 이름이 아니야!" 그는 P220을 꺼냈다.

"총이 비었네." 그녀가 웃었다.

이런, 젠장. 공포로 페이긴의 온몸이 떨려왔다. 모르우드의 장치가 작동을 중단해서 노바가 그의 생각을 읽고 있는 것 같았다. 그렇다면 이젠 그도 안전하지 않다는—

"진정해. 샘이 조금 전에 당신이 총알을 가져오라고 지시했다는 말을 했을 뿐이야."

페이긴은 안도의 한숨을 내쉬었다. 그리고 손목의 제어반을 터치했다.

노바는 찢어지는 듯한 비명을 지르며 무릎을 꿇었다. 아무리 봐도 질리지 않는 모습이었다.

이마에는 땀이 송골송골 맺히고, 얼굴이 붉게 변한 노바가 악문 이 사이로 말했다.

"이제 곧 모든 게 끝날 거야."

"왜 그런 소리를 하는 거야?"

페이긴이 작동을 멈추고 물었다.

잠시 숨을 돌린 노바는 눈물이 가득 고인 초록색 눈으로 그를 보며 말했다.

"당신 생각은 읽을 수 없지만 다른 사람들의 생각은 전부 읽을 수 있어. 6개월 전 우리가 처음 만났을 때 기억해? 당신이 가장 신뢰하는 부하들 중 한 명이 당신을 죽일 거라고 했었지. 곧 그런 일이 일어나게 될 거야."

페이긴은 웃음을 터뜨렸다.

"헛소리하지 마라. 넌 예언자가 아니라 텔레파시 능력자야. 지금까지 계속해서 널 지켜봤지만, 넌 사람 마음은 읽을 수 있어도 미래는 볼 수 없어. 그런 사람은 없어. 미래는 스스로 만드는 거니까."

"나도 알아. 그리고 당신이 어떤 미래를 만들었는지도 알고 있어."

"당장 여기서 꺼져."

페이긴이 거칠게 손을 내저었다. 노바는 천천히 일어나 아무 말도 없이 방을 나섰다.

지금껏 꽤 유용한 계집애였지만, 젠장, 정말이지 날 미치게 하는군.

*　　*　　*

마커스는 한동안 전화기만 바라보다가, 마침내 전화하지 말아야 할 사람에게 전화를 걸기로 했다.

"상사 모르우드입니다."

전화기 너머의 상대가 말했다.

"모르우드, 마커스 레일리언이다."

그러자 잔뜩 짜증이 난 목소리로 모르우드가 언성을 높였다.

"이봐, 당신이 누군지는 모르지만—"

"페이긴 밑에서 일한다."

잠깐의 침묵이 이어졌다.

"대체 또 원하는 게 뭔데?"

"6개월 전 당신이 페이긴에게 보낸 장비에 대해 알고 싶다. 너무 오래 착용했을 경우, 부작용에 대해 알려줬으면 한다."

"그런 얘기는 전화상으로는 할 수가…… 이봐, 한 번에 일곱 시간씩 권장사용 시간만 잘 지키면 아무 문제없을 거야."

모르우드 상사는 한숨을 쉬었다.

마커스는 진심으로 상사의 말을 잘못 들은 것이길 바랐다.

"일곱 시간이라고?"

"그래. 왜? 얼마나 오랫동안 착용했길래 그러는 거야?"

"상사, 당신 소포를 받은 이후로 단 한 번도 벗지 않았어."

입술을 깨물며 마커스가 대답했다.

"뭐라고? 그걸 단 한 번도 벗지 않았단 말이야?"

모르우드가 뭔가 중얼거렸지만 마커스는 알아들을 수가 없었다.

"그날 이후로 그 장비를 벗은 모습을 보지 못했어."

"이런, 젠장. 당장 그걸 벗겨야 해. 난 분명히 경고했으니까 내 탓이라고 할 생각은 말고. 한 번에 일곱 시간 이상은 절대 사용하지 말라고 경고 문구가 써 있단 말이야. 지금까지 내가 알기로 가장 오랫동안 그 장치를 사용한 사람은 한 번에 열두 시간을 착용했었는데, 그 여자는 기억의 일부를 잃었어. 그런데 6개월 내내 착용했다면……."

모르우드 상사는 잔뜩 겁을 먹은 목소리였다.

마커스는 그제야 많은 것을 이해할 수 있었다. 노바를 구속하기 위한 장치가 페이긴의 두뇌를 갉아먹고 있으리라 짐작은 했었지만, 상황이 이렇게까지 심각할 줄은 미처 몰랐다.

모르우드가 다시 입을 열었다.

"이봐, 그 친구가 아직 식물인간이 되지 않은 것만 해도 아주 놀랍군. 농담이 아니라, 이제 제대로 서 있을 수 있는 시간도 얼마 남지 않았을 거야. 어떻게든 해야 해."

"뭘 어떻게 하라는 거야?"

마커스가 난감해하는 목소리로 물었다. 그도 벌써 몇 달째 같은 질문을 반복해왔지만 답을 찾을 수 없었다.

"그건 나도 모르겠지만, 당장 어떻게든 해야 한다고. 잘 들어, 이 시궁창의 멍청한 자식아. 난 너희들을 위해서 할 수 있는 일은 다했어. 이건 내 잘못도 아니니까, 이걸 핑계로 다이앤 약을 끊었다가는―"

마커스는 전화를 끊었다. 모르우드의 부인도, 그와 페이긴 사이의 거래에 대해서도 알고 싶지 않았다. *젠장.* 아무래도 페이긴은 조만간 모르우드가 누군지도 기억하지 못하게 될 것 같았다.

아니, 어쩌면 이미 잊었을지도 모른다.

페이긴이 알 수 없는 이유로 조조를 다시 불러들이는 바람에 마커스는 혼자서 프랜시를 찾아가 해롤드의 죽음을 알려줘야 했다. 이야기를 마치고 집에 돌아왔을 때, 지나가 잔뜩 겁에 질린 표정으로 대니가 죽었다고 말했다. *노바가 몇 명이나 죽었다고 했었지? 이제 일흔다섯 명이 된 건가?* 이제는 숫자도 가물가물했다. 대니는 페이긴을 헌신적으로 섬겼다. 페이긴이 요즘 무의미하게 사람들을 죽일 때면 늘어놓는 '충성심이 부족하다'는 핑계도 대니에게는 해당되지 않았다.

마커스는 사람 하나 죽여봐야 일이 똑바로 되지는 않는다고 장광설을 늘어놓던 페이긴과 지금 자신이 모시는 페이긴이 같은 사람이라는 사실을 도저히 믿을 수가 없었다.

문제는 또 있었다. 마커스는 햅 보유량이 위험한 수준까지 떨어졌다는 사실도 알아냈다. 다음 재보급이 언제 들어올지는 아무도 모르는 것 같았다. 페이긴이 그린에게서 이 지역을 빼앗은 이후로 아니, 그린이 페이긴을 자기 오른팔로 삼았던 이후로 햅 보유량이 이렇게까지 떨어진 건 처음이었다. 그래서 모르우드 상사에게 전화한 것이기도 했다.

6개월 전과 달라진 점 중 하나는 모르우드의 작은 장난감이 페이긴의 머리에 자리를 잡고 눌러앉았다는 것이다.

이제 진실을 확인했으니, 무엇을 해야 할지 알 수 있었다.

마커스는 자신이 구해준 약쟁이를 보살피고 있는 지나를 지나쳤다.

"오빠, 여기 켈이 일자리를 구한다고 하는데."

"뭐라고?" 마커스는 눈살을 찌푸렸다.

켈이 고개를 들어 그를 올려다봤다. 햅의 쾌감이 지나가고 이제는 잠시나마 제정신을 차린 모양이었다.

"당신 밑에서 일하게 해주세요. 전 일자리가 필요하고 어차피—"

"좋아. 그린 쪽에 호객꾼 필요하지 않아?"

마커스의 대꾸에 지나는 당황한 표정으로 그를 바라봤다.

"앤디가 그 일을 하고 있는 줄 알았는데."

"그렇지. 그런데 빌리하고 프레디, 라이언, 엘리자베스까지 전부 쉬지 않고 그 녀석 불평을 하고 있잖아. 이 여자에게 일을 넘겨줘."

켈은 마커스에게 달려들어 그를 힘껏 껴안았다.

"정말 고마워요, 마커스. 당신 정말 최고예요! 고마워요!"

마커스는 켈을 밀어내며 날카로운 눈빛으로 그녀를 쏘아봤다.

"내 말 잘 들어. 판매상들이 시키는 대로만 하는 거야, 무슨 말인지 알아먹었어? 무슨 일이든, 그들이 시키면 제대로 해내라고. 그 정도는 할 수 있을 것 같아?"

"그럼요." 켈은 고개를 힘차게 끄덕이며 대답했다.

"제대로만 하면 필요한 햅을 구할 수 있고, 네 물건들도 다시 사들일 수 있을지 몰라."

물론 어떻게든 햅을 재보급할 수 있어야 가능한 일이겠지만.

켈은 다시 한 번 머리가 떨어질 만큼 고개를 끄덕였다.

"실망시키지 않을게요."

마커스는 지나를 향해 시선을 돌렸다.

"준비 좀 시켜줘. 난 페이긴과 처리할 일이 있으니까."

그 말에 누이인 지나의 얼굴에 근심이 어렸다.

"조심해, 오빠. 페이긴은 지금……."

"나도 알아. 그게 바로 내가 처리하려는 일이야."

마커스가 나직하게 말했다.

*   *   *

노바는 태아처럼 몸을 웅크린 채 페이긴의 여러 방들 가운데 한곳에 누워 있었다. 어떤 방인지는 알 수 없었지만, 별로 신경 쓰고 싶지도 않았다.

죽고 싶지는 않았지만, 살고 싶지도 않았다. 이미 너무 오래전 일이 되었지만, 학교에서 옛 지구의 여러 종교에 대해 배웠었다. 그리고 그 종교들 가운데는, 나쁜 사람들은 사후에 영원토록 고통을 받는다고 가르치는 종교들이 있었다. 타르타로스, 지옥, 시올…… 뭐라고 부르든, 그곳은 고통이 끝없이 계속되는 장소였다.

노바가 지금 있는 이곳이 타르타로스였다.

지난 6개월 동안 그녀가 배운 게 두 가지 있었다. 하나는 소음을 차단하는 방법이었다. 누군가 방 안에 함께 있다면, 그리고 그 사람이 망할 정신차단기를 착용한 페이긴이 아니라면, 노바는 상대방의 생각을 알 수밖에 없었다. 하지만 그런 경우를 제외하고는, 다른 사람들의 생각을 적당히 억누를 수 있었다.

다른 하나는, 자신과 유사한 능력을 가진 사람들이 존재한다는 사실이었다.

노바는 페이긴이 잠든 사이, 여기저기에 놓인 그의 컴퓨터로 여러 가지 조사를 했다. 세상에는 텔레파시 능력자가 적지 않았지만, 오직 사이오닉 지수가 8 이상인 사람들만 노바처럼 정신만으로 사물을 움직일 수 있었다. 그리고 그 능력은 염동력이라고 불렸다.

노바는 자신의 사이오닉 지수가 몇인지 알지 못했다. 테스트를 해본 적이 없었기 때문이었다. 생각해보면 그런 사실조차 조금 이상하긴 했다. 대부분의 아이들은, 구 가문의 후계자라고 해도 아주 어릴 때 사이오닉 지수를 확인하는 테스트를 거쳐야 했다. 어쨌든 페이긴은 노바가 자신의 정신을 건드리지 못하도록 보호하고 있었지만, 육체에 직접적인 영향을 주는 것은 어찌할 수 없었다.

문제는 그녀가 기회를 잘 잡아야 한다는 것이었다. 혹시라도 실패하면 페이긴이 끔찍한 고통을 가할 것이다. 그 장치를 사용할 때마다 고통은 점점 더 심해졌다. 조만간 그 장치가 결국 자신을 죽이고 말 것이라는 생각을 하며 노바는 두려움에 몸서리쳐야 했다.

하지만 어떻게든 기회를 잡을 것이다. 그래서 페이긴에게 그 말을 반복했던 것이다.

그가 신뢰하는 부하의 손에 죽게 되리라는 말. 그리고 그 부하는 다름 아닌 노바였다.

제16장

　말살자 부대를 보고 맬이 가장 먼저 떠오른 생각은, 모든 부대원이 하나 같이 목이 없다는 것이었다.

　연합 해병 22사단은 우연찮게도 스물두 명으로 구성되어 있었다. 은도치 소령과 부관인 대위 한 명, 상사 다섯 명, 그리고 나머지 열다섯 명은 상병과 일병이 섞여 있었다. 이 사단은 다섯 개 중대로 나뉘어 있었는데, 다섯 명의 상사들이 각각의 중대를 지휘했다. 공식적으로 붙여진 A와 B, C, D, E 중대라는 이름이 너무 따분하다고 생각했는지, 이들은 각각 자기 중대에 별칭을 붙였다. 맬은 아직 다 외우지 못했지만, 22사단 병사들을 직접 만나본 후에는 그 이름을 별로 알고 싶지 않다는 생각이 들었다. 가장 작은 병사도 맬과 신장이 비슷했고, 어깨만으로도 맬보다 체중이 두 배는 될 것 같은 그들을 보며 맬은 몸을 부르르 떨었다. *아마 난폭한 짐승 이름을 붙였겠지.*

　그들은 지금 홀릭타운에 있는 연합의 공군 기지에서, 자신들을 시궁창 거리로 데려다줄 발키리 앞에 대기하고 있었다. 공중 전투와 병력 수송에 모두 사용되는 발키리는 후미 공간에 서른 명을 태울 수 있었는데, 지금 그 공간은 텅 비어 있었다. 말살자 부대의 대원들은 다섯 명 내외로 모여 이리저리 서성이면서 가끔씩 깔보는 눈빛으로 맬을 노려봤다.

맬은 일병 중 하나가 '연합 똥대가리'라고 이죽거리는 말을 들었다. 맬은 역시 똥대가리를 알아보는 건 같은 똥대가리 해병밖에 없다고 쏘아붙이고 싶었지만, 해병들과 아예 말을 섞고 싶지 않았던 터라 이를 악물고 참아야 했다. 이들은 맬의 빌어먹을 임무를 마침내 끝낼 수 있게 도와줄 도구일 뿐, 그 이상도 그 이하도 아니었다.

그때 은도치 소령이 맬에게 다가왔다. 킬리아니 국장의 사무실에서는 평범한 위장복을 입고 있었지만, 지금은 다른 병사들과 마찬가지로 헬멧만 제외하고 전투복을 완전히 갖춰 입고 있었다. 헬멧은 절대적으로 필요한 순간, 즉 전장으로 뛰어내리기 직전 머리에 고정된다는 사실을 맬도 알고 있었다. 전투복의 동력과 산소 비축량을 절약하기 위한 조치였다.

"킬리아니 국장이 작전 계획이 있을 거라고 했는데?"

은도치 소령이 맬을 빤히 보며 물었다.

"그래, 내가 계획을 세워뒀어. 일단은 목표물이 있는 것으로 짐작되는 위치를 알고 있으니까. 이 계획은 두 가지로 나뉜다. 첫 번째는 내가 적지로 들어가서 노바 테라가 어디 있냐고 묻는 거야."

은도치는 그 말에 소리 내어 웃었다.

"재미있군, 맬컴 켈러키안 요원. 아주 재미있어. 그럼 '진짜' 계획은 뭐지?"

"그게 '진짜' 계획이야. 아니, 적어도 첫 번째 부분은 그래."

사뭇 진지한 목소리로 맬이 대꾸했다.

"젠장, 국장은 우리도 이번 일에 참여해야 한다고 했어."

은도치가 그렇게 말하는 사이, 전투복의 오른쪽 허벅지 부위에 내장된 총집이 옆으로 열리며, 윙 소리와 함께 총기가 나타났다. 맬이 알기로는, 은도치의 화기인 군용 P500은 아직 야전 사용 허가가 나지 않은 무기였다.

분명 맬을 위협하는 행동이었다. 하지만 해병의 전투복에 비해 단순해 보이는 맬의 전투복에는 장난감이 훨씬 더 많이 내장되어 있었다. 그리고 그중에는 핵폭탄을 제외하고는 거의 모든 것으로부터 그를 지켜줄 역장이 포함되어 있었다. 그 역장 덕분에 지난 6개월 동안 거리낌 없이 시궁창 거리를 쏘다닐 수 있었다. 은도치 소령이 그 휘황찬란한 P500의 탄환이 떨어질 때까지 쏴봐야, 맬은 아무것도 느끼지 못할 터였다.

"당신네들은 이미 참여하고 있어."

맬은 참을성이 사라져 가는 것을 느끼며 말을 이었다.

"조금 더 자세히 설명해볼까? 해병은 적들을 위협하는 존재가 되어야 해. 내가 직접 놈의 본거지로 들어가서…… 참, 그 녀석은 시궁창 거리 범죄 조직의 우두머리라고 하더군. 멍청하기만 해서는 차지할 수 없는 자리겠지. 아무튼 거길 찾아가서, 내 목표물을 넘기지 않으면 해병들이 시궁창 거리 전체를 잿더미로 만들 거라고 말할 거야."

맬은 자기가 왜 노바를 '목표물'이라고 부르는지 알 수 없었다. 그는 킬리아니 국장처럼 노바를 인식 번호로 지칭하고 싶지도 않았지만, 그렇다고 해병들 앞에서 그녀의 진짜 이름을 부르는 것도 썩 내키지 않았다. *왠지 내가 노바를 배신하는 것 같아.* 그는 고개를 절레절레 저었다. *이게 무슨 멍청한 생각이야.*

은도치의 총집이 다시 안으로 들어가면서 P500은 전투복 안으로 사라졌다.

"그 멍청이가 엿이나 처먹으라고 하면 어떻게 할 건데?"

그 말에는 맬도 웃었다.

"두 번째 계획을 실행에 옮겨야겠지."

"그게 뭐지?"

"시궁창 거리 전체를 잿더미로 만드는 것."

그러자 장갑을 낀 손으로 턱을 문지르며 은도치가 물었다.

"두 번째 계획을 먼저 시행하지 않는 이유가 있나?"

맬은 그 질문을 예상했었고, 이번 일에 관련되지 않은 사람들이 다칠 수도 있다는 장황한 반론을 준비했었지만, 어차피 그런 대답을 해봐야 은도치에게는 아무런 의미가 없으리라는 사실을 깨달았다. *상대는 고작 소령이고, 지휘관은 나야. 지휘관답게 행동하라고.*

"내가 그러고 싶지 않으니까, 소령. 그게 마음에 들지 않으면 가서 킬리아니 국장에게 따지라고. 그러면 국장이 기꺼이 당신을 대신해서 22사단을 이끌 다른 지휘관을 찾을 테니까."

그 말에 은도치 소령의 눈빛이 서늘해졌다.

"날 자극하지 마라, 탐색관. 너희 초라한 텔레파시 능력자 분대가 내 손끝 하나 건드릴 수 있을 것 같나?"

"킬리아니 국장이 자기 멋대로 뒤틀지 못하는 게 있다고 생각하나봐?"

은도치는 잠시 동안 맬을 가만히 응시한 후 돌아서며 외쳤다.

"스폴딩 대위!"

커다란 코와 작은 콧수염이 눈에 띄는 젊은 대위가 차렷 자세를 취했다.

다른 해병들도 일제히 잡담을 멈췄다.

"네, 소령님." 스폴딩이 대답했다.

"이동을 시작한다, 대위."

"네, 소령님. 전체 차렷!" 스폴딩 대위는 웃고 있었다.

해병 전원이 차렷 자세를 취했다.

"일동 승선!"

지휘관 두 명을 제외한 나머지 해병들은 계급 순으로 차례대로 발키리의 뒤쪽 해치를 통해 승선했다. 상사가 제일 먼저 탑승했고, 상병과 일병이 그 뒤를 따랐다.

은도치 소령이 맬을 바라봤다.

"어차피 당신 임무다, 맬컴 켈러키안 요원."

"어서 해치우자고, 소령."

맬은 발키리에 올라타 길게 제작된 좌석에 앉았다. 발키리의 후미에는 열다섯 명이 앉을 수 있는 긴 좌석이 좌우에 하나씩 있었다. 맬은 오른쪽 좌석 앞쪽에 앉았는데, 자신과 눈도 마주치지 않는 해병 스무 명 앞을 지나가야 했다.

은도치 소령과 스폴딩 대위가 마지막으로 승선했고, 해치와 가까운 좌석 끝에서 서로 마주보고 앉았다. 맬은 작은 목소리로 조종사에게 연결해 달라는 명령을 컴퓨터에 내렸다.

"네, 조종실입니다."

조종사의 목소리가 들려왔다. 플릿이라는 이름의 나이가 지긋한 여성이었다. 조종석에는 부조종사와 발키리의 의무병도 함께 있었다.

"플릿 소령, 여기는 맬컴 켈러키안 요원이다. 준비가 됐으면 출발해도 좋다."

"알겠습니다, 요원님. 이륙 준비."

플릿 소령의 지시에 따라 해치가 달혔다.

그러자 스폴딩 대위가 느닷없이 거친 목소리로 외쳤다.

"누가 최강인가?"

22사단의 병사 스무 명이 동시에 대답했다.

"말살자 부대!"

"누가 최강인가?"

"말살자!"

"누가 최강인가?"

"말살자!"

"누가 멍청인가?"

"나머지 전부!"

"좋아, 시작하자."

"네, 알겠습니다!"

그 말과 함께 해병들은 헬멧을 쓰고 시스템 및 무기 점검에 돌입했다. 발키리는 충격이 거의 느껴지지 않을 만큼 부드럽게 이륙했다. 발과 엉덩이에 아주 가벼운 압력이 느껴졌을 뿐이었다. 맬은 이번 일이 끝나면 조종사 플릿의 비행 솜씨를 칭찬해야겠다고 머릿속에 메모를 남겼다.

그리고 혹시나 하는 마음에 자신의 전투복도 점검하라고 컴퓨터에 지시했다. 목적지에 도착하자마자 작동시켜야 할 사이오닉 차단기가 핵심이었다. 그리고 역장도 제대로 작동하고 있는지 확인하고 싶었다.

오늘이 다 지나기 전에 총알 세례가 쏟아질 것 같은 불길한 예감이 들었기 때문이었다.

＊　＊　＊

뒤쪽 방에 들어갔을 때, 마커스는 하마터면 구역질이 나올 뻔했다. 대니의 시체가 통로에 방치된 채 널브러져 있었다. *젠장, 볼프강을 부르지도 못한 건가?* 그를 부르는 게 나을 것 같아서 마커스는 전화기를 꺼내 직접 볼프강에게 연락했다.

하지만 전화를 받지 않았다. 그건 조금 이상했다. 볼프강은 전화를 받지 않은 적이 없었다. 마커스는 메시지를 남기고 페이긴을 찾아 안쪽으로 들어갔다.

페이긴은 뒤쪽 방에서 이리저리 서성이며 가끔씩 까맣게 타버린 홀로그램 투사기의 잔해를 발로 걷어찼다. 마커스가 보기에는 그걸 부순 게 그나마 페이긴이 6개월 동안 했던 일 중에서 가장 합리적인 일인 것 같았다. UNN은 하루 종일 망할 외계 종족의 침공에 대해서만 떠들고 있었다. 마커스는 외계인의 침공이 사실이 아니라고 생각했고, 오늘 아침에만 해도 자신의 홀로그램 투사기를 직접 날려버릴 생각도 했었다.

페이긴은 혼잣말을 중얼거리고 있었다. 마커스는 그의 말을 전혀 알아들을 수가 없었고, 요즘 일어난 일들을 생각해보면 차라리 알아듣지 못하는 편이 낫다고 생각했다.

잠시 문간에 서 있었지만 페이긴이 그의 기척을 눈치채는 기색이 없자, 마커스가 입을 열었다.

"페이긴."

다급하게 P220을 꺼낸 페이긴은 걸음을 멈추고 총구를 마커스의 머리에 댔다.

"뭐야?"

방어적인 태도로 두 손을 들어 올리며 마커스가 말했다.

"진정하세요, 페이긴. 드릴 말씀이 있습니다."

마커스는 일에 관한 이야기를 먼저 하기로 결심했다. 그렇게 충격을 줄인 후 본격적인 이야기를 하는 게 나을 것 같았다.

"헵이 거의 다 떨어졌습니다. 할시온에서 언제쯤 재보급이 들어올지 알 수 있겠습니까?"

"재보급은 없어. 할시온의 개자식들이 지난달에 우리 쪽 공급을 끊었어. 금발이 그쪽 배달원 하나의 마음을 읽었는데, 뭔가 꾸미고 있다고 했거든. 무슨 말인지 알겠어? 그쪽 녀석들을 위해 그 자식을 쏴죽였는데 놈들이 어떻게 했는지 알아? 공급을 끊어버렸다고. 내가 왕복선을 빌려 타고 가서 그 개자식들을 모조리 죽여버리려다 겨우 참았지."

페이긴은 총을 내리고서 다시 초조하게 서성이기 시작했다.

"혹시 새로운 공급자는 찾았습니까?"

마커스는 최대한 천천히 말했고, 그 말에 페이긴은 다시 걸음을 멈췄다.

"뭐라고?"

"새로운 공급자요."

"무슨 공급자? 멍청이 같은 소리 좀 하지 마라, 마커스. 지금 그럴 기분이 아니야, 알겠어?"

"페이긴, 새로운 헵 공급자가 필요합니다. 그렇지 않으면—"

"할시온이 있잖아. 다른 건 필요 없어."

젠장, 젠장, 젠장. 생각보다 상태가 더 심각하잖아.

"페이긴, 제 말 좀 들어보세요. 머리에 쓴 그거, 당장 벗어야 합니다. 당장 벗어야 해요!"

페이긴은 낄낄대며 웃기 시작했다.

"정말 멍청한 녀석이구나! 내가 이걸 벗으면 금발이 내 두뇌를 계란처럼 푹 익혀버릴 거야. 안돼, 이건 계속 쓰고 있어야 해, 그렇지 않으면—"

"제가 모르우드에게 얘기를 들었습니다. 머리에 쓰고 있는 그 물건은 한 번에 일곱 시간 이상 쓰면 안 된답니다. 자칫하다가는—"

P220이 다시 튀어나왔다.

"너 이 자식, 대체 왜 모르우드와 얘기를 한 건데?"

"지금 착용하고 있는 그 장치에 대해 물어보고 싶었습니다, 페이긴. 제 말씀 좀 들어주십시오. 그게 당신 머리에 영향을 주고 있습니다. 요즘 아무 이유 없이 사람들을 죽이고 계십니다. 비축해뒀던 햅도 다 떨어졌고요. 다들 당신의 총에 맞을까봐 몸을 사리는 통에 모든 구역에서 수익이 줄어들었습니다. 우리 애들 전부 겁에 질려 있다고요. 이제 와서 효과가 있을지는 모르겠지만, 일단 그걸 벗어야 합니다!"

"난 이걸 벗지 않을 거야, 알겠어? 그리고 넌 아직 내 질문에 대답을 안했어. 대체 왜—"

"페이긴 님!"

"뭐야?" P220을 문 쪽으로 겨누며 페이긴이 소리쳤다.

마커스는 페이긴에게서 눈을 떼지 않은 채, 시야 한쪽으로 문 앞에 조조가 서 있는 것을 보았다.

"웬 녀석이 하나 찾아왔습니다. 정부 소속이라고 하던데요."

"아, 정말로 정부 소속이라니까, 진짜야."

느닷없이 또 한 사람의 형체가 조조 뒤에서 나타났다. 키가 큰 남자였다. 하얀색의 무언가가 온몸을 뒤덮고 그 위에 가죽 외투를 입은 모습으로, 손에는 홀로그램 배지를 들고 있었다.

"젠장, 이봐, 기다리라고 말했잖아!"

몸을 휙 돌리며 조조가 불안한 목소리로 말했다.

"나한테 이래라저래라 하지 마라, 꼬마야. 난 연합 탐색관, 맬컴 켈러키안 요원이고, 노바 테라를 데려가려고 왔다."

"개소리하지 마!"

페이긴은 문간을 향해 P220을 발사했다. 탄환이 조조와 탐색관이라는 남자를 향해 곧장 날아갔다.

조조는 가슴과 팔과 머리에서 피를 흘리며 쓰러졌다.

하지만 연합 요원은 그 자리에 그대로 서 있었다. 탄환이 그의 몸 앞에 가만히 멈춰 서 있다가, 바닥으로 떨어져 내렸다.

어차피 마커스에게 더 이상의 다른 증거가 필요하진 않았지만, 이번 일로 페이긴이 완전히 미쳤다는 걸 다시 한 번 확인할 수 있었다. 연합 요원은 최고의 장난감들로 무장하고 있었다. 그건 누구나 알고 있었고, 페이긴도 마찬가지였다. 페이긴의 신조가 연합 관계자의 감시망에는 절대로 걸리지 말자는 것이 아니었던가.

"끝났나?" 차분한 목소리로 요원이 말했다.

"내 집에서 당장 꺼져! 이 빌어먹을 개자식아!"

마커스는 페이긴의 눈빛을 보며 온몸을 부르르 떨었다. *미쳤어. 완전히 미쳤어.*

페이긴은 남은 탄환을 모두 연합 요원의 역장에 쏟아부었다. 하지만 총알은 전부 요원의 발밑으로 떨어졌다.

총알이 다 떨어지고 몇 차례 철컥거리는 소리가 난 후, 연합 요원이라는 자가 입을 열었다.

"이제 진짜 끝난 건가? 노바는 유령 프로그램에 등록됐다. 이건 정부에서 그 아이를 찾고 있다는 얘기고, 당신이 그녀를 계속 데리고 있을 수 없다는 얘기야. 노바가 여기 있다는 사실을 부인할 생각은 하지 마라. 저 문으로 들어온 뒤부터 머리를 망치로 두들겨 맞는 것 같은 두통을 느끼고 있으니까. 그 아이가 이 건물 안에 있다는 건 분명하다는 의미지. 이제부터 가능한 상황은 두 가지다. 첫 번째는 내가 요청한 것처럼 당신이 그 아이를 순순히 넘기는 것이고, 두 번째는 내가 해병들을 동원해서 이곳을 쑥대밭으로 만드는 거야."

"뭐라고?" 페이긴은 멍한 눈빛으로 요원을 바라봤다.

"지금 이 건물을 박살 내려고 해병 사단이 기다리고 있다. 그들을 막고 있는 게 바로 나야. 그러면 이제 노바 테라를 넘겨주겠나?"

"왜 나를 찾는 거지?"

마커스가 고개를 돌리자 문간에 서 있는 노바가 보였다.

요원도 소리가 나는 쪽으로 돌아섰다.

"노바 양, 저는 맬 요원입니다. 탐색관이고, 내가 하는 일은 텔레파시 능력자들을 찾아내 유령 프로그램에 합류시키는 겁니다. 지난 6개월 동안 당신을 찾아다녔습니다."

그는 고개를 돌려 페이긴을 바라봤다.

"꽤나 찾기 힘들더군요."

그 순간 마커스는 소스라치게 놀랐다. 자신의 손이 멋대로 겉옷 주머니로 들어가 P220을 꺼내고 있었다. *이게 대체 무슨―?*

"저 아이는 내 거야, 내 거라고. 이 빌어먹을 연합의 개자식아! 내 물건은 누구도 빼앗을 수 없어, 알아먹었냐?"

P220이 멋대로 위로 올라갔다. 마커스는 막아보려 했지만, 그의 팔은 이제 두뇌의 명령을 따르지 않았다.

"선택할 수 있는 길은 두 가지뿐이다, 페이긴. 그녀를 내놓거나, 아니면 우리가 네 시체를 넘어서 그녀를 데려오거나."

맬이 페이긴을 노려보며 말했다.

"유령 프로그램이 뭐지?" 노바가 물었다.

"닥쳐, 이년아!"

페이긴이 새된 소리로 악을 썼다. 두 눈은 이리저리 흔들리고, 두 팔은 정신없이 움직였다.

마커스는 본인의 의지와는 상관없이 엄지손가락으로 안전장치를 풀고, 방아쇠를 당기기 시작했다. 그는 소리를 지를 수도 있었다. 총구가 향하고 있는 목표물에게 경고해줄 수도 있었다. 하지만 그는 자신이 노바에게 제어되고 있다는 것을 알고 있었다. *전에는 이렇게까지 하지는 못했는데.* 무엇보다도 마커스는 노바가 하려는 일을 막고 싶지 않았다.

페이긴의 입술이 뒤틀리며 교활한 웃음을 지었다.

"엿이나 먹어!"

그와 동시에 페이긴의 등에 일곱 발의 탄환이 박히는 동안 페이긴은 한 발짝도 움직이지 못한 채 움찔거리기만 했다.

노바는 쓰러진 페이긴을 내려다봤다.

"6개월 전에, 내가 그에게 신뢰하는 부하의 손에 죽게 될 거라고 했었어."

"거짓말을 했었군." 마커스가 말했다.

그는 다시 몸을 움직일 수 있게 된 것에 감사하며 총을 든 팔을 내렸다.

"이건 너와 내가 함께한 일이니까."

"벌써 몇 달째 당신이 하고 싶어 했던 일을 한 것뿐이야. 우리가 같은 방에 있을 때, 다른 건 전혀 느낄 수가 없었어. 페이긴을 죽이려는 당신의 욕망이 너무 강렬해서. 하지만 당신 혼자서는 절대로 할 수 없다는 것도 알고 있었지."

노바는 또렷한 목소리로 말했다.

맬은 잠시 그 모습을 지켜보고 있다가 입을 열었다.

"노바 양, 당신 가족의 살해범들을 처단한 후에 꽤나 바쁜 생활을 한 것 같군요."

노바의 두 눈이 휘둥그레졌다. 마커스도 마찬가지였다. 맬이 말한 내용과 노바의 깜짝 놀란 모습이 모두 놀라웠다. 상대의 심연까지 읽어내는 노바였기에, 페이긴을 제외하고 지금까지 누가 어떤 말을 하든 놀라는 법이 없었으니까.

고개를 절레절레 저으며 마커스는 생각했다. 당연한 일이었다. 맬이라는 남자도 연합 요원이었으니까. *저자도 그 장난감을 쓰고 있군. 페이긴을 미쳐버리게 만든 그 물건 말이야.*

"그걸 어떻게 알고 있지? UNN에서 우리 언니를 봤어. 언니는 내가—"

노바는 작은 목소리로 물었다.

"당신 언니 클라라 테라는 우리가 지시한 대로 말했을 뿐입니다."

맬의 목소리가 놀랄 만큼 상냥해졌다.

"당신에겐 이제 남은 게 없습니다, 노바 양. 당신이 지금 이 젊은 친구에게 한 일을 보면, 당신이 원해서 이곳에 머물고 있는 건 아닌 것 같군요. 당신 가족은 세상을 떠났습니다. 이제 당신에게 남은 최상의 선택지는 바로 우리입니다."

맬이 깊이 숨을 들이쉬었다.

"난 지금 사이오닉 차단기를 사용하고 있습니다. 그건—"

"그게 뭔지는 알아."

노바가 재빨리 말했다. 그리고 페이긴의 시체를 가리켰다.

"저자도 그걸 착용하고 있었으니까."

맬은 깜짝 놀란 표정으로 그녀가 가리키는 방향을 바라봤다.

"대체 어디서 저걸 구한 거지?"

"이봐, 페이긴의 돈은 타소니스 전역에서 흐르고 있어. 아니, 저 망할 물건이 그를 미쳐버리게 만들기 전에 말이야. 노바를 구속하기 위해 군부에 있는 어떤 녀석에게서 받았어."

마커스가 말했다.

"군부에 있는 사람과도 거래를 하고 있었다고?"

마커스는 고개를 끄덕였다. 깜짝 놀라는 연합 요원의 모습을 보니 기분이 나빠졌다. 그것도 몰랐다니.

"지난 6개월 동안 아무것도 찾아내지 못한 게 당연한 일이었군."

맬은 스스로가 한심하다는 듯 중얼거렸다.

"문제는 페이긴이 사이오닉 차단기인지 뭔지 하는 저 장치를 한 번도 벗지 않았다는 거야."

마커스의 말에 맬의 눈이 휘둥그레졌다.

"단 한 번도? 6개월 동안?"

"그래."

"그런 멍청이가 어떻게 막강한 위치에 올라갈 수 있었는지 궁금하군."

"늘 저렇게 멍청했던 건 아니니까. 탐욕에 찌든 거겠지."

마커스는 한때 능력 있는 두목이었던 남자의 시체를 내려다봤다.

"다들 탐욕 때문에 그렇게 되더라고."

맬은 그렇게 말한 후 노바를 향해 돌아섰다.

"자, 이제 사이오닉 차단기를 끄겠습니다. 제 생각을 읽어도 좋습니다. 유령 프로그램에 대한 걸 전부 알아내십시오. 당신에게는 최선의 선택이라는 걸 알 수 있을 겁니다."

페이긴의 것과는 달리 맬의 사이오닉 차단기는 아무것도 터치할 필요가 없었다. 그가 고개를 끄덕였고, 노바는 맬을 바라봤다.

노바는 몸을 꼿꼿이 세웠다. 요즘 그녀는 서 있을 때 항상 어깨를 잔뜩 움츠리고 있었다. 자신을 보호하려는 듯한 몸짓이었다. 하지만 처음 그녀를 만났을 때, 마커스는 노바의 자세가 완벽하다고 생각했었다. 성장 배경을 생각해보면 당연한 일이겠지, 하고 그 당시에는 생각했었다. 하지만 페이긴과 함께 6개월을 보내면서 완벽한 자세마저 망가졌었다.

노바의 초록색 눈에 눈물이 그렁그렁했지만, 그녀는 웃고 있었다. 마지막으로 그녀가 똑바로 서 있었을 때 이후로, 마커스가 처음 보는 웃음이었다.

"사실인가요?" 노바가 속삭이듯 물었다.

"뭐가 말인가요?" 맬이 미간을 찌푸렸다.

"정말 사실인가요? 훈련 프로그램이 종료되면 제 기억을 제거해주는 건가요? 제발 그렇다고 말해줘요."

"그게 최근 표준 절차로 지정되었습니다. 다만 문제가……."

맬은 조금 걱정스러운 표정이 되었지만, 노바가 맬에게 달려들어 그의 품에 안기는 바람에 그는 말을 끝맺지 못했다.

"고마워요, 고마워요, 정말 고마워요, 맬 요원님, 그게 어떤 의미인지 모르실 거예요, 정말 고마워요!"

어색한 모습으로 맬이 노바의 등을 토닥였다.

"고마워할 필요는 없습니다. 그게 인재 영입에 도움이 될 조건이라고는 생각해본 적이 없는데 아니, 보통은 가장 큰 단점이었죠."

"왜 아니겠어? 이곳에 있는 거라곤 위쪽에서 흘러내려 오는 똥물뿐이 잖아. 여기서 뭐든 얻으려면 직접 몸을 움직여야 하고, 게다가 그럴 수 있는 사람도 별로 없어. 그래서 다들 햅과 투르크 같은 것에 의지하는 거야. 전부 잊어버리려 하는 거라고. 젠장, 나라도 모든 기억을 깨끗하게 지울 기회가 있다면, 두 번 생각하지 않고 붙잡을 거야. 이 삶을 잊어버릴 수 있다는 뜻일 테니까."

마커스가 어딘가 상기된 목소리로 말했다.

노바는 맬을 껴안았던 팔을 풀었다. 마커스가 보기에 맬이라는 연합 요원이 그제야 마음을 놓는 것 같았다.

코를 훌쩍거리며 노바가 말했다.

"맬 요원님, 전 사람들을 삼백여든두 명이나 죽였고, 저희 가족을 포함해 그보다 서른두 명이나 많은 사람들이 죽어가는 걸 머릿속에서 느꼈어요. 그 사백여 명 전부와 그들이 죽어가던 순간 머릿속에 떠올랐던 생각까지 모두 말씀드릴 수 있어요."

노바의 목소리가 점점 커지다가 결국엔 잔뜩 갈라졌다.

"제가 그런 생각들을 단 하나라도 기억하고 싶을 것 같으세요?"

서늘한 기운이 마커스의 등으로 흘러내렸다. 노바의 말 때문만은 아니었다. 그의 어머니, 즉 아버지와 재혼했던 그 여자가 아니라, 그를 낳아준 생모가 아버지의 손에 죽임을 당했을 때 머릿속을 스쳐갔을 생각이 무엇인지 상상해보았다. 그 생각을 읽을 줄 알았다면 아버지가 그런 일을 하지 않았을까, 하는 생각이 들었다.

아마 아니겠지. 젠장, 그랬다면 아버지라는 작자는 더 즐겁게 어머니를 죽였을 거야.

맬이 고개를 끄덕이며 노바에게 말했다.

"좋아요, 내가 먼저 연락을―"

그 순간 노바가 갑자기 털썩 주저앉았다.

"뭔가 잘못됐어."

노바는 머리를 두 손으로 감싸 쥐었다.

"안 돼!"

비명과 함께 마커스 주위의 세계가 폭발했다.

제17장

은도치 소령은 맬이 처음 본 순간부터 싫었다.

맬이 뭔가 잘못한 건 아니었다. 은도치는 원래 모든 사람을 처음 본 순간부터 싫어했다. 그 편이 시간을 절약할 수 있었다.

그녀는 맬의 파일을 읽었고, 그가 경찰이었다는 것도 알고 있었다. 은도치 소령은 경찰을 싫어했다. 나쁜 경찰은 사법 체계를 내부에서부터 갉아먹는 부패한 거머리였고, 좋은 경찰은 그 멍청한 소명 의식 때문에 자기들이 어느 누구보다 우월하다고 자평하는 거만한 작자들이었다. 둘 다 연합 전체에서 가장 텃세가 심한 개자식들이었다.

맬은 좋은 경찰이었다. 그래서 은도치와 말살자 부대를 실수로 밟은 배설물쯤으로 취급했고, 자신의 진짜 계획에는 동원하지 않으려 했다.

상황이 괜찮았더라면, 은도치 소령도 맬의 계획이 나쁘지 않다고 인정했을 것이다. 유혈 사태를 피하고 싶다면 그래야 했다. 하지만 지금은 유혈 사태를 피할 수 없는 상황이었다. 그랬다면 애초에 은도치가 킬리아니 국장의 사무실에 소환되는 일도 없었을 것이다.

맬은 말살자 부대를 작전 수행에 참여시키라는 명령을 받았는데도, 계속 배제하려고만 했다.

바로 그 점이 은도치 소령을 몹시 화나게 만들었다.

보통 은도치는 자신을 화나게 하는 자는 누구든 죽여버리려 했다. 물론 그게 항상 가능한 건 아니었고, 해병에 입대하여 지휘 계통에 얽힌 후로는 더더욱 그랬다. 예전에는 상황이 많이 달랐다. 그녀는 그 어떤 시체에도 그녀를 추적할 수 있는 단서가 남지 않았다는 것에 늘 감사하며 살았다. 우습게도 사람들이 그녀의 소행이라고 의심하는 유일한 죽음, 즉 전 남편인 그레고리의 사망이야말로 그녀가 관련되지 않은 사건이었다. 그때 뇌동맥류가 그를 죽이지 않았더라면, 결과적으로 은도치가 남편을 죽여야 했을지도 모른다. 하지만 남편이 갑작스럽게 사망한 덕분에 그녀는 그 짐에서 벗어날 수 있었다. 그리고 축구 선수나 구 가문의 아내가 되는 것보다 자신의 공격성을 표출하기에 더 적합한 곳을 찾아 자유롭게 떠날 수 있게 되었다.

하지만 지금은 맬의 지휘를 따라야 한다는 명령에 묶여 있었다. 그는 연합의 탐색관이었으므로 그를 죽이면 아마 빠져나올 수 없는 곤경에 처할 가능성이 컸다. 위원회가 유령 프로그램을 워낙 심각하게 중시하고 있는 탓에, 그와 같은 요원이 죽으면 예전의 타바킨 대령 사건처럼 유야무야 넘어가지 않을 것이다.

헬멧의 통신 장치에서 지지직거리는 소리가 났다. 은도치 소령은 여전히 발키리의 후미에 앉아, 맬의 신호를 기다리고 있었다.

말살자 부대원들에게는 헬멧을 벗고 쉬라고 허락했다. A중대 '영양'은 여느 때와 마찬가지로 끝이 보이지 않는 포커 게임을 하는 중이었고, 이번에도 디튼 상병 앞에 가장 많은 칩이 쌓여 있었다. 지금은 카버 일병이 빈센트 상사에게서 큰돈을 따는 바람에 상사가 성질을 내고 있었다. 아무래도 카버 일병은 일주일 동안 이른 아침부터 꽤나 힘든 도수체조를 하게 될 것 같았다.

B중대 '벵골호랑이'는 늘 그렇듯 D중대, '용'과 팔씨름 대회를 벌이고 있었다. 기존 챔피언인 오닐 일병이 가장 최근에 전입한 미첼 상병과 막상막하의 대결을 벌이는 중이었다. 판돈은 2대1로 오닐의 승리를 점치는 모양이었다.

C 중대 '멧돼지'는 조용히 구천 번쯤 무기를 정비하고 있었다. 맥 상사는 정갈함의 대명사 같은 군인이었다. E중대 '오소리'의 중대원들은 플래니건 상병에게 모의시험 문제를 뽑아 질문을 던지는 중이었다. 상병은 지금 상사 임명 시험을 준비하고 있었다. 예외는 맥길리언 상사뿐이었고, 그는 지금 스폴딩 대위와 함께 스포츠에 대한 잡담을 나누고 있었다.

은도치 소령은 통신 장치를 활성화했다.

"은도치다. 말해."

그녀는 스폴딩 대위가 타소니스 타이거즈의 수비 라인에 대해 불평을 늘어놓는 맥길리언과의 대화를 멈추는 모습을 봤다. 통신이 그의 헤드셋으로도 들어가고 있는 모양이었다.

"소령, 여기는 레드베터 장군이다. 명령이 변경되었다. 코랄의 후예가 우리 궤도 방어선을 돌파했고, 자네가 도시를 지켜야 한다."

그 말에 은도치 소령의 피가 끓어올랐다. 그녀는 코랄의 '개자식'들과, 놈들이 반역의 정당성을 확보하기 위해 정의로운 연합 군인들의 죽음을 이용하는 것을 혐오했다.

"즉시 기지로 돌아가면 되겠습니까?"

"아니."

레드베터 장군은 어딘가 화가 많이 난 목소리였고, 그건 아마 지금의 명령이 자신이 내리는 명령이 아니라, 위쪽 어딘가에서 내려온 지시라는 의미였다. 레드베터 장군 위쪽에 있는 사람은 한 손으로 꼽을 정도였기 때문에, 그건 곧 최고위층의 명령이라는 뜻이었다.

"현재 수행 중인 작전을 지금 즉시 완수해라, 소령. 지금 이 시간부로 맬컴 켈러키안 요원은 그 작전의 지휘관이 아니다."

은도치는 미소를 지었다. 스폴딩 대위는 웃지 않았지만 만족스러운 듯 고개를 끄덕였다.

"어떤 수단을 동원해서든 노바 테라를 확보하고, 30분 내로 홀리크타운으로 이송해야 한다."

킬리아니 국장은 그런 면에서 믿을 수 있는 사람이었다. 그들은 지금 테라 가문의 소녀, 노바를 정말로 애타게 원하고 있었다. 그것도 연합의 심장을 향해 접근해 오는 공격을 막아낼 최상의 지상군을 일시적으로 다른 임무에 돌릴 만큼. 은도치는 그 이유를 알 것도 같았다. 인류 연합은 저그와 프로토스를 각각 상대로 하는 두 전선의 전쟁에서 모두 지고 있었다. 그러면서도 지금의 전황을 유지할 수 있는 건 모두 유령의 활약 덕분이었다. 하지만 유령은 빠른 속도로 죽어가고 있었고, 사라 케리건 같은 배신자의 경우에는 버려지기도 했다. 그래서 유령 신병을 확보하는 일이 무엇보다 중요했다.

"알겠습니다, 장군님. 여자를 데려가겠습니다. 은도치 소령, 통신 종료."

"전체 차렷!" 스폴딩 대위가 벌떡 일어섰다.

포커 게임과 모의시험과 무기 손질과 팔씨름이 모두 중단되고, 스무 명의 말살자 부대원들이 일어서서 차렷 자세를 취했다.

"제군, 두 개 조로 나뉘어 진입한다. 윗분들이 그 테라 가문의 아이를 30분 내로 홀리크타운에 데려오라고 명령했으니, 우리는 20분 내로 이번 작전을 마친다. 전투복 착용. 플릿 소령, 돌입 준비를 해라. 옥상으로 내려가겠다."

은도치 소령은 조종석으로 명령을 하달했다.

"알겠습니다."

그녀가 명령을 내린 지 2분 후, 병사들은 모두 헬멧을 착용하고 차렷 자세를 취한 채, 적진으로 돌입할 준비를 끝마쳤다.

"누가 최강인가?" 스폴딩 대위가 소리쳤다.

"말살자!"

"누가 최강인가?"

"말살자!"

"누가 멍청인가?"

"나머지 전부!"

"시작하자, 브라보 작전이다."

"네, 알겠습니다!"

은도치와 스폴딩은 무장 병력이 있는 적진에 대한 수색 작전 계획을 몇 가지 수립해두었다. 브라보 작전은 목표물이 다층 건물 내에 있고, 부수적인 피해는 크게 문제가 되지 않는 경우에 적용되는 작전 계획이었다.

시궁창 거리를 박살 낸다고 해도 신경 쓸 사람은 없었다. 목표물을 무사히 확보해야 한다는 조건만 없었더라면, 은도치 소령은 말살자 부대를 숙영지에 그냥 둔 채로 궤도에서 시궁창 거리 전체를 핵폭탄으로 날려버렸을 것이다. 타소니스 전체로 봐서는 그게 오히려 이득이었으니까.

플릿 소령이 발키리를 건물 옥상에 착륙시켰다. 곧이어 선체가 부르르 떨리면서 후미의 격벽이 열렸고 그 격벽은 경사로를 만들었다.

은도치 소령은 병사들을 바라봤다.

"다들 목표물에 대한 정보를 받았을 것이다. 노바 테라는 A급 목표라는 점을 기억해라. 그녀 몸에 생채기라도 나게 하는 사람은 오늘 밤이 되기 전에 영창에 갇힐 것이다. 다들 알았나?"

"네, 소령님!" 말살자들이 한목소리로 대답했다.

"그 외의 인원은 모두 소모품이다. 전부 시궁창 거리의 쓰레기일 뿐, 연합의 가치에 아무것도 기여하지 못한다. 기껏해야 값싼 노동력을 제공하는 정도겠지만, 그런 건 얼마든지 대체할 수 있다."

맥 상사가 손을 들자 은도치는 고개를 끄덕였다.

"말해라, 상사."

"소령님, 맬컴 켈러키안 요원은 어떻게 합니까?"

"'그 외의 인원'이라는 표현을 이해하지 못하는 건가, 상사?"

"아닙니다, 소령님. 질문을 철회하겠습니다."

"좋아, 영양 중대, 출발."

빈센트 상사가 A중대를 이끌고 경사로를 내려갔다. 금속 전투화를 신은 발들이 한 몸처럼 일정한 박자로 경사로를 내딛자 철컹철컹 소리가 리드미컬하게 울렸다. 이들이 지붕과 건물 상층을 확보할 것이다.

"플릿 소령, 중간층으로 가자."

"알겠습니다."

잠시 후 발키리의 후미는 건물의 측면 유리창을 향하고 있었다.

"벵골호랑이, 출발."

B중대는 해먼드 상사가 선두에 서지 않았다. 미첼이 앞으로 나서서, 손목 포를 발사하여 유리창을 안쪽으로 깨고 길을 냈다. 나머지 벵골호랑이 대원들이 그 뒤를 따라 돌입하고, 해먼드는 후미를 지켰다.

잠시 후, C중대도 반대쪽에서 같은 방식으로 돌입했다. 맥이 놀랍도록 정갈한 손목 포와 함께 선두에서 병력을 이끌었다.

발키리는 스텔스 항공기이기 때문에 건물 안의 사람들은 동체를 볼 수 없을 테고, 그 소리를 들을 수도 없겠지만, 유리창이 깨지는 소리와 중무장한 병사들이 움직이는 소리는 분명 감지했을 것이다. 발키리는 곧장 건물 밖에 조용히 착륙했다.

"스폴딩 대위, 넌 용 중대와 함께 건물 주위 10미터 범위를 경계한다. 그 안으로 들어오는 사람이 있으면 그냥 쏴버려."

"네, 소령님." 스폴딩이 대답했다.

"플릿 소령, 지붕으로 다시 올라가자. 잠시 후 떠날 준비도 해두고."

"알겠습니다."

스폴딩 대위는 D중대를 이끌고 나가 거리를 확보했다. 사람들 몇 명이 달아나고, 또 몇 명은 주위로 모여들고, 다른 몇 명은 멍한 눈빛으로 그들을 바라보는 모습이 은도치의 눈에 들어왔다.

"오소리, 날 따라와라."

"네, 소령님." 맥길리언이 대답했다.

은도치 소령이 E중대를 이끌고 정문으로 가는 동안, 주변 감시 화면에서 누군가 오닐을 향해 걸어가는 모습이 눈에 띄었다.

"이봐요, 당신들 대체 뭘 하는 겁니까?"

오닐이 팔을 들어 올렸다. 남자는 두 손을 들었지만 계속 오닐을 향해 다가갔다.

"이봐요, 문제를 일으키려는 건 아닙니다. 그냥 뭐가 문제인지—"

남자가 페이긴이라는 자의 건물에서 10미터 반경 내에 들어서자마자, 오닐은 손목 포의 탄환 십여 발을 남자에게 박아 넣었고, 남자는 피투성이 넝마가 되어 바닥에 쓰러졌다.

그제야 사람들이 사방팔방으로 달아나기 시작했다. 은도치 소령은 웃음이 나왔다. 그녀도 아수라장을 만드는 걸 좋아했지만, 가끔은 단 한 사람의 죽음만으로도 충분할 때가 있었다. 다행히도 해병들은 그런 두 가지 경우가 모두 가능했다.

지난 몇 주간 적지 않은 저그를 처치한 P500을 권총집에서 빼낸 은도치는 정문 제어반에 구멍을 내고 이제는 쓸모없어진 문짝을 중무장한 발로 걸어찼다.

작은 접견실 같은 공간에서 네 사람이 소스라치게 놀라며 자리에서 일어났다. 두 명은 무장을 했고, 나머지 두 명은 돈을 세고 있었다. 은도치는 네 명의 머리에 총알을 박았다. 사실 P500은 위력이 너무 강해서, 총알이 박혔다기보다는 턱 위쪽을 모두 날려버렸다고 하는 편이 더 정확했다. 은도치가 세 번째로 쏜 사람만이 예외였는데, 그는 옆으로 조금 움직였던 탓에 머리의 절반 정도만 날아갔다. 반만 남은 두개골에서 걸쭉한 뇌수가 흘러나오는 동안, 하나 남은 눈동자가 은도치를 올려다봤다.

그때 요란한 총성이 들려오자 은도치 소령은 주위를 둘러보았다. B중대와 C중대가 저항에 부딪힌 모양이었다.

그 순간 땅이 흔들리고 천장에서 회반죽이 떨어지기 시작했다. 떨어지는 게 회반죽이라는 사실에, 은도치 소령은 자신이 전술적 오류를 범했다는 사실을 깨달았다. *젠장, 이 건물들이 날림 공사로 건설되었다는 사실을 잊었군. 건물이 아군의 하중을 견딜 수 없―*

천장이 머리 위로 무너져 내린 탓에, 은도치의 생각은 끝을 맺지 못한 채 중단되었다.

* * *

천장이 무너지는 모습을 본 순간, 맬은 가장 먼저 컴퓨터에게 역장을 최대 강도로 전개하라는 명령을 내렸다.

그리고 노바를 향해 몸을 날려 그녀를 보호했다. 누가 뭐래도 그녀는 A급 목표물이었다.

게다가 A급 목표물을 다치게 하고 그 뒷감당을 하는 것보다도, 6개월간의 끈질긴 추격 끝에 발견한 그녀를 여기서 허무하게 죽게 한 후 감당해야 하는 자괴감이 더 싫었다.

은도치와 저 유쾌한 파괴 전문가들이 노바를 놀라게 한 것도 당연했다. 해병들의 헬멧에는 맬이 사용하고, 또 페이긴이 사용했던 것과 동일한 사이오닉 차단기가 장착되어 있었다. 그 사실이 맬 또한 당황하게 만들었다. 헬멧에 사이오닉 차단기를 장착하라는 지시는 내린 적이 없었으니까.

내가 여기서 살아나간다면, 반드시 킬리아니 국장이 당신 엉덩이를 물어뜯게 만들어주겠어, 은도치 소령. 당신이 전에 누구와 결혼했었는지는

내가 알 바 아니니, 어떻게든 이 대가를 치르게 해주지.

노바는 천장이 무너지기 전에 무릎을 꿇고 바닥에 쓰러져 있었기 때문에, 맬은 자신의 몸으로 그녀를 감싸고 역장으로 보호했다.

"짐승들이 사방에서 몰려들어, 막을 수 없어, 어디를 가든, 놈들이 모든 걸 집어삼켜……."

맬의 머리와 등이 모두 아파왔다. 극심한 두통은 어쩔 수 없었다. 진통제 5회분을 투약해봐도 노바와 한 방에 있는 동안에는 두통이 누그러질 기미가 없었다. 하지만 등은 문제가 있는 것 같았다. 역장은 이론상으로는 거의 모든 종류의 충격을 견뎌낼 수 있었지만, 다른 모든 것과 마찬가지로 중력을 거스르는 데는 한계가 있었다. 10층 건물 전체가 맬의 등을 찍어 누르는 듯한 기분이었다. 역장에 의존하지 않고 전투용 중장갑을 착용했더라면, 엎드린 채 1톤의 석고와 목재와 강철에 깔려 있다고 해도 가뿐히 일어날 수 있었을 것이다. 하지만 역장은 맬에게 그런 능력까지는 부여해주지 못했다. 일어서 있는 자세였다면 억지로 길을 뚫고 나갈 수 있었을지도 모르지만, 손발로 땅을 짚고 엎드린 자세에서는 달리 움직일 방법이 없었다.

"죽음과 파괴만 남기고, 그들이 사방에서 이곳을 덮쳐와. 아, 안 돼, 마커스, 그가 죽었어, 날 증오하면서, 내가 죽기를 바라면서, 아버지를 죽였어야 했다고 생각하면서……."

맬은 앞서 노바가 염동력으로 조종해 페이긴에게 총을 쏘게 만들었던 마커스라는 젊은 남자를 떠올렸다. 마커스가 죽은 건 조금 아쉬운 일이었다. 마커스는 그래도 합리적인 사람 같아서, 래리가 사라져서는 안 된다고 생각했던 페이긴의 조직을 안정시키는 데 도움이 될 것 같았다.

하지만 맬은 지금 그런 걸 걱정할 때가 아니었다. 노바는 점점 더 알아들을 수 없는 말을 중얼거리고 있었고, 그의 컴퓨터는 역장이 작동을 중단하려는 조짐을 보이고 있다며, 재정비를 위해 역장 발생을 중단해야 한다고 경고하는 중이었다.

지금은 그럴 수가 없잖아!

맬은 노바의 오른쪽 귀에 대고 작지만 단호한 목소리로 말했다.

"노바, 집중해야 해."

"다들 죽어가고 있어. 내 주위에 있는 사람들은 살아남은 사람이 없고, 다들 쓰러지면서……."

"노바! 내 말을 들어!"

맬은 결국 있는 힘껏 소리를 질렀다.

갑작스럽게 들려온 큰 목소리에 노바의 중언부언이 뚝 멈췄다.

"노바, 당신이 우릴 여기서 내보내야 해."

그는 가능한 한 크게 생각했다. 텔레파시 능력자를 상대하는 방법에 대해 교육을 받을 때 배운 것이었다. *노바, 나한테 집중해. 그리고 이 난리 속에서 벗어나는 데 집중해줘.*

컴퓨터가 역장이 곧 붕괴될 거라고, 전투복이 영구적으로 손상되지 않게 하려면 즉시 역장을 중단해야 한다고 경고했다. 맬은 지금 그 전투복의 착용자가 겪게 될 영구적인 손상을 더 걱정하고 있었다. *노바, 내 말 잘 들어. 어서 이 잔해들을 치워주지 않으면—*

"이해했어요. 그러니 조용히 해주세요. 정신을 집중해야 하니까."

노바는 중얼거리던 목소리와 달리 또렷하게 말했다.

"알았어."

그리고 바로 그 순간, 역장이 사라졌다. 고통이 맬의 등을 짓누르며 갈비뼈를 부쉈고, 무언가가 그의 뒤통수를 세차게 때렸다. 맬은 강렬한 현기증을 느끼며 다리에 감각을 잃었다. 그리고 다행스럽게도, 그대로 정신을 잃었다.

*   *   *

맬의 극심한 고통이 노바의 정신을 할퀴는 바람에, 그녀는 10층 건물 규모의 잔해를 들어 올리는 데 실패할 뻔했다. 하지만 간발의 차이로 그 고통을 떨쳐버리고 온 힘을 다해 잔해를 밀어냈다.

그러나 아무 소용이 없었다.

노바는 더 강하게 밀어냈다. 페이긴이 자신에게 한 짓들을 생각했다. 마커스가 그동안 얼마나 친절했는지, 또 그가 그녀를 위해 어떻게 페이긴을 죽였는지 생각했다. 아무리 페이긴에게 애원해도 허락받지 못해서, 한 번도 다시 찾아가보지 못한 불쌍한 고양이 핍이 지금은 어떻게 살고 있을지 생각했다. UNN에서 노바가 죽었다고 거짓말을 했던 클라라 언니가 얼마나 미웠는지 생각했다. 그리고 그녀의 가족과 맥베인, 마커스, 그리고 연합 해병들의 손에 죽어간 열세 명의 사람들을 포함하여 그녀가 죽음을 함께 경험했던 총 사백스물여덟 명의 사람들을 생각했다. 그리고 하마터면 죽을 뻔했다는 생각에 해병들에게 분노를 느꼈다.

그 모든 생각 덕분에 온 힘을 집중하여 잔해를 밀어낼 수 있었다.

자리에서 일어난 노바는 자신이 재난의 현장 한가운데에 서 있다는 사실을 깨달았다. 건물의 뼈대는 마치 죽은 짐승의 유골처럼 하늘을 향해 삐

죽삐죽 솟아 있었다. 철골은 불에 그슬리고 여기저기 구멍이 뚫려 있었고, 석회와 목재로 이루어진 건물의 살점들이 여기저기 널려 있었다.

정확하지는 않아도 해병들의 생각을 읽을 수 있었다. 다들 사이오닉 차단기를 사용하고 있었지만, 맬이나 페이긴이 사용했던 것만큼 좋은 제품은 아닌 모양인지, 이런저런 생각이 조금씩 들려왔다. 이 해병들의 지휘관은 에스메랄다 은도치 소령이고, 그녀가 맬 요원을 싫어한다는 사실은 분명히 알 수 있었다.

중무장한 형체가 건물의 잔해를 헤치며 어색한 움직임으로 쿵쿵 다가왔다.

"여자를 찾았다!" 해병이 소리쳤다.

잠시 후 노바는 그가 플래니건 상병이고, E중대 소속이며, 그 중대는 옛 지구의 난폭한 야생동물 이름을 따서 '호저'라는 별명으로 불리고, 현재 상사 진급 시험 준비를 하고 있으며, 시험에 떨어질 거라고 거의 확신했고, 어린 시절 좋아했던 여자가 자기 동생과 결혼해버렸기 때문에 동생을 꽤나 싫어했으며, 은도치 소령과 초콜릿 소스가 출현하는 화끈한 잠자리를 빈번하게 머릿속으로 그린다는 사실을 알아낼 수 있었다.

잠시 후 중무장을 한 형체 둘이 더 다가왔다. 한 명은 맥길리언 상사로, 늘 의사가 되고 싶었지만 의과 대학에서 쫓겨난 탓에 가문의 수치가 되지 않고자 해병대에 입대한 사람이었다. 계급이 높기 때문인지 그의 사이오닉 차단기는 플래니건 상병의 것보다는 성능이 좋아서, 그녀가 알아낼 수 있는 정보도 거기까지였다. 맥길리언이라는 성만 알아냈을 뿐 이름은 알 수 없었다.

또 하나의 형체는 은도치 소령이었다. 그녀에게서 노바가 감지할 수 있는 생각은, 노바가 다치지 않아서 느끼는 안도감과 맬 요원이 피투성이가 된 채 바닥에 널브러진 모습을 보며 느끼는 즐거움뿐이었다.

"당신이 은도치 소령이군."

6개월 만에 처음으로 노바는 너덜너덜해진 구 가문의 권위를 끌어내어 말했다. 안드레아 타이고어의 어조를 최대한 목소리에 담으려고 애썼다.

"나는 노바 테라다. 조금 전 당신네 대원들이 이 건물을 파괴하는 사이, 맬 요원이 내 목숨을 구했다. 맬 요원의 생각을 읽었기 때문에, 내 신체를 훼손 하는 일은 중범죄로 간주된다는 사실을 알고 있다. 그리고 사이오닉 지수가 8 이상인 내가 읽어낸 생각은 당신이 군법 회의에 회부되었을 때, 형사 증거 로 사용될 수 있다는 것도 알고 있다. 또한 날 무사히 데려가지 않으면 A급 목 표물에 대한 지침을 위반하는 것이나 마찬가지이므로, 은도치 소령 당신은 내게 아무 짓도 할 수 없다는 것을 알고 있어. 이렇게 자세히 설명하는 건, 지 금 즉시 맬 요원의 응급처치를 시작하고 그가 살아남아 정상적으로 회복한 다면, 앞서 말한 증언을 하지 않겠다는 취지에서다."

처음에 은도치 소령은 아무 말도 하지 않았다. 노바는 차단막 속에 감추 어진 그녀의 생각을 전혀 읽을 수 없었다. 그리고 한참이 지난 후에야 은 도치 소령이 입을 열었다.

"꼬마 계집애치고는 나쁘지 않은데. 좋아, 받아들이지."

"여기서 범죄단 두목의 노예가 되던 순간, 꼬마 계집애로서의 삶은 끝 났어. 지금 당신의 전투복을 갈기갈기 찢지 않는 건 내가 유령 프로그램에 들어가고 싶기 때문이야. 사실 당신네들이 5초만 더 기다렸더라면, 맬 요 원이 그 사실을 당신에게 알렸을 거야. 그런 사실 또한 관계 당국에는 밝 히지 않겠어. 맬 요원이 살아남는다는 전제하에."

"좋아. 플릿 소령, 발키리를 내 현재 위치로 이동시켜라. 쉴러 상사도 대기시키고."

연합 해군의 쉴러 상사는 수송선의 의무병이었다. 잠시 후, 비행선은 능숙한 솜씨로 건물의 남은 골조를 피해 조용히 하강하여 잔해 위 3미터 지점에서 부유했다. 비행선의 후미가 열리고 경사로가 내려와, 잔해 위 1미터 지점에서 멈춰 섰다. 경사로가 모두 열리자마자 장갑복 차림의 여성이 내려왔다. 쉴러 상사였다. 그녀의 장갑복은 해병의 장갑복과 비슷했지만, 전체가 하얀색이었고 의료 행위의 담당자임을 나타내는 빨간색 십자가가 어깨에 표시되어 있었다.

쉴러가 맬을 들것에 싣는 동안, 노바는 은도치 소령을 향해 돌아서며 말했다.

"고마워."

"고마워할 필요 없어. 내가 내키는 대로 할 수 있었더라면—"

"소령 당신이 내키는 대로 할 수 있었더라면, 궤도에서 핵으로 시궁창 거리를 날려버렸겠지. 지금도 핵으로 날려버릴 수 있는 방법이 없는 건지 생각하고 있고."

은도치 소령이 자신의 생각을 입 밖으로 내놓기 전에, 노바가 말을 이었다.

"그리고 당신은 텔레파시 능력자를 싫어하지."

"내가 어떻게 되든 말든 널 쏴버리기 전에 빨리 발키리로 들어가라."

노바도 은도치 소령의 머리를 날려버리고 싶은 마음이 간절했지만, 이미 너무 많은 죽음을 보았고, 그것은 앞으로도 계속될 것 같았다.

해병의 공격이 시작되기 직전, 그녀를 쓰러지게 만든 건 해병들이 아니었다.

저그였다. 타소니스에 저그가 나타났다.

노바는 불완전하고 부정확한 UNN 보도 자료를 통해서 저그에 대해 들어왔지만, 지금 그 외계 종족은 그녀의 고향에 이미 도착해 있었다. 그리고 노바는 저그에 대해 알아야 할 것을 모두 알아냈다.

지금 인류에게는 은도치 소령과 같은 사람이 필요했다. 같은 의미에서 노바도 필요했다. 저그가 인류 전체를 말살하기 전에 그 외계 짐승들을 처치해야 했으니까.

제18장

맬이 정신을 차리자, 간호사 한 명이 뿌루퉁한 표정으로 그를 내려다보고 있었다.

"깨어났네요. 담당 의사께서 이야기를 나누고 싶어 하실 거예요."

간호사는 단조로운 목소리로 말했다.

그 말만 남기고 간호사는 자리를 떠났다. 맬은 기분이 이상했다. 몸이 침대 위로 떠오르는 것 같았다. 그제야 그는 자신이 침대 위에 누워 있다는 사실을 깨달았는데, 간호사가 자신을 내려다보고 있었으니 그게 당연하다는 생각도 들었다.

그리고 병원에 입원하게 된 경위를 떠올렸다.

맬이 이해할 수 없었던 건, 이 병원이 우주를 비행하고 있는 이유였다. 적어도 그는 그렇게 추측했다. 중력이 조금 약하고, 침상이 미세하게 떨리는 걸 보면 알 수 있었다. 누구나 쉽게 알아챌 수 있는 건 아니었지만, 맬은 우주 멀미를 쉽게 느끼는 체질이었고, 그것이 그가 땅 위에서 생활하는 직업을 택했던 수많은 이유 중 하나이기도 했다.

맬이 알지 못하는 제복 차림의 한 남자가 그의 시야에 들어왔다. 그는 한 손에는 상황판을, 다른 손에는 컵을 들고 있었다. 훤칠한 키에 모래색의 금발, 푸른 눈의 그 남자는 채용 포스터에 모델로 등장할 법한 인물이었다.

"깨어난 걸 보니 반갑군, 맬컴 켈러키안 요원. 난 자치령 해군 의무대의 허니컷 중령이네. 자네는 지금 파스퇴르 호에 탑승하고 있어."

조직 자체는 맬이 모르는 곳이었지만, 우주선은 잘 알고 있었다. 파스퇴르는 연합 군대에 배속된 의무함선이었다. 그는 말을 하려 했지만 목이 바싹 말라 있었다.

허니컷이 그에게 컵을 건넸다. 맬은 고무로 만들어진 것처럼 후들거리는 손을 뻗었다. 손에 닿는 컵의 표면이 차가웠다.

"얼음이네. 목을 축이는 데 도움이 될 거야." 허니컷이 말했다.

맬은 고개를 끄덕이고는 얼음 조각을 입에 넣었다. 이가 시렸지만 갈증이 풀렸다.

"물어보고 싶은 게 많겠지."

"네, 그렇습니다. 자치령 해군 의무대라는 게 뭡니까? 그리고 당신들이 어떻게 파스퇴르 호를 손에 넣은 겁니까?"

맬의 목소리는 자신이 듣기에도 낯설게 느껴질 만큼 거칠었다.

허니컷 중령이 완벽한 모양의 치아를 드러내며 활짝 웃었다.

"자네가 의식을 잃고 있었던 지난 몇 주간 사회 전반에 다소 변화가 있었네. 인류 연합은 이제 존재하지 않아. 지금은 테란 자치령으로 교체되었네. 나머지 자세한 사항은 빅 국장이 도착하는 대로 자네에게 알려줄 걸세."

"빅 국장이요?"

"자네 상관이야."

허니컷 중령은 스타일러스를 꺼내 상황판에 뭔가 메모를 남겼다.

"자네가 드디어 의식을 되찾았다는 소식이 그에게 통보되었고, 그래서 지금 시미타 호에서 왕복선을 타고 오는 중이라고 하네."

시미타 호 역시 연합 군대의 함선이었다.

"대체 지금 무슨 소리를—?"

중령이 한 손을 들어 올리며 맬의 말을 끊었다.

"의료 행위와 관계되지 않은 건 내 권한 밖의 일이라 대답해줄 수 없네."

맬은 한숨을 쉬었다.

"좋습니다. 그럼 제 몸 상태는 어떤가요?"

"이제는 별문제 없네. 정말 운이 좋았어. 척추에 금이 갔고, 뼈가 십여 군데 부러지기도 했네. 해병들이 곧바로 오스본에 있는 의료 시설로 자네를 후송하지 않았다면, 운 좋게 살아남았다고 해도 평생 움직일 수 없었을 걸세. 하지만 지금까지 내 감독하에 거의 완쾌되었고, 앞으로는 척추 치료와 뼈 접합을 병행하면서 몇 달 정도 물리치료만 받으면 될 거야."

허니컷 중령의 입에서 나온 다른 모든 말처럼, 그 이야기 또한 맬을 혼란스럽게 만들었다. 특히 은도치와 그녀의 깡패들에게 목숨을 빚졌다는 사실이 가장 당황스러웠다.

"제가 왜 오스본으로 후송된 겁니까?"

"그 당시에 안전이 확보된 궤도 시설은 그곳뿐이었고, 대피 거점이기도 했으니까."

허니컷 중령은 잠시 입을 다물고 자신이 한 말을 곱씹었다.

"너무 많은 이야기를 했군."

하지만 맬 생각에는 그가 이야기를 충분히 하지 않은 듯했고, 이제부터 진실을 알아내야 할 것 같았다.

"타소니스로는 언제 돌아갈 예정입니까?"

허니컷은 갑자기 상황판을 노려봤다.

"그런 질문은 빅 국장이 답해줄 걸세."

맬은 경찰 시절 오랫동안 심문을 했던 경험에 비추어, 의사의 표정을 읽을 수 있었다. 타소니스로 돌아갈 일은 이제 없을 것 같았다. *멩스크가 승리한 모양이군.*

맬이 생각에 잠겨 있는 사이, 어느새 나타난 간호사에게 허니컷 중령은 뭔가 지시를 내린 후 다시 침상을 바라봤다.

"나중에 자네 상태를 확인하러 다시 오겠네."

"벌써 보고 싶어 눈물이 날 것 같군요."

허니컷은 가식적인 웃음을 지어 보이며 말했다.

"유머 감각을 되찾은 걸 보니 정말 기쁘군."

그 말을 끝으로 중령은 병실을 떠났고, 간호사도 그 뒤를 따랐다.

맬은 주위를 둘러봤다. 아주 평범한 병실이었다. 창문은 없었는데, 우주선 내부라는 점을 고려하면 놀랄 일은 아니었다. 보통은 장군이나 제독만이 선실이나 집무실에 플라스틸을 사용할 수 있었다. 병실에는 맬의 몸 상태를 나타내는 모니터가 있었는데, 맬의 침상에서는 모니터의 뒷면만 보였다. 의사가 환자의 몸 상태를 알기 전에 환자가 먼저 보는 일이 없도록 하려는 조치 같았다.

그리고 그는 혼자서 병실을 쓰고 있었다. 다른 침상은 없었고, 맬은 자기가 무슨 일을 했기에 이렇게 극진한 대접을 받는 것일까 궁금했다.

그때 침상의 떨림이 달라지고, 맬은 메스꺼움을 느꼈다. 그리고 1분여가 지난 후, 떨림은 원상태로 돌아갔다. 아마도 빅 국장이라는 사람의 왕복선이 도킹했기 때문일 거라고 짐작했다.

킬리아니 국장은 어떻게 됐을지 궁금하군. 아무래도 그에 대한 대답이 마음에 들 것 같지 않았다.

잠시 후, 문이 미끄러져 열리고 양복을 입은 덩치 큰 남자 하나가 나타났다. 머리는 빡빡 밀었는데, 짧게 자란 머리카락을 보면 머리를 그렇게 밀지 않았더라도 어차피 숱이 거의 없었을 거라고 짐작할 수 있었다. 남자는 둥그스름한 얼굴에 둥그스름한 체형이었지만, 파란 두 눈은 맬을 꿰뚫어 보는 듯했다.

"맬컴 켈러키안 요원, 무사히 깨어난 모습을 보니 정말 반갑다. 나는 케빈 빅이라고 한다. 유령 프로그램을 맡고 있지."

그는 걸걸한 목소리로 말했다.

"킬리아니 국장은 어떻게 됐습니까?"

"지난 몇 주간 사회 전반에 다소―"

"허니컷 중령도 그렇게 말하더군요."

빅 국장은 고개를 돌려 문 쪽을 노려봤다.

"자네에게 아무 말도 하지 않기로 했는데."

"구체적으로 어떤 변화가 있었는지는 말하지 않았습니다. 그저 뭔가 변했다는 정도였죠. 그 정도는 솔직히 그의 계급과 제복, 그가 복무 중인 기관의 이름만으로도 충분히 유추할 수 있었습니다."

빅 국장은 깊이 숨을 들이쉬었다.

"일리가 있군. 인류 연합은 이제 존재하지 않아, 맬컴 켈러키안 요원. 타소니스는 저그에게 함락—"

"저그에게요?"

그건 충격적인 사실이었다. 지금껏 맬은 그의 고향을 위협하는 것이 멩스크라고만 생각했지, 외계인들일 거라고는 상상도 하지 못했다.

"그래. 위원회가 궤멸하고 인류는 새로운 지도자 아래 하나가 되었다. 그리고 그분은 우리를 말살하려는 외계 종족의 손아귀에서 우릴 구원해주셨지."

맬은 어이가 없다는 표정을 지었다.

"제가 맞춰볼까요? 말씀하신 그분이란 아크튜러스 멩스크 국왕 폐하십니까?"

"멩스크 황제는 그렇게 함부로 말할 분이 아니다, 맬컴 켈러키안 요원. 그걸 기억해두는 게 좋을 거야. 어쨌든, 황제 폐하는 유령 프로그램을 해체해야 할 이유가 없다고 판단하셨고, 지금은 그 본부가 유령 사관학교가 있는 우르사로 이전되었다. 우리도 지금 그곳으로 가고 있는 중이고."

빅 국장은 냉랭한 목소리로 말했다.

"지금 '우리'라고 하는 건 누구를 말하시는 겁니까?"

"저그에게 휩쓸린 몇 개의 행성 피난민들이 자치령에 도움을 요청했고, 그들을 우리 함선에 태웠다. 또 유령 프로그램에 참여하게 될 새로운 유령 생도들도 있고 말이야."

"노바 테라는 어떻게 됐습니까?"

그 말에 빅 국장이 웃음을 터트렸다. 맬은 빅이 더 못생겨질 여지가 없다고 생각했지만, 그렇게 웃는 모습을 보니 자기 생각이 틀렸다는 걸 인정해야 했다.

"노바는 최고의 훈련생이지. 유령 프로그램을 완수하려는 의지가 그렇게 강한 학생은 처음 봤다."

"국장님, 전 이제 1년가량 탐색관 노릇을 했지만, 그동안 국장님께서 유령들과 관계된 임무를 진행하는 모습은 본 기억이 없습니다. 그래서 지금까지 유령 프로그램에서 유령을 몇 명이나 보셨는지 궁금하군요."

빅 국장의 얼굴에서 웃음이 사라졌다.

"휴식을 취해라, 맬컴 켈러키안 요원. 오랜 회복 기간을 거쳐야 할 테니까 말이야."

그는 돌아서서 병실을 떠나려 했다.

"제 질문에 아직 답해주시지 않았습니다, 국장님."

빅 국장은 우뚝 멈춰 서서 뒤를 돌아봤다.

"무슨 질문에 답을 안 했지, 맬컴 켈러키안 요원?"

"킬리아니 국장은 어떻게 됐습니까?"

잠시 침묵이 이어졌다.

"인류가 생존하려면, 하나로 힘을 합쳐야 한다. 예전에는 경쟁 관계였다고 해도, 대의를 위해 서로의 신념을 접어야 하는 거지. 그러지 못하는 사람들은—"

"불필요할 뿐이겠죠."

"아무래도 우리는 통하는 데가 있는 것 같군."

빅 국장은 가볍게 고개를 끄덕이며 그대로 병실을 떠났다.

킬리아니 국장은 새로운 황제에게 머리를 조아리는 걸 거부했군. 멩스크 황제가 국장을 체포했거나, 스스로 총알을 삼켰겠지. 그럴 줄 알았어.

그는 아직도 묻고 싶은 게 많았지만, 답을 듣고 싶다고는 말할 수 없었다. 타소니스를 정말 저그가 점령했다면, 그것도 멩스크가 타소니스의 방어군을 공격한다는 소문이 돈 직후에 그랬다면, 그건 연합 정부가 정권을 빼앗으려는 새로운 전제군주의 속임수에 넘어가고 말았다는 뜻이었다.

우스운 일이었다. 멩스크는 단 한 번도 자신이 권력을 원한다고는 말하지 않았다. 그저 연합의 권력 남용을 막고 싶다고만 주장했었다. 아마 왕관을 받아들이는 것도 두어 번 거절한 뒤에 못 이기는 척 승낙했을 것이다. *추잡한 자식 같으니.*

시궁창 거리는 또 어떻게 됐을지도 궁금했다. 어떤 대피 계획이 수립되었더라도, 그 지역 사람들이 포함되었을 것 같지는 않았다. 말살자들이 살려둔 사람들은 아마 저그에게 목숨을 잃었을 것이다. *마르티나, 볼머 경사, 래리 경위…… 그들 중 아직 살아 있는 사람이 있을까? 아마 없겠지.*

맬은 한참 동안 멍하니 천장을 바라봤다. 간호사가 들어와 버튼 몇 개를 눌렀고, 맬은 곧 깊은 잠에 빠져들었다.

*　　*　　*

몇 주가 지나고, 맬은 우르사에서 끔찍한 물리치료를 받으며 예전에는 아무렇지 않게 할 수 있었던 일들을 두 다리에 가르치느라 애를 쓰고 있었다. 단순히 걸음을 걷는 일에 얼마나 많은 노력이 필요한지 맬은 그제야 깨달았다.

물리치료를 받지 않을 때는 요양 의자에 앉아서 생활했다. 그러면 약해진 다리에 무리가 가지 않았고, 그 의자에 장착된 나노 탐지기가 엉망이 된 그의 신체를 확인하고, 수복하고, 유지시켜주는 역할도 했다.

그는 빅 국장에게서 자세한 이야기를 들을 수 있었다. 새 국장은 맬이 의식을 잃었던 지난 몇 주 동안 정확히 어떤 일이 있었는지 알려주었다. 아쉽게도 은도치 소령과 말살자 부대는 여전히 활동하고 있었다. 이제는 자치령 해병대의 일원이 된 그들은 모든 해병 사단 중에서 가장 높은 저그 처리율을 기록하는 중이었다.

맬은 노바가 어떻게 살고 있는지도 확인했다. 물론 따로 찾아가거나 하지는 않았다. 그저 훈련소 위에 자리 잡은 관찰실에서 노바가 오전에는 다양한 무술을 배우고, 오후에는 사이오닉 능력을 연마하고, 저녁에는 무기 사용 훈련 모습을 조용히 지켜볼 뿐이었다.

하루는 하틀리 상사가 매의 눈으로 지켜보는 앞에서 노바와 다른 네 명의 훈련생들이 장애물 코스를 달리고 있었다. 그 모습을 지켜보고 있던 맬에게 수염이 무성한, 뚜렷한 인상의 남자가 찾아왔다. 요양 의자에 앉아 남자를 올려다본 맬은 즉시 그 얼굴을 알아봤다.

"멩스크 님. 아니, 이제 '황제 폐하'라고 불러드려야 할까요?"

무성한 수염 아래에서 미소가 비어져 나왔다.

"지금은 '멩스크 님'이라고 불러도 좋네, 맬컴 켈러키안 요원. 방 안에 우리 둘만 있을 때는 괜찮아. 하지만 공공장소에서는 '황제님' 쪽이 나을 것 같군."

맬이 고개를 끄덕였다.

"좋습니다. 사실 '각하'니 '황제'니 하는 호칭에 너무 집착하면 오히려 초라해집니다. '님' 정도만 해도 충분한 존칭이고, 민주 정부에서는 정치인들을 부를 때도 사용하는 호칭입니다. 그런 호칭을 써야 민중의 지도자라는 이미

지를 유지할 수 있을 겁니다. 실상은 끔찍한 전제군주라 해도 말이죠."

멩스크는 쿡쿡 웃었다.

"놀랍군, 맬컴 켈러키안 요원. 내가 지금까지 만나본 탐색관들, 그러니까 타소니스에서 저그의 공격에 살아남은 다른 자들은 이렇게 영리하지 않았다. 다들 어리바리하게 손에 잡히는 도구만 쓸 줄 알았지."

멩스크 황제는 다시 한 번 쿡쿡 웃으며 말을 이었다.

"그래서 더 궁금하군. 자네가 그 소녀를 찾는데 왜 6개월이나 걸렸는지 말이야."

고개를 돌려 다섯 명의 훈련생이 주먹을 쥐고 팔굽혀펴기를 스무 번씩 하는 모습을 보며, 맬은 요양 의자에서 할 수 있는 한 최대한 몸을 움직여 어깨를 으쓱였다.

"어쩌면 전 멩스크 님이 생각하는 것만큼 영리하지 않은지도 모르지요."

"그럴 수도 있겠지."

"어쨌든 답은 이미 알고 계시지 않습니까? 권력 기관이 국민을 돕지 않으면, 그들도 정부를 돕지 않습니다. 시궁창 거리의 그 누구도, 제가 그 소녀를 찾는 일을 돕지 않았습니다. 그녀가 시궁창 거리의 사람들이 의지하고 신뢰하는 누군가의 도구가 된 이후에는 더욱 그랬죠."

맬이 씁쓸한 미소를 지으며 덧붙였다.

"아시지 않습니까. 국민이 지금 당신을 '황제님'이라고 부르는 이유입니다. 위원회와 구 가문은 이기적으로 사익을 추구하는 데만 열중했습니다. 그래서 저그와 프로토스가 나타났을 때, 지배 계층은 자신들이 섬겨야 하는 국민에게 어떤 일을 해야 하는지도 몰랐죠. 다들 자기네 자리를 끌어올리고 지키느라 너무 바빠서, 그 자리가 어떤 자리인지도 잊어버렸습니다.

그게 결국은 그들과 국민들까지 모두 죽게 만든 겁니다. 당신이 앞으로 나설 수 있는 길을 닦아주기도 한 셈이고요."

"그 모든 일이 일어나는 동안 내내 사냥 중이었거나 의식을 잃고 있었던 사람치고는 꽤 영리한 분석이군."

맬은 콧방귀를 뀌었다.

"지난 2주 동안 UNN을 열심히 시청했습니다. 그 방송국은 남겨주셔서 다행입니다."

"사람들은 진실을 알 자격이 있으니까."

그 말에 맬은 비웃음이 터져 나왔다.

"UNN은 지금껏 진실 근처에 가본 적도 없었습니다."

"그럴지도."

놀랍게도 멩스크는 솔직한 표정으로 웃었다.

"'그럴지도'라고 말할 필요도 없는, 진짜 사실입니다."

맬은 다시 고개를 돌려 훈련생들을 바라봤다. 그들은 이제 다른 형태의 팔굽혀펴기를 하고 있었다. 두 주먹을 한데 모으고, 다리를 조금 넓게 벌린 후, 가슴이 손목에 닿을 때까지 몸이 오르내렸다.

"이 프로그램도 그대로 유지하셨군요."

"연합이 남긴 것 중에도 계속 남겨둘 만한 것들이 조금 있었네. 유령 프로그램도 그중 하나였고. 유령이 얼마나 효과적인 병력인지는 나도 많이 봤으니까."

"그러셨겠지요. 당신 덕분에 훈련생들이 졸업할 때 기억을 소거당하는 것이고요."

멩스크는 가슴에 손을 얹으며 말했다.

"사라 케리건이 내게 투항한 일에, 나는 전혀 관여한 바가 없다, 맬컴 켈러키안 요원. 그녀는 자유의지에 따라 그렇게 한 거야. 난 그저 자네가 그녀에게 매달릴 수 없었던 상황을 이용했을 뿐이고."

훈련생들은 이제 왼손 주먹 하나만 땅에 대고 팔굽혀펴기를 하고 있었다. 오른손은 왼쪽 손목을 움켜쥐었다. 이번에는 모든 훈련생들이 몹시 힘들어 하고 있었다. 오직 노바만이 예외였다.

아니, 그렇게 말할 수는 없었다. 노바도 분명 죽을 만큼 힘들겠지만, 그고통이 그녀를 막지는 못했다. 다른 훈련생들은 바닥으로 쓰러져 하틀리의 성난 고함을 들었고, 그럼에도 도저히 일어나지 못했다. 하지만 노바는 자기 육체의 연약함에 굴복하는 걸 거부했다.

"물론 모든 게 그대로 남은 건 아니겠죠. 우선 책임자가 바뀌었으니까요."

맬은 그저 멩스크가 어떤 반응을 보이는지 보고 싶었다.

"내가 보장할 수 있네. 빅 국장은 전임자 못지않게 유령 프로그램을 신뢰하고 있어."

모든 일의 배후에 있으면서 저런 사탕발림이나 늘어놓다니.

"아니, 그렇지 않습니다. 제 말을 믿으세요. 저도 킬리아니 국장에게 문제가 많았다는 건 인정합니다만, 그녀는 이 프로그램의 수장 역할을 자신의 사명으로 여겼습니다. 연합을 신뢰하고, 그걸 파괴하려는 자들로부터 연합을 보호하려 했기 때문입니다. 하지만 빅 국장은 상관의 지시에만 귀를 기울일 뿐입니다. 테란 자치령을 보호하는 일에는 아무런 관심이 없습니다. 그저 당신을 기쁘게 해서 자리를 지키려고 할 뿐이죠."

반박하려는 멩스크의 말을 손을 들어 막으며, 맬이 재빨리 덧붙였다.

"뭐, 불평하려는 건 아닙니다. 빅 국장 밑에서 일하는 게 훨씬 더 쉬울 테니까요."

그리고 그는 고개를 들어 멩스크를 바라봤다.

"물론 제가 그 사람 밑에서 일하게 된다면 말입니다."

"두고 봐야겠지."

묘한 웃음을 남긴 채 멩스크는 관찰실을 떠났고, 맬은 혼자 남아 노바가 훈련하는 모습을 바라봤다.

제19장

유령 사관학교에서 노바가 가장 기대하는 건, 아침에 하는 체력 훈련이었다.

아니, 그건 사실이 아니었다. 그녀가 진짜로 기대하는 건, 사관학교 교육 과정이 끝나는 시점이었다. 그때가 되면 그녀는 과거의 삶을 기억해야한다는 짐에서 벗어나게 될 것이다.

하지만 그때가 되기 전까지는 가장 기대되는 일과가 바로 체력 훈련이었다.

다른 훈련도 분명 도움이 됐다. 오후에 사이오닉 능력 훈련을 받으면서, 노바는 가족들이 몇 년 전에 그녀에게 이런 기회를 주었다면 좋았을 거라고 생각했다. 어린 시절의 수많은 일들을 이제야 이해할 수 있었다. 특히 다른 누구도 할 수 없었던 일, 즉 사람들이 어떤 감정을 느끼는지 알 수 있었던 이유를 이제야 알게 되었다. 노바는 오빠 젭이 끔찍할 정도로 둔감하다고만 생각하면서 어린 시절을 보냈다. 하지만 이제는 그게 어쩔 수 없는 일이었다는 걸 알게 되었다. 어머니는 항상 그녀가 하인들의 관점을 이해할 수 있었던 걸 '공감' 능력이라고 불렀지만, 노바는 그 말이 비유적인 표현이라고만 생각했었다.

다른 텔레파시 능력자와 염동력 능력자에게 가르침을 받는 건 정말 큰 도움이 됐다. 염동력을 발휘하려면 사이오닉 지수가 8 이상이 되어야 했기 때문에, 염동력 능력자는 상대적으로 극소수에 불과했다. 노바의 사이오닉 지수는 8이 아니었다. 그녀가 수박 겉핥기식으로 사이오닉 능력에 대해 혼자서 조사했을 때와 마찬가지로, 탐색관 역시 염동력이 있다는 이유로 최소 그 정도는 될 거라고 추측했던 것뿐이었다. 사실 노바의 사이오닉 지수는 10으로, 유령 프로그램 내에서 가장 높은 수치였다. 그래서 오후의 수업이 더더욱 중요했다.

저녁의 무기 훈련과 사격 연습도 괜찮았지만, 노바는 솜씨가 영 신통치 않았다. 그녀는 맞혀야 하는 목표물을 맞히지 못하는 일이 많았고, 큼직한 무기는 제대로 드는 것조차 쉽지 않았다. 하틀리 상사는 아주 빈번하게 노바를 향해 고함을 질렀다. 다른 훈련생들은 하틀리를 두려워했지만, 점점 미쳐가는 페이긴과 6개월을 보낸 노바로서는 하틀리 같은 사람을 두려워하는 것 자체가 불가능했다. 물론 그 때문에 상사는 더 크게 소리를 지르고 더 강하게 그녀를 압박했지만, 노바는 그것마저도 개의치 않았다. 그녀는 더 강한 압박을 바라고 있었다. 특히 오전 훈련에서는 더더욱 그랬다.

체력 훈련을 특별히 잘해서는 아니었다. 사실 무기 훈련과 마찬가지로 무술 훈련에서도 특별한 재능을 발휘하지는 못했다. 구 가문의 후계자가 특별히 운동에 신경을 쓰는 일은 별로 없었다. 그런 일들을 대신 해줄 사람은 얼마든지 있었으니까. 그래서 운동과는 거리가 먼 삶을 살았었다. 시궁창 거리에서는 더욱 그랬다. 운동은커녕, 대부분의 시간을 페이긴을 두려워하며 방구석에서 몸을 웅크리고 있었으니까.

그 결과, 사관학교에 입학한 첫 날 노바는 손바닥을 대고도 팔굽혀펴기 한 번을 제대로 하지 못했다. 하틀리는 스무 번을 해내라고 요구했는데 말이다. 하틀리는 팔굽혀펴기가 상완의 힘을 키우고 손마디를 단단하게 만들어줌으로써, '상대를 주먹으로 한 대만 때려도 모든 일이 끝나게' 하기 위한 준비라고 했다.

훈련생 중 한 명이 유령 제복은 어차피 중장갑을 착용해야 하며, 따라서 손마디의 단단함은 훈련 과정과 아무 관련이 없다고 지적했지만, 그는 추가로 마흔 번의 팔굽혀펴기를 실시해야 했다.

하지만 노바는 자신이 팔굽혀펴기를 하지 못한다는 사실이 싫었다. 하틀리가 소리를 질러대기 때문도, 영양실조에 걸린 열다섯 살 소녀에게 물리적으로 불가능한 일을 자꾸 시키기 때문도 아니었다. 그저 무언가가 앞을 가로막는다는 것이 싫었다.

생애 처음으로 노바는 자신의 미래를 선택할 수 있었다. 맬이 그녀에게 저주라고 생각했던 텔레파시 능력을 마침내 받아들이고 살아갈 수 있는 길을 열어준 것이다. 뿐만 아니라 테라 가문의 딸로 살았던 호화로운 생활의 긍정적 측면, 즉 세 끼 식사가 보장되고, 자치령 최고의 기술에 접근할 수 있는 권한을 되찾아주었다. 구 가문의 후계자에게 따라오는 부담도 이제 떨쳐낼 수 있다.

하지만 신체 능력을 입증하지 못하면 졸업도 할 수 없고, 기억도 지울 수 없었다.

그래서 노바는 자신을 밀어붙였다. 하틀리가 그녀에게 연속 펀치를 가르쳐주었을 때, 그녀는 쉬지 않고 주먹을 제대로 날릴 수 있을 때까지 연습했다. 한 손으로 마흔 번의 팔굽혀펴기를 해내야 했을 때, 그녀는 아무리 어깨와 이두박근이 아프고 온몸의 근육이 협조하지 않으려 해도 어떻게든 해내려고 했다.

물론 다른 것들도 해내야 했지만, 그쪽은 특별히 걱정할 필요가 없었다. 시간을 들여 연습하기만 하면, 텔레파시와 염동력은 문제가 아니었다. 그런 훈련은 시궁창 거리에서부터 계속해왔다. 누구의 가르침도 받지 않고, 그 끔찍한 환경에서도 혼자서 마커스의 팔을 움직여 그가 페이긴에게 총을 발사하게 만들었던 것이 시작이었다. 무기를 다루는 것도 마찬가지였다. 그런 건 마음을 다스리는 일이었고, 노바는 그 방면에서 예전부터 늘 뛰어났다.

앞으로 해야 하는 일을 위해, 노바가 제대로 연마하고 싶은 건 자신의 육체였다. 게다가 체력 훈련 시간에는 사이오닉 차단기를 착용할 수 있었다.

무기 훈련 시간에도 가끔은 차단기를 착용했다. 1학년 훈련생이 단체로 훈련을 받을 때는 모두 사이오닉 차단기를 착용해서 사이오닉 능력의 간섭을 피해야 했다. 무기 교육은 대부분 1대1로 이루어졌기 때문에 차단기를 착용하지 않을 때가 많았지만, 체력 훈련은 늘 단체로 받아야 했기 때문에 모든 훈련생은 항상 다른 훈련생의 생각을 차단해야 했다.

동료 훈련생들은 불만을 표하기도 했지만, 그녀는 사이오닉 차단기가 주는 고요함과 평온함을 사랑했다.

사관학교에서 6개월이 지났을 때, 그녀는 이미 1년 동안 훈련을 받아온 다른 훈련생들보다 한참을 앞서 나갔다. 주먹 하나로 팔굽혀펴기 마흔 개

를 하고도 호흡이 거칠어지지 않았고, 토런트 산탄총은 1분 이내에 분해,
정비할 수 있었으며 락다운 총으로 10점 이상을 기록할 수 있었고(졸업을
앞둔 훈련생들만이 10점 정도를 기록할 수 있었다), 방 안에 누구와 함께
있든 그들의 생각을 효과적으로 차단할 수 있었으며(그녀처럼 뛰어난 텔
레파시 능력자에게 있어 가장 어려운 일은 생각을 읽는 게 아니라 읽지 않
는 것이었다), 염동력은 데시미터 단위로 정밀하게 사용할 수 있었다. 하
틀리는 심지어 그녀가 시체매 운행 훈련도 받을 수 있게 해주었다. 그 훈
련은 2학년이 되기 전에는 꿈도 꿀 수 없는 일이었다.

다른 훈련생들이 자신을 어떻게 생각하고 있는지는 노바도 잘 알고 있
었다. 훈련생들은 독방을 썼다. 여러 명이 한 방에서 지내면 집중력이 흐
트러질 수 있다는 이유에서였다. 노바는 가끔씩 침상에서 마음을 열고 주
위 사람들의 생각에 귀를 기울였다.

교관에게 사랑받으려고 (분명히 하틀리랑 자고 있을 거야) 하틀리에게
고분고분 구는 꼴을 보라지, 정말 (아니면 어떻게 그런 대접을 받을 수 있
겠어?) 역겨울 정도라니까. (그렇게 뛰어난 사람이 있을 수는 없어, 걔는
그냥) 정말 마음이 끌려 그 (아마 염동력으로 속임수를 쓰고 있을 거야) 유
연한 몸짓에, 이제는 (사이오닉 차단기를 어떻게든 우회할 수 있는 거겠
지) 탱탱하게 탄력이 생겨서, 으음, 진짜 (아마 그 연합 남자랑 공모했을지
도 몰라) 끝내줘. 가서 말을 걸 용기만 낼 수 있다면 (걔를 데려온 그 망할
자식 말이야) 어떻게든 되지 않을까.

그래도 상관없었다. 이 모든 건 끝을 향해 가는 과정일 뿐이었다. 그녀
의 기억이 사라지는 순간만이 진짜 목표였다. 주위의 생각을 차단하는 방
법은 완벽하게 연마했지만, 머릿속 생각은 그렇게 쉽게 사라지지 않았다.

반란군 무리의 손에 죽어가던 엄마와 아빠, 오빠와 엘레프테리아…….

에드워드, 아담, 티스크, 맥베인, 제프리, 폴, 워커, 데렉 등 그녀가 죽인 반란군들…….

마이아, 나탈리, 레베카, 마르코, 도리스, 이본 등 슬픔에 빠진 그녀 때문에 죽어간 하인들…….

우르시티, 매닝, 콕스, 디온, 그리고 페이긴이 그녀에게 죽이라는 명령을 내렸던 일흔 명의 사람들…….

주얼과 조조, 그리고 그녀 앞에서 페이긴이 죽였던 다른 모든 사람들…….

해병들이 페이긴의 건물을 파괴했을 때 죽어간 마커스…….

그들의 목소리를 멈춰야 했다. 두뇌를 소거하는 것만이 유일한 방법이었고, 두뇌를 소거하려면 훈련을 마쳐야 했다.

어느 날 아침, 그녀는 아침 식사를 하러 가는 길에 맬을 만났다.

전에 그가 요양 의자를 타고 있다는 이야기를 들었지만, 지금 보니 치료의 다음 단계로 넘어간 모양이었다. 그는 허벅지에 보호구를 찬 채로 걷고 있었다. 걸음걸이가 우스꽝스러워지긴 했지만, 그의 다리가 다시 움직이도록 하기 위한 것이라는 걸 노바는 알고 있었다.

"맬 요원님, 다시 보니 좋네요."

그의 생각은 읽을 수 없었다. 노바가 이미 자신의 사이오닉 차단기를 켜 두었기 때문이었다.

"나도 그래." 맬이 고개를 끄덕이며 말했다.

그는 식당으로 향하는 노바를 찾아왔다. 노바는 맬의 느릿한 걸음걸이에 맞춰 친절하게 속도를 늦췄다.

"떠나기 전에 이야기라도 하고 싶었어."

그 말에 노바는 깜짝 놀랐다. 아직 완쾌되지도 않았는데 어디로 떠난다는 것인지 알 수 없었다.

"떠나신다고요?"

"사크리스타 광산 기지에 텔레파시 능력자가 나타났다는 보고가 들어왔어. 거긴 중력이 낮으니까, 내 다리도 견딜 수 있겠지. 어떻게든 여길 떠나고 싶어. 6개월 동안 널 찾느라 시간을 낭비한 뒤에, 또 그 망할 의자에 앉아 6개월을 더 보내야 했잖아. 난 현장으로 돌아가야만 해. 우리 황제 폐하께서 내가 아직 탐색관으로 쓸모가 있다고 생각하신 모양이야."

맬은 쿡쿡 웃었다.

"멩스크 황제가 당신을 붙잡지 않았다면 뭘 하셨을까요?"

맬의 얼굴에 그늘이 드리워졌고, 노바는 자기도 모르게 사이오닉 차단기를 껐다.

정말이지 (커피 맛이 정말 쓰레긴데) 와플은 없었으면 좋겠네. 전에 (노바가 왜 내 얼굴을 보지 않는 거지?) 그랬던 것처럼, 또 (멩스크는 내가 죽길 바라고 있어) 와플을 먹어야 한다면 (하틀리는 언젠가 죽고 말 거야, 정말로) 살인을 (천천히 죽어가게 되겠지) 저지르게 될지도 몰라.

맬은 침착함을 되찾고 거짓말을 했다.

"어딘가에서 경찰로 취직했겠지. 타소니스에서는 꽤 괜찮은 형사였으니까, 다른 곳에서도 적당히 할 수 있지 않겠어?"

노바는 그제야 이해했다. 그가 맡은 임무는 위험한 임무였다. 멩스크 황제는 맬이 살아서 돌아오리라고는 기대하지 않았다. 혹시라도 기적적으로 그가 살아서 돌아온다면 멩스크도 자신의 결정을 재고할지 몰랐다.

다시는 만나지 못하게 될 거야. 노바는 그렇게 생각하며 사이오닉 차단기를 다시 켰다. 그의 사생활을 존중해주고 싶었다. 맬은 그녀를 위해 아무렇지도 않은 표정을 내보였지만 그가 이번 임무에서 살아남는다고 해도, 이 모든 과정이 끝나고 그녀의 두뇌가 소거되고 나면 노바는 그를 기억하지 못할 것이다.

"전부 다 고마워요, 맬컴 켈러키안 요원님."

"맬이라고 불러줘." 그는 웃었다.

"맬컴이라는 이름을 싫어하잖아요." 그녀도 웃었다.

그 말에 그는 키득거릴 수밖에 없었다.

"그래서 '맬'이라고 부르는 걸 좋아하지. 어쨌거나 내가 해준 건 별로 없는 것 같은데."

"저를 구해주셨잖아요, 맬. 감사한 마음 잊지 않을 거예요."

그녀는 잠시 머뭇거리다가 덧붙였다.

"아, 훈련이 끝날 때까지는 잊지 않을 거예요."

"그 정도면 됐어."

맬이 손을 내밀자 노바는 그 손을 붙잡고 그를 끌어당겨 그대로 껴안았다.

"고마워요, 맬. 정말이에요. 당신이 절 구해줬어요."

"구할 수 있는 사람이 하나라도 있었다니, 정말 다행이야."

노바는 그 말이 무슨 뜻일까 잠깐 생각했다. 그러다 타소니스에 생각이 미쳤고, 그저 아무 말 없이 그의 어깨에 묻은 고개를 끄덕였다.

노바는 갑자기 포옹을 풀더니 약간 겁이 난 듯한 그의 갈색 눈동자를 들여다봤다.

"아침 식사 같이 하실래요?"

그는 눈에 띄게 망설이더니 어쩔 수 없다는 듯 대답했다.

"음…… 그래, 좋아."

둘은 함께 식당으로 들어갔다.

사관학교에 다니는 2년 반 동안, 그녀가 오전 수업에 지각한 건 그때가 처음이자 마지막이었다. 하틀리 상사는 버럭 고함부터 질렀다.

"어차피 늦을 거면 아예 오지 말지 그랬나?"

그는 입버릇처럼 사용하는 말을 늘어놓고는 지각한 벌로 팔굽혀펴기 쉰 번을 실시하게 했다.

그래도 그럴 만한 가치가 있는 아침 식사였다.

에필로그

어둠이 다시 내린다⋯⋯
— 윌리엄 버틀러 예이츠, 『재림』 중에서

유령 사관학교의 일반적인 훈련병은 4년 동안 훈련을 받은 후에 졸업했다. 이 프로그램의 교육 기간을 단축시키려던 시도는 모두 재앙과도 같은 결과만 초래했다. 훈련을 서둘러봐야 서툰 유령만 양산될 뿐이었고, 그래서는 자치령에 아무 도움도 되지 않았다.

하지만 이 프로그램은 평균 이상의 훈련병이라면 조기 졸업이 가능하도록 구성되어 있어서, 빠른 경우 3년 만에 졸업할 수도 있었다. (평균 이하의 훈련병은 사관학교에서 영원히 배제되었다)

인류의 정부 두 개를 거치며 계속 존속해온 유령 사관학교의 역사를 통틀어, 2년 반 만에 사관학교를 졸업한 훈련병은 오직 단 한 명, 노바 테라뿐이었다.

하지만 노바는 아직 졸업하기 전이었다. 티라도 VIII 행성의 밀림에서 클리프 나다너를 처치할 최고의 방법을 찾고 있으려니, 그녀는 어서 모든 일이 끝나고 기억이 소거되기만을 바랐다.

하지만 그전에 먼저 나다너를 죽여야 했다.

멩스크 황제가 집무실로 그녀를 불러들였을 때, 노바는 그의 면전에서 웃음을 터뜨릴 뻔했다. 그는 물론 자신의 생각이 읽히지 않도록 사이오닉 차단기를 사용하고 있었다. 그는 노바에게 이렇게 말했었다.

"성적이 아주 뛰어나더군, 노바 양."

그녀도 이미 알고 있는 이야기였다.

"옛 연합으로부터 유령 사관학교의 훈련 과정을 인수하며, 우리가 한 가지 추가한 것이 있다. 바로 졸업 훈련이다. 야전 임무를 통해 졸업생들이 학교에서 교육받은 내용을 실전에 적용할 수 있는지 확인하는 과정이지. 특히 자네와 같은 훈련생들에게 의미가 있는 절차야. 아무래도 유령 프로그램에서 너무 빨리 졸업하게 됐으니까."

노바는 아무 말도 하지 않았다. 상대는 황제였다. 맬이 죽기를 바라는 사람, 혼자서 연합의 횡포를 막아낸 사람이었다. 솔직히 말하면, 노바는 황제 또한 그녀 가족의 죽음에 간접적으로 책임이 있다는 사실을 알고 있었다. 코랄의 후예는 수많은 모방 범죄 조직을 탄생시켰고, 클리프 나다너가 이끄는 조직 또한 그중 하나였다.

그래서 그녀는 멩스크의 다음 말에 꽤나 놀랐다.

"자네 임무는 클리프 나다너를 처리하는 것이다. 우리는 그의 현재 위치를 추적하여 티라도 VIII 행성에 있다는 사실을 알아냈다. 그는 테란 자치령을 동요시키고 있고, 이는 즉시 중단되어야 한다."

멩스크 황제는 뭔가 다른 말도 했지만, 노바는 주의를 기울이지 않았다. 황제가 하는 말은 모두 나중에 자세히 확인할 수 있도록 별도의 문서로 제공될 것이다.

나다너. 우리 가족을 살해하라는 명령을 내린 자.

흥미롭게도 멩스크는 그녀의 가족에 대해서는 언급하지 않았다. 그가 자세한 내막을 아는 건지 모르는 건지, 노바는 여전히 궁금했다.

물론 그 사실에 연연하는 건 아니었다. 이유가 뭐가 됐든, 그녀가 기억을 간직한 채 수행하게 될 마지막 임무가 그녀의 삶을 파괴한 자를 처리하는 것이라는 사실이 어딘가 적절한 마무리라는 생각이 들었다.

"행운을 빌겠네, 노바 양."

"감사합니다, 황제 폐하."

노바는 과거 개인 교사들이 가르쳐줬던 모든 예의범절을 동원하여 품위 있게 말했다. 품위니 예의범절이니 따위에 신경을 쓴 지도 이미 3년이나 지났는데, 아직 잊어버리지 않았다는 사실이 꽤나 놀라웠다.

그리고 그들은 노바를 곧장 티라도 VIII 행성으로 데려갔다.

나다너는 또 다른 이야기를 늘어놓기 시작했다. 앞서 두 가지 허풍보다 더 터무니없는 거짓말이었다. 노바는 결정을 내렸다.

나다너와 그의 패거리들의 정확한 위치는 밀림의 수풀 속에 숨겨진 금속 해치 아래에 자리하고 있었다. 그곳에 있는 감쇠장이 그녀를 이곳까지 이끌었다. 노바는 정신을 뻗어 수풀을 뜯어내고 옆으로 집어던졌다. 그리고 사관학교에서 배운 기술을 사용하여 염동력 함정을 수색했다. 염동력 함정은 염동력으로 조작되는 것에 대비하여 설치해둔 위장 폭탄으로, 조심하지 않으면 노바의 코앞에서 폭발할 수도 있었다.

잠시 후, 그녀는 신경 쓸 필요가 없음을 깨달았다. 나다너는 염동력 능력자가 찾아올 거라고는 예상하지 못한 모양이었다. *생각보다 바보 같은 녀석이군.*

노바는 해치를 경첩째 뜯어내 옆으로 집어던졌다. 꽤 무거워서 힘이 들긴 했지만 어떻게든 해낼 수 있었다.

예상치 못한 저항에 부딪히거나 야생동물의 습격을 받았을 때 사용하고자 가져온 돌격 소총을 장전하며, 그녀는 해치 안으로 뛰어내렸다. 텔레파시를 통해 바로 아래쪽에는 나다너나 그의 부하들이 없다는 사실을 이미 확인한 후였다.

그들은 해치에서 오른쪽으로 약 10미터 떨어진 지점에 있었다. 흰색과 감청색, 파란색이 섞인 전투복을 입고 아주 커다란 총을 든 금발 소녀가 해치가 사라진 구멍으로 뛰어내리는 모습을 보고는 모두들 깜짝 놀란 눈치였다.

열두 명의 사람들이 벌떡 일어섰다. 그중 일부는 조금 비틀거리기도 했다. 다들 술을 마시고 있었다. 알코올에 알러지가 있는 세프미만이 예외였다. 나머지는 모두 많이 취해 있었다.

찰나의 순간, 그들은 모두 목숨을 잃었다. 스티브는 많은 사람을 한꺼번에 죽일 또 한 번의 테러를 노리고 있었다. 프라티크는 멩스크가 사촌을 죽였기 때문에 여기 합류했고, 멩스크에게 복수할 기회만을 찾고 있었다. 세프미는 다른 사람들과 함께 술을 마시지 못한다는 사실이 싫었다. 이베나는 나다너의 이야기를 듣는 게 좋았다. 그게 전부 거짓말이라는 걸 알면서도. 레이는 여자 친구와 함께 할시온의 집으로 돌아가기만을 바랐다. 제라도는 나다너가 여느 때와 같은 싸구려 독주가 아니라 진짜 술을 줬으면 좋겠다고 생각했다. 알렉산드라는 슬슬 출출해지는 것 같다고 생각했다. 톰과 조앤은 최근 결혼한 사이였다. 조엘은 최근 이혼을 했다. 쌍둥이인 알레시오와 피터마이클은 서로를 싫어했지만 모든 일을 함께했다. 데이

비드는 모든 사람과 모든 일을 싫어했고, 그런 분노를 쏟아부을 만한 대상을 찾기 위해 나다녀의 대의에 함께하기로 결정했다.

노바는 단 1초 만에 그들을 모두 죽였다. 처음 자의로 누군가를 죽였을 때, 즉 피처를 죽였을 때는 정말 많은 힘이 들었었다. 횡령하던 경찰 우르시티를 죽일 때는 그보다 더 힘들었다. 하지만 지금은 열세 명의 사람을 죽이는 일이 손가락을 튕기는 것보다 더 쉬웠다.

노바는 아무도 죽이고 싶지 않았다. 하지만 선택의 여지가 없었다.

게다가 이 개자식들은 내 가족을 살해했어.

자리에서 일어나지 않은 단 한 사람만이 노바의 손에 죽지 않았다. 클리프 나다녀였다. 훤칠한 키에 떡 벌어진 어깨, 담갈색 머리카락에 매부리코까지, 나다녀는 예상과 달리 그리 무시무시해 보이진 않았다.

하지만 그녀는 진실을 알았다. 연합과 자치령을 구분하지 않고 인류의 정부 그 자체를 증오하는 그의 본심을 읽어내고 있었다. 그는 자칭 무정부주의자였지만, 무정부주의를 적절히 구현하는 데 필요한 진짜 혼돈을 믿지 않았다.

무엇보다 그의 공포가 노바에게 전해졌다. 나다녀는 주위에 널브러진 시체들을 둘러봤다. 조금 전까지 살아 있던 동료들이 지금 발치에 누워, 얼굴의 모든 구멍에서 피를 흘리고 있었다. 그는 당황한 표정으로 노바를 올려다봤다.

"넌 누구냐?"

노바는 웃었다. 그리고 앉아 있는 나다녀를 향해 천천히 다가갔다.

"네가 날 이렇게 만들었어, 클리프 나다녀. 난 네 광기의 산물이야. 넌 너보다 성공한 사람이 있다는 사실을 견디지 못하고 그들을 처벌하려고 했어. 공장에서는 코지가 너보다 더 많이 '이달의 직원' 상을 받았다는 이유로 사고를 일으켜 그가 불구가 되게 만들려고 했어. 하지만 네 계획은 성공하지 못했고, 공장에서는 그 상을 미카에게 줘버렸어. 그래서 넌 해병에 입대했지. 하지만 거기서도 성공할 수는 없었어. 여섯 번이나 진급이 누락됐고, 그러자 해병대에서도 널 내보내려 했어. 달리 갈 곳이 없어진 너는 여기서 작은 반란군을 창설했지. 하지만 멩스크처럼 언론의 주목을 받지는 못했어. 반란군은 코랄의 후예와 나머지 떨거지들로 구분되었으니까. 그리고 결국 네가 하고 싶었던 일을 멩스크가 해냈어. 그가 연합을 승계한 거야."

"대체 넌 누구냐?" 다시 한 번 나다녀가 물었다.

"넌 테라 가문을 없애라고 지시했어. 에드워드가 그들을 배신하게 만들었지. 하지만 한 가지 실수를 했어, 나다녀. 그 가문에서 누군가가 살아남은 거야."

그제야 나다녀는 당혹감을 감추지 못한 채 노바를 바라봤다.

"이럴 수가, 안 돼, 안 돼, 네가 그—"

"그래, 나다녀."

노바는 이제 1미터 이내로 접근했고, 나다녀는 그녀의 돌격 소총을 경계하는 눈빛으로 주시했다.

"네 부하들을 모두 죽인 게 나야. 에드워드와 맥베인, 아담과 티스크까지, 우리 가족을 죽이라고 네가 보낸 녀석들을 전부 죽였지. 네가 그런 짓을 한 덕분에 나는 결국 유령이 됐고, 자치령이 미천한 너의 존재를 없애버리라며 나를 보냈어."

의자에서 떨어지듯 주저앉은 나다녀는 무릎을 꿇고 두 손을 모아 쥐었다. 그의 두 볼에 눈물이 흘러내렸다.

"제발, 이렇게 부탁하마, 날 살려다오. 뭐든지 하겠다, 제발. 네가 말만 하면 뭐든 다 네 것이 될 거다!"

노바는 자신의 인생을 망쳐놓은 남자를 물끄러미 바라봤다. 지난 3년 동안 지금 이 순간을 기다려왔지만, 막상 때가 오자 역겹다는 생각만 들었다. 테라 가문의 궤멸을 이뤄낸 그 사건의 지휘관은 사실, 그저 흔하디흔한 불한당에 불과했다. 그녀가 매일같이 시궁창 거리에서 만났던 사람들과 다를 게 없었다.

노바는 돌격 소총으로 나다너의 머리를 날려버릴 생각으로 그를 향해 다가갔지만, 이제는 총알이 아깝다는 생각이 들었다.

"내 삶을 되돌려줄 수 있어?"

"아니, 내 말은 돈이라면 얼마든지 줄 수 있다는—"

노바는 나다너의 숨통을 끊어버렸다.

그의 육체가 눈에서 피를 쏟으며 벙커 바닥에 쓰러지기도 전에, 노바는 돌아서서 해치를 향해 걸었다. 염동력으로 자신의 몸을 지표면으로 끌어올린 후, 그녀는 잠시 숨을 돌렸다. 자신의 육체를 움직이는 건 아주 까다로운 작업이었고, 막대한 집중력이 필요한 탓에 긴 시간 유지할 수는 없었다. 확실히 전투 중에 사용할 수 있는 능력은 아니었다.

노바는 강하기에 탑승한 이후로 정지시켜두었던 통신 장치를 가동시킨 후 중얼거렸다.

"끝났어."

이제 정말 끝났어. 나다너는 죽었어. 그리고 머지않아 지금까지의 나도 죽게 되겠지.

*　　*　　*

엿새 전, 멩스크 황제의 폐위를 목적으로 하는 코프룰루 해방 전선의 대원들이 뉴 시드니의 탄약 공장을 점령했다. 치명적인 무기 시제품들이 가득한 그곳에서 그들은 공장 직원 전체를 인질로 삼았다. 게다가 공장 구조가 터널과 좁은 통로, 이리저리 구부러지는 복도로 가득한 미로 같았기 때문에, 코프룰루 해방 전선은 공장이 자기네 차지가 되었다고 믿었다.

밸리 요한슨은 이제 기다리기만 하면 된다는 걸 알았다. 조만간 코프룰루 해방 전선의 지원군이 도착할 것이다. 그들은 이미 이동 중이었지만, 자치령에 발각되지 않도록 조심스럽게 멀리 돌아오는 중이었다. 지원군이 여기 도착하기만 하면, 이 형편없는 공장을 벗어나 뉴 시드니 전체를 장악할 것이다. 그건 코프룰루 해방 전선 최대의 승리가 될 예정이었다.

공장으로 들어오는 모든 입구에는 경비병을 세워놓았고, 다들 최첨단 감지기가 장착된 헬멧을 쓰고 있었다. 그들에게 들키지 않고 접근할 수 있는 사람은 없었다.

적어도 요한슨은 그렇게 생각했다.

북쪽 입구의 경비병은 어렵지 않게 자신을 스쳐 지나간 가녀린 여성을 보지 못했다. 그의 경이로운 고성능 감지기도, 평범한 눈도 흰색과 감청색, 파란색이 섞인 전투복에서 생성되는 은폐장을 꿰뚫어 보진 못했다.

다른 경비병들도 유령을 보지 못한 건 마찬가지였다. 그녀가 자신의 모습을 드러내기 전까지는 누구나 그랬다.

그녀의 임무는 사상자를 최소화하는 것이었다. 이 공장을 적이 점거했다는 사실은 자치령 정보 체계에 결함이 있다는 의미였고, 따라서 반군은 최대한 많이 살아남아 나중에 심문을 받을 수 있어야 했다.

물론 그녀는 적을 죽이지 않고도 두뇌 기능을 정지시킬 수 있었지만, 실제로 그렇게 처리한 사람은 그리 많지 않았다. 대부분 그런 식으로 상대해야 할 필요가 없는 자들이었다.

요한슨은 화면에 나타난 자치령 협상가와 대화를 나누고 있었다. 협상가는 제대로 협상하는 척을 하고 있었다. 요한슨은 그의 제안 중에서 실제로 이루어질 수 있는 건 없다고 믿고 있었다. 그녀의 생각이 맞았다. 전부 무의미한 제안들이었다. 하지만 그건 상대 협상가가 요한슨을 설득하려 했기 때문은 아니었다. 협상가는 그저 유령이 움직일 때까지 시간을 끌고 있을 뿐이었으니까.

그들이 보유한 최고의 방어 수단은 역장이었다. 하지만 그걸로 유령을 막을 수는 없었다. 역장은 감지할 수 있는 것에만 반응했고, 전투복을 가동시킨 유령은 감지하는 것이 불가능했다. 그럼에도 역장은 자치령 소속 공격 차량이 이 군수공장을 공격하는 걸 차단했다. 요한슨은 역장의 제어반 옆에 서 있었고 그녀가 새 암호를 입력했기 때문에, 오직 요한슨만이 역장을 해제할 수 있었다.

묘한 충동에 이끌려, 유령은 모습을 드러냈다. 요한슨은 휙 돌아서며 이 군수공장에서 손에 넣은 P1000을 꺼내 들었다.

"어떻게 여기 들어온 거지? 넌 누구냐?"

"당신에게는 두 가지 선택지가 있어, 요한슨. 지금 항복하는 것과 내가 역장을 해제하고 저기 언덕 위에서 대기 중인 그리즐리 전차를 불러들여 당신과 얼마 남지 않은 사람들에게 포탄을 퍼붓게 하는 것. 내 생각에는 항복하는 게 나을 것 같은데. 어차피 당신 오빠가 돌아올 수 있는 것도 아니니까, 아무 의미 없—"

"엿이나 먹어." 요한슨은 P1000을 발포했다.

하지만 탄환은 약실을 벗어나지 않았다. 유령이 염동력으로 붙잡고 있었기 때문이었다. 그래서 P1000은 요한슨의 얼굴 앞에서 폭발했다. 그녀는 화상을 입은 채 피를 쏟아내는 얼굴을 부여잡으며 바닥에 쓰러졌다.

유령은 역장의 제어반으로 다가서며, 정신을 아래로 뻗어 요한슨의 한쪽 손을 붙잡고 얼굴에서 떼어놓았다. 요한슨은 얼굴 앞에서 총이 폭발한 뒤에 얼마 남지 않은 의지를 총동원하여 유령의 힘에 저항해봤지만, 아무소용이 없었다.

요한슨은 역장을 해제하는 암호를 입력했다. 제어반은 요한슨의 DNA에 반응하도록 설정되어 있었기 때문에 요한슨의 손으로 직접 암호를 입력해야 했다. 유령은 그게 아주 재미있다고 생각했다.

"이제 항복하겠어?"

유령에게 잡히지 않은 다른 손을 움직여 장화에서 칼을 꺼낸 요한슨이 소리쳤다.

"해방 전선이여, 영원하라!"

요한슨이 자신의 심장에 칼을 찔러 넣기 전에, 유령은 염동력으로 그녀의 손에서 칼을 빼앗았다.

"미안, 그렇게 쉽게 보낼 수는 없어. 그리즐리가 금방 데리러 올 거야."

앞서 유령이 전투복 덕분에 쉽게 지나올 수 있었던 그 육중한 금속 문이 그리즐리의 주포에 날아가 버렸다. 그리즐리는 소규모 부대 정도는 단독으로 처리할 수 있는 5인 전차였다.

하지만 지금은 상대할 부대가 아예 없었고, 요한슨은 마침내 패배를 인정하며 항복했다.

말살자 부대의 은도치 소령과 네 명의 병사가 그리즐리에 탑승해 있었다.

"어차피 네가 처리할 거면서, 왜 우릴 부른 거지?"

은도치 소령은 언짢은 목소리로 물었다.

유령은 그저 어깨를 으쓱했다.

"뭔가 때려 부수고 싶어 할 줄 알았는데요."

은도치 소령은 고개를 절레절레 저었다.

"여전히 멍청한 짓을 하고 다니는 모양이지?"

그러자 유령은 눈살을 찌푸리며 물었다.

"이번 임무 전에 만난 적이 있나요?"

소령은 뭔가 말을 하려다가 그만뒀다.

"아니, 잊어버려."

노바 테라는 다시 한 번 어깨를 으쓱였다. 유령이 되기 전의 일은 아무 것도 기억나지 않았다. 어차피 상관없었다. 어쩌면 전생에 노바와 은도치 의 삶이 교차했었는지도 모른다. 상상하기 힘든 일이었지만, 굳이 애써 고 민하고 싶지는 않았다.

전투복의 은신 모드를 다시 켜고, 노바는 말없이 군수공장을 떠났다. 뒷 정리는 은도치 소령이 할 테고, 노바는 다음 임무를 위해 기지로 돌아가 복귀 신고를 해야 했다. 테란 자치령의 적은 사실상 모든 곳에 있었고, 유 령은 그들을 막아내는 최강의 방어선이었다.

노바의 머릿속에는 오직 그 생각뿐이었다.